历史与现场丛书

孟繁华 贺绍俊 主编

当代文学新空间

贺绍俊◎著

中国社会科学出版社

图书在版编目(CIP)数据

当代文学新空间/贺绍俊著.—北京:中国社会科学出版社,2017.8
(历史与现场丛书)
ISBN 978-7-5161-9907-7

Ⅰ.①当… Ⅱ.①贺… Ⅲ.①当代文学—文学评论—中国—文集
Ⅳ.①I206.7-53

中国版本图书馆 CIP 数据核字(2017)第 038091 号

出 版 人	赵剑英
责任编辑	郭晓鸿
特约编辑	席建海
责任校对	郝阳洋
责任印制	戴 宽

出 版	中国社会科学出版社
社 址	北京鼓楼西大街甲 158 号
邮 编	100720
网 址	http://www.csspw.cn
发 行 部	010-84083685
门 市 部	010-84029450
经 销	新华书店及其他书店

印刷装订	北京君升印刷有限公司
版 次	2017 年 8 月第 1 版
印 次	2017 年 8 月第 1 次印刷

开 本	710×1000 1/16
印 张	20.75
插 页	2
字 数	265 千字
定 价	78.00 元

凡购买中国社会科学出版社图书,如有质量问题请与本社营销中心联系调换
电话:010-84083683

目　　录

长篇小说的问题和前景

　　当代长篇小说处在空前的繁荣期。这不仅指它的数量，而且也指它的质量。长篇小说的质量是建立在中国现代汉语文学百年发展的基础之上的，在我们的面前站立着一位文学的巨人，这就是现代汉语文学前辈们开创的现代文学传统。这个传统与我们的写作有着最直接的关系，因此我们完全应该像牛顿一样说，我们今天是站在巨人的肩膀上的。我以为，当代小说叙述要比过去更加成熟，小说内涵也要更加深邃。对此，我们丝毫不应该妄自菲薄。这是从整体上来说的，就是说，今天我们的小说叙述起点都比较高，但是让我们感到不满足的是，我们缺乏挺拔的高峰，缺乏令人们"高山仰止"的经典。从这个角度说，我们的小说家仍然有努力的空间。我觉得，当前的长篇小说可以在以下几个方面加大关注的力度，它或许能够提升长篇小说的品质。

一　让现实性与精神性相结合

　　现实主义是现代文学传统的重要组成部分，现实主义传统赋予了当代长篇小说强烈的现实性。小说家从来就没有冷却过关注现实的热

情，现实生活始终是长篇小说的最主要的写作资源。我写过周梅森的小说评论，他自20世纪90年代以来的小说基本上是直接反映现实生活的，我几乎读过他的所有作品。我发现，周梅森是以政治的眼光来观察现实的，他从政治的角度去观察现实变革中的新动向新因素，所以我说他的小说是"政治白皮书"，他凭着持续的政治热情，以小说的方式记录着现实变革的进程。恩格斯曾评价巴尔扎克的《人间喜剧》提供了一部法国社会的现实主义历史，恩格斯说他从巴尔扎克的小说中所学到的东西"比从当时所有职业的史学家、经济学家和统计学家那里学到的全部东西还要多"①。我觉得，当代长篇小说所记录的现实生活，特别是改革开放30年来的社会变迁，也是非常全面、非常丰富的，可以借用恩格斯这样的评价，因为我们从反映现实的长篇小说中所学到的东西，恐怕可以说要比从史学家、经济学家和统计学家那里学到的东西还要多，特别是恩格斯所讲的"细节方面"，而且我以为还应该包括心灵和精神方面，这更是文学的长处。

但是，长篇小说仅仅有现实性是不够的，仅仅满足于"记录"也不是真正的文学。我以为，有不少长篇小说就仅仅止步于现实性上，现实性也许会带来故事性，有些小说故事编得很好看，也让人联想到现实，但除此之外就没有了。小说不同于历史学、经济学、社会学的方面就在于它要为读者提供精神性的东西。文学从根本上说也是慰藉人的精神的，所以好的文学作品应该是一座精神的寺庙。人们的很多愿望在现实世界中不可能满足，人们在现实世界中还会遭遇到很多挫折、受到伤害，带来心灵的痛苦。那么有没有一个地方来满足人们未曾实现的愿望，来抚慰人们受到伤害的心灵呢？有，这就是作家通过想象而提供的一个文学世界。作为精神慰藉之所，精神性应该是第一

---

① 恩格斯：《致玛·哈克奈斯》，《马克思恩格斯文集》第10卷，人民出版社2009年版，第571页。

位的因素。精神性涉及世界观、人生观、价值观，但在文学作品中这一切不是直接裸露着的，它渗透在文学形象之中，在长篇小说中就会凝聚成一种诗性精神。红学家周汝昌在谈到《红楼梦》为什么会成为稀世的文学瑰宝时就认为，关键在于《红楼梦》有"诗的素质"。因此，尽管从内容、样式上看，《红楼梦》与过去的才子佳人小说有相似之处，可是诗的素质使它超越了所有的才子佳人小说，曹雪芹以诗性精神在作品中建构起一个宏大的精神宇宙，小说写的完全是日常生活，也有世俗的欲望，但我们从这些内容中能得到一种诗性的感染，比方说，贾宝玉的"意淫"与西门庆的纵欲相比，带给我们的感受就完全不一样。所以，诗性精神是文学的灵魂。

我以为，长篇小说应该在现实性与精神性的结合上下功夫，这种结合并不容易，不是说作家把一些伟大的思想、崇高的观念贴到作品中就有了精神性。这种结合应该是像糖溶到水中的结合。有时我也看到作家力图丰富作品的精神性，但他没有找到将现实性与精神性结合起来的方式。最好的结合方式其实就是最好的文学方式。最近我读到四川一位作家的小说《空城》，小说讲述成都市民的日常生活，一个个鲜活的人物构成了一幅成都的世象画廊，是一部市井风情特别浓郁的作品。但作者并不满足于反映现实的日常生活，他想对日常生活的描写进行精神的拓展，因此他写到了汶川大地震，而且也不是一般性地写地震发生了什么事情，他想借此表现"像水一样闲适"的成都人在这场大地震面前心灵受到怎样的震撼。作者通过人物之口表达这样的忧虑，沉湎在世俗中的人类需要得到拯救，但宗教已无力拯救人的心灵，现在需要一种超时空、超自然的力量。而作者从震撼世界的汶川大地震中感受到了这种警示人类的超时空、超自然的力量。汶川大地震之后我读到了不少以这次大地震为题材的文艺作品，但还没有一个作品像《空城》这样从一个哲学的高度来写的。尽管如此，我对这

部作品仍然感到不满足，关键就在现实性与精神性这二者没有找到一种最佳的结合方式。作者在写日常生活时，洋溢着非常欣赏的闲适的情调，他自然就难以从世俗中超脱出来。他的自我欣赏和自我反省构成一种内在的矛盾。这种内在矛盾带来小说叙述风格的不谐调，精神性的东西就没有灌注到整个叙述之中。这样的小说可以说是差那么一点火候，很多小说也就是差那么一点火候。

二 让批判性与人文情怀相结合

批判性是现实主义的灵魂。我们都知道列宁评价托尔斯泰时，称他是俄国革命的镜子。列宁的这个比喻不仅指出了托尔斯泰的现实性，而且也通过这个比喻指出了托尔斯泰的批判性。因为列宁在这篇文章的一开头就说，革命是托尔斯泰不了解也要避开的事情，托尔斯泰分明不能正确地反映革命，但为什么还要说是镜子呢，这就在于列宁认为他是一位"强烈的抗议者、激愤的揭发者和伟大的批评家"①。在我看来，用镜子来比喻现实主义文学，不仅有真实反映的意思，而且还有暴露、呈现、监督的意思，也就是强调了现实主义文学的批判性。法国学者在总结 19 世纪以来的法国文学时认为，理性的批判是"法国文学中最富活力、最有影响、冲击力最大、生命力也最强的部分"。我以为，也可以这样来评价批判性在当代长篇小说中的作用。我们的作家对社会有着一分责任心，对社会中的丑恶和弊端有着一种疾恶如仇的情感。

---

① ［俄］列宁：《列·尼·托尔斯泰》，《列宁全集》第 16 卷，人民出版社 1988 年版，第 321 页。

但有时候我读到一些充满批判性的小说时又总觉得欠缺点什么。作家在小说中对丑恶的东西毫不留情，不惜用最渲染的方式将丑恶放大了揭露出来，弥漫着苦难，充斥着邪恶，传达着绝望和悲观。阅读这样的作品时，就觉得是身陷漫无天日的荒漠之中，四周都是干燥的，这时候哪怕有一口清水润湿一下干渴的嘴唇都会感到满足。这就是这些作品所欠缺的东西，它是一种温润的人文情怀。温润的人文情怀是沙漠中的绿洲。

有一位"80后"的作家将他的一部长篇小说的提纲给我看，从这个提纲中我看到了年轻人对现实的质疑和不信任。小说是以一个孩子的视角来看世界的，这个孩子看到了世界上种种毁灭美好、丑恶盛行的事情。他的母亲与人偷情被发觉又输了官司，只好喝农药自杀。他的父亲被亲人欺骗，遭受种种打击，性情大变，竟强奸了继女。孩子在孤独之中只能与一个疯子交往。疯子在社会上不仅得不到同情，反而受到一些利欲熏心的人的虐待，有人把他的眼珠子剜出来卖到南方城市的医院黑市上。孩子同情疯子，但长久相处，又发现疯子身上猥琐的一面。这一切都使得孩子产生绝望之感，最后，他为了解脱自己，也为了解脱疯子，就在美丽的河心岛上，用鹅卵石向疯子砸去。在这里我看到不一样的"80后"，他有强烈的现实感，关注社会现实，对社会的不公和道德恶化充满了义愤。显然他是要以一种批判的态度来表达这一切的。但我同时也感到，一个年轻人为什么如此绝望呢？于是我在邮件中对他说，我觉得你的故事过于绝望过于阴沉，如果加进去一点温暖的因素会不会好一些呢。他在回给我的邮件中认为我说得对，同时他说我的意见也使得他思考这个问题，我们这一代人为什么会那么绝望，这根源似乎很深，又很浅。但他最终说："温暖才能照亮世界，我会郑重采纳您的意见的，至少这部小说不会那么消沉，依然会有温暖的力量存在。"

人文情怀还是一种超越个人情感的博大胸襟。文学应该是个人化的创造活动，否则就没有独特性，但作家的个人化应该有一个博大的胸襟所承载，否则你的创造就难以引起共鸣。我曾读到一部"70后"女作家的小说，写了三个女性的情感遭遇。小说的名字叫《在疼痛中奔跑》，小说的确写到了这几位女性在情感挫折中心灵上的疼痛感。但我也发现，这些女性的痛感神经特别敏感也特别脆弱，一点小小的苦难就让她们承受不了，比如一位一直生活在幸福和谐家庭氛围的女性，父亲的突然病倒就使得她"疯狂""绝望"，"仇恨地看着周围的每一个人"。读这部小说或许让我对年轻女性有了更多的了解，看到她们姣好面容后面复杂深沉的内心世界。但我也感到，作者的胸襟太狭小，所以她就只能跟着笔下的人物为一点点小事就去诅咒整个世界，而看不到世界真正的希望在哪里。即使在这里作者想要对社会进行批判，这种囿于个人狭隘情感的批判也不会是有力的。高尔基在回答为什么他在童年的苦难经历中没有堕落成一个坏人时这样说："因为天使一直伴随着我成长。"我觉得《在疼痛中奔跑》中缺少的正是这样的"天使"，这个"天使"就是一种人文情怀。

三　让语言的口语化与典雅性相结合

文学的问题最终都可以归结到语言上来，文学的永恒魅力最终是通过语言来实现的，因为文学就是语言的艺术。语言不仅决定了我们的叙述方式、审美方式，也决定了我们的思维方式。但由于长篇小说需要有一个庞大的故事结构，故事性往往遮盖了语言的问题。即使长篇小说讨论起了语言问题时，也只是局限在如何讲好故事的层面，比如要口语化，要吸收生活中鲜活的语言。我把中国现当代文学定义为现代汉语文学，显然这里的现代汉语是特指一种书面语，是对应古代文学的书面语——文言文而言的。这两种书面语言的关系完全是一种否定性的革命关系，而不是渐进的改良关系，因此现当代文学与中国古代文学的关系基本上是一种断裂的状态，二者之间缺乏美丽圆润的过渡，中国古代文学积累起来的审美经验要移植到现当代文学之中便出现了严重的"水土不服"，但这种移植在中国现当代文学近百年来的过程中从来就没有间断过。中国古代文学的审美经验是中国当代文学最具本土性的、最具原创性的精神资源。但现代汉语与文言文的断裂，使我们难以深入、有效地开发这一宝贵的精神资源。语言在诗歌中会表现得更加纯粹，所以我觉得当代诗歌在解决语言的问题上比小说做得好。小说家完全可以借鉴诗歌成功的经验，但小说家与诗人的交流太少。有一些诗人转行来写小说，他们往往会在语言方面带来一些新东西，但这方面做得还是不够，因为我们缺乏一种反思语言的自觉。

很多年以前，我看到一条新闻，一位移居海外的华人用英语写的一部小说在加拿大获得了最佳图书提名奖，这个奖是加拿大主流文学的一个比较重要的奖项。我当时对这条新闻特别感兴趣，因为海外华人很难进入当地的主流文学，而这位华人是改革开放以后出去的中国人，她怎么就能得到加拿大主流文学的认可呢？去年，这部小说由作者本人译写为中文在国内出版了，我特意拿来认真读了，即由作家出版社出版的《红浮萍》，作者叫李彦。小说原来的英文名字叫《红土地的女人们》。小说讲述的革命年代中一家三代人的命运悲欢，着重塑造了三代女性形象。从故事情节上看，类似于内地近十来年流行的家族小说，小说通过外婆、母亲"雯"和自叙者"平"在革命风云与政治斗争中的遭际和坎坷，写出了她们就像水中的浮萍一样经历着精

神的漂泊，从而叩问了中国人的信仰所在。就是这种中国革命的故事，加拿大人不仅爱读，而且还要给它评奖。为什么？我觉得语言是很重要的原因。李彦的英语写作水平肯定很不错，但她不仅仅掌握了英语的语法，而且也学会了英语的思维方式，当她用英语思维来处理她的生活记忆和中国经验时，她就摆脱了国内作家难以摆脱的语言思维定式，能够从容地对待中国经验中的芜杂的现实纠葛，触摸到精神层面，进入人物的内心深处。这一次，她用中文再一次来译写这部小说时，英语思维带来的特点还保留了下来，因此我读这部《红浮萍》时，虽然感觉人物和故事很熟悉，但作者叙述故事的特殊方式和对叙述中的语言的讲究，却给我留下很深的印象，作者极其用心地选择那些具有文学色彩的语言，从而使得小说充满了书卷气和典雅性。我们的长篇小说缺乏了典雅性，而典雅性藏在古代文学的文字里。

以上三点其实相互关联，无论是精神性，还是人文情怀，抑或典雅性，都指涉精神价值，指涉信仰和理想，它让人们有了一种敬畏之心和自省之力，让人们充满了对无穷和无限的兴趣和向往。长篇小说既然是宏大工程，就更应该追求这些东西。

为时代生产思想和储存思想

　　小说既有娱乐的功能，也有思想的功能，当然还有其他多种功能，但娱乐功能和思想功能是小说最主要的两种功能。进入现代小说时代，小说出现明显的分野，分野的规律大致上就是形成了以娱乐为主的小说和以思想为主的小说。我这里想专门谈谈以思想为主的小说。尽管以思想为主的小说不属于读者最多的小说，但它们起到了为一个时代生产思想和储存思想的作用。

　　把小说当成生产思想和储存思想的工具，相信会遭到很多人的质疑。如果人们要表达思想，为什么要采用小说的方式，直接写成理论文章不是表达得更直接更明确吗？我要强调的是，小说是人们观察世界的重要方式。特别是进入现代社会以后，现代社会是一个公民社会，小说家应该具有公共知识分子的担当，应该通过小说直接参与对社会、人生进行理性的思索。另外，小说作为观察世界的重要方式之一，具有整体把握复杂性的优势。进入现代社会以后，绝对真理、一元化思想越来越缺乏说服力，人们对世界的复杂性、矛盾性看得更加清楚，而抽象的思想理论往往难以统领这个复杂的世界。理性思维和理论思维是采取抽象的方式，它把世界的活生生的细节都抽象成一个个概念，把世界上各种类型的人，男人和女人，老人和孩子，爱打呼噜的人和爱吃零食的人，都抽象成一个"人"字，而每一个人都是有血有肉的，这些血肉都被抽象掉了，过去崇拜抽象思维时，会认为这

些血肉对于认知世界没有意义，但后来人们逐渐认识到，这些细节，这些血肉，对于认知世界是很重要的方面。而这时候就显出了小说思维的长处，小说是作家构建的一个形象的世界，形象具有多义性，同一个形象，因为读者条件的不同，会得出不同的理解。小说形象也是一种意义符号，但它是一种能指要无限大于所指的意义符号，这一特点更好地吻合了人们对于世界复杂性的认识。小说用形象来思维，就是一种有血肉的思想，就带来了小说思想性的神奇性和无限可能性。比如我们经常会引用恩格斯对巴尔扎克的评论。恩格斯认为，巴尔扎克所坚持的思想立场和他所描写的小说形象是相矛盾的，他说："不错，巴尔扎克在政治上是一个正统派；他的伟大的作品是对上流社会必然崩溃的一曲无尽的挽歌；他的全部同情都在注定要灭亡的那个阶级方面。但是，尽管如此，当他让他所深切同情的那些贵族男女行动的时候，他的嘲笑是空前尖刻的，他的讽刺是空前辛辣的。而他经常毫不掩饰地加以赞赏的人物，却正是他政治上的死对头，圣玛丽修道院的共和党英雄们，这些人在那时（1830－1836）的确是代表人民群众的。这样，巴尔扎克就不得不违反自己的阶级同情和政治偏见；他看到了他心爱的贵族们灭亡的必然性，从而把他们描写成不配有更好命运的人；他在当时唯一能找到未来的真正的人的地方看到了这样的人，这一切我认为是现实主义的最伟大的胜利之一。"[1] 我们一般引用恩格斯的这段话是要来证明现实主义是如何伟大的。但我以为，恩格斯所指出的巴尔扎克的这种矛盾性，不仅仅是一个现实主义的问题，它充分证明了小说形象的复杂性和多义性，小说形象所包含的能指，可能完全出乎作家本人的想象，也可能完全违背作家的思想。巴尔扎克在小说中表达的深切同情，恩格斯却从中读出了空前尖锐的嘲笑。

---

① ［德］恩格斯：《致玛·哈克奈斯》，《马克思恩格斯文集》第 10 卷，人民出版社 2009 年版，第 571 页。

同样还有像恩格斯所指出的，人们可以从巴尔扎克的小说中看到贵族们灭亡的必然性，而这显然不是巴尔扎克的本意，而是巴尔扎克的小说形象带来的认识，是小说中的血肉带来的认识，这应该属于小说中有血肉的思想。

昆德拉是 20 世纪的一位伟大的小说家，他是非常强调小说的思想能力的。他很欣赏福楼拜的小说《包法利夫人》，因为他在阅读这部小说时，被作家的思想所震撼，他感叹说："判断一个时代的精神不能仅仅根据其思想和理论概念，而不考虑其艺术，特别是小说。19世纪发明了蒸汽机，黑格尔也坚信他已经掌握了宇宙历史的绝对精神。但是，福楼拜却发现了愚昧。在一个如此推崇科学思想的世纪中，这是最伟大的发现。"[1] 昆德拉在这里特别强调了小说在总结一个时代的精神实质时所具有的不可替代的作用。他因此还提出了"小说精神"的概念。昆德拉所说的小说精神是与极权社会相对抗的，他说："极权的唯一真理排除相对性、怀疑和探询，所以它永远无法跟我所说的'小说精神'相调和。"[2] 所以昆德拉非常看重小说的精神素质，一部优秀的小说除了提供一种新的美学风格、想象世界之外，它还应该包括对当代社会的积极反应，对存在进行意义的探索。科学是为了实用，哲学陷入了总体原则之中，而文学却致力于把人心的混沌、复杂和文明发展的另一面展示出来，它告诉人们"世界并非如此"，在这里，文学发挥了它的思想能力，让民众产生的新的思想维度、质疑、批判，或重新思考文明、制度、政治、文化等关乎社会现实和人生的诸种问题。小说比其他文学门类具有更便利的条件，因为它是直接以现实和人生为摹本的。我还要引用一段昆德拉的话，昆德

---

① ［捷克］米兰·昆德拉：《小说的艺术》，董强译，上海译文出版社 2004 年版，第163 页。

② 同上书，第 18 页。

拉说："小说存在的理由是要永远地照亮'生活世界'，保护我们不至于坠入对'存在的遗忘'。"

现代小说充分证明了这一点。如卡夫卡的《城堡》，它让我们感受到现代官僚制度的可怕以及这种制度对生命的压抑。加缪的《局外人》，让我们看到现代生活中人的"异化"，这些小说都展示了文学想象在现代社会中的思想价值。福楼拜，还有狄更斯、雨果等作家，他们是在资本主义文明处于欧洲上升时期进行写作的，那个时候是资本主义的黄金时期，科学、技术和理性成为时代的最高原则，但是，文学却颠覆了这一基本的公共理念，它提醒人们，这个最高原则具有"愚昧"和"可怕"的一面。

作家应该成为思想家，但同时作家又不能代替思想家，相反，作家经常要从思想家那里吸收思想资源。因此，作家和思想家从现代社会以来逐渐结成了最亲密的联合阵线，作家和思想家的结合，就将思想的力量发挥到最大的地步。像上面提到的那些作家，他们在小说中表达的思想，也是充分吸收了当时思想家的成果。在整个 19 世纪和 20 世纪，许多思想家，如维柯、斯宾格勒、尼采、雅斯贝斯、阿尔都塞，都对"科学""技术"持基本的反思立场。很多作家接受了这些思想成果，包括卡夫卡、加缪，他们之所以能够写出《城堡》《局外人》这样的批判现代性的小说，是与当时整个思想界具有了这样的思想境界大有关系的。所以，从作家与思想家的关系来看，是二者共同完成了对世界的新的反思。思想家提出了新的思想，小说家将血肉赋予了这种思想，同时也就更加深化了思想。

小说是以一种特殊的方式在表达思想。铁凝曾把这种小说的特殊表达称为"思想的表情"，她说："我想我必得有本领描绘思想的表情而不是思想本身，我的小说才有向读者进攻的实力和可能。"① 思想的表情这个说法很有意思，这也就是说，小说家并不是像思想家那样直接宣讲思想，他不过是在描绘思想的表情，小说是通过思想的表情而不是思想本身向读者发起进攻的。一般的读者阅读小说也只是在感受思想的表情，而不再去追究思想本身。但批评家所要做的工作则是要对隐藏在表情背后的思想进行阐释，甚至应该将小说中的思想激活，使其变得更加丰富。人们曾描述 20 世纪以来现代思想的一大特点是"理论批评化"和"批评理论化"。许多思想家的理论建构是通过文学批评而实现的。这既说明思想家的理论更贴近现实，也说明了现代小说具有丰富的思想内涵，因此小说才会为思想家提供源源不断的"炮弹"。英国文学批评家阿诺德曾精辟地论述文学批评的创造力，他说："它最后可能在理智的世界中造成一个局势，使创造力能加以利用。它可能建立一个思想秩序，后者即使并不是绝对真实的话，却也比它所取而代之的东西真实一些；它有可能使最好的思想占了优势。没有多少时候，这些新思想便伸入社会，因为接触到真理，也就接触到人生，到处都有激动和成长；从这种激动和成长中，文学的创造时代便到来了。"② 从阿诺德的论述中可以发现，批评的创造力之所以被阿诺德如此高看，就在于小说对思想的强有力的参与。阿诺德也是一名诗人，但作为批评家的阿诺德远远超过了作为诗人的阿诺德，因为作为批评家的阿诺德紧紧抓住了文学（在当代主要以小说为代表）的思想力量。那么，批评家应该采取什么样的小说读法，我的回答就是，做一个阿诺德式的批评家，去发现小说中蕴含的思想，并让小说中的思想通过批评的创造力得以"激动和成长"。

---

① 铁凝：《自序：写小说也需要大老实》，《午后悬崖》，华文出版社 2002 年版，第 2 页。
② ［英］阿诺德：《当代批评的功能》，《西方文论选》下卷，上海译文出版社 1979 年版，第 77 页。

假如要问我对当代小说最大的不满是什么，我以为那就是当代小说还未能有效地担当起思想的功能，没有成为收藏当代思想成果的地方。当然，这个问题要从两方面来看，一方面，从小说家的角度看，小说家对当代思想的走向和突破缺乏敏感和热情；另一方面，从当代思想家的角度看，中国当代的思想家缺乏自己的思想见解，特别是缺乏建立在本土经验上的思想见解，缺乏足以让小说家感动的思想成果。但我以为也不必妄自菲薄。事实上这些年来我能明显感到作家们在思想上的努力，一些有影响的小说无不闪耀着思想的光芒。中国自20世纪以来，走着一条独特的路，积累了丰富的新经验。最伟大的思想就应该从中国本土经验中生长出来。

新世纪文学：世界文学的眼光

——以铁凝的文学实践为例

所谓新世纪文学，不应该仅仅是一个时间概念，而应该主要是一个时代概念，也就是说，新世纪前后，中国当代文学进入一个新的时代。一方面，从中国内部来看，20 世纪 90 年代以后，中国社会发生重要的转型，由过去的计划经济时代逐渐转向市场经济时代；另一方面，从世界格局来看，随着全球化的浪潮的弥漫，世界逐渐由过去的冷战时代转向了对话和交流的时代。新世纪文学恰好是对话和交流时代的产物。新世纪文学显然从多方面体现了对话和交流的时代特征，而越来越具备世界文学的眼光，则是其中特别突出的一个方面。

我选择铁凝的文学实践来说明这一问题，是因为我注意到铁凝所具有的特殊性，即她从 21 世纪之后担任了中国作家协会主席，这一特殊身份使铁凝的文学实践更能折射出中国当代文学的整体特征。2005 年当选为中国作家协会主席，成为自茅盾、巴金之后，第三位担任这一职务的作家。铁凝作为新一届的主席，显然与前两届主席有着明显的不同：不同之一是前两届主席都是以德高望重的身份获得这一职务的，而铁凝就任主席时要比茅盾和巴金就任主席时的年龄年轻得多，这就意味着她不是以自己的威望而必须以自己的实干来开展工作，否则不可能得到众多作家的认同。不同之二则在于铁凝所处的时代已经发生了根本性的变化。前两届主席基本上是处于冷战时代，而

铁凝所处的时代是一个对话和交流的全球化时代。因此，从让中国文学走向世界的角度说，铁凝比她的作协主席前辈更为幸运。关键是，铁凝能不能抓住这个机会。

铁凝身处中国作协主席的位置，让她有了世界性的视界，她觉得自己有责任把中国当代文学推向世界，让世界各国的读者了解中国当代文学。特别是她当选作协主席不久，一些国家驻中国使馆的文化官员，也包括一些大使，先后到作协来拜访，他们在拜访中都表达了愿与中国作家展开更多文学交流的愿望。这更加坚定了铁凝的想法。一封美国作家的来信，让铁凝的想法变成了具体的行动。这是一封来自美国作家聂华苓女士的祝贺信，聂华苓热情祝贺铁凝当选为新一届的中国作协主席。聂华苓同时还在信中邀请中国作家加入"爱荷华国际写作计划"中，她热切期待"爱荷华国际写作计划"能与中国作家协会合作。

爱荷华国际写作计划（International Writing Program, the University of Iowa，简称 IWP）是由聂华苓及其丈夫、美国诗人保罗·安格尔共同于 1967 年创立的，这是全世界首个由一间大学举办的全球性作家交流计划，第一届"国际写作计划"邀请了来自世界各国的 12 名作家。自成立以来，已有超过 115 个国家及 1000 名作家获邀到访爱荷华大学，参与国际写作计划。1979 年中美建交，"爱荷华国际写作计划"举办了第一次"中国周末"。之后的 10 年间，余光中、梁牧、王文心、白先勇、萧乾、艾青、陈白尘、茹志鹃、王安忆、吴祖光、张贤亮、冯骥才、汪曾祺、北岛、阿城、刘索拉等都参加了这个"国际写作计划"。写作计划为期三个月，鼓励获邀的作家参与大学课程，安排各种座谈会、阅读会等。1989 年以后，爱荷华国际写作计划与中国的合作中止了。这一次聂华苓主动提及再次合作的事宜，铁凝非常兴奋，她觉得这就是自己所说的义不容辞的事情，也是中国作协应做的"大事情"。在铁凝的努力下，中国作协很快与爱荷华国际写作计划建立起经常性的联系，双方最有开创性意义的一次合作是在几年后的 2011 年，以往都是中国作家走出去，这次选择让美国作家走进来，美方组织了 9 名美国青年作家来中国进行文学旅行。中国作协选出 9 名中国青年作家和美国作家共同旅行，大家一起参观访问，然后写出自己的感受，分别翻译成中英文，聚在一起朗诵、讨论。铁凝说："他们能由彼此陌生的相互试探变成一种感情上相互的渐渐了解，由此能看到彼此很多的差异。这对作家是个浪漫而又具体的文学体验。"

与海外作家进行文学交流，这当然是中国作协主席应该承担的一项重要工作。但铁凝并不是将此当成一项事务性的工作来对待。随着与世界的对话越来越频繁，铁凝愈发意识到，文学对于一个国家和民族而言，具有政治、经济都无法替代的独特功能。2009 年，具有世界影响的"法兰克福国际书展"将中国作为主宾国，中国作协派出了由一百多名作家组成的强大阵营，在书展现场举办了近 80 场文学活动。中国文学借助法兰克福书展的舞台，做了一次精彩的亮相。这是与铁凝的努力密不可分的。在最初的规划里，只要求中国作协选派几位作家参加本次法兰克福书展的活动。铁凝认为，既然法兰克福书展确定中国为主宾国，我们就应该充分利用这次机会展示中国当代文学的风采。她提议邀请一百多名作家参加书展。铁凝的提议得以实现。在书展现场，铁凝接受记者采访时说，她相信派出如此大规模的作家阵营来参加国际书展，将会产生积极的意义，但她同时也强调，这种意义不会随着作家的突然到来就马上产生，这将是一个慢慢产生的过程。所以走出这一步非常重要。铁凝还专门引用了一位名人的话说：你要想了解一个民族，最好和最方便的办法就是去读这个民族的文学作品。她确信这是很多人的共识。所以铁凝怀有极大的热情去推进中国

文学走向世界。举办汉学家翻译国际研讨会，应该是一个极具建设性和主动性的大手笔。汉学家是一个翻译词，英语为 sinologist，西方将研究中国文化的学者统称为汉学家。汉学家往往也是一名翻译家，大量的中国文学作品就是通过汉学家翻译成不同的语言的。因为工作关系，铁凝接触了不少的汉学家。她发现汉学家多半都是孤军作战，势单力薄，中国作家协会应该给予他们更多的帮助。在铁凝的提议下，中国作家协会决定举办汉学家翻译国际研讨会。首届国际研讨会于 2010 年 8 月在北京召开，来自美国、英国、法国、德国、西班牙、日本、俄罗斯、意大利、荷兰、乌克兰、韩国、埃及等十几个国家的30 余位汉学家参加了会议。铁凝代表作家协会向大家承诺："我们乐于帮助译者联系中国文学作品的作者和出版商，协助解决版权；我们乐于帮助译者申请中国文学作品翻译出版资助；我们乐于连续不断地在汉语的故乡接待大家，为大家创造和提供更多的与中国作家接触、交流的机会。"[①] 曾经翻译了余华《活着》的美国汉学家白睿文则以这样的倡导做出了回应："让我们一起开拓中国文学走向世界的新的道路吧！"[②] 由中国作协举办的汉学家翻译国际研讨会每两年就举行一次，到 2014 年已经举办了三次。文学是了解一个国家和民族的最好渠道。就是在汉学家翻译国际研讨会上，"解读中国故事"作为一个鲜明的主题被提了出来。中国作家用汉语讲述着在中国大地上发生的神奇故事。但不懂汉语的人感受不到中国故事的魅力。因为有了翻译，世界各国的人也能够听懂中国故事了。所以铁凝把翻译比喻为"连接人与人心灵和友谊的彩虹"。

中国作协的对外文学交流不仅越来越频繁，而且交流的空间也越

---

① 转引自王杨《连接心灵和友谊的彩虹——汉学家文学翻译国际研讨会在京召开》，《文艺报》2010 年 8 月 11 日。

② 同上。

来越扩大，交流的形式也越来越丰富多样。比如与其他国家合作，举办两国作家的文学论坛，先后就举办了中俄、中韩、中美、中德、中法文学论坛。比如举办国际作家写作营，这也是中国作协这些年扩大国际文学交流的一个重要举措。从 2009 年起，中国作协相继在江西庐山、河北唐山和天津举办了国际写作营，每一次国际写作营，会邀请一二十位海外作家，与中国作家一起进行文学对话和交流。在这些活动中，都能看到铁凝的身影，她也为此花费了很多心血，投入了极大的热情。她越来越相信文学的神奇作用。她曾写过一篇散文介绍了她与泰国公主诗琳通的文学交往。诗琳通读到铁凝的中篇小说《永远有多远》，非常喜欢，并想将这篇小说翻译成泰文，通过她的中文老师征得了铁凝的同意。2014 年，诗琳通来北京，将她翻译的《永远有多远》的泰文版图书赠给铁凝。铁凝特意将两人的会见地点安排在中国现代文学馆和鲁迅文学院。为的是更好地向诗琳通公主介绍中国的文学。诗琳通不仅翻译了这篇小说，还因为这篇小说，她专门在泰国修了一条北京胡同，在这条北京胡同里，就能买到铁凝在小说里写到的北京小吃。① 铁凝感慨道："文学的影响就是这么微妙和奇特！"②

　　铁凝并不是一个眼界闭塞的作家，也不回避新时期以来不断冲击的西方现代主义文学大潮，在她的创作中同样能够发现向现代派学习的痕迹。但她对这种学习持一种谨慎的态度，她不想因此而把自己的本来面目都遮掩掉。而她在这一学习过程中，对于人类的精神价值有了新的认知。她意识到，与世界文学对话，并不是要求人们都换成同一种叙述腔调、同一种结构方式，而是对世界怀有相同的心理感应。铁凝后来多次跟别人谈到她 20 世纪 80 年代第一次访问美国的一段经历。1985 年，铁凝作为中国作家代表团的成员之一，赴美国进行文学

① 参见铁凝《我与公主的一次美好约会》，《文汇报》2015 年 4 月 8 日。
② 转引自李晓晨《铁凝与泰国公主诗琳通会谈交流》，《文艺报》2014 年 4 月 16 日。

交流。这也是铁凝第一次踏出国门。在一次与美国的作家、批评家及读者座谈的活动中，一位美国青年从铁凝的简介中得知她的《哦，香雪》获得了全国的短篇小说奖，便请求铁凝讲一讲这篇小说。但铁凝认为她写的是中国一个偏远山区里的故事，一个乡村的小女孩从来没有见过火车，而一个在现代化都市中长大的美国青年不可能听得懂这样的故事。所以她不愿意讲。而美国青年执意要听铁凝讲故事，铁凝身边的美国翻译也表示非常想听。铁凝有点不情愿地讲了。她想尽快结束在她看来不会受到大家理解的讲述。没想到讲完以后，在场的人热烈地鼓起掌来，那位美国青年还特意对铁凝说："请你相信我，我听懂了你的故事，它让我很感动！"这让铁凝感到很意外。另一位参加活动的美国某杂志的主编告诉铁凝，这绝不是人们说的客套话，并很严肃地对她说："你知道你的这篇小说为什么打动了我们吗？因为它表现了人类的心灵能够共同感受到的东西。"这句话深深铭刻在铁凝的心里。[①] 担任中国作协主席后，铁凝在开拓文学交流的过程中对这一点体会尤深，她有了一种自觉的和自主的比较意识，总是在不同文化之间寻找异同，用铁凝自己的话说，她是要"在差异性对话和时空的神奇拓展中，享受不同文化背景下文学共同的魅力"。

铁凝在多次场合中表达了这一意思，并不断地将这一观点加以深化。比如 2009 年在巴黎举行的首届中法文学论坛上，她就以这一观点作为自己演讲的主旨。她演讲的题目是"桥的翅膀"。她分别讲了三个关于桥的故事。第一个故事是一个摄影记者孤身在山中遭遇到狼群时脱险的故事。危急中记者来到了一座桥边——但不是真正的桥，而是架设在两山之间的一条水槽，记者终于凭借这条水槽爬到了对岸。修建水槽的目的并不是用来作桥，但求生的愿望将它变成了桥，

---

① 参见张光芒、王冬梅编著《铁凝文学年谱》，复旦大学出版社 2014 年版，第 21—22 页。

铁凝感慨道，一个作家应该有能力使自己的写作遭遇危机，这样"才有可能遇见创造之路上的山谷水槽——那逼迫你打破常规的桥"。第二个故事是关于两位法国画家的艺术借鉴的故事。铁凝从巴尔蒂斯的画中发现了另一位画家库尔贝的痕迹，铁凝认为，巴尔蒂斯是一个成功的"剽窃者"，他在库尔贝的一幅并不被画家自己重视的画作《为死者化妆》中敏锐地把握到了库尔贝不经意流露出的现代意识，并将其发挥到极致。铁凝说："我在这当中看见了一个大师从他的前辈那里'借'到了通向自己的江河湖海的桥。"在第三个故事里，铁凝讲述了她是如何从传统戏曲里汲取艺术营养的。铁凝介绍了她家乡河北的一出地方戏《借髢髢》，在这出戏里，两个女人絮絮叨叨，却能让观众听得一点也不厌烦。铁凝从中深受启发，她说："在我的一部长篇小说里，当我想用说话来表现某个人物的复杂内心时，《借髢髢》成为我和我的人物之间的桥梁。"可以说，铁凝用三个故事为人们"建造"了三座不一样的桥，告诉人们一个道理："文学的目的不是发明桥，但好的文学有资格成为桥，它所抵达的将是人的心灵深处，是不同文化背景的人情感的相通。"①

在这三个故事里，我们也体会到铁凝是如何享受"不同文化背景下文学共同的魅力"的，特别是第二个故事里，既涉及不同文化背景，而且也涉及不同艺术领域。铁凝并不是以一个美术专家的身份来评价巴尔蒂斯的艺术风格的，我们从这里可以体会到铁凝的非凡的美术鉴赏才华，而铁凝也以此证明了，即使处在不同的文化背景下，因为"情感的相通"，使她与巴尔蒂斯有着同一双分辨艺术的眼睛。

在文学交流的场合，铁凝还愿意与其他国家的作家们分享她为自己所建造的文化之"桥"。在第三届中、韩、日三国文学论坛上，铁

---

① 以上均参见铁凝《桥的翅膀》，《人民文学》2010 年第 4 期。

凝就在她的演讲中告诉在座的作家们，她的一个短篇小说《蝴蝶发笑》，就是因为她读到一个韩国的故事后受到启发，产生了灵感。她说："十几年前我在韩国曾读到报纸上一则故事：一个年轻人的自行车坏了，他想扔掉再买辆新车。祖父对他说，你应该学着修一修自行车。年轻人对祖父说，如今谁还会自己修自行车啊。祖父说，如果你的什么东西坏了都是一扔了事，那么有一天你的脑子坏了你也要把脑子扔了吗？灵魂出了事你也要把灵魂一扔？这个朴素的故事引发我写了短篇小说《蝴蝶发笑》，我觉得那位韩国祖父和晚辈的对话其实涉及现代人如何唤醒处理自身种种难处的能力，还有对进步或者是退化的困窘和疑惑。"显然，铁凝拿起这份韩国的报纸时，她不是简单地读一个故事，而是把这个故事当成了一座桥，她成功地从这座桥上走了过去，走向"人的心灵深处"。

在与世界各国的作家进行交流和对话的过程中，培育起了铁凝更自觉的世界文学的眼光。

世界文学，自从一百多年前具有现代化意义的中国新文学诞生之际，这个词语一直刺激着中国作家的大脑。德国作家歌德最早提出世界文学这一概念，尤其让中国作家富于联想的是，歌德是在阅读了中国的文学作品后提出世界文学这一概念的。在《歌德谈话录》中，歌德说自己正在读一部中国的传奇小说《风月好逑传》，歌德对其称赞不已，歌德感慨地发表了他著名的言论："我愈来愈深信，诗是人类的共同财产。我们德国人如果不跳开周围环境的小圈子朝外面看一看，我们就会陷入学究气的昏头昏脑。所以我喜欢环视四周的外国民族情况。我也劝每个人都这么办。民族文学在现在算不了很大的一回事，世界文学的时代已快来临了。"① 歌德的世界文学观念对于中国现

---

① ［德］歌德：《歌德谈话录》，朱光潜译，人民文学出版社 1982 年版，第 112 页。

当代文学的激励也是显而易见的。"从 20 世纪初郑振铎提出的'文学统一观'，到 20 世纪 80 年代的'走向世界文学'，再到 21 世纪伊始的'20 世纪中国文学的世界性因素'，乃至最近国内热衷的'中国文学海外传播'，无不显示了这种渴望。这种渴望中包含的中国文学与世界文学关系的论述，经历了从理想到现实，从世界主义到本土主义，从吸纳到输出的转变，但'成为世界文学'始终是其不变的追求。"①

铁凝也曾向国外的作家介绍过她的世界文学之旅。比如在韩国首尔举行的首届东亚文学论坛上，铁凝坦率地谈到她年轻时阅读世界各国文学经典的经历，她说："自上世纪 70 年代初期开始，在阅读中国和外国文学名著并不能公开的背景下，我以各种可能的方式陆续读到托尔斯泰、陀思妥耶夫斯基、普希金、普宁、契诃夫、福楼拜、雨果、歌德、莎士比亚、狄更斯、奥斯汀、梅里美、司汤达、卡夫卡、萨特、伯尔、海明威、厄普代克、川端康成……等品貌各异的著作。虽然那时我从未去过他们的国度，但我必须说，他们用文学的光亮烛照着我的心，也照耀出我生活中那么多丰富而微妙的颜色——有光才有颜色。"② 毫无疑问，这样的阅读就像是给铁凝配上了一副世界文学的眼镜，也使她自己的文学写作有了一个更大的参照系。既然铁凝乐于将她非常欣赏的法国画家巴尔蒂斯称赞为成功的"剽窃者"，那么，阅读了这么多的世界文学的经典作品，她当然也会尝试着做一名成功的"剽窃者"的。的确，我们能够从铁凝的作品中，发现这些世界文学经典的蛛丝马迹。但铁凝作为"剽窃者"也如同巴尔蒂斯一样是成功的，也就是说，她不过是将世界文学经典当成了一座又一座桥，最

① 谢江南、刘洪涛：《如何成为世界文学——中国文学走向世界的几种路径》，《光明日报》2015 年 2 月 15 日。
② 铁凝：《文学是灯——东西文学的经典与我的文学经历》，《文汇报》2008 年 10 月 12 日。

终她要通过这些桥到达"自己的江河湖海"。也因为有了这一座又一座的"桥"，使得铁凝自己的文学世界更加敞开，即使是不同文化背景的读者，也能便利地抵达铁凝的文学世界。不妨以日本作家大江健三郎对铁凝作品的解读为例子。大江健三郎与不少中国作家都是好朋友，也读了不少中国当代作家的作品。他很喜欢铁凝的小说。有一年，铁凝去日本访问，大江健三郎和夫人特别邀请铁凝去他家做客。在交谈中，大江健三郎谈起他读过铁凝的长篇小说《大浴女》，小说中的情节他记忆犹新。大江健三郎特别对小说中的三个女性人物印象深刻，他认为可以把这三个人物当成同一个形象，"都是在绝望当中寻找希望"。正是这一点打动了大江健三郎，大江健三郎说他就是一个绝望的人，但他仍然在寻找希望。大江健三郎非常欣赏这三个人物中的一个不良少女的形象，他称赞铁凝对这个形象的构思，他说："不良少女的母亲是位知识分子，在'文化大革命'中备受磨难。她在绝望的处境中仍然要给她的女儿留下希望。在自杀之前，她把希望留给了女儿，女儿凭借着这份希望得以继续生活下去。这种描写太了不起了，也只有铁凝先生做到了。"在这次交谈中，大江健三郎还谈到了莫言等其他中国作家的作品，最后他感叹道："毫无疑问，在未来三十年之内，中国文学将会在世界文学中占据一个中心位置。铁凝先生您需要做的就是，在三十年期限到来之前写出更优秀的长篇小说。"

铁凝对世界文学有着自己的认识。她说过这样一段话："文学本无国界，只要全世界的作家都有自己的一块文学土地，连接起来将无边无际，丰富无比。"我觉得这就是铁凝对世界文学最形象的描述。世界文学是一块又一块的文学土地连接起来的，每一位作家都有一块属于自己的土地。每一块土地上的作家都是不同的——不同的国度，不同的民族，不同的性别，不同的年龄。在铁凝的描述中应该包含无数的桥，因为这无数的桥，让每一个作家都能够从自己的土地走向其他作家的土地上。铁凝非常看重"桥"的喻义。她和人们讨论文学交流时多次使用到桥的比喻。在中国作协的一次文学创作座谈会上，她发表了题为"走向世界的中国文学"的讲话，她在讲话中再一次谈到文学具有桥的作用，她说："在世界仍然被各种政治的、文化的偏见所分隔的时候，当一种文化企图将自己的价值观强加于其他国家和民族的时候，文学让万里之外的异国民众意识到，原来生活在远方的这些人们，和他们有着相通的喜怒哀乐，有着人类共同的正直和善良；文学也会使他们认识一个国家独特的文化和传统，这个国家的人民对生活有自己的理解和安排，他们将在这种差异中，感受世界的丰富和美好。在这个意义上说，文学是通向一个和谐世界的重要桥梁，因为文学使如此不同的人们心灵相通。"① 铁凝心目中的世界文学，既包含统一性，也包含差异性；既包含个人性，也包含对话性。铁凝就是带着这样的世界文学的认知走向世界文学的大舞台的。

世界文学的眼光也大大拓宽了铁凝的文学空间。铁凝自成为中国作协主席以后，必须把更多的时间和精力放在公共文学事业上，但她并没有放弃自己的写作，经过了一段时期对新的角色和工作的适应之后，又开始了写作，不过她把重点放在短篇小说写作上，几乎每一年仍然能够发表一到两个短篇小说。从 2008 年起，铁凝相继发表了《伊琳娜的礼帽》《咳嗽天鹅》《风度》《内科诊室》《1956 年的债务》《春风夜》《海姆立克急救》《飞行酿酒师》《告别语》《七天》《暮鼓》《火锅子》等十余篇短篇小说。在这些短篇小说中，我们可以看到铁凝一如既往地发挥了她写作短篇小说的特长，精于构思，叙述讲究，也延续了以往的艺术风格。铁凝有自己的风格，但我们始终对她的风

---

① 铁凝：《走向世界的中国文学》，《文艺报》2009 年 11 月 3 日。

格关注得不够，她的风格不是那种具有浓烈鲜明色彩的或具有高亢锐利声音的、非常张扬个性的风格，而是像一缕带着清新气息的微风轻轻掠过。这种风格特征可以这么来概括：她擅长从日常生活出发，虽然体察的是生活中的细枝末节，却能以小见大，发掘出生活细节中最丰富的内涵。

关于铁凝的艺术风格，在前面论述她每一个阶段的创作时都涉及了这个方面。我这里不想再就铁凝的风格展开论述，因为铁凝的艺术风格基本上是一以贯之的，特别是成为中国作协主席之后，她基本上处于一种业余写作的状态。我想，处在业余状态中的铁凝，应该不会处心积虑地去思考如何在艺术风格上进行变法和突破这一对于作家来说是非常重大的事情的，而且即使她有这样的念头，现实也没有给予她去实践的时间和环境。因此我宁愿把铁凝的每一次短篇小说的写作看成在艺术上的"磨刀"，她担心长期的不写作将会使自己的文学感觉变得迟钝，写作技巧变得生疏。在公务繁忙中她仍要挤出时间来，一个短篇的写作相对来说不必占用太多的时间，但每一次的写作，就好比是将自己的文学"宝刀"再磨一磨，从而保持刀刃的锋利。因此这一段时间内写的短篇小说能够看出铁凝在艺术性上特别下功夫，无论是构思还是语言，都能见出铁凝的匠心。以她担任作协主席后发表的第一个短篇小说《咳嗽天鹅》为例。这篇小说堪称以小见大的经典之作。铁凝是从咳嗽这一日常生活中非常细小的现象入手的。爱干净的司机刘富不喜欢老婆香改的脏乱差的习惯，要和她离婚，但此时香改得了咳嗽的毛病，刘富打算帮她治好了咳嗽再离婚。这期间他又得到了一只病天鹅，这是一只咳声天鹅，叫声就像咳嗽，刘富干脆就叫它"咳嗽天鹅"。从此，院子里香改和天鹅一起咳嗽，让刘富感到更加烦乱。后来他把天鹅转送给省城的动物园。动物园发现这只天鹅太老了，没有存活的意义，将其杀了做成了一道招待刘富的菜。刘富看到这道菜愤而离去，当他回到车上看到一直在车里等着他的妻子时，他对妻子有了新的认识。于是他没有把车开向医院，而是开回家，他觉得治咳嗽的病可以慢慢来，现在最要紧的是回家好好过年。铁凝通过咳嗽声相似这一点非常巧妙地将两夫妻的关系变化与保护天鹅的生态问题连接了起来，达到一种暗度陈仓的艺术效果。小说从夫妻感情不和入手，看似写庸常的生活琐事，却在庸常生活中植入陌生化的天鹅故事，最后又从天鹅之死转移到庸常的生活，而小说人物从庸常中有了不平常的发现：司机刘富看不惯妻子的种种习惯，但在养天鹅的经历中，他才意识到，妻子身上的坏毛病恰是她真实的一面，她从来没有遮掩过，意识到这一点，他便"有了几分失而复得的踏实感"。铁凝由庸常—陌生—庸常的递进，把读者导引向了一个生活哲学的境界。总的来说，铁凝这一阶段的短篇小说延续了她的艺术风格。

讨论铁凝这一阶段的短篇小说，最值得强调的一点是，我们可以从中发现，铁凝的自觉的世界文学的意识也在她的创作实践中得到了体现，她努力去表现"人类的心灵能够共同感受到的东西"。铁凝是如何在自己的小说叙述中表现"人类的心灵能够共同感受到的东西"的呢？可以从几个层面来展开这个话题。

其一，铁凝对新的知识和新的观念抱有极大的兴趣，以一种积极的政治情怀关注全球化背景下的世界格局的变化。虽然铁凝这个阶段的短篇小说基本上写的是身边的日常生活和普通的人物，但铁凝在观察和处理日常生活时分明带着大世界的眼光。比如《咳嗽天鹅》就是一篇因为生态的忧思而有了创作冲动的小说。生态危机被认为是人类文明发展到今天面临的三大危机之一（另外两个危机是能源危机和精神危机），生态问题也成为当代政治和当代思想学术最前沿的问题。不少作家关注生态问题，书写生态题材的作品，生态叙述无论在中国还是在西方发达国家，都被看成文学的积极姿态。铁凝这一阶段的小

说中，不仅《咳嗽天鹅》涉及生态问题，另一篇小说《七天》更是将环境污染带来的恶果作为小说的核心情节。铁凝的小说中也有不少新知识带来的文学灵感。如《海姆立克急救》，其构思来自一个专业的医学术语，而《飞行酿酒师》则将大师的葡萄酒知识穿插在故事之中，变成了一个个情节发展的活扣。但铁凝并不是生硬地搬用新知识和新观念，而是融化在自己的文学体验中。比如铁凝的生态叙述就不是简单地追随生态主题，更不像国内某些生态小说那样唯生态而生态，与中国现实相去甚远。中国现实情景是：一方面，生态意识被当成最先进的思想；另一方面，生态意识又与实践完全脱节。铁凝的小说虽然不是正面表现中国现实的生态问题，但她准确地把握了这一点，并以此来深化小说的主题。天鹅是国家一级保护动物，连最普通的村民都知道这一点，但出人意料的情节发生了，病天鹅到动物园以后反而遭遇劫难，而且杀它的竟是那位天天与天鹅相伴的、将天鹅馆收拾得像天鹅们的"天堂"的景班长。铁凝由此表达了比一般生态小说更见深刻的思索：从生态的忧思进入人态的忧思。就是说，生态问题不仅仅依赖于人的理性来解决，它从本质上也是与人态相关的，人的情感状态、心理状态和精神状态如果没有与生态意识融洽起来，人们再多么有理性地认识到生态的重要，如果他的天性没有醒来，是不会真正与动物们成为朋友的。在另一篇以环境污染问题为核心情节的小说《七天》中，铁凝同样将生态的忧思引向人态的忧思。

其二，铁凝无疑要表达出"人类心灵能够共同感受到的东西"的，但她尽量不去重复别人的表达，而是在学习经典的表达、在与世界对话的同时，寻找到自己的切入点。比如《1956年的债务》，写了一个吝啬人形象。在世界文学经典之林中，有不少吝啬人的典型形象一直为人们所津津乐道，如莎士比亚《威尼斯商人》中的夏洛克、巴尔扎克《欧也妮·葛朗台》中的老葛朗台、莫里哀《悭吝人》中的阿巴贡、吴敬梓《儒林外史》中的严监生。我相信，这些经典作品中的典型人物，铁凝也是熟悉的，她在写这篇小说时，显然会与这些典型人物进行对话，作为一种非常强大的参照系，铁凝可以从中学习到很多塑造吝啬人的诀窍。我们甚至可以从中发现学习的痕迹。比如小说一开头父亲临死前将还债的事托付给儿子的情节，特别是父亲托付完之后，抬起身子向儿子张开两条胳膊的细节，会让我们联想起《儒林外史》中严监生临死前心疼两根点燃的灯草而举起两根手指的经典细节。这同时也说明了一个问题，这些文学经典不仅是参照系，也是一面高高的墙，你如果不能跳过去，你就只能在原地重复。铁凝面对这面高高的墙并没有退缩，她勇敢地超越过去。是什么给予她超越的力量？应该是她对个人经验的自信。因此，铁凝写的这个吝啬人是与中国特定时代相关的，是中国特定的饥饿年代铸就的一种吝啬性格。如果说以往的吝啬人形象多半是让人厌恶和反感，铁凝所写的这个吝啬人却是让人感到心酸。铁凝所写的这个吝啬人是小说中的父亲。父亲在1956年因为孩子的出生不得不向同事借五块钱渡过难关。但他一直没有能力还钱，为了这五元钱的债务，父亲在生活中变得越来越吝啬。穷困的生活摧毁了父亲的尊严，失去尊严的父亲就会在吝啬路上越走越远，并逐渐地从吝啬中尝出乐趣。但父亲终究要寻回自己的尊严，所以他在临死前要庄重地将还债的事托付给儿子。铁凝的立意并不在于写吝啬，她通过一笔债务，对比了两个时代的巨大差异，这种差异自然是物质上的，今天的物质丰富程度是当年的饥饿时代完全不可比拟的，然而在铁凝的叙述里却隐含一个质问，质问今天的时代，虽然物质丰富了，却是否遗漏了一些更重要的东西。

其三，铁凝相信文学是与人的心灵相关的，所以她致力于挖掘人的隐秘内心，将善良的光亮投射到幽暗的内心世界。比如《伊琳娜的

礼帽》①。这篇小说读起来有些许俄苏文学的韵味，或许铁凝对俄苏文学的经典有所偏爱，进而出神入化。仿佛是要与这种韵味相谐调，也把故事的发生地安排在了俄罗斯。铁凝再一次发挥她以小见大的特长。这一次的"小"专门用在对人物的观察上，小到一个眼神，一个手势，透过"我"的一双敏锐的眼睛，在飞机窄狭的空间里简直就在上演着一出惊心动魄的大戏！无论是一个当母亲的伊琳娜与一名陌生人瘦子的暧昧的亲热，还是三个年轻男女放肆的调情以及一对衣冠楚楚的华丽男士在众目睽睽之下走进洗手间的龌龊，都集中在飞机这一特殊的空间里发生了。这个特殊空间就像一个临时组织起来的社会，这个社会很快又会解散，因此置身在这个空间里，人们会把平时的约束和禁忌置诸脑后，都想趁机让自己的欲望释放一把。但是，当飞机降落后，一切又恢复到常态，伊琳娜和瘦子尽管都十指相扣地握着手了，此刻又像是陌生人一样各走各的。读到这里，我们或许要对人的瞬息万变表示叹惜。但是，伊琳娜的礼帽出现了！伊琳娜礼帽这个小小的细节引导我们发现了人性的美好一面：瘦子拎着礼帽盒追赶，"我"当机立断地夺过帽盒，还有小萨沙把笋尖般细嫩的食指竖在双唇中间，都可以看作他们对一对恩爱夫妻的祝福。也许这就是铁凝要告诉我们的关于人生的发现：美好和善良总是持久的、常态的，我们不要被偶尔溢出来的非分欲望破坏了常态中的美好和善良。连伊琳娜也对自己一度溢出的欲望心生愧疚，她将礼帽扣在自己头上，企图用这个滑稽的举动遮掩住愧疚的表情。而铁凝则以一种宽容之心谅解了欲望的一时溢出，因为她相信善良的人们终究要回到常态中来。

《伊琳娜礼帽》是 2009 年与《咳嗽天鹅》同时发表的，是铁凝担任作协主席之后最早发表的两篇短篇小说。小说发表后，适逢首届郁

---

① 发表于《人民文学》2009 年第 3 期。

达夫小说奖评奖。郁达夫小说奖虽然是浙江省《江南》杂志创办的一个文学奖，但他们一开始就立志将这项奖办成面向全球汉语小说写作的大奖，所聘请的评委也是由海内外著名作家和学者组成。《伊琳娜礼帽》最终获得了首届郁达夫小说奖的短篇小说大奖。授奖词是这样评价《伊琳娜礼帽》的："这是一篇显现短篇小说叙事艺术的作品。作者用一次在'异域'的高空旅行，让人物置身于狭窄封闭的空间，并由此为舞台，以精准而细微的描写，展示了人的内心的复杂性。机舱内由人间携来的不自由，与机舱外天空中广阔的自由，形成了强烈的反差，这似乎正是人类情感尴尬处境的真实写照。大胆而唯美，丰盈而节制的笔法，使小说焕发着温暖而忧伤的人性光辉。伊琳娜的这顶礼帽，无疑是近两年汉语短篇小说创作中的一朵奇葩。同时，郁达夫或许是最早、最尖锐地意识到现代境遇中'异域'的内在化的中国作家，从此出发，他为中国人和中国文学开辟了一个认识自我的新方向。铁凝的小说有力地证明了这一方向所蕴含的复杂空间和巨大可能性。"①

授奖词中的"人类情感""温暖而忧伤的人性光辉"等提法，非常贴切地点出了铁凝对"人类的心灵能够共同感受到的东西"的自觉追求。毫无疑问，这样的小说具有走向世界的潜质。就在我准备写作这篇文章期间，传来了铁凝被授予法国文学与艺术骑士勋章的新闻。授勋仪式是 2015 年 5 月 16 日在北京进行的。法国外交与国际发展部部长洛朗·法比尤斯为铁凝颁发勋章，他亲自将法国文学与艺术勋章佩戴在铁凝的胸前。洛朗·法比尤斯在致辞中称赞铁凝的作品中涌动着"一种既抒情又浪漫的声音，致力于描述普通百姓的内心世界，尤其是女性的内心世界"。他说："作为中国作家协会的主席，她不断推

---

① 引自《江南》2010 年第 5 期。

动中国和法国文学界的联系，并致力于使文学成为连接法中友谊的桥梁。"铁凝在答谢词中说："一个民族对文学和艺术的亲近程度，决定了这个民族素养的高低。而中国和法国都拥有悠久和深厚的文学传统和文化积淀。而文学艺术是人生道路上的一盏路灯，它照亮心灵，并使人对时光和生命心存眷恋。我从事的职业恰好和它发生关联，这本身就是幸运和荣光。"①

铁凝获得法国文学与艺术骑士勋章，如同为我写作"世界文学的眼光"这篇文章画了一个完美的句号。但对于新世纪文学来说，这并不是句号，而是一个醒目的破折号，新世纪文学有了一个良好的开端，这意味着，在当代文学发展的60余年间，中国文学与世界各国各民族的文学的对话和交流正呈现出越来越广泛和深入的态势。新世纪文学如果能够充分发挥"世界文学的眼光"这一时代特征，必将彻底打破地域和意识形态的局限，使中国文学完全成为全人类的共同精神财富。

---

① 参见李晓晨《铁凝获法国文学艺术骑士勋章》，《文艺报》2015 年 5 月 18 日。

对中国知识分子社会功能的独特思考

——读刘继明长篇小说《江河湖》

刘继明的小说《江河湖》是以三峡工程为题材的，显然缘于他写作报告文学《梦之坝》，《梦之坝》的写作让他全面进入三峡工程这一重大事件之中，他触摸历史，问询真相，更重要的是，他要去体验在这一事件中涉及的各类人物的思想和情感。而这种体验是无法在报告文学中完成的，因此从接触三峡工程起，就注定了刘继明还要写一部长篇小说。但刘继明是一位关注社会命运和民族前途的作家，这同样也注定了即使他要写人物的思想和情感，也不会拘泥于写纯粹个人化的情感波澜。刘继明也是一位看重作品思想性的作家，这也就注定了《江河湖》并不以塑造具有独特性的人物为重，而是以提出独有创见的思想取胜。《江河湖》的思想价值恰是最值得我们讨论的内容。

《江河湖》的思想主题是反思中国知识分子命运。小说围绕现代中国的水利建设而展开，塑造了一批投身中国水利事业的知识分子，并通过他们的命运浮沉去反思中国知识分子在中国现代化运动中应该采取什么样的立场、承担什么样的责任、能否有所作为等许多重大的问题。知识分子一直是缠绕在作家心头的一个死结，也是我们总结历史、展望未来所绕不过去的关口。这些年也出版了不少以知识分子为主题的长篇小说，使我们对知识分子的认识越来越深入。在这些小说中，讨论最多的是关于知识分子独立品格的问题，这实际上也是一千

多年来始终困扰中国知识分子（如果把传统的文人也看作中国化的知识分子）的问题。今天我们似乎在这一方面有了越来越多的共识，就是普遍感到中国知识分子必须争取到自己的独立位置，确立起独立精神，才能真正使知识分子承担起应有的社会责任。不少作家在这方面有着切身的体验，他们曾经吃过苦头、受过打击，更能体会独立的珍贵。这些小说或者写知识分子丧失独立精神后的可悲，或者写知识分子为争取独立的壮烈，总之是从不同侧面在为独立而鼓与呼。但刘继明发现，单纯强调独立精神，还不能解决中国知识分子社会担当的全部问题。刘继明在这部小说中设计了沈福天与甄垠年之间纠缠了一生也未能了结的恩怨和矛盾，这种设计颇有深意，用刘继明的话说："在他们身上，集中了半个多世纪以来中国知识分子的全部精神密码。"那么，我们是否破解了他们的精神密码呢？这两个人物我们应该非常熟悉，在很多反映当代知识分子的小说中，我们频频与他们相遇，但在不同作家的作品中，他们得到了不同的待遇，比如，沈福天式的人物有时会成为一个呕心沥血的英雄，有时又会成为一个依附于政治的懦弱者；倒是甄垠年往往被当作一位能够坚守知识分子独立品格的人物，得到作家们的普遍认同。当然，刘继明同样非常尊敬甄垠年，问题在于，是否我们的知识分子都应该成为甄垠年似的人物，是否唯有这样，知识分子才有希望。刘继明在《江河湖》中则是要告诉人们，沈福天与甄垠年尽管在三峡工程上观点完全对立，但事实上他们在三峡工程建设上各自有着不可替代的作用，因为他们承担着不同的功能。刘继明第一次揭示了中国知识分子在当代政治语境中的多重功能和多种身份，我们既需要甄垠年这样的以对抗和批判的姿态去处理现实问题的知识分子，也需要沈福天这样的以积极参与的姿态去处理现实问题的知识分子。如果说我们对甄垠年这样的知识分子形象已经非常熟悉了，那么完全可以说我们对沈福天这样的知识分子仍缺乏真正的了解，只有刘继明第一次公正地进入了沈福天这样的知识分子的精神世界，从功能性的角度肯定了他们为实现知识分子理想而付出的努力。

也许可以说，甄垠年和沈福天代表了当代中国知识分子的两种基本类型，他们分别承担了不同的功能，共同完成了中国知识分子应有的社会担当。从精神谱系上分析，甄垠年源于西方现代知识分子，作家们对这类知识分子的文学阐释也相当充分了。至于沈福天，我以为他承袭了中国传统文人的精神遗产。中国传统文人也许从社会身份来说不具有独立性，"学而优则仕"，文人需要通过从政这条途径实现自己的抱负，这一点是不同于西方现代意义上的知识分子的，也正是这个原因，很多学者认为中国传统文人不算知识分子。但我们不能以此否认传统文人在精神上的独立品格，这种品格突出体现为一种忧国忧民、济世救国的政治情怀，从屈原的"众人皆醉我独醒"，到孔夫子的"大道天下"，再到范仲淹的"先天下之忧而忧，后天下之乐而乐"，这一切编织成一个绵延的思想传统。传统文人为了保证自己作为仕人时仍然坚持独立的精神品格，就有了"道统"和"势统"之争，有时在势统过于强盛的时候，文人不得已采取隐遁的方式来维护道统的纯洁性，他们在"道统"与"势统"的博弈中艰难地实践自己的政治抱负。中国文人的这一思想传统移植在中国现代意义上的知识分子身上，蝶化为"五四"启蒙精神。但现代知识分子实现政治抱负的途径比传统文人更为开阔，因为他们掌握了科学这一新的思想武器，所以在 20 世纪初，"科学救国""实业救国"等口号会得到许多知识分子的拥戴，这些口号所体现的核心价值正是传统文人的道统。沈福天就是这一类知识分子的代表人物。他们对政治并不感兴趣，但他们乐于借助政治搭建的平台去实践自己的理想。刘继明非常准确地表现了沈福天与政治的关系。沈福天的目的并不在政治，而在水利，

从国民党时代到共产党的新中国，政治发生了根本的变化，但沈福天心中的三峡水利建设的愿望并没有变化，有一个细节非常形象地表达了这层意思。在内战期间，无所事事的沈福天每天仍在翻阅已经存档的三峡工程勘测资料，他妻子笑他是将废纸当宝贝，他回答说，仗总不能永远打下去，不管谁胜谁负，国家将来还是要搞建设的。也正是抱着这样的念头，他接受了共产党的指令，为新中国抢救下来了这批宝贵的水利资料。这批资料在半个世纪后开工的三峡工程建设中发挥了重要的作用。这个细节其实还暗示我们，真正为人民为民族的宏大工程都是超越具体的政治的。但政治往往在和知识分子开玩笑：大盐商出身的沈福天，应该是革命的对象，却得到了新中国的重用；他自认为是靠技术吃饭，却被人们看成极左政治的追随者。而甄垠年可以说是出生于革命世家，对政治充满兴趣，和父亲一起成为新中国建国大业的参与者，虽然吃尽了政治的苦头，但他最大的荣誉都是从政治上获取的，如真理的"殉道者"，知识分子的"脊梁"等。也许这恰好说明了一个问题：政治不是评价中国知识分子的最佳视角。而我们考察中国知识分子是否具有独立精神，不能孤立地看他对待政治的亲疏态度，而应该看他具体做了什么事情。沈福天最重要的一点，就是他始终是把自己所做的水利事业当成"能真正造福于民"的事业。在这一点上，沈福天与甄垠年可以说是殊途同归。也就是说，甄垠年的一切批判都是以能否造福于民为出发点的，他强烈反对三峡工程，是担心三峡工程会带来生态恶化，贻害于民。沈如月在采写甄垠年传记的过程中对舅舅和父亲有了深刻的认识，他发现舅舅和父亲谁也离不开谁，"他们就像两条来自不同源头的河流或两股同源同流的浪潮，时而汇集，时而分道扬镳，曲折回环，狂澜迭起"。这实际上就是刘继明对中国知识分子的认识。甄垠年和沈福天分别代表了中国知识分子的两重性格，只有当他们合为一体时，才能在中国的文化语境中发挥出知识分子的社会功能。对于中国知识分子来说，缺乏其中的一种性格都会变得不完全，就无法完成知识分子的社会担当。甄垠年一直反对三峡工程，对于三峡工程来说，他是否起了阻拦的负面作用呢？但是沈福天告诉甄垠年："对你提出的每一条反对意见思考得最多、最认真的不是别人，而是我这个被你竭力反对的人。"也就是说，在沈福天的方案里充分吸收了反对者的意见。这才是事情的真相，只有当沈福天和甄垠年的功能互补时，才能提供一个最完善的三峡工程蓝图。我们不妨将三峡工程看成对中国现代化的一种寓意，而在中国现代化建设的过程中，知识分子的功能就体现在沈福天和甄垠年这两类知识分子的对立统一中。但这一真相始终是被遮蔽着的，人们始终是以二元对立的思维模式来对待这两类知识分子的，假如一方是天使，另一方就只能是魔鬼，更大的问题是知识分子本身也陷入了这种对立思维模式中，从而导致知识分子自身的内耗。但从根本上说，知识分子的性格对立只有掺入了政治和利益的成分时才会造成知识分子的内耗，因此刘继明设计了甄垠年最后出走的情节，他不辞而别，只身来到了峡江边上的水文站，要将水文站变成一个水质监测站，继续着他的批判和监督的社会功能。甄垠年的出走其实就是走出政治利益的圈子，走出知识分子的圈子，走向了民间，走向了实践。不能不说，这是刘继明最有思想力度的一笔，我愿意把这看成刘继明所设想的中国知识分子实现理想的第三种途径：走向民间，以民间为舞台。第三种途径绕开了体制内与体制外的冲突，摆脱了政治的纠结，从而也为中国知识分子的两种性格提供了一个对话的可能性。可惜的是，小说中的沈福天和甄垠年最终与对话失之交臂。沈福天参加完三峡大坝开工典礼后，曾计划去榔树坪的水文站去见出走的甄垠年，但当他听说路很难走时，就放弃了。这个情节同样可以看作一个寓意：我们还没有为中国知识分子的对话修建起畅通的道路。

　　让我感动的是，刘继明在写《江河湖》时始终将自己置身于其中，他把写作本身看成了是在行使知识分子的社会担当，他一边写作，也一边参与到了沈福天与甄垠年的争执之中，因此他的叙述才显得如此的思想饱满。刘继明的这一点无疑是直接承继了五四文学传统的，即从根本上说就是强调文学的精神担当。这就决定了中国现代文学强烈的现实品格和浓郁的政治情怀。因此鲁迅将自己写小说看成声援"那在寂寞里奔驰的猛士，使他不惮于前驱"的"呐喊"。中国现代文学正是以其浓郁的政治情怀，才成为思想启蒙的重要营垒，才密切融入中国现代化运动之中。在刘继明看来，现代文学的启蒙精神就是中国知识分子的重要思想资源之一。他在小说中就明显表达了这一层意思。比如甄垠年在大学读书时，床头摆着的是巴金的《家》等文学书籍；鲁迅逝世时，他赶到了殡仪馆为先生告别，甚至当他情窦初开时，也是在给倪爽的信中抄录一首冯至的小诗来表达自己的爱恋之情。沈福天对文学毫不感兴趣，但这并不妨碍启蒙精神对他的影响，比如他会记得上中学时读到的鲁迅的散文，当他想起这一些时，就会觉得"他和甄垠年之间的距离一下子拉近了"。在刘继明的笔下，中国知识分子的成长历程中始终伴随着文学的身影。如新中国成立后，沈福天是从《人民日报》上读到胡风的长诗《时间开始了》后，逐渐对置身于一个从未有过的新社会有了真切的感受。如甄可昕旧皮箱里的萧红、张爱玲等作家的小说，给了正在接受无产阶级革命教育的沈如月另一种思想的滋养。刘继明还特别浓墨重彩地写到了 20 世纪 80 年代在拨乱反正的社会思想背景下文学的辉煌，年轻人通过文学表达激昂的思想。而沈如月对父辈们的审视也是以文学的方式开始的。80 年代的确是一个值得怀念的文学年代，文学一方面摆脱政治的束缚，另一方面仍勇敢地站在思想斗争的最前列。在 80 年代，知识分子追求独立精神与知识分子的政治激情是互为因果的，一系列充满思想锋芒的文学见证了这一历史。但随后在政治与市场的双重夹击下，知识分子运动处于低潮，知识分子们退守到书斋，把独立品格与政治情怀对立起来，甚至质疑忧国忧民传统的正确性，从而放弃了对于社会的精神担当。因为对社会职责的放弃，知识分子独立意识的觉醒反而导致了知识分子的自我放逐。刘继明在他的创作生涯中似乎也经历过一段自我放逐的过程，但他后来无疑坚定了追随现代文学启蒙精神的信念，于是他以强烈的政治情怀去关注现实问题，特别是在底层写作的实践上和理论探讨上突出地表现了他的这一信念。我以为，在刘继明身上能够找到沈福天和甄垠年两类知识分子的不同性格，刘继明能够让两类知识分子的对话在他的思想内部展开，因此他才能够比较精准地把握沈福天和甄垠年两个不同类型、不同命运的知识分子形象。刘继明在反思中国知识分子命运的同时，也是在反思中国文学的命运。他在小说中通过老卢、叶小帅、梅雨等人物的描写表达了他对当下文学现状的不满和批评，但他同时对文学充满了希望，否则他不会在小说中一再提及现当代文学经典作品，并向经典表示致敬；他也不会让沈福天的女儿、新一代知识分子沈如月最终选择了文学的道路。因此，《江河湖》是刘继明表达文学信念的一部作品，他要向人们证明，文学写作是能够也是应该完成中国知识分子的社会担当的。

以三位作家为例谈少数民族文化对汉族作家的影响

　　有一个"大中华"的说法，我以为，所谓"大中华"，应该是强调中华文明的文化多元性。我们是一个由多民族共同创造的历史，在这块土地上，分分合合，合合分分，尽管在不同的历史时期，会有不同的疆界，但多民族的交往，使不同的文化交融，你中有我，我中有你，是任何政治或军事的疆界阻止不了的。但过去我们在进行历史叙述时，完全忽略了这一明显的历史事实。文学史的叙述同样也是这样，如果以"大中华"的眼光来看待历史，就会发现，事实上，在以往文学史叙述中处于唯一正统位置的汉语文学，是不断地从少数民族文化中汲取营养的。对少数民族文化的吸收，早在汉民族形成以前。《诗经》中"国风"和"小雅"的一些篇章，就来自当时周围各民族中流传的歌谣。后来，从楚辞、乐府到宋词、元曲，从内容到体裁形式都有少数民族文学的成分。甚至唐代刘禹锡的竹枝词，也有人考证它与土家族民歌有十分密切的关系。说到当代文学，更应该考虑到多民族文化交互影响和相互吸收的因素，因为在现代化的大背景下，文化的屏障和阻融被空前打破，这种影响和吸收更加频繁，又更加润物细无声似地潜在。事实上，在很多当代的汉族作家的创作中，就能明显看出少数民族文化的痕迹。我在这里以三位作家为例，分析他们的创作是怎样从其他民族文化中汲取养分的。

一　王蒙与维吾尔族文化

　　王蒙的文学风格在很大程度上来自维吾尔族文化的影响。王蒙在新疆生活了 16 年，他学会了维吾尔语，王蒙说："一讲维吾尔语，我就神采飞扬，春风得意，生动活泼，诙谐机敏。"这既是维吾尔语的特点，是维吾尔民族的文化性格，也转化成了王蒙的文学风格。我不懂维吾尔语，但我能从王蒙的作品中揣摸到维吾尔语言的特点，何况我了解维吾尔民族的谚语。维吾尔谚语充满夸张和奇妙的比喻，典型地体现了维吾尔人的文化性格。王蒙不仅喜欢维吾尔谚语，而且他的不少精妙的句子就像是一条条维吾尔谚语。我觉得，王蒙文学世界中的深邃的哲理、睿智的幽默和乐观的生活态度都是与维吾尔民族文化有关的，对比王蒙去新疆前的创作时期的作品，这几个特点并不是特别突出，但王蒙去了新疆之后，就逐渐强化了。完全可以说，王蒙在新疆的生活在他的文学生涯中具有转折性的意义。如果说，他的文化基因中本来就有乐观、机智、幽默的种子，那这些种子只有移植到新疆维吾尔民族的文化土壤之中，才会长成一棵特别粗壮的树。王蒙自己曾很骄傲地说，他有另一个舌头，就是能讲维吾尔语的舌头。从一定意义上说，王蒙就是一个维吾尔人，因为他有一个维吾尔的舌头，他有一颗维吾尔的大脑。王蒙进行汉语写作，当然基本上是汉语思维模式，但时不时地又跳跃到了维吾尔语的思维模式。

　　王蒙是新时期最早将意识流引入小说创作中的一位作家，而且他的一系列意识流小说写得非常成功，对于习惯了刻板现实主义小说写作的当代文坛来说，王蒙的意识流小说具有革命性的意义。意识流是

西方现代派小说的方法之一，因此，一般把新时期文学初期的意识流小说的兴起，看成西方现代派思潮影响的结果，这是毫无疑问的。但具体到王蒙本人，他并非在新时期之初读到了很多西方意识流的小说而受到了启发，为什么他又能像一只报春的燕子，在人们还没有觉悟的时候，便仿佛对意识流那么熟悉，运用得那么自如？这完全得益于他有了一颗维吾尔的大脑。维吾尔文化在思维上就有一种跳跃性、时间的非现实性特征，和意识流的思维方式非常接近。因此，王蒙实际上早已是能够娴熟运用意识流进行思维了，一旦接触到西方的意识流小说，就马上获得顿悟，把意识流的思维方式挪移到了他的现实感很强的小说之中，在短短的几年内，他就写出了《夜的眼》《布礼》《春之声》《风筝飘带》《海的梦》《蝴蝶》《相见时难》《杂色》等被人称为"东方意识流"的小说。

王蒙还写了一系列的超短篇，陆陆续续发表在各类报刊上，后来将其结集出版，命名为《尴尬风流》。从《尴尬风流》中我则看到了阿凡提的影子。阿凡提是维吾尔族家喻户晓的民间故事中的人物，被列入"世界民间艺术形象"之列。阿凡提的特点是大智若愚、才辩超群、乐观豁达。王蒙在《尴尬风流》中塑造的主人公老王，延续了阿凡提的大部分性格，他达观、机智，绵里藏针，拙中有慧，俨然就是一位生活在大都市的老年阿凡提。同时，王蒙在塑造老王时，还削弱了阿凡提的斗争性和对立性的一面，以幽默替代了阿凡提的讽刺，更有益于表现和平年代的生活，也更侧重于对人生哲理的探询。王蒙或许就是受到阿凡提的启发，他以一种别开生面的思维贯穿作品始终，是对正常的、合理的思维提出诘问。因为正常、合理都是人们规定的，老王以及站在老王背后的作者王蒙就要问为什么要这么规定，为什么以另外一种方式思维就不正常，就不合理。《尴尬风流》就是一本考验我们思维的书。人们常说灵魂出窍，我要说《尴尬风流》则是一本思想出窍的书。作品中的老王以及老王背后的王蒙都在思想出窍，因此作品就会不断地给我们出其不意的惊喜，我们就会像他叙述中的儿子那样，被这出其不意的思维弄得"一阵头晕，坐到了地上"。有人将《尴尬风流》类比于《世说新语》，其实从精神实质上看，二者迥然不同，王蒙并没有魏晋文人清谈的毛病，他更像阿凡提那样，与日常生活密切相关。

我还想提及王蒙的长篇小说《这边风景》。这是一部非常独特的小说，它就像是当代文学史上一件珍贵的出土文物。这部小说虽然是2013年出版的，但王蒙写于三十多年前，三十多年前他还在新疆，小说写的就是新疆的生活。三十多年前中国大陆仍然处在"文革"的政治环境中，这部小说的主题思想完全是按照"文革"的政治要求而设定的。当王蒙写完这部小说时，"文革"正好结束了，大陆的政治路线发生了重大改变，这部小说因为是按"文革"的政治要求而设定的思想主题，所以出版社希望王蒙按新的政治要求进行修改，但王蒙觉得难以修改，故放弃了出版。三十多年的今天，王蒙在故纸堆里发现了这部书稿，并重新交给了出版社出版，于是我们便读到了这部带有浓厚"文革"时代特征的作品。

《这边风景》从思想主题上说并不足取，王蒙同样摆脱不了时代的局限，但我以为，这部有着明显时代局限的作品，却包含可贵的文学价值，这种文学价值正是维吾尔族的文化影响赋予王蒙的。这使得王蒙能够在政治主题的缝隙中，表达出他的文学感觉，表达他对世界的文学体验。

首先值得关注的文学价值是作者对劳动的赞美。劳动的主题是这个小说的潜在主题。劳动与心灵、与自然的融洽，传递出那个时代一位未曾泯灭理想的作家对未来的想象以及对人性和对生命的理解。由劳动引发的这些精神想象便具有一种永恒的文学价值。小说中有大量

关于劳动的叙事，劳动与健康连在一起，与健美的身体连在一起，小说所赞美的劳动基本上是与大自然相融洽的体力劳动，为什么只赞美体力劳动，这与当时的政治意识形态有关，但是作家在进入小说叙述时，他会摆脱政治意识形态的约束，他会看到劳动与自然的关系、劳动与身体的关系，让身体与大自然对话。通过劳动叙事来表达作家内心的美好和理想，也是那个时代的作家普遍采用的一种方式，读20世纪六七十年代的小说，就会发现作家特别愿意写劳动，而且一写到劳动就精神变得自由了，但我读了《这边风景》，就发现这部作品对劳动的书写是最棒的，作者对劳动主题的开掘也是最深刻的。

这部作品的另外一个方面的文学价值，就是对日常生活中人际伦理关系的表现。通过这一表现，可以发现作家所要遵循的外在的"政治正确"与作家的生活经验以及生活逻辑之间具有矛盾和冲突，这种矛盾冲突所构成的叙述张力，使得在处理日常生活中的人际伦理时更加耐人寻味。王蒙是主体意识非常强的作家，虽然他必须用"政治正确"来作为小说叙述的基本前提，但是他没有被"政治正确"完全约束住，当他进入小说叙述中时，他的生活经验以及他对生活逻辑的把握，就会牵引着他的文学感觉，并在他的叙事中间悄悄地展开。比如这部作品的下部主要写"四清"运动，表面上看，他是要写在农村中开展"四清"运动的必要性，小说的结局似乎在肯定"四清"运动是正确的。但在具体的叙述中，"四清"运动的正确性不断被故事情节发展的内在逻辑所质疑。这个小说的主题是阶级斗争，作者试图以阶级斗争的观念去处理农村中的人与人之间的关系。但事实上，作者所要表达的阶级斗争观念与他所要叙述的生活之间并不是融洽的。如果撇开阶级斗争观念，小说其实讲述的是人和人之间的信任和猜忌，在日常生活中，挑拨生事是怎么样破坏人和人之间的友谊和诚信的，这个主题比阶级斗争的主题更有力量，因为它是建立在生活逻辑之上，是通过具体的细节充分展开的。也就是说，如果我们剔除掉小说中的政治意识形态，就会发现王蒙老师对生活逻辑本身的描写是非常精彩的。以上所谈到的内容正是这部作品的文学性所在，它不会因为"政治正确"的过时而过时，它作为一种文学价值，将具有永恒的生命力，始终打动和感染读者。因此我强调《这边风景》不仅有文学史的价值，还有非常独特的文学价值！

二　范稳与藏族文化

藏族文化对于内地的当代文学来说具有特别的意义，因为不少当代作家将西藏视为一个精神的高地，对藏族文化充满着好奇和景仰。藏族文化博大精深，它的思想价值和精神意义越来越被人们了解。不少作家发现，从藏文化中能够找到医救和补充当今文化的弊端和缺失的东西。一些汉族作家就是利用藏族文化的资源创作出了有影响的作品，如马丽华的《如意高地》、宁肯的《天·藏》。《如意高地》以一本古书为线索，追寻前人入藏的经历，再现西藏百年的巨大演变，将一个爱情绝唱镶嵌其中。宁肯从哲学的高度思考自己在西藏的生活，《天·藏》几乎就是他的思想实践的真实记录。小说写一个内地高校的哲学老师王摩诘在20世纪80年代末主动来到西藏，在一所小学教书，当时的社会陷入一种方向性的迷茫，王摩诘则选择了西藏这块净地，让维特根斯坦的现代哲学与藏传佛教对话，并努力重建自己的精神家园。作者将一种形而上的思考融入洁白的雪山、明亮的阳光、飘动的经幡之中，使思想也变得富有形象感和神圣感。宁肯的这部小说可以说是对当下物质主义崇拜的严肃诘问。

范稳从藏族文化中所获得的精神能量则更多。范稳一直在做云南少数民族文化和地域文化的考察和研究，藏族文化自然是其中重要的内容，这也成为他的文学写作资源。他很精准地阐释了藏族文化的精髓，又有自己的感悟。他自21世纪以来，相继写出了以表现藏族文化精神价值为主题的"藏地三部曲"：《水乳大地》《悲悯大地》《大地雅歌》。《水乳大地》写了滇藏地区一百年间轰轰烈烈的故事和变迁，表现出信仰的力量，也表达了一个作家对信仰的敬意，作者传达了这样一种信念：未来将是一个走向交融、走向合作的精神世界，而信仰的阳光将把这个精神世界照耀得无比灿烂。《悲悯大地》则让我们看到，藏族人民把精神享受看得比物质享受重要得多，即使在物质极度贫乏的状态下，他们的精神追求也无比强烈。在藏族人眼里，精神世界与现实世界是没有分别的，因此他们的生活才变得异常丰富。藏族文化对精神性追求是与他们的生命意识连在一起的。藏族文化追求一种平和安宁的境界。

在范稳的写作中，流露出强烈的宗教情怀，这是藏族文化对他最大的影响。《水乳大地》带有丰富的宗教内容，但它与一些明确以宗教为主题的小说还不一样，它不是宣谕某种宗教教义的，也就是说，作者在这里的身份不是一个忠实的信徒，而是一个学者，一个研究宗教文化、研究地域文化的学者。小说自然充盈着浓厚的宗教情怀，这种宗教情怀既与小说所表现的宗教内容有关系，又不完全指向宗教本身，它仍然是根植于作者的人文精神世界，是一种普泛的宗教情怀。正是西藏的神山、神佛、神灵，唤起了他内心的宗教情怀。《水乳大地》所描写的地区是一个多种宗教集合的地区，人们为了生存相互敌对、仇恨乃至杀戮，但同时因为宗教的信仰使人们有了生存的勇气和力量，他们的生命力才变得异常的顽强，即使在最恶劣的环境里，他们也能奇迹般地延续着民族的命脉。范稳不是对宗教信仰的具体内涵感兴趣，而是要揭示宗教信仰在人生观上的巨大作用。在作者看来，关于来世现世、此岸彼岸，关于天堂地狱，并不是最重要的，重要的是有了一种信仰，就有了生活的原则，就有了对生命的关爱。《悲悯大地》则是强调精神性，作品的精神内涵非常丰富，给我们提供了充分言说的空间。当然，它的精神内涵基本上都是从藏族文化出发的。藏族文化是特别强调人的精神性的，我感觉到，藏族人民把精神享受看得比物质享受重要得多，即使在物质极度贫乏的状态下，他们的精神追求也无比的强烈。《悲悯大地》表现了这一点。从小说中可以看到，在藏族人眼里，精神世界与现实世界是没有分别的，因此他们的生活才变得异常丰富。但最重要的还在于，范稳还表现出，藏族文化对精神性追求是与他们的生命意识连在一起的。藏族文化追求一种平和安宁的境界。

藏族文化博大精深，它的思想价值和精神意义越来越被人们了解。一方面，范稳是以汉族的主体身份进入藏族文化中去的，但进去之后，他融入藏族文化之中，主体身份逐渐发生了转换，藏族文化成为他分析事物的主体，因此他能够很好地深入藏族文化的核心，准确地表达出藏族文化所要表达的意思。另一方面，他固有的汉族身份又使得他能顺畅地与我们沟通，不存在藏族作家的那种自说自话的情景。范稳以他者的身份进入藏文化，却能摆脱他者眼光的局限，这得益于文化主体的置换，而文化主体的置换是建立在平等对话的基础之上的，范稳的两部小说可以说都是文化对话的成功范例。再一方面，藏族文化带给他新的眼光和姿态，使他在观察世界时更加平和。如他的长篇小说主《碧色寨》就典型地体现了这一特点。这部小说是写20世纪初法国人在云南边境修筑滇越铁路的故事。范稳以一种特别的时间观去叙述这段历史。他以彝族的纪年串联起小说的章节，这是循环性的时间观，是与现代性相悖的。因此当铁路修到碧色寨，碧色寨必

须采用西元的时间形式，毕摩独鲁就深为时间形式的改变而恐慌，因
为他发现，人们"被站台上的那个法国时钟里的两根棍子（指分针和
时针），不断像被鞭子抽打着那样满地乱跑，连自己的爹娘叫什么都
忘记了"。对于像中国这样被迫进行现代化的国家来说，现代性从一
开始就带来了时间的恐慌。范稳从时间观入手，发现了历史的复杂
性。人们一般相信时间带来的是进步和发展，时间淘汰了落后与愚
昧。但是时间更像是一个魔术师，它使得"碧色寨的季节被打乱，时
间被腰斩，人间的爱情结出错误的果实"。范稳告诉人们，现代化不
是一种线性的时间观。在我们的时间形式中，有循环，有扭曲，有停
顿，但它永远不会让我们回到从前。我以为，范稳在时间观上的平
和，就像是一位藏族的智者站在永恒的雪山下看老鹰从眼前飞逝而
过，却心静如水。

三　李兴叶和蒙古族文化

　　蒙古族为主体的草原文化也是作家重视的本土文化资源之一。今
天，当全球化、都市化的钢筋水泥般的大军大面积地侵占生长着大豆
高粱的土地时，农耕文化就像一位卑微的弃妇退缩到人们的视线后
面，建立在农耕文化秩序上的一切伦理道德观念逐渐在人们的心目中
变得无足轻重，人们迫切需要为攻陷后的行动找到观念的依据，于是
不约而同地找到了草原文化。作家或者把狼奉为当今社会的图腾（如
《狼图腾》），或者视藏獒为最忠实的伙伴（如杨志军的《藏獒》），或
者从狐狸身上看到文明的危机（如郭雪波的《银狐》），更有直接反思
草原文化历史的（如冉平的《蒙古往事》），在中国的文化谱系中，蒙

古族为主体的草原文化本来就是一个重要的元素构成，但过去我们也许忽略了草原文化对中国文化传统的建设性作用。

在这一节里，我想重点谈谈李兴叶的长篇小说三部曲《帝国的草原》，虽然作者的写作与当前回归草原的文化思潮无关，但他的客观科学的历史态度，为我们真实地展现出两千年前草原文化兴起时的政治、军事和文化状况，实际上就是为我们重新反思文化传统在当代的命运时提供了一个有力的历史参照。

《帝国的草原》把我们带到两千年前的匈奴帝国。小说的主人公是匈奴帝国的开创者冒顿单于。他应该是一位草原上的英雄。但当今的人们对这位草原英雄并不熟悉，人们多半只熟悉后来的草原英雄如成吉思汗、忽必烈等。当我读完《帝国的草原》之后，深深感到受益匪浅，我不仅被小说精彩的描写所吸引，而且小说所包含的历史知识和历史见解也开拓了我的视野。我以为，要懂得草原文化精神，甚至说要真正把握中华文化传统的精神，都不能绕开匈奴帝国的开创者冒顿单于。

李兴叶聚焦于三件大事，由点及面地展现了冒顿单于如何在广袤的草原上建立起匈奴霸主地位的。作品的第一部《飞镝弑父》描写年轻的冒顿王子卧薪尝胆、忍辱负重，终于用计谋从父亲手中夺得权力；第二部《马踏东胡》描写冒顿单于执掌政权后，励精图治，胸怀大志，以弱胜强，使匈奴帝国成为草原上的霸主；第三部《白登之围》描写成为草原霸主的冒顿单于又觊觎南方的中原大地，在与刘汉王朝交锋的过程中，将汉高祖刘邦围困在白登山上，最后导致了匈奴与汉朝的和亲政策。匈奴帝国的兴起也就是中华文明发展过程中的草原文化的兴起，冒顿单于是草原文化打造的第一位英雄。三部曲的这三大事件典型地表现了草原文化精神由草创到逐渐成形的过程。这是一个以狼制狼、以恶制恶的时代，今天我们会将其阐释为"狼图腾"。

但狼图腾只是草原文化兴起之初的特征，而草原文化最本质的特征就是其兼容性和动态性。小说的第二、第三部所描写的两大事件正是典型地体现了这种兼容性和动态性。草原上的游牧民族是在不断地迁徙和征战中，征战也在不断地改变着草原上的政治格局和文化形态，特别是当草原文化与南方业已成熟的农耕文化交锋时，两种文化的巨大差异性更促成了二者的交融和互补，草原文化的开拓进取、刚健有为的品质逐渐嵌入乐于守成的汉代文化之中。这正是冒顿单于的匈奴大军将汉高祖刘邦围困在白登山上的文化意义。小说所描写的白登之围具有浓厚的传奇色彩，一场军事的较量被作者处理成与女人的斗智斗勇。刘邦的最终解围既不是靠军事上的实力，也不是靠战场上的智谋，而是利用女人嫉妒心的弱点。刘邦的使者悄悄带着一幅绝色美人的画去见冒顿单于的娇妻兰霞阏氏，她担心画上的美人将夺去她的宠爱，就力劝冒顿单于放刘邦一条生路。这看上去似乎是将一个重大的历史事件轻写了，其实正是这种轻写，才有可能触摸到历史文化的脉搏。

我读过陶克套先生阐述草原文化精神的文章，陶克套长期从事内蒙古哲学及社会思想史的研究，他认为北方的草原文化在与中原农耕文化的碰撞交融过程中"丰富和发展了中国传统思想文化的多样性内容"。为此他还引用了英国历史学家赫伯特·乔治·威尔斯的一句充满情感色彩的话："我们血管里流着的血液既是在耕地上也是在草原上酿成的。"① 但这样一种多姿多彩的文化传统是在漫长的历史过程中逐渐形成的，假如我们真的对这一历史过程感兴趣，那么我们最好溯源到两种文化之流最初汇合的地方开始我们的考察和思索。《帝国的草原》三部曲就是一个最适当的入口。

---

① 转引自陶克套《草原游牧文化的精神特质》，《内蒙古日报》2005 年 11 月 6 日。

我们在回望历史时，常常对唐代之兴盛表示出艳羡的神情，而对于唐代为什么能够在当时那么兴盛，学者陈寅恪有着特别深刻的见解："李唐一族之所以崛起，盖取塞外野蛮精悍之血，注入中原文化颓废之躯，旧染既除，新机重启，扩大恢张，遂能别创空前之世局。"① 陈寅恪的这一见解其实指出了中国历史发展的一般规律：中华文明是多民族文化不断交融互补的结晶。

---

① 陈寅恪：《金明馆丛稿》，上海古籍出版社 1980 年版，第 303 页。

五十年代生人的精神之旅

——读张炜的《你在高原》

  我把张炜的《你在高原》看成一次伟大的行为艺术。我首先要对张炜花 20 余年工夫而完成了这一伟大的行为艺术肃然起敬。张炜在这一行为艺术中证明了他的耐力和定力，他必须始终如一地坚守自己的信念，抵御现代性的种种诱惑，才能完成这一伟大的行为艺术。当然，我做好了准备，花相当多的时间来阅读这部作品，事实上，我的阅读以及所有读者的阅读，都可以看成张炜这一伟大行为艺术的一个环节，因为我们将跟随小说中的主人公宁伽开始漫长而又愉快的精神之旅。准确地说，宁伽的精神之旅就是张炜的精神之旅。唯有从精神之旅的角度，我们才能明白，这 10 部看上去并没有太多关联的长篇小说为什么可以构成一个整体。因为这些作品都是张炜在这次漫长的精神之旅中留下的足迹。

  用任何一种简单的方式都难以归纳出这 10 部小说是如何衔接起来的，既不是时间序列，也不是空间序列。当然有一个主人公宁伽，他在小说中以第一人称出现，我们毋宁将其认作张炜的精神主体的承载者。张炜的精神之旅是沉重的，也是艰难的，他并不知道前面的路在哪里，但他知道必须走下去。可以想见，他的精神之旅是曲折的，是摸索着前行的，这就构成了现在这样一种错综复杂、无规律可循的结构。但他的精神之旅又是自由的，他任自己的思绪朝前闯荡。事实上，《你在高原》

的结构充分体现出一种自由思想的特征，因此它非常真实地表达了作家对世界的认知和评判。当然，在开始精神之旅之前，有必要对精神的仓库做一番清点，于是，张炜的第一部就从"家族"开始了。

平原、高原、农场、葡萄园、美酒、地质工作者，这些都是张炜精神之旅沿途最重要的路标，这些路标引导我们走向一个理想的家园。张炜将他对故乡的真挚感情和美好想象在一片广袤的平原上展开，在张炜的心目中，平原曾是人间天堂，但如今富庶的平原成了荒原，由平原演变为荒原，这将包含多少惊心动魄的故事。张炜并不是单纯为了把这些故事讲给我们听，更重要的是，他力图以文学的方式来改变平原的现状，比如说他在这里种植起一个世界上最壮观的葡萄园。关于葡萄园的叙述主要体现在《我的田园》和《荒原纪事》这两部作品之中。这两部作品在情节上也有某种逻辑关联。《我的田园》写主人公宁伽突然被葡萄的精灵缠住了，于是在东部平原上承包起一个葡萄园，将这个葡萄架都东倒西歪的葡萄园彻底变了个模样。《荒原纪事》则是说这样一个美丽的葡萄园却遭遇到现代化的吞噬。可以说，文学在张炜手中是改变世界的一种方式，这也是我将他的这次写作视为一次行为艺术的缘由。但张炜也深知这样一种改变世界的方式是何等艰难，比如在《我的田园》的开头，张炜就表达了他内心一个强烈的愿望："如果能拥有一片葡萄园多好啊，哪怕它只伴我十年二十年。"于是他安排他的主人公宁伽接手了一个几近凋敝的葡萄园，在三年的时光里，宁伽和朋友们终于把这里变了个模样："整个葡萄园都在风中陶醉，原野上全是葡萄的香味。"然而一切成功的背后都暗藏着危机，张炜在小说的结尾说："为了这片田园，我已经做好了准备，准备在将来迎接无法测知的各种磨难。"最大的磨难在随后几集的《荒原纪事》中凸显了出来，美丽的葡萄园几近凋敝，众多的财团虎视眈眈地要将它吞并，宁伽的朋友们也在恶势力的追捕下不得不

四处躲藏。因此张炜的叙述就显得格外深沉、复沓、吟咏低回。但即使如此，张炜并不悲观绝望，他的叙述始终贯穿着一个高亢的主旋律，这个主旋律就是对高原的向往。高原寄寓着张炜的理想，他在这部宏大的作品中以复沓的方式不断咏叹这一主旋律。比如在《鹿眼》和《人的杂志》的结尾，都安排了一个"缀章"，以书中的女主人公的独语去怀想自己的恋人，而她们的恋人都与高原融为一体。在《鹿眼》中，由于他在高原上流浪的缘故，于是"从此'高原'两个字在我眼中化为了神圣和希望。我仰望它，直到永久"。在《人的杂志》中，当她思索什么是高原时，她得出的结论是："一个英俊男孩的父亲，一个女人的男人？或者他直接就是——高原。"这部十大卷的系列也就毫无悬念地会将终止符定格在高原上——第十卷的《无边的游荡》中，凯平和帆帆将平原的农场转手他人，毅然奔赴高原，在那里办起了新的农场，他们在这里看到了希望："这里高，这里清爽，这里是地广人稀的好地方！"高原的希望牵引着张炜走完了这次精神之旅，他才如此充满自信地说："你在高原。"

　　这样一部历经20年的精神之旅，并不是任何一位作家都愿意去跋涉的，这分明打上了50年代生人的历史印记。他们在新中国的成长史上有着太多的特殊性。这一代人"生在新中国，长在红旗下"，他们的精神成长烙上了革命时代的印记，而他们的成长履历则见证了新中国的风风雨雨。他们自然而然地成了新时期文学的主力军。新时期文学主要有两支队伍，一支是从"五七干校"走出来的新中国的第一代知识分子，一支则是以知识青年为代表的50年代生人。他们共同建构起了以拨乱反正为旨归的宏大叙述。延续了"五四"思想启蒙。但是这种思想启蒙还没有完成，中国就被拉到了以经济为中心的后革命时代，50年代生人的精神信仰顷刻间变得一钱不值，这肯定不是精神信仰本身的问题，而是这个社会的问题。在这样一个巨大的变异面前，50 年代生人的选择是不尽相同的。有的选择了遗忘，有的选择了逃避，有的选择了妥协，有的选择了抵制。我们在《你在高原》里，可以看到 50 年代生人的不同选择，张炜要告诉我们的是，尽管他们的选择不同，但"我们也许有着这一代人共同的生存基因和生命密码"。张炜还要告诉我们的是，50 年代生人无论选择了什么样的生存方式，其实都在对这个现实进行追问，50 年代生人有能力进行这种追问。在《忆阿雅》中，在企业经营上获得成功的这一代人林渠说到一番关于 50 年代生人的话，这段话被张炜在"自序"中再次引用，可见这段话也是张炜所要表达的意思。这段话是这么说的："时代需要伟大的记忆！这里我特别要提到五十年代出生的这一茬人，这可是了不起的、绝非可有可无的一代人啊……瞧瞧他们是怎样的一群、做过了什么！他们的个人英雄主义、理想和幻觉、自尊与自卑、表演的欲望和牺牲的勇气、自私自利和献身精神、精英主义和五分之一的无赖流氓气、自省力和综合力、文过饰非和突然的懊悔痛哭流涕、大言不惭和敢作敢为，甚至还要包括流动的血液、吃进的食物，统统都搅在了一块儿，都成为伟大记忆的一部分……我们如今不需要美化他们一丝一毫，一点儿都不需要！因为他们已经走过来了，那些痕迹不可改变也不能消失。"是的，50 年代生人曾经在一个沸腾的时代燃烧着理想，他们又在一个犬儒主义盛行的时代寸步难行，50 年代生人跨越冰与火两重世界，他们最有资格来总结这段历史，同时在总结中重建起一个民族的精神信仰。事实上，不少 50 年代出生的作家在他们的写作中都在做这样一个重建的工作。但是，像张炜这样非常明确地、非常执着地重建民族的精神信仰，却是很少有的。这也是张炜在《你在高原》这样一次漫长的精神之旅中所要追寻的目标。但从他的复沓、深沉的叙述中，我们能够感觉到，这种重建是何等的艰难。对于张炜来说，他也不是处在云开雾散、晴空万里的思想状态之中。因此我们

在阅读《你在高原》时，会感受到张炜的困惑、犹疑和迷茫。但他真实地呈现了现实的浑浊和混乱，他也直面这种现实。现实的变化是如此之大，一切仿佛都失去了准绳，这是张炜犹疑不决的主要原因。就像那位说出"五十年代出生的这一茬人"的林渠，他成了亿万富翁，他捐助了十几所学校以及城市的收容所，但他的朋友办杂志需要他给予一些支持时，他却以"这不是钱的问题，而是用在什么地方的问题"而搪塞了。也许从这里我们看到了企业家为现实功利而作秀的一面，然而就是这个林渠，他强烈诅咒自己的"成功"，因为他意识到，贫富两极分化是快速成功的前提，他说自己追求"成功"是"为了从根儿上消灭这种'成功'"。他说这话的时候是否也有作秀的成分？不过张炜仍然接受了他，显然张炜注意到了一个亿万富翁的复杂性。也许正是现实的复杂性，促使张炜要在精神之旅的路上不断跋涉。张炜两次用到同一个构思：官员布置专家写传记，说明他很在意这一构思。这一构思分别出现在《海客谈瀛洲》和《曙光与暮色》中。在《海客谈瀛洲》中，城市领导提出跨越式发展思路，认为当年徐福就是在这座城市组织三千童男童女东渡日本的，"我"被安排来写一部徐福与这座城市的传记。在《曙光与暮色》里，营养学会的黄老自称参加革命很早，授意"我"为他的自传润色加工。"我"却从材料中发现历史和定论藏着多么可怕的虚假和诡秘。这正是张炜要进行精神之旅的出发点。他对所谓权高位重的人不能信任，他对现成的文字充满怀疑。虽然张炜对现实中的种种变化不敢做出斩钉截铁的决断，但他有一点是明确的，现实的浑浊和混乱是由于我们失去了精神信仰的明灯，他力图去点燃这盏明灯。

高原，在张炜的叙述中是一个象征词，并非具体指向某个确定的地域。我们不必用中国实际的地理环境和现实去对应张炜的叙述，如果以这种实证的态度去解读《你在高原》，就一定发现不了这部著作的闪光之处。张炜的写作是在申辩一个作家的存在意义。作家从根本上说不是求真的，而是求善的。特别是对于形而下的真，这不是文学应当承担的职责，它应该交给历史学家、社会学家以及政治家们去做。张炜从 20 世纪 80 年代的批判现实主义转变到今天的精神之旅，我以为意味着他对作家存在意义的极端认识，可以说他是彻底放弃了求真的负担，在求善的圣途上决绝地走到底。因此他注定了是一个有争议的作家。比如有人质疑张炜所坚守的是陈旧的精神，是对抗现代性的，认为张炜是为衰败的农村文明唱挽歌。也许挑出张炜小说中的具体细节来追究，是可以得出这样的结论的，但从整体来看，这样的结论又似是而非，因为我们也可以挑出另一些具体细节来证明与这结论相反的观点。重要的是张炜坚守的道德立场和精神信仰，他把这一切以一种文学的方式体现出来，从而构成了他的小说的丰沛的文学性。他在这个红尘滚滚的世界里，执着地提着一盏灯，给人们一线道德的亮光，提醒人们不要轻易放弃精神的追求。我以为，这就是作家存在的最大意义。

从整体上说，张炜对现实是持批判态度的，但他不是一个恋旧的悲观主义者，更不是一个被新时代抛弃的遗老遗少。因此才有他这样一种处理现实与理想的方式。现实显然不是他理想中的现实，于是他把他的理想投入西部高原。但他并不舍弃现实中的平原，他始终在平原中游走、战斗，也许是屡战屡败，但他同时又是屡败屡战，而且从来都是斗志昂扬，为什么能够屡败屡战，能够斗志昂扬，因为有一个西部高原的理想在支撑着他的精神。所以他在《你在高原》的最后一卷中说："然而我还是难以停止东部的游走。"我相信，即使《你在高原》的这次精神之旅已经结束，张炜还会继续游走下去的，也许一直要走到他心中的理想在平原上实现，当他想象着达到这一理想之境时，情不自禁地赞叹道："好一片田野，五谷为之着色！"这多像是一声虔诚的祈祷，这祝福显然不是给予物质的，而是给予我们的精神。

从新历史小说到新政治小说

——周梅森研究导论

  周梅森是新时期成长起来的作家。人们一般将 1976 年粉碎"四人帮"的政治事件作为新时期的开端，从此文学创作逐渐走向正常化。当时年轻的周梅森还在矿井下采掘煤矿，但他同样也尝试着拿起笔写作。1978 年，还不到 22 岁的周梅森在《江苏文艺》上发表了他的小说处女作《老书记的西凤酒》，其后的四五年，他陆续有作品发表，这些均可以视为他的练笔。1983 年年底，周梅森在《花城》第 6 期上发表了中篇小说《沉沦的土地》，这是他的成名作。小说一问世，就引起了人们的关注。《文艺报》的副主编唐因专门为这篇小说写了一个短评，以于晴为笔名刊登在《文艺报》1984 年第 2 期的"新作短评"栏目中。一个名不见经传的新人，为何会让一个当时最具权威性的文艺报刊的副主编迫不及待地为其写短评进行推荐？因为在唐因看来，这篇小说"独具特色"。而其特色就在于作者对以往创作模式的突破。唐因认为，《沉沦的土地》所写的内容在以往的小说中都有过不同角度的反映，但还很难见到像这篇小说一样"能通过重要的生活侧面，将当时非常错综复杂的阶级矛盾，刻画得如此生动真切而又脉络分明，具有历史画卷特色"。唐因感叹道："看惯了那些把'倾向性'和作者的评价直接'说明'出来的作品……再看此篇，可能就不甚习惯。因为在这里，作者的强烈的爱憎和分明的是非，他对生活的观察和评价，往往并不直接表白，而是从情节和场景中自然流露、自然呈现出来的。"① 唐因的短评也是周梅森发表作品后获得的第一个评论。

《沉沦的土地》奠定了周梅森在新时期阶段的创作特点。这篇小说以煤矿生活为背景，把我们的视线引向民国年代那段沉重的历史，小说具有厚重的历史感和沉郁的叙述风格，他第二年写作的战争小说《军歌》与其风格相似，该小说还获得了全国中篇小说奖。在以后的十来年里，他相继写了反映中国煤矿草创期的艰辛和血泪的《黑坟》《原狱》，反映清朝末年洪帮起义的《神谕》，反映中国托派和早期革命者真实境况的《重轭》，反映民国初年社会动荡历史的《沉红》《孽海》《孤乘》《英雄出世》以及一批战争小说《国殇》《大捷》《沦陷》等。对于周梅森这一时期的小说，批评界给予了较高的评价。时任中国作协党组书记的唐达成曾惊叹周梅森"大有当年茅盾写《子夜》的气魄"。《文艺报》的主编冯牧则提出了"周梅森现象"一说。冯牧问道："为什么周梅森没有经历过民国生活，没在旧时代待过一天，却能写得这么好？"②

周梅森被认为是新历史小说的代表性作家，对于周梅森的历史小说的评论所占的分量也最大。分析周梅森历史小说的思想内涵，是这类评论文章的重点之一，评论者强调了周梅森的历史反思和人性挖掘，也有对周梅森小说中的历史意识和历史观进行研究。总体说来，人们都不约而同地注意到周梅森如一个异类，即使书写当代文学中带有普遍性的历史题材，周梅森的小说也总能给人一种陌生感。黄毓璜便感慨："倘要从近数年林林总总的小说品类中，为周梅森的作品寻

① 转引自于晴《新作短评：沉沦的土地》，《文艺报》1984年第2期。
② 参见《关于"周梅森现象"的对话》，《花城》1989年第4期。

找一个副实的'名目'，恐怕便不能不感到棘手乃至陷入困惑。"① 吴亮干脆认为"很难把周梅森归入某个流派"②。晓华、汪政则针对周梅森现象给周梅森的小说提出了一个新的命名："元历史小说"。他们认为，周梅森以历史为题材的小说看上去难以纳入流行的历史小说概念之中，但这些小说的主题正是元历史学即历史哲学所关注的命题。因此他们说："周梅森的历史小说的艺术精神支柱就是这种历史哲学观，狭义历史学的真实观无法理解它，它面对的是超越具体历史、超越时空的历史理性和人性世界，它只对它们负责。和一般流行概念的历史小说相比，周梅森的元历史小说具备的是抽象的理性的真实，至于选择怎样的历史事件，怎样去为主题想象出具体的场景是无关紧要的。"③ 晓华、汪政当时敏锐地指出了周梅森的历史小说与传统历史小说的本质区别：在历史观上的区别以及在历史叙述上的区别，它不拘泥于历史真实，而是在历史哲学亦即面对历史的世界观和认识观上用力。这其实就是 20 世纪 90 年代初期兴起的新历史小说的基本特点。伴随着 90 年代新历史小说创作的小高潮，新历史小说也成为文学批评和学术研究的重要对象。关于新历史小说，学界基本认定有以下几个特点：其一是"以民间的历史观念评判历史，大胆挑战政治视角对历史理解的垄断"；其二是"以'一切历史都是当代史'的观念书写历史，大胆挑战客观历史真实"；其三是"以虚构的手法还原历史，表达对人类生存状态的关怀和对生命意义的终极叩问"④。我们可以发现，这三个特点在周梅森的历史小说中都有明显的体现。因此，毫不夸张地说，周梅森应该是新历史小说的开创者之一。没有 80 年代周

① 黄毓璜：《大写的历史　大写的人——简论周梅森的小说创作》，《文学评论》1987 年第 5 期。

② 吴亮：《微型作家论》，《文学自由谈》1989 年第 2 期。

③ 晓华、汪政：《元历史小说——对周梅森现象的新的提法》，《当代文坛》1990 年第 3 期。

④ 参见李建国《"新历史小说"的内涵和外延》，《山东社会科学》2006 年第 5 期。

梅森等作家的开拓，就不会有 90 年代新历史小说的小高潮。洪治纲就指出了这一渊源和传承的关系，他在 1992 年的一篇文章里就指出：80 年代中后期陆续出现了一批系列小说，如周梅森的"战争与人"系列、莫言的"红高粱"系列。"这些小说叙述的都是一些作者及其同时代人不曾经历过的故事，若从题材上进行简单的归类，它们都明显超越了传统历史小说的某些既成规范，显示出许多新型的审美意图和价值取向，显示着历史小说发展的某些新动向。因此，我把它们称为'新历史小说'。"①

周梅森 80 年代的小说具有较明显的悲剧意蕴。许多评论文章围绕悲剧性做了较深入的分析。苏童作为一名作家，对其会有一种直接的感性印象，他在他唯一的一篇谈论周梅森创作的文章中是这样表达他的阅读印象的："周梅森总是冷酷地把人物往生存绝境上推，总是把故事推向悲剧，你能感觉到被毁灭的战栗和深沉的悲怆。悲剧美在周梅森的作品中不是借助于语言技巧，而是在整个故事大动态中诞生，因而显得壮观博大，触目惊心。"② 在《沉沦的土地》发表之后，李庆西就敏锐地把握了这篇小说的悲剧观，他认为在《沉沦的土地》中，包含一种超越故事本身的"审美价值的结构形式"，这是一种"大失败"的悲剧形式，这种悲剧形式具有本体象征性，"确乎使我们有可能对古往今来的世态人情作一番历史的观照。仿佛在你眼前不断闪现民族的灾难，一出又一出悲剧，一篇又一篇'大失败'的记录"。③ 周梅森后来的创作完全印证了李庆西的阐释，他陆续发表的小说为读者提供了"一出又一出悲剧"。王干、费振钟则从美学追求的角度对周梅森的悲剧意蕴进行了阐释，认为正是这种悲剧性，使他的

---

① 洪治纲：《论新历史小说》，《浙江师范大学学报》（社会科学版）1991 年第 4 期。
② 苏童：《周梅森的现在进行时》，《中国作家》1988 年第 1 期。
③ 李庆西：《〈沉沦的土地〉的悲剧观——兼谈小说的本体象征》，《读书》1985 年第 5 期。

创作"走向史诗":"尽管笼罩在周梅森小说中的悲剧气息和氛围是那么浓郁,但作为叙述主体的作者并没有因此被这种气息和氛围所淹没,他机智地跳出这种氛围之外,冷静地审视着历史风云的翻滚和人物命运的兴衰。"[①]

还必须注意到,周梅森在 80 年代的历史书写,同样具有强烈的现实情怀。他的确是把历史当成当代史来书写的。正是这种强烈的现实情怀,使他在 80 年代末期遭遇到人生的挫折。这一次人生挫折并没有消磨他的意志,但却改变了他的生活轨迹。他一度放弃了文学,投身到商海之中。至于他是赚是赔,不是这篇文章需要讨论的内容,但这段商海生涯,大大丰富了他的生活经验。更重要的是,这段生活经历使他的现实情怀直接与现实生活对接起来,他不再满足于 80 年代通过历史小说来表达现实情怀的迂回方式了。当他再一次拿起笔时,他就要采取正面强攻了。由迂回战转向正面强攻,就有了由新历史小说向直面现实的新政治小说的转型。这种转型从题材和时空上说是迥异的,但现实情怀却是二者的内在一致性。也就是说,尽管 80 年代周梅森的小说具有浓厚的沧桑感,他甚至被评论家形容为"像个严峻的历史老人"(曾镇南语),尽管他也对历史资料做了大量的研习,但他并没有沉湎在发黄的典籍里,所以在寻根文学兴起,年轻作家热衷于以历史为掩体,借以逃逸出现实政治和宏大叙事的约束时,周梅森对此并不感兴趣。相反,在他的新历史小说中,"更多的深刻理解历史、理解社会矛盾、理解阶级斗争的兴趣,获得了开阔的艺术视野和宏伟的艺术胆魄"[②]。因此,周梅森历史小说中的思想意义也是最值得人们言说的,有评论家对他的作品做出了这样的总结:"他不

---

① 王干、费振钟:《走向史诗——论周梅森的美学追求》,《文艺研究》1988 年第 1 期。
② 曾镇南:《周梅森论》,《当代作家评论》1986 年第 3 期。

动声色地指点我们看燃烧着血与火的一部民族苦难史，不动声色地以
自然主义的笔调去再现那些血淋淋的，或极粗俗、极野蛮、极残酷的
人生可怕的场面，不动声色地解剖人心深处最肮脏的欲念、最卑鄙的
意识、最险恶的计谋。不动声色的每一个字又仿佛是刀劈斧研而成，
刚硬有力。"①

持有正统文学观的人并不认同周梅森后来的文学转向，他们看不
到二者之间的内在一致性，完全把周梅森前期的新历史小说与后期的
新政治小说割裂开来。我以为，这样的观点并没有真正读懂周梅森。
下面，我想着重谈谈周梅森后期的文学创作。

从 20 世纪 90 年代初开始，周梅森转向了现实题材的写作，他的
小说与现实的政治话语和社会主题有着密切的联系，从 1997 年出版
长篇小说《人间正道》起，他仿佛是掘开了一口富产的油井，不可遏
止地喷发出直面现实问题的作品，几乎一年就有一部长篇小说问世。
相继出版了《中国制造》《天下财富》《我主沉浮》《国家公诉》《至高
利益》《绝对权力》《疯狂与财富》等十来部长篇小说。这些小说几乎
都被改编成了电视剧，并都创下了极高的收视率。转向后的周梅森也
就成了一位在社会上拥有极高知名度的作家，他的作品在市场上也非
常畅销。也许主要是这两个因素，让那些自认为坚持文学性的批评家
们对周梅森后期的作品采取蔑视的态度。我们可以说周梅森是一位
"两栖作家"，电视剧的成功无疑对他的小说带来了正面的效应。这也
许正是后现代文化的一个重要特征，文学借助电视等现代媒体扩大影
响。当下的一些有广泛读者的作家几乎都与影视有关系。另外，影视
语言对于作家写作的影响也不能绝对地断定是负面的，它或许是拓展
文学性的新途径。因此我们不能因为周梅森在电视剧上的成功就否定

① 樊星：《从历史走向永恒》，《文艺评论》1988 年第 4 期。

他的小说的文学性。至于他的小说的畅销，我们似乎不能依此就说周梅森是一位"畅销书作家"。因为他的小说尽管在市场上畅销，但他并不是采用我们一般所理解的畅销小说的固定套路和写法。在我看来，他的小说的畅销，正是他的文学性所起的作用。在一个越来越认同多元化的社会进程中，文学也朝着多元化的方向发展，如果我们的文学观念固守在某一点上，只认同某一种文学样式，那么我们就无法解释在新的时代下文学的丰富多样性，也无法把握文学发展的可能性。这篇文章里，我所要讨论的则是周梅森文学转向后的作品。在我看来，周梅森在20世纪90年代以后的文学写作是一种自主性的政治文学，在文学与政治的关系上，周梅森的写作为我们提供了一种新的表现方式。而他的一系列具有强烈政治意识的小说，开启了文学干预政治的新的一页，我把这些小说统称为"新政治小说"。

早在七八年前，我在评论周梅森的《中国制造》时，用了"政治小说"这个概念。现在看来，政治小说虽然不能涵盖周梅森小说的全部，但还是突出了他写作上的特殊意义。问题在于，政治小说并不是一个新的概念，早在19世纪末期，中国面临西方的强权侵入，不得不图求民族振兴时，一些政治思想家极力主张"政治小说"，梁启超更是从"欲新一国之民，不可不先新一国之小说"[1]的高度力倡政治小说的。在梁启超等一批仁人志士的推崇下，晚清民初掀起了一股政治小说创作的小高潮，如梁启超的《新中国未来记》、羽衣女士的《东欧女豪杰》、陈天华的《狮子吼》等，这些政治小说虽然具有鲜明的政治倾向和政治主张，但缺乏文学性，没有留下什么成功之作。不过付建舟认为，晚清的政治小说对以后的文学产生了一种泛政治化的影响。[2] 陈平原也说过："纯粹'借以吐露其所怀之政治理想'的政治

---

① 梁启超：《论小说与群治之关系》，《新小说》第1号（1902年）。

② 参见付建舟《晚清社会转型中的政治小说》，《洛阳师范学院学报》2004年第6期。

小说，本身成绩并不可观；可影响于'谴责小说'的写时事与发议论，'言情小说'的借男女情事写时代变革，'社会小说'的政治热情与寓言式象征……以至在晚清大部分小说中都隐隐约约要见到政治小说的影子。"① 同时还得注意到，在泛政治化的社会思潮中，有些批评家无限扩大了政治小说的疆界，甚至连《红楼梦》也被称为"政治小说"。在对当代小说的批评中，这种泛政治化的观点更为常见。比如反映社会问题的小说、改革小说、反腐小说等，都可以指称为政治小说。周梅森的政治小说既不是晚清时期兴起的政治小说，也不是泛政治化视角下的社会问题小说。但周梅森的政治小说承续了晚清政治小说的以强烈的政治意识统领情节的基本特点，而对当下社会问题的干预又与社会问题小说、反腐小说以及改革小说相呼应。二者结合起来构成了周梅森政治小说之新。

他转向的第一部小说《人间正道》写于 1996 年，是家乡的变化打动了他，把他停驻在历史陈迹中的目光拉了回来。他在两年前回到家乡徐州，被家乡改革开放带来的巨变所震惊，有了反映家乡改革现状的创作冲动，为了更好地了解情况，他到徐州挂职体验生活，在徐州政府当副秘书长。大量耳闻目睹的新鲜事情成就了一部《人间正道》。当时他的家乡正在集资建公路，许多人对修路的意义并不了解，因此反对的意见也很激烈，修路过程中充满了矛盾和困难。周梅森的《人间正道》基本上是围绕修路的事件而结构起来的。估计不少的人物和情节都有着直接的生活原型。所以小说出版后，就引发出一场"对号入座"的大麻烦。当时有四十来个厅局级干部要联名告周梅森，当地还要封杀他的小说以及由小说改编的电视剧。这个"对号入座"的事件激怒了周梅森，也使他对中国官场和中国政治有了更大的兴

① 陈平原：《陈平原小说史论集》，河北人民出版社 1997 年版。

趣。据他自己说，如果没有这一事件，也许他写完这部小说就会再去写他的历史小说的。而我要说的是，尽管周梅森写《人间正道》时并不是有意识地在写作上转向当代政治，但这部小说大致上确立了他以后的政治小说的基本思维方式，开启了新政治小说的路子。

我在这里之所以要专门介绍周梅森写作《人间正道》的动机，就是想说明一点，尽管从写作的对象来看，周梅林来了一个一百八十度的大转身，从过去的历史小说转向现实小说，但无论是过去的历史小说，还是后来的现实小说，周梅森的写作动机并没有完全改变，二者之间有着根本的一致性，这种一致性就在于他是一个充满挑战意识的作家，他的写作都是对现实的挑战。80年代中期，随着西方现代思潮的不断引入，作家们在过去的政治意识形态凝固作用下的历史观和世界观逐渐有了松动，一些走在思想前沿的作家从各个方面寻求突破。当代小说在表现抗日战争历史时，基本上是紧趋当政者对抗日战争所做出的政治结论：中国共产党领导的八路军、新四军是抗日的主力，国民党始终是消极抗日、积极内战。这种政治结论是一种强大的意识形态，在无形中也就给文学规定了种种不可逾越的禁忌，其中一条最大的禁忌就是不能正面表现国民党的抗日，国民党军队在抗日题材作品中即使出现了，也基本上是一种消极的甚至反面的形象。自20世纪50年代以来，这也成了一种坚定的社会共识。周梅森作为一个充满挑战意识的作家，首先就选择了对这种社会共识的挑战。他具有这种挑战的优势，因为他的家乡徐州在抗日战争时期曾是国民党的主要战区，他从民间听到了不少关于国民党军队抗日的故事。应该说，他也尝到了挑战的甜头，同时也体会到挑战带来了刺激。《军歌》《沉沦的土地》这些作品尽管也获了奖，得到首肯，但也引起争议，恰是这种争议凸显了周梅森挑战的思想价值。但随着思想解放的深入，国民党抗战的历史逐渐被人们所认可，表现国民党抗战也成为文学中很正常的事情，在这种情景下，周梅森在历史题材的写作中也许感到了一种乏味，因此从一定程度上说，周梅森的转向也是他寻求挑战刺激的一种内在需要。而在写完了《人间正道》之后，他找到了新的挑战对象，一种更富刺激性的挑战对象。这也许得感谢那些主动对号入座的官员们。因为正是官员们的告状以及他们利用手中权力干扰作家正常写作的行为，使周梅森认识到了文学对于现实仍然具有杀伤力，同时也发现了现实中充满着诱惑力。于是，他放弃了他已经写得得心应手的历史题材（何况历史题材写到这个时候也失去了最初的挑战性），转而直接扎向现实的大海之中。

作家的挑战意识是创新的动力，但选择什么对象来挑战在不同的作家身上会有不同的表现。周梅森选择的挑战对象往往是具有鲜明的政治话题的内容，在写历史小说时，他最感兴趣的是政治意识形态对历史真相的遮蔽，这显然是一个敏感的政治话题。其后在写现实题材时，他所涉及的内容往往是社会热点，直接问责政治。因此，政治情怀、政治抱负、政治眼光，这些都可以说是周梅森进行写作的内在因素。他毫不掩饰自己的政治立场和政治意识。这本身也构成一种挑战性。因为从 20 世纪 80 年代中期开始，有一股否定政治的潮流在文学中弥漫，许多作家故意掩饰或模糊写作的政治性内涵，仿佛这样就是在做真正的文学。90 年代以来，文学与政治的关系正处在相当紧张的状态之中，新写实就是在这种状态下产生的，通过所谓零度情感的、原生态的方式，作家放弃了对意义的关注，以此来解决对政治的紧张性。但周梅森则是正面出击，迎着政治而上，他试图在接近现实政治的过程中表达自己的政治见解。

周梅森始终关注着中国当代政治的变化。他的小说主题基本上都与政治的主题有关系，这使得他的小说具有一种政治文献的价值。我曾把他的小说写作称为中国当代的"政治白皮书"。《人间正道》是周

梅森写的第一部新政治小说,当时他就敏感地探到了中国政治的脉搏:中国政治正从虚幻的思想争斗转变到实干。也就是邓小平所说的"不争论"的政治策略,因此他将小说的主题设定在地方官员干不干实事的矛盾上。而后写的《天下财富》显然是对政治路线转向经济建设为中心的这一最大的政治动向所做的呼应。当经济改革向着纵深发展后,政治体制上的问题逐渐成为最大的掣肘,于是他就写了《中国制造》。而《我主沉浮》则是关于一个经济大省 25 年改革的反思与回顾。主人公是一个省长,他从乡镇长干起,一直升到权力高层。他面对的是中国加入世贸组织之后自己在政治和经济领域的沉浮。长篇小说的主旨是探讨资本原罪、改革原罪问题。《最高利益》写了一个市委书记上任后,面对一座城市历届一把手的政绩工程的抉择,追问了什么是共产党人的最高利益;《绝对权力》以反腐为主线,探讨的是作为党的高级官员如何正确地行使权力、维护权力,为人民掌好权、用好权;《国家公诉》中,周梅森写了一场大火造成150多人死亡的灾难,试图通过这场灾难进一步剖析体制上有哪些问题需要改革和改进,着重对渎职行为和滥用权力进行重新认识,它最终要说明的是如何能够真正实现"依法治国",而不让它仅是一句口号。而在《梦想与疯狂》这部新作中,周梅森直指当下政治的核心——资本。在资本时代,资本就是最大的政治。如果不解决好体制的问题,每个国人都将被资本彻底改造,我们只会留下一些"英雄兼混蛋"的资本时代的新物种。在周梅森的笔下,无论是孙和平、杨柳、刘必定,还是简杰克这样的国际金融投机者,大概都算得上是"英雄兼混蛋"的新物种。周梅森凭借敏锐的政治识见,对这些人物并没有采取简单的褒贬,而是呈现出事物发展的多种可能性。他们有可能为社会创造财富,推动社会经济的发展,但他们也有可能贻害无穷。怎么解决这个问题,这就需要建立起一个真正具有中国特色的、真正体现了人文精神的、真正为广大人民群众带来幸福的社会主义的经济体制和资本运作体制。这是一个最具现实意义的政治课题。我们在阅读《梦想与疯狂》时，会从这些"英雄兼混蛋"的各类人物的表演中感受到这一强烈的现实穿透力。

这使我想起巴尔扎克的《人间喜剧》以及恩格斯对巴尔扎克的评价。恩格斯认为巴尔扎克的《人间喜剧》是"给我们提供了一部法国'社会'，特别是巴黎'上流社会'的卓越的现实主义历史，他用编年史的方式几乎逐年地把上升的资产阶级在1816—1848年这一时期对贵族社会日甚一日的冲击描写出来"，恩格斯说："我从这里，甚至在经济细节方面（诸如革命以后动产和不动产的重新分配）所学到的东西，也要比从当时所有职业的史学家、经济学家和统计学家那里学到的全部东西还要多。"① 从恩格斯的这段话可以看出巴尔扎克的成功，是与他始终如一地关注着法国社会的革命性变革分不开的。在一定意义上说，巴尔扎克也是一位充满着政治热情的作家，周梅森凭着持续的政治热情，以小说的方式记录着现实变革的进程。

我以为可以从三个方面来描述周梅森的新政治小说的特点。

其一，新政治小说是以政治官员的视角去观察问题，从政治的立场设置和处理矛盾冲突。《人间正道》是以一个城市的修路来展开矛盾冲突的，而这部小说的主要冲突就是官员内部的冲突，是一群干事的官员和不干事的官员的冲突。在这种矛盾冲突中，作者所要表达的主题是："不干事就是最大的腐败。"《中国制造》的主要冲突则是老书记姜超林与新书记高长河之间在权力交接时因为体制的原因而造成双方的隔阂、提防、制衡，从而提出了一个政治体制改革的问题。《我主沉浮》的矛盾冲突是经济发展与权力的关系，矛盾的主要方面

---

① ［德］恩格斯：《马克思恩格斯选集》第4卷，人民出版社1974年版，第463页。

则是掌控权力的一方，因此小说基本上是以一个经济大省的省级领导班子作为叙事主体，塑造了省长赵安邦、省委书记裴一弘、省委副书记于华北等一批高级领导干部形象。

但要注意到，这种政治官员的视角所传达出来的政治意识又与现实中的政治官员的思想是有差距的，小说中的政治意识仍是周梅森本人的政治意识，他不过是借用了政治官员的视角而已。这就决定了新政治小说的第二个特点。

其二，新政治小说表现了强烈的政治乌托邦意识。

乌托邦是逐渐被我们疏远的文学圣地。这个术语最早由英国著名的人文主义者托马斯·莫尔创制，它的词根是两个希腊词，一个词的意思是"好的地方"，另一个词的意思是"没有的地方"。这就决定了乌托邦的双重含义。一方面，人们将其视为"空想""白日梦"的同义词；另一方面，人们在为某种指向未来的"理想""规划"或"蓝图"命名时也往往不约而同地想到"乌托邦"。① 正因为此，作家们往往愿意在作品中建构一个乌托邦，来寄寓自己的美好理想。人们把柏拉图的《蒂迈欧篇》视为最早的乌托邦文学。我们可以列举出许多描绘乌托邦的文学名篇。如阿里斯托芬《鸟》中的"云中鹁鸪国"，拉伯雷《巨人传》中的"德廉美修道院"，陶渊明《桃花源记》中的"世外桃源"等。② 文学中的乌托邦可以说是作家建构的一个虚无的存在，但正是通过这种虚无的存在，作家表达了他对现实的不满和批判和对理想的憧憬。人们在谈到乌托邦时常常会引用当代美国神学家蒂利希的一段话，他说："要成为人，就意味着要有乌托邦，因为乌托邦植根于人的存在本身……没有乌托邦的人总是沉沦于现在之中；没有乌托邦的文化总是被束缚在现在之中，并且会迅速地倒退到过去之

---

① 参见姚建斌《乌托邦文学论纲》，《文艺理论与批评》2004年第2期。
② 参见谢永新《乌托邦理想社会的文化底蕴》，《学术论坛》1999年第2期。

中，因为现在只有处于过去和未来的张力之中才会充满活力。"① 政治乌托邦是人们对社会美好想象的重要形态，它表现为对绝对正义的渴望，对现实政治合法性的表示怀疑，是对不正义的政治现实的反叛、逃避和超越。周梅森的政治小说具有鲜明的政治乌托邦意识，他的每一部小说都反映了现实政治的某一重要问题，其矛盾冲突具有强烈的现实针对性，而在每一部小说中他都最终让其矛盾冲突获得有效的解决，在这种解决中，周梅森表达了自己的政治理念，为现实政治提出了自己的操作方案。如在《中国制造》中周梅森就涉及当时最为敏感的政治体制改革的问题。小说所描写的平阳市在经济上得到飞速的发展，但旧的政治体制影响了经济的进一步发展。他认为，"中国制造"虽然走向了海外，但真正要让"中国制造"站稳脚，必须是用中国自己的"机床"——中国特有的政治体制、社会现存秩序等"加工"出来的产品。老市委书记姜超林与新上任的市委书记高长河，其对党的忠诚以及事业心和政治抱负，基本上是一致的，他们之间不应该构成冲突，但只要他们之间在职务上发生了接替的关系后，他们之间就不可避免地会构成冲突。周梅森非常准确地描写了他们两人之间的冲突，这是一种几乎不掺杂个人私欲的冲突，又是目标并不相左的冲突，显然，这是一种典型的"中国制造"的冲突，人物冲突背后的原因是政治体制的弊端。周梅森以其政治乌托邦的意识赋予了高长河挑战现有政治体制的勇气。周梅森安排了一个很微不足道的细节，高长河拒绝了办公厅主任为他安排的0001号牌照的奥迪车，果断地要求换车，也许这一换车意味着平阳市更伟大的"中国制造"已经开始：领导班子建设和政治体制改革。这是在制造一个中国独有的更伟大的辉煌。

---

① ［美］蒂利希：《政治期望》，徐钧尧译，四川人民出版社1989年版，第215—216页。

　　周梅森的政治乌托邦意识在小说中凝聚成理想型的政治领导干部形象。他对自己为什么热衷于塑造理想官员形象有一个解释，他说："我的作品还能给各级官员树立一个标杆，告诉他们真正的好官是这样的。毛泽东当年曾经说过，严重的问题是教育农民，现在严重的问题是教育干部。"

　　其三，新政治小说的立意主要落在对政治行为的合法性进行审视和质疑。

　　周梅森的新政治小说无疑关注的是涉及国家发展和民生民权等政治性和社会性的问题，从聚焦点来看，所谓改革小说、反腐小说、官场小说都有相似之处。我之所以要以政治小说的称谓将周梅森的这类作品区别开来，就在于周梅森在关注这些社会问题时，都是将其归结到政治权力和政治生活中，直接向政治问责。如《至高利益》的故事核心是某市国际工业园的恶性污染事件，这是现实社会中普遍存在的环境污染问题，许多作家在处理这类题材时多半都是突出生态的主题。但周梅森则是归结到政绩工程，这完全是一个政治权力的问题。党的至高利益是为人民谋福利，但现有政治体制的升迁制和考核制架空的至高利益，官员们满足于做表面文章，搞政绩工程。周梅森在这部小说中将政绩工程上升到关乎政权存亡的高度来认识，在他看来，政绩工程比贪污腐败更可怕。为此他塑造了一位敢于挑战政绩工程的市委书记李东方，李东方不仅不搞自己的政绩工程，还不惜得罪领导和政治上的恩人，冒着被撤职的风险，掀开了过去政绩工程问题的盖子，为前两任领导的政绩工程"擦屁股"，逐步将城市的经济建设纳入了正轨。小说中李东方有一句点题的话，他说："我们的任何政绩都必须建立在代表最广大人民群众的根本利益这一基点上，离开了这一基点，事情就会起变化。"这句话看似很普通，但抓住了问题的实质，不仅体现出周梅森强烈的政治意识，也体现了周梅森的政治智慧。这就保证了他的审视和质疑能够在层层障碍和禁忌下传达出来。

不可否认，周梅森的新政治小说有其不足之处。首先，他带着强烈的明确的政治意识，势必影响文学形象的多样性和复杂性的充分展开。特别是他小说中的政治英雄人物，其个性化色彩不够鲜明，而且多部小说中的政治英雄人物有着千人一面的模式化痕迹。显然这些人物都是以他的政治乌托邦意识作为原料塑造的。以理想型的人物形象来表达自己的政治意识，这种方式无可厚非，但在这样一个大前提下，如何去追求人物形象的个性化和文学化，则是在考验作家的功力和耐心，周梅森在这方面下的功夫还是不太够。另外，作为政治小说，其视点无疑集中在政治层面，因而就造成了小说缺乏日常生活的风景和情趣，太强烈的政治性完全挤占了诗性发挥的空间。套用古人对诗词不同风格的形象说法，我以为，周梅森的新政治小说不乏"大江东去"的气魄，却缺少了一些"晓风残月"，难以让十七八女孩儿"执红牙板"吟唱。

周梅森的新政治小说体现了当代文学在处理文学与政治的关系上步入一个良性的正常的状态之中。他通过新政治小说的写作样式有效地表达了当代作家的政治情怀。这是周梅森新政治小说不可忽视的意义。自新时期文学以来，文学与政治在相当一段时期内处在一种紧张、对立的关系状态中。许多作家为了保持自己的政治立场和政治意识，往往采取与政治现实不合作的方式，因此去政治化与非政治化的观点也占了上风。在这类观点的影响下，日常生活叙事特别发达起来，而正面表达作家政治情怀的宏大叙事却遭到了冷遇。事实上，去政治化与非政治化只是作家表达政治意识的一种方式，也是一种与政治处于非正常状态下的写作方式，它并不利于作家更好地表达自己的政治情怀。在这种情景下，周梅森坚持新政治小说的写作，实际上也就是坚持宏大叙事。更重要的是，周梅森并不是坚持过去的受制于政

治意识形态的宏大叙事，而是充分利用社会转型带来的新的因素，将宏大叙事与民间精神结合起来，从而使受到冷遇的宏大叙事获得新生。应该看到，宏大叙事是表达文学的政治情怀的重要方式，缺少这种方式，文学的表达就是不健全的。在我看来，新时期文学的叙事中大致上有两种不同的政治情怀，借用吉登斯的理论，我把这种两种政治情怀分别称为解放政治的情怀和生活政治的情怀。解放政治和生活政治，是吉登斯的两个基本概念。吉登斯把解放政治"定义为一种力图将个体和群体从其生活机遇有不良影响的束缚中解放出来的一种观点"①。吉登斯认为，从近代到现代的政治，在本质上都是解放政治。吉登斯所谓的生活政治则是指应对现代化发展中解决现代性所带来的问题的政治策略。生活政治"关注个体和集体水平上人类的自我实现"②。新时期以后的拨乱反正，也就是中国本土在 20 世纪末期重新启动现代化的"解放政治"。但发生在中国本土的现代化又是一种后发式的现代化，它使前现代、现代、后现代处在同一时空之中，具有鲜明的"时空压缩"的文化特征，因此生活政治在社会领域中占据着越来越多的空间，它们需要通过文学叙事获得认同。解放政治和生活政治这两种政治模式尽管存在矛盾甚至对立，但在中国当下复杂的现代化处境中，二者并不是谁取代谁的态势，而是相互依存、相互补充，形成纠缠在一起难舍难分的关系。在相当长时间里以及在相当数量的作家的心目中，解放政治被当成了政治意识形态的专有物，因此文学中解放政治的声音很弱。周梅森的新政治小说显然强化了解放政治的声音。

---

① ［英］安东尼·吉登斯：《现代性与自我认同》，赵旭东译，生活·读书·新知三联书店 1998 年版，第 248 页。

② 同上书，第 10 页。

"雪庐"里走出来的现实主义者
——论孙颙的小说

　　《雪庐》是孙颙二十多年前写的一部长篇小说,直到今天,我才比较完整地读了这部小说,一切的缘起则是因为孙颙近两年来又对小说写作产生了浓厚的兴趣,相继发表了《拍卖师阿独》和《漂移者》。这是两部很有意思的小说,作者所关注的是当代社会的一些新的经济现象,无论是《拍卖师阿独》中的拍卖师,还是《漂移者》中的跨国公司来中国的"淘金者",可以说都是新经济时代造就的"新人类"。虽然只有两部小说,但从中仍能发现,孙颙对当代社会有着整体性的思考。为此,我回过头去读了他的早期的作品,除了《雪庐》之外,还有《烟尘》《门槛》,甚至更早的《冬》,等等。我发现,整体性思考恰恰是孙颙在文学写作中一以贯之的特点。他是以一名有责任感的知识分子的身份和姿态来思考现实社会的问题的。从确认自己的知识分子身份,到选择自己的观察角度,孙颙在文学上的每一步都走得非常稳健。《雪庐》在孙颙的写作生涯中具有标志性的意义,在此之前,孙颙的小说基本上还是跟随着新时期文学的潮流走的,我把他的这个阶段看成他的摸索阶段。而《雪庐》则标志着孙颙的写作已经进入成熟阶段,他确立了自己的个性和目标。

　　孙颙是参与到开启新时期文学潮流的作家之一。文学界把"文革"后的文学称作"新时期文学",新时期之初有两部分作家不容忽

视，他们迅速占据文坛中心，拉开了新时期文学的序幕。一部分是"归来作家"，他们或者在 1957 年被打成右派，或者在"文革"中被流放到"五七"干校，因为他们都是"十七年文学"的亲历者和创造者，又相继在政治浪潮"失宠"，"文革"结束后他们同时获得归来的机会，所以我们将其称为"归来作家"。另一部分是经历过红卫兵运动和上山下乡的"知青"作家，他们是经受"十七年文学"教育的第一代，他们的思想成长历程被深深地打上了"十七年"的烙印。"十七年"成为这两部分作家群体的共鸣点。新时期在政治上的拨乱反正，在一定程度上是对"十七年"的肯定。因此，"归来作家"与知青作家无意中结成了思想同盟，共同以文学的方式参与到拨乱反正的思想斗争之中，他们由此延续了"十七年"的关于"干预生活""写人情写人性"以及"现实主义"等思潮理论的探索和实践，开启了新时期文学的拨乱反正的宏大叙事，突出了苦难与理想的主题，并成为新时期文学之初的主将。但是，"知青"作家从一开始就是带着自身的局限走上文坛的，这种局限表现在他们的知识积累和经验积累的双重不足，文学写作仅仅成为他们宣泄内心不满的方式，他们的宣泄之所以能够构成新时期文学的第一道风景线，就在于他们的宣泄与批判"四人帮"的社会主题有效地重叠在一起，而且他们的知识教育就决定了他们与"归来作家"属于同一个知识谱系，他们就顺理成章地成为"归来作家"的同盟军。孙颙早在新时期之初就崭露头角，他在1979 年就出版了长篇小说《冬》，小说带有比较浓郁的个人生活经验，属于典型的"拨乱反正"的宏大叙事，基本上没有越出当时的伤痕文学的思路，小说以"冬"的意象比喻"四人帮"给社会和人民带来的灾难，但这个比喻同时也蕴含作者的理想和信念，因为这个意象取自英国诗人雪莱的诗句："冬天来了，春天还会远吗?"其实在我看来，孙颙更在意的并不是"冬天"，而是"春天"。他是一位始终向前看的作家。正是因为这一缘故，因此他能很快地走出"知青文学"的局限性。也就是在"伤痕文学"和"反思文学"还没有退潮的时候，他曾写过一个中篇小说《青年布尔什维克》（《青年文学》1985 年第 3 期），尽管这篇小说并不是孙颙的代表作，但从这篇作品中，我们能够发现孙颙的思想转轨。小说写的是某大学里思想活跃、百家争鸣的现象，并着力塑造了一位具有清醒头脑和深刻思想的年轻的学生党支部书记方旋。粗看故事架构，似乎也是"反思文学"的路子，方旋的父亲曾是被称为"党内理论权威"的大学教授，因为在手稿中表达了一些个人的见解，在"文革"中被作为反革命，遭迫害致死。"文革"之后，方旋也进入了大学，大学里相比过去思想才是真正的活跃，各种观点相互碰撞。但孙颙在这篇小说里并不是要为"文革"中被批判的思想平反，他并不是像大多数的"反思文学"那样做一种"翻烙饼"的事情。"翻烙饼"是典型的二元对立思维。按照二元对立思维的逻辑，孙颙应该在这篇小说中为方旋的父亲平反，让时间来证明父亲的思想是正确的，方旋于是在新时期传承了父亲的思想。但孙颙并不是按照这种二元对立的思维来构思这篇小说的，他的关于方旋家庭在"文革"中的遭遇的叙述，都是在为方旋后来的宽容精神做铺垫。小说的中心情节是一名大学生在演讲会上表达了错误观点，引起校方甚至市委的重视，眼看这名学生的毕业都要受到影响。方旋作为学生支部书记主动关心这位学生，为他疏通各个方面，终于平息了这场风波。这里有两点值得注意：其一，孙颙认为这位大学生的观点的确是错误的；其二，孙颙并不愿意在辨析观点的正确和错误上做文章。这也就是说，孙颙并不愿意陷入二元对立的思维之中，当他从二元对立的思维中走出来后，就发现，姿态比是非判断更重要。孙颙强调了宽容的姿态。在这篇小说中，方旋的一段话可以说就是他的基本原则："我们对自己的信仰越坚定，自信力就应越强，也就越可以宽容些。"

　　《雪庐》是一部反思中国知识分子命运的长篇小说。这其实是当代文学的一个重要主题，作家一般是自命为知识分子的，因此反思知识分子往往也就是作家的自我反思。中国知识分子在当代文学时期的特殊地位决定了作家在涉及这个主题时的纠结，因为从当代文学一开始，知识分子就存在着一个位置的归宿问题。毛泽东有一个著名的言论，认为知识分子是毛，工人农民是皮，知识分子要附着在皮上才有价值，否则，"皮之不存，毛将焉附"。^①那些参加革命的作家们，觉得既然工人农民是主人，那我们就心甘情愿做皮上的毛吧。他们努力把自己变成被革命认可的毛，所以这一段是知识分子的规训期。到了50年代中期，一些作家以文学的方式来展示知识分子思想改造过程，知识分子思想改造也成为20世纪五六十年代小说的重要主题。这类小说可以称为"改造小说"，如高云览的《小城春秋》、杨沫的《青春之歌》、梁斌的《红旗谱》、欧阳山的《三家巷》等，这些小说一般以知识分子为主人公，主要表述的则是"知识分子如何成长为无产阶级战士"的。"文革"结束后，纠正过去的政治错误，特别提出了要为"臭老九"平反，作家们有一种重新获得解放的感觉，因此新时期初期的一些表现知识分子的小说洋溢着浓厚的自由解放的情绪，如张贤亮的《男人的一半是女人》《绿化树》等；或者以讴歌、赞美为主调，在这种主调中倾诉知识分子的抱怨和不满，如谌容的《人到中年》。王蒙的《活动变人形》应该是20世纪80年代反思知识分子命运的最有分量的一部作品，当时就被评论家解读为"20世纪中国知识分子心灵历程的一个缩影"^②。王蒙是从中西文化冲突的角度来反思中国知识分子命运的，因此小说主要写了一个有过留学经历和延安经历的知识

---

① 参见何怀宏《知识分子，以独立为第一义》，《读书》2012年第5期，第7页。

② 林焱：《知识分子灵魂的审视——评〈活动变人形〉》，《当代作家评论》1987年第2期。

分子倪吾诚失败的一生，留学在倪吾诚身上注入西方文化的血液，延安经历又使他具备了革命文化的因素。追究中国知识分子的失败，这两种文化在他们身上始终不兼容，也许在王蒙看来这是最根本的原因。总之，"文革"后的十余年，作家们对于知识分子的反思主要是围绕着知识分子的独立品格而展开的。反思越深入，作家的内心越痛苦，因为仿佛在中国现代化的语境中，知识分子的独立品格始终未解。

进入 20 世纪 90 年代，由于政治上的大动荡，独立品格问题更加困惑了知识分子，知识界一时陷入失语的状态。孙颙就是在这一背景下写作他的《雪庐》的。这部小说的意义就在于，作者跳出了独立品格的困惑，从另外一个角度探讨了中国知识分子的担当和价值。《雪庐》也是历史反思性的结构，小说书写了早期知识分子林金洋一家四代的命运变迁，时间跨度长达八十余年，正是中国现代革命风云剧变的时代，林家四代人的经历无不连接着重大的历史事件，如果我们也把这部小说看成宏大叙事的历史画卷，那么它不同于其他历史画卷的地方就在于，画卷中浓墨重彩描绘的是知识分子的另一种形象，或者说作者孙颙通过小说告诉人们，中国知识分子应该怎样去应对中国复杂的社会。林金洋的出场，就完全体现了孙颙对中国知识分子的独特把握。林金洋"满腹经纶，学贯中西，对世事的洞察力胜过许多风云人物"，这可以说是中国具有现代意义的第一代知识分子的共同特点。中国第一代现代知识分子就是推翻封建王朝、开启中国现代化之路的骨干。正像小说所写的，林金洋也是一个热血文人，他与妻子在湖南共同参加了推翻帝制的革命，当革命遭到挫折时，林金洋的爱妻以及岳父一家几十人都被杀害了，林金洋带着两个儿子和女佣阿桃逃到了上海。从此以后，林金洋对社会和知识分子的认识也发生了改变。他认为："要想自立于乱世，便要不求闻达，不攀龙附凤，唯靠自己实

力奋斗。经济家的资本是钱，读书人的实力是知识。可居庙堂之高，也可处江湖之远，进退自如，方为本事。"这可以说是一种知识分子的人生哲理，它至少包含这样几层意思：在革命年代，投身革命并非知识分子的唯一选择；知识分子是凭知识效力社会的，效力社会既可通过庙堂，也可通过江湖；知识分子关键是要以知识作为实力，而不要去追求闻达。表面看上去，林金洋是被鲜血和牺牲吓怕了以后得出来的这套理论，是逃避革命的理论。但我以为事情并不是这么简单。林金洋并不是一个怕死的人，他本来就是要与妻子一起去赴死的，但妻子将儿子们托付给了他，他要将儿子培养成有用的人。作为知识分子，怎样才能对社会发挥最大的作用呢？林金洋认为关键是要以知识作为实力去效力社会。知识分子的实力在知识，因此知识分子与革命的关系也应该是若即若离的，既可以居庙堂之高，也可以处江湖之远。林金洋的话中虽然没有明白表达知识分子与革命的关系，但从他的行为来看，其实这段话里就包含了这层意思。所以当他的儿子林若希参加了同盟会后，要去湖南寻访母亲的遗迹时，他正色对儿子说，你是民国功臣后代，自然可以去沾民国胜利的光，但你要明白这光是不好沾的。林金洋将自己的希望寄托在儿子身上，便耗尽财产，在上海造起一幢"雪庐"，雪庐里充溢着的是书籍。林家的后代从此守在雪庐这个知识垒起来的寓所，以不变应付外面的风云多变。后代们并非都遵循林家的祖训，而是各自有着不同的人生选择。更重要的是，在大的时代潮流的冲击下，他们也难以遵循祖训。林若希"不求闻达，老老实实做自己的学问"也不过是安稳活下来而已。林若白在"五四"浪潮的推动下，参加学生运动，加入共产党，但1927年革命陷入低潮，他被列入了国民党的通缉名单中，被迫东渡日本，却从此就销声匿迹了。到了第三代"聿"字辈，虽然都学有所成，但随着1957年的"反右"，知识日益贬值，他们只能小心谨慎地过日子。第四代"家"字辈则因为正处"文革"时期，连求知识的权利都被剥夺了。林家四代走过了中国自 20 世纪初起追寻现代化的八十余年，他们的经历完全让林金洋的愿望落了空。林金洋当年精心建造了书香气十足的"雪庐"，他大概万万没想到他的后代演绎的却是"雪庐"的衰败史。我以为，在作者孙颙的内心，"雪庐"的衰败也就是知识的衰败。那么，他写这部小说的意图之一，也就是要恢复知识的尊严，重振知识的辉煌。作者对此并不悲观，他写到，"家"字辈在"文革"后再次捡拾起书本，以各种方式踏上寻求知识之路。"家"字辈的小季在自己的房子里完全按照"雪庐"的格局建成一个藏书室，使当年"雪庐"的藏书得到安置。这个细节分明透露出作者对"雪庐"的寓意。其实，说到底，这"雪庐"是孙颙为自己建造的一处精神的寓所，当把自己的精神以及自己的文学安放在"雪庐"里，他也就明确了自己的文学目标，他要做一个像林金洋所强调的凭知识实力说话的作家。

等到几年后孙颙再写《烟尘》时，就把他在《雪庐》中赋予林金洋的人生哲理具体化了。这部小说同样设置了一处寓所，寓所里居住的也是知识分子类型的人物。不过这次不是一个家族的单线条发展，而是在一个"海上别墅"的小区里，有几幢小楼，分别住着方家、汪家、林家等几家人，故事就在这几家人的相互来往和纠葛中展开。作者采用这种网状结构的故事叙述，我想不仅仅是为了增加情节的曲折和故事的吸引力，而且这种网状结构能够更贴切地反映复杂的人生社会。因为孙颙在这部小说明显地从过去重在社会视角转为了人生视角。为此，孙颙选择了讲述这几家人之间的爱情故事，爱情无疑是折射一个人所信仰的人生哲理的聚焦点。其实孙颙写爱情是虚，写人生是实。因此他着重写了两段年龄相差十来岁的爱情，一对是男方比女方大十余岁的方无忌与汪可可，一对是女方比男方大十余岁的汪雪菲

与平三友。他们都是海上别墅里的邻居，年少的时候，他们相互之间有过来往，有过帮助，留下了美好的印象。之后他们各自走向社会，对人生有了真切的体会，有的也曾经历婚姻和爱情。最终他们回到了海上别墅，才发现昔日里的美好印象已经成为一颗种子，埋在心底，如今遇到合适的气候，竟发芽并开出了爱情的花苞。尽管两对爱情的结局不一样，方无忌与汪可可终成眷属，汪雪菲则在即将与平三友携手之际患上不治之症离去，但他们在人生道路上的心心相印却是共同的。不在乎年龄和社会阅历的差异，关键是他们在"烟雾弥漫、尘埃飞扬"的都市里能够锁定目光。因此，当汪可可与心爱的人坐在咖啡厅里，她会发出这样的感慨："一切都会过去，一切都可能改变，只有生命在延续。"

孙颙写《门槛》的时候就变得更加关注现实了，这部小说写于即将跨越新世纪的"门槛"，而小说的核心内容则是人类处于新世纪"门槛"时刻必须面对的新现象，既有刚刚在内地兴起的外汇交易，也有国有企业的转轨和转型，更有在新世纪前后人们讨论得特别热烈的生命科学和生物工程等内容。这部小说可以说是作者孙颙对新世纪来临之际的一系列新问题的思考。孙颙长期在出版部门工作，他这次干脆也把出版社的生活搬进了小说，一家出版社敏锐地把握住了新世纪的新变，决定编辑一套"高新科技与人类未来"丛书，出版社年轻的女编辑蓝欣便成了这部小说的主角之一。跟随着蓝欣一路组稿，我们结识了科学家谷先生。孙颙借谷先生的口表达了他对高新科技的期待和担忧："至于生命科学、生物工程，我想应该是人类和生物生存与系列能力的重大革命。这场革命的伟大，在于它可能使人类变得更为强大而自由，在于它试图改变自然界规定的进程，甚至创造许多自然界没有的东西。正因为如此，它也就显得高深莫测、难以捉摸。我们能不能将它控制在科学理想的范围之内？我们会不会受到自然之手的惩罚？现以还难以说出断然的意见。"当然，这是一种人文情怀的忧思。

　　在此之后，孙颙接连写了一些思想文化随笔，内容涉及多方面。阅读这些随笔，仿佛看到一个在"雪庐"中矻矻研习知识的作家身影。当他再一次动笔创作小说时，他的思想性和现实性也就非常明显了，他也有了非常坚实的知识基础来支撑小说的思想性和现实性。孙颙将这些思想文化随笔称为"文化思辨散文"。我之所以强调它们是"随笔"，是希望人们不要将他的这些作品比附为已经泛滥成灾的所谓"文化散文"，文化散文作为一种写作潮流，也产生了不少好作品，但后来越来越变得模式化，变成了一种撒娇的或是矫情的、虚伪做作的、堆砌知识的散文写作。孙颙的这一组随笔并没有这些毛病，就在于这完全是作者深思熟虑的结果。这一组随笔共有8篇，分别是《强盛的秘密》《发现的秘密》《金融的秘密》《语文的秘密》《生存的秘密》《思想的秘密》《人性的秘密》《命运的秘密》（后来这8篇随笔以"思维八卦"为书名结集出版）。作者似乎是要以思考去探寻世界的奥秘，他思想的触角伸向四面八方，穷及宇宙万物，足见思考之深远。从这些随笔中可以看出，孙颙更加在意思想的力量。他在《思想的秘密》一文中，专门谈到了他对俄罗斯作家列夫·托尔斯泰的认识。他认为，托尔斯泰在《复活》中讲述的妓女的故事和在《安娜·卡列尼娜》中讲述的婚外恋的故事，以及在《战争与和平》中讲述的欧洲宫廷的阴谋和爱情的故事，如果单纯从故事的角度看，与众多小说中类似的故事没多少差异，"然而，故事在托尔斯泰的思想库中发酵成熟，就成了不同凡响的世界名著"。也许，孙颙在写这类思想文化随笔时，是在为自己暗藏的一个伟大的"野心"做准备：他要为自己的小说写作建造起一个自己的"思想库"。在《思维八卦》中，不乏精彩的思想见解。毫无疑问，孙颙逐渐将"雪庐"里的知识一点点地搬运到了

自己的头脑中。

孙颙的努力并没有白费。几年后他开始新一轮的小说写作，思想的光芒顿时照亮了整篇作品。首先，孙颙所关注的人物不再是过去小说中曾与他相识相伴、一起长大的人物了，过去小说中的人物是他最熟悉的，有的甚至就是他的亲人好友。但当他觉得积攒了足够多的思想力量时，他便迎面向着陌生却又新鲜的生活走去，他在陌生的生活中饶有兴趣地观察那些陌生人，从他们的身上感受新时代的脉搏。比如《午夜交易》写的是金融交易所里的职业炒股手，金融无疑是中国改革开放向纵深发展后逐渐具有重要地位的行业，孙颙早就对金融开始了研究，因为他知道，随着中国改革开放向纵深发展，金融越来越具有举足轻重的地位。他在《午夜交易》的"创作谈"中就说："写当代上海，要绕开金融，是不明智的。"小说塑造了一个新的大学毕业生，他凭着自己的数学智慧，在金融交易市场如鱼得水。尽管因为对这样的人物还不是太熟悉，在刻画上显得有些生硬，但孙颙勇敢进入全新的世界的姿态却是值得肯定的。尔后，他再写《拍卖师阿独》和《漂移者》时，就已经把握自如了。

我想重点说说《漂移者》，小说的主人公是一位来中国闯荡的美国年轻人，他叫马克，因为在美国上大学时与人争风吃醋而大打出手被开除学籍，他转而跑到中国来寻找发展的机会。在国际化的大都市上海，对于一位美国人来说，机会并不难找。世界排名前几位的物流商业王国——GW跨国公司要在中国把生意做大，便看上了马克，从此马克就成了上海滩上一名高级白领。小说既写了马克在上海如何追寻自己的爱情，也写了他如何适应中国特色开拓跨国公司的业务。马克似乎掌握了中国文化的诀窍，他对中国现实社会中的潜规则也乐此不疲，并屡屡得手，但最终他还是栽在了中国的潜规则上。尽管如此，马克并不沮丧，因为他由此获取了丰富的人生经验，他又开始了他在中国的创业。但这一次的创业与上一次的创业有了本质上的区别：他要"学习老老实实地做一个经营者"。

马克是一个崭新的文学形象，丝毫不要低估这个形象的思想意义。马克这一形象可以说是东西方文化碰撞的产物，在全球化的时代，东西方文化是一个热议的话题，由此也诞生了"后殖民文学"和"后殖民主义批评"。孙颙将小说命名为"漂移者"，显然，他是将马克作为一名"漂移者"来塑造的。这个称谓很有意思。以往讨论文学形象时，用得较多的是"漂泊者"，也许正是这一字之差，蕴含了作者孙颙对当今世界的新的认识。漂泊往往是移民文学的基本主题，漂泊者也成为移民文学的主要形象，因为移民文学正是通过漂泊找到了一种最妥当的心理寄托。漂泊被赋予了哲学的含义，因为人类自诞生以来就在不停地迁徙，在迁徙中体会漂泊的沧桑。在后殖民主义批评者看来，后殖民文学表达了反抗殖民主义的普遍情绪，被殖民者通过漂泊获得一种身份的确认，也通过漂泊表达了一种对现实的抗争，因此在漂泊者形象中就具有了一种民族精神的觉醒。但显而易见的是，在移民文学中，漂泊者形象基本上都是由殖民地向欧美帝国迁移的形象，至于欧美帝国向殖民所在地迁移的形象，多半具有一种占领者的心理和情感优势，这样的形象是难以用"漂泊者"来概括的。孙颙写《漂移者》，也可以说是从后殖民文化的身份来写一个殖民文化的迁移者，这个迁移者无疑会带着殖民文化的心理优势。但是在孙颙的写作中给人们提供了一个非常重要的信息：作者并没有因此就具有一种后殖民文学难以摆脱的被殖民文化的心理劣势。孙颙在叙述中表现出一种文化自信心，他看到了中国在经济崛起之后的文化语境的新变：在东西方文化的碰撞中，中国不再是被动和弱者的姿态，冲突和对抗也不再是碰撞的主旋律。这也是孙颙对中国社会现状以及发展趋势的一种认识和把握。马克正是在这一文化语境中逐渐学习和适应如何在一

个崛起的后发展国家中生存的。这也就是这一形象带给移民文学的新因素。《漂移者》的另一个人物形象有助于我们更好地理解马克这一形象的新意。这个人物形象就是马克执着爱恋的中国姑娘苏月。苏月具备东方淑女的要素，但她的思想和性格又是与时俱进的，她的身上兼具着东方文化和西方文化的美好内涵，可以说是一位洋溢着现代精神的东方美女。更重要的是，她对自己的文化母体具有明确的认同感，她怀着强烈的文化自信心与马克交往。她欣赏马克身上的优点，也对马克的缺点有清醒的认识。我们不妨将他们之间的爱情看成一次关于文化交流的隐喻，所以苏月对马克的认识，也可以看成后殖民时代对中西文化冲突的重新认识。苏月决定离开马克，专门给马克写了一封长信。苏月在信中说："我决定离开你，首先是因为我发觉自己缺乏影响你、让你有所改变的力量。""你是用居高临下的姿态处理我们之间的关系，你有'天之骄子'的美国人的通病。"这些话仿佛就是对当下东西方文化交流的总结。尽管苏月感到现在无法改变马克，但她并没有因此就选择屈就马克的方式来达成双方的和解，而是选择了毅然离开。事实上，离开并不是放弃和拒绝，因为他们俩的结合已经诞生出了一个新的生命。因此，苏月的离开也是为马克提供一次觉悟的机会，苏月的离开也是一种等待，等待着时间的推移和事情的发展为马克提供改变的可能性。孙颙让苏月怀上了她与马克的孩子，这真是富有深意的想象！这个新生命应该看成东西方文化交融结合的"宁馨儿"，无论东西方文化在相互碰撞中会产生多少摩擦，会遇到多少障碍和挫折，但谁也阻拦不了这个"宁馨儿"的诞生，她代表着文化的未来。

我始终认为，自现代小说以来，小说的思想内涵成为小说成功的关键，甚至成为一个时代生产思想和存储思想的工具。这就要求小说家同时应该是一位思想家。因此，我非常欣赏孙颙在小说写作中对思想的重视，尤其欣赏他为了能够生产出思想而进行长期的知识准备。孙颙是一个清醒的现实主义者，也是一个面向未来的现实主义者，他对现实中的那些新人物、新现象充满了热情，他更愿意去发现指向未来的积极因素。在新世纪以后的小说创作中，孙颙的这些特点表现得更为突出。我期待他有更加充满思想力量的作品问世。

衔接战争思维与和平思维的铆钉

——邓一光前后期小说创作之异同

　　邓一光出生在军人家庭，他的血管里流淌着父辈的鲜血，他的生命基因里就先天地种下了军人的性格。军人是为战争而准备的，因此邓一光最初步入文学创作，具有鲜明的战争思维。另外，曾经在相当长的时间内，军人是最受人们尊敬和羡慕的职业，邓一光出生在军人家庭，这使得邓一光具有一种优越感和自豪感，当然不仅仅是优越感和自豪感，这也是邓一光的一份重要的写作资源和思想资源。邓一光就是携带着这一份写作资源开始自己的文学生涯的，他对这份写作资源的得当处理，使他能够在这一派文学潮流中脱颖而出。

　　从《父亲是个兵》到《我是我的神》，是邓一光的战争思维阶段，这一阶段他主要以自己家族的故事为写作资源。先后创作了《父亲是个兵》《我是太阳》《大妈》《大姨》《远离稼穑》《想起草原》《我是我的神》等作品。战争思维构成了邓一光小说的基调和风格。邓一光的小说基调是英雄主义和理想主义，其小说风格则是富有浪漫色彩的现实主义风格。

　　英雄主义基调是邓一光从父辈身上吸收的精神营养。尽管邓一光开始写作的时候正是社会上质疑历史和否定传统最盛行的阶段，这种思潮突出表现在对待父亲的态度上。父亲代表着历史，也代表着威权。当人们回望革命历史时，父亲形象也就自然而然地浮现在人们的脑海中。我们会毫不迟疑地说，先辈们抛头颅、洒热血，为我们打下了红色江山。我们也会豪情满怀地说，我们决不辜负父兄们的期望。那时候，我们的革命刚刚取得胜利，我们为胜利而骄傲，自然也为自己的父亲而骄傲，父亲成为英雄的化身。这构成了20世纪五六十年代革命历史题材和战争题材的主旋律。但那时候并没有塑造父亲形象的自主意识，因为革命历史的正确性是毋庸置疑的，而父亲作为革命历史的象征也是毋庸置疑的。那一阶段的文学创作，父亲形象主要是以一种精神化身的方式潜藏在作家的叙述之中的。只有当人们对历史有了一种审视的意识，当人们要从父亲意志的支配下独立出来的时候，父亲形象才会成为一个对象化的人物站立在作家面前。但是，父亲取得了胜利，成为统治者之后，父亲形象的内涵实际上已经发生了变化。作为父亲形象标志的革命历史被高度政治化、意识形态化，于是父亲形象以及革命历史本身就成为一种意志和权力。这就有了后来对父亲的反叛。年轻一代觉悟之后其思想和行为都会采取极端和偏激的方式，这就有了20世纪80年代文学的弑父叙述。儿孙辈彻底否定父亲的权威，也否定上一代的历史，他们以一种势不两立的方式摧毁了父亲的声望，整个社会不再需要权威，也不再崇拜英雄，于是我们从弑父叙述进而又进入无父的时代。这大概就是20世纪90年代的文化特征，文学叙述在无父的状态下变得更加放纵，作家以一种头朝下的方式戏弄着历史和文明。正是在这种潮流下，邓一光从他的写作资源中特意挑选出父亲的形象来书写，而他的书写针对着亵渎父辈的文学潮流，以一种敬畏之心去发现父辈的精神实质，并为父辈辩诬。当他写了中篇小说《父亲是个兵》后，一发而不可收，又写出了长篇小说《我是太阳》。也许我们对《我是太阳》这部小说的意义估计得不够。当年这部小说出版时，正是社会上普遍流行犬儒主义，英雄遭到贬斥，崇高受到嘲弄的时期。由于革命历史英雄往往以父辈为代表，

因此当时的文学以弑父叙述来表达对英雄和崇高的否定。就是在这一背景下，邓一光勇敢地搀扶起被打倒的父辈，翻检父辈的英雄历史。邓一光的举动有力地遏止了文学精神不断沉陷的趋势。邓一光挖掘父辈们的英雄主义精神，证明英雄主义精神如同太阳一样，即使落下去了，第二天照样升起。

《我是我的神》的主题仍然关涉英雄主义精神，但邓一光对英雄主义的思考在《我是太阳》的基础上有了明显的发展。如果说《我是太阳》是向英雄的父辈致敬，那么，《我是我的神》就是在庄严地宣布：我已经独立成人，我要成为我自己的英雄。当然，在邓一光看来，从父辈到自己，英雄主义精神是一脉相承的，因此这部小说中的英雄不仅仅是一个父亲，而是由父亲和母亲建立起来的一个英雄家庭。邓一光将更多的笔墨放在了后代人身上。乌力家的后代个个堪称英雄。这自然包含一个寓意，英雄主义精神有效地传承给了后代。但这并不是简单的传递，而是在新的时代赋予了英雄主义新的内涵。在乌力的大家庭里，始终存在着浓浓的火药味，乌力图古拉的子女们，仿佛从生下来就有着强烈的反叛意识，要与他的父亲作对。两代人之间的隔阂是因为时代发生了变化，生活方式也发生了变化。在乌力家庭成员的身上都能感受到鲜明的时代印记。事实上，邓一光通过一个革命英雄的家庭史，揭示出这样一个真理：英雄主义精神在不同的时代会有不同的显现。乌力一家人的经历穿越了自解放全中国以来的大半个世纪的峥嵘岁月，几乎这段岁月里影响中国历史进程的大的战争事件和国家安全战略决策里，都会出现乌力家人的身影，都会留下他们的英雄举动和牺牲。如大儿子乌力天健在 20 世纪 60 年代著名的"八六"海战中光荣牺牲了，那时候正是台湾当局把"反攻大陆"叫得最响的时候。如乌力天时在抢挖战备隧道时被砸成了植物人，那时候全国上下都笼罩在"备战备荒为人民"的紧张气氛之中。过去的历史充满了荒诞，这使得英雄人物的行为带有很浓厚的荒诞色彩。萨努亚被当成国际间谍囚禁在牢狱里，她失忆了，思绪停顿在疯狂的1967年。植物人乌力天时躺在床上，只会用朗诵语录来表达他的思想。但他们都是在荒诞中磨砺自己的精神，从生命成长的角度说，他们并不荒诞，相反，英雄精神在他们的内心里更加坚强。

乌力天赫和乌力天扬这两个儿子最有反叛精神，也最有独立思考能力。他们显然不愿意接受父亲对英雄的理解。父亲的认识还停留在战争年代的阶段，在他看来，是因为这世界上有人欺负人，所以就要靠打仗来解决，"只要人欺负人的事儿还有，你就得多干几年"。乌力天赫和乌力天扬义无反顾地奔赴战场。乌力天赫作为一名自由的战士更是跨越国界，为世界和平而战。但战争也促使他们反思，因为他们发现，战争并不能真正解决人欺负人的现象。于是乌力天扬宁肯放弃荣誉和前程，他看似在堕落自己，其实是他明白了一个道理：要想当天使，你得先下地狱。他赎罪般地去探望一个个烈士战友的家属，他带着被社会遗弃的伙伴们办蔬菜养殖基地，他到处借钱抢救身患癌症的卢美丽……总之，他一步步地把自己变成"地狱"里的天使。乌力天赫则意识到"自由与生命是同一体，如果必须分开，它比生命更重要"。所以他面对美丽的芭蕾舞而泪流满面，他决定回来寻找自己的爱情。小说结束于乌力图古拉的死。但他的死没有丝毫的悲惨意味，相反让我们感到了死的雄伟，因为乌力图古拉的英雄精神并没有死去。重要的是，乌力图古拉在他临将死的时候，认可了他的儿子们"寻找新的生活"的努力。小说再一次奏响了主题乐章：创造自己的黄金时代。而这个黄金时代的内涵在儿子们的努力下已经变得更加丰富。

不能忽略邓一光小说风格中的浪漫色彩。浪漫色彩本来就应该是战争思维的特点之一。战争是一种非常态的生活，将生与死、血与火

浓缩在一个有限的空间里，酝酿着传奇和激情。我国早期的军事文学不乏浪漫主义精神，西方的浪漫主义就是伴随着革命浪潮而诞生的，战争的非常态生活本来就容易激发文学的浪漫性，更何况中国20世纪以来的战争活动大多是与革命相关的，革命精神本质上就是一种浪漫主义精神。中国古代的英雄传奇包含浓郁的浪漫主义因素，所以作家们在书写革命战争故事时自然而然地借用了英雄传奇的传统文学样式，从而开创出一片革命英雄传奇的新天地，只是后来的文学大环境越来越不宜于浪漫主义的生存，革命英雄传奇也逐渐走向式微。邓一光出生于一个军人家庭，父亲是一位老红军，戎马一生，母亲也是一名军人，他们是在枪林弹雨中完成神圣的婚礼的，这本身就具有了一种浪漫主义特质。这种浪漫主义像生命基因似乎移植到了邓一光的文学世界里。当年我读邓一光的《我是太阳》，最让我感动的就是关山林与乌云这一对恋人在大凌河边的意外相遇。他们在战争的环境下成亲，新婚之夜后就各奔东西，互相牵挂。战火中抢渡大凌河，两人竟在千军万马中相遇，他们像两团炽热的火焰溅着火花扑到了一起，这一浪漫场景被邓一光渲染到了极致，也奠定了全书的英雄基调。时至今日，仍然忘不了这段情节给我的冲击，大凌河的浪漫场景也许将成为爱情描写的经典之一。没想到，十多年后，邓一光在《我是我的神》中，忍不住以同样的方式来推出他心目中的英雄乌力图古拉。小说一开始便是乌力图古拉以他在战场上的勇猛方式向萨努亚发起了集束式的爱情攻势。可是在战场上从不服输的他却在爱情上尝到了失败的滋味。就当他灰溜溜地撤退时，却遭遇到萨努亚猛烈的反攻，最终他只有缴械投降的份儿。这两人的奇特爱情同样奠定了全书的基调，因为两人虽然都想在爱情上占领制高点，但内心却是相通的："她是同意他用他朴素的理想和果敢的行动毫不留情地蔑视并且摧毁旧世界的压制，创造自己的黄金时代的。不光同意，她也在摧毁，也在创造自己的黄金时代，他们的理想是一致的。"① 这段话在作品中反复出现多次。作者显然是要提醒我们，这两位革命战争中结合起来的伴侣，将信心百倍地去创造他们的黄金时代。

邓一光完成《我是我的神》之后去了深圳，成为深圳的专业作家。对于邓一光来说，这不仅是一次地域的迁移，也是一次文学的迁移。他发现深圳这块土地上有着新的文学资源，他吸收这片新的资源，并开启了自己的一个新的文学阶段。在转到深圳的三年时间内，他就完成了《宝贝，我们去北大》《乘和谐号找牙》《离市民中心二百米》《在龙华跳舞的两个原则》《深圳在北纬 22°27′—22°52′》《罗湖游戏》《万象城不知道钱的命运》《所有的花都是梧桐山开的》《我在红树林想到的事情》《仙湖在另一个地方熠熠闪光》等 17 篇短篇小说和 1 篇中篇小说《你可以让百合生长》。这是邓一光的和平思维阶段，也就是说，不仅从题材内容上，而且从思维方式上，邓一光反映深圳现实的小说都迥异于他的家族历史阶段的小说。和平思维意味着邓一光以一种日常生活的姿态去观察现实，以人道主义的立场去阐释人物，以现代性的眼光去审视社会。进入深圳这个改革开放兴起的现代城市，都市化和现代化的特征非常明显，城市在飞速发展，城市生活的节奏像上紧的发条一样连轴旋转。也许在邓一光的眼里，深圳就像一个不断变幻着的万花筒，他乐于接受这一帧接一帧的炫目的图案，这些炫目的图案会激发人们的无穷想象。这些图案仔细分辨的话，都是由一个又一个的碎片组合起来的。他把这种观感转化为小说的构思，想象与碎片化，便是他的深圳系列的最突出的特点。不妨将他的这类小说称为万花筒式的叙述。

中篇小说《你可以让百合生长》就典型地体现了这一和平思维的

---

① 参见邓一光《我是我的神》，北京出版社 2008 年版。

特点。这篇小说写了深圳义工，写了深圳底层打工者，写了城市的问题少年，写了城市的社会歧视，但这些碎片被邓一光组合成一个完整的图案，一个关于爱的图案。爱，虽然是和平思维中的普遍性的主题，但邓一光在他的关于爱的表述中特别强调平等的意识。小说的情节自然非常感动人，让人感觉到爱的温柔。的确，小说的基调是温柔的，但在温柔的后面又藏着作者坚硬的力量。这种坚硬的力量是针对着社会歧视而出击的。小说中的少女兰小柯生活在一个极其糟糕的家庭里，父亲吸毒，母亲缺乏生活能力，哥哥智障。兰小柯的问题说到底并不是来自家庭本身，她并不为自己生活在这样一个家庭中而哀怨，相反她能够承担起她该承担的一切，她靠勤工俭学担负起养家糊口的担子，并悉心照顾智障的哥哥，她具有穷苦人家出身的孩子的一切优点；但她又是一个问题孩子，总会要给学校的老师和同学们制造一些不愉快。邓一光要告诉我们的是，我们千万不要以歧视的眼光来对待像兰小柯这样的问题孩子。他塑造了一位充满爱心的音乐义工左渐将，也许可以说，是左渐将以爱温润了兰小柯。但我发现仅仅这样说并不准确。爱，是许多作家乐于表现的主题；爱，也是许多小说感动我们的力量。但邓一光为爱加入了平等的元素，从而使爱的和声更为浑厚。左渐将的伟大之处就在于他从来不认为自己高人一等，他对人充满着爱，但他并不认为爱是一种施舍物，因为施舍本身就构成了一种不平等的关系。他是把爱看成一种平等的交流，他以这种态度与兰小柯交往，一直对外界充满敌视，对歧视充满敏感的兰小柯也正是被左渐将的平等态度所打动，她才会以真情与爱心回报左渐将。这篇小说的故事情节并没有什么特别新异之处，从左渐将来说像是一篇教育小说，从兰小柯来说又像是一篇励志小说。但是，无论是教育小说，还是励志小说，当邓一光加入了平等的观念以后，一切都变得焕然一新。

和平思维也许是这个时代的共性思维，因此它在文学上也表现得非常明显，当人们都奔着和平思维的趋势走时，最大的危险性就在于人们会编织越来越多的同质化的文学。事实上文学已经呈现出同质化的征兆，同质化给批评家们提供了许多便利，他们轻松地就给当下小说制造出一些新命名。但邓一光的和平思维却始终能够与同质化叙述保持距离，他丝毫没有改变他的一张特殊的面孔。我以为一个重要的原因，是他进入现实生活中进行和平思维时，他并没有放弃他的战争思维的长处。他把战争思维中的英雄主义和理想主义仍然带到了和平思维之中，他在讲述深圳现实的琐碎小说中，总会用英雄主义和理想主义去滋润那些被现实困境挤压得非常枯竭的小人物，让他们变得灵动和神采起来。《你可以让百合生长》中的左渐将显然是一个充满着理想主义的音乐教师，但左渐将又始终是贴着地面行走的现实主义者。理想主义并不能解决左渐将自己的现实困境，这恰好证明了邓一光的理想主义不是过去那种空洞的理想主义。然而左渐将用理想主义这把钥匙为兰小柯打开了问题的心结，从而让和平思维下的日常生活闪耀出精神的光芒。当然，我们同样能从叙述中体会到，邓一光在书写左渐将时，笔端濡染着一层淡淡的英雄主义色彩，显然这不像他在写家族小说时那样是用浓墨重彩来书写他心目中的英雄的。以淡淡的英雄主义色彩给灰色的现实濡染上一层亮色，这是邓一光处理深圳现实生活的方式。在《离市民中心二百米》中，那个从农村走出来的硕士生安洁，迷恋站在城市中轴线上的感觉，这难道不是一种英雄式的感觉吗？安洁决定要在政府礼仪大厅举行自己的婚礼，这难道不是一种和平年代里的英雄举动吗？甚至在《所有的花都是梧桐山开的》这一短篇小说中，它赋予深圳城市一种英雄的历史感。小说写一位网站编辑为考证深圳花木的出处来到梧桐山采访，梧桐山那种远离尘嚣的幽静，山上的客家围屋以及隐居的土著，烘托出一种庄严的历史感。

上万饥民从海路逃亡的历史场景是惨烈的，也是壮烈的。邓一光以这样一个富有诗意的短篇将一个过于现实的深圳变得有了遥远感和分量感。

也许我们要探讨一下，邓一光是如何将战争思维与和平思维衔接起来的，我以为他有一颗将二者衔接起来的铆钉，这就是他的浪漫情怀。他的小说充满了现实的碎片，单纯看这些碎片，会觉得这个现实是多么的局促、平庸，问题丛生。他的小说也游荡着英雄主义和理想主义的精灵，单纯看这些精灵，会觉得它们都悬浮在虚幻的空中，这二者一个匍匐在地上，一个悬浮在天上，邓一光以浪漫的想象将二者衔接了起来。浪漫的想象就像邓一光在《深圳在北纬 22°27′—22°52′》中所描写的"凤尾蝶"，在理想与现实之间舞动翅膀。这篇小说中的建筑监理工程师，在现实中疲于奔命，他渴望逃逸到自由自在的大草原，大草原恰好就是邓一光浪漫情怀的策源地。邓一光的深圳系列是从深圳现实的日常生活入手的，不乏写实的场景和人物，但邓一光往往会将这些写实的场景和人物导引到一个具有浪漫色彩的想象空间，最终我们会发现，他并不是对现实的客观再现。邓一光自己也说，他的小说"未必是现实的深圳，可能是我想象的"。在我看来，要从风格上界定邓一光这一阶段与他的战争思维阶段的区别的话，可不可以这样说：战争思维阶段是具有浪漫色彩的现实主义风格，而在和平思维阶段则是具有现实感的浪漫主义风格。

意义重建与举重若轻

——范小青的小说创作

　　范小青显然属于新时期成长起来的作家。到 21 世纪的今天，当代文学已经走过了三十余年的历程。虽说是"弹指一挥间"，但三十年的过程也不算短，由"五四"新文化运动催生的中国现代文学不也就三十年的历史吗？而三十年的中国现代文学留下了多少文学财富也留下了多少至今仍让我们议论不休的文学话题。在我看来，这三十年丝毫不会逊色于现代文学的三十年。因此，就以这三十年为一个时间段进行一些归纳和总结，也许是一件非常有价值也非常有意义的事情。当我阅读范小青的一系列作品时，很自然地就把她与这个三十年联系了起来，她的写作贯穿在这个三十年之中，总结范小青的写作，也就是在总结这个三十年的某一侧面；另一方面，完全可以把范小青当成一滴很珍贵的"水"，我们从一滴水去窥见"三十年"的太阳。

一　逸出文学主潮

　　20 世纪 80 年代的范小青虽然只是文学写作的起步，但她在此时已经显示出自己的鲜明特色，并得到文学批评界足够的重视。因此，

对于范小青在这个时期的写作，批评界讨论得比较多，也形成了一定的共识。大致上说，范小青与苏州地域文化的关系，范小青小说中的淡泊与世俗相融洽的基本主题，构成了范小青的创作个性。但必须看到，范小青在80年代的创作是在新时期文学主潮的裹挟中展开的，其文学个性还没有完全成熟和独立。谈到新时期文学的主潮，当然与当时拨乱反正的政治背景有关，文学主潮与政治思想主潮处在谐调一致的阶段。同时还应看到，新时期文学是以"五七"干校和知识青年这两支大军联合发起冲锋的。强调这一点很重要，这对于我们认识范小青的文学转变是一个关键。"五七"干校是指新中国第一代知识分子，他们中的多数人是从现代文学阵地中胜利转移过来的。新时期之初出版了一本名为《重放的鲜花》的小说集，作者都是这一代中曾被打成右派或是曾受到政治迫害的人，"重放的鲜花"这个命名非常恰当地显示了这一代知识分子的历史遭遇和现实地位。知识青年当然是知青文学的主体。在中国一直被绑在政治战车上的文学就是以积极参与拨乱反正思想斗争而开始其新时期的，因此，新时期文学基本上是由"五七"干校和知识青年定调的宏大叙事。但凡在那个时期进入文学写作中的人无不顺应着这一宏大叙事的思路。范小青当然也不会例外，甚至她最初的写作无论是题材还是主题都可以纳入知青文学系列之中。但范小青是一个感觉型的作家，特别是她最初迈入文坛，不是凭着敏锐的思想，而是凭着敏感的日常生活体验。这恰是她的长处。这一长处使她有可能慢慢摆脱宏大叙事的思想掌控，从而逸出文学主潮，做一些个性化的伸展。于是她走进了苏州小巷，饶有兴味地观察邻里间的飞短流长，欣赏他们"小家子气"地把日子过得有滋有味。此时的范小青多少对自己有了一些清醒的认识，她说："我有时候很想把自己的感觉弄得更玄妙、更深奥一点，结果我是弄巧成拙，所以我只有放弃这种努力，老老实实地把我的真实感觉写出来，或者是很平庸的，也或者是很离奇的。"（《文学自由谈》1989 年第 3 期）所谓"把感觉弄得更玄妙、更深奥"，其实就是希望自己的感觉能够与宏大叙事的旨意接洽起来，能让自己的文学形象传达出深刻的意义。她说她这样做的结果是"弄巧成拙"，于是就只好放弃这种努力。也就是说她从直觉上感到自己与宏大叙事的距离，尽管她努力追随宏大叙事，但总达不到目标，只好放弃了这种努力。现在看来，范小青的放弃对于她的写作是幸运的，她因此才突出显示出自己的个性。而她之所以在当年宏大叙事的磁场还足够强大的时候能够脱身出来，在很大程度上得益于她并不是以"五七"干校或知识青年的身份进入写作的，因此她与由"五七"干校和知识青年共同确立的宏大叙事还隔着一层。

尽管如此，范小青从知识谱系上说还是归宿于现实主义的，他的经历、秉性以及知识准备决定了她的写作具有鲜明的现实主义倾向。现在我们所要讨论的是，现实主义与宏大叙事有着密不可分的关系。现实主义文学不仅意味着一种创作方法，也意味着一种世界观，也就是说，现实主义文学是以现实主义的世界观为根本原则的。现实主义的世界观强调对自然、现实的忠诚态度，是人类最早成形的世界观，与人类的思维史相伴而生。它体现在现实主义文学理论中，最基本的内涵便是要求文学艺术要客观再现社会现实。而"再现"本身就包含对意义的诠释。20 世纪最忠诚地维护现实主义地位的卢卡奇是这样定义现实主义的"客观再现"原理的："艺术的任务是对现实整体进行忠实和真空的描写。"所谓整体描写就是反映社会、历史的整体性，探索隐藏在现象背面的本质因素，发现事物内在的整体关系。卢卡奇肯定了主观认识在现实主义文学中的重要性，强调客观性和主观性的统一。中国当代文学中的现实主义比较特殊，在政治的强烈干预下将一些偏执的观点推向极端，而建构于当代的宏大叙事的谬误性也正是

与当代文学中的现实主义的僵化观点相应对的。因此，粉碎"四人帮"之后，文学界在清理和批判过去在现实主义理论中的偏执观点时，势必就要对以往的宏大叙事进行相应的调整。从"五七"干校回来的知识分子由于历史当事人的缘故难免经历一再的政治甄别，这使得他们更加积极地将自己打扮成"文革"的最大受害者，文学是他们最有利的倾诉方式。他们必须以非常现实主义的姿态来讲述他们的受害史，而在这讲述过程中，宏大叙事的调整就自然而然地完成了。正是热血澎湃的知识青年终于可以让压抑多年的荷尔蒙尽情释放出来，他们当然对于知识分子正在进行的伟大的文学叙事引以为荣，成为这场文学叙事的加盟者。知识分子和知识青年联手建立起来的新时期文学宏大叙事可以概括为拨乱反正的宏大叙事，它成为新时期现实主义叙事最具合法性的通道。知识分子和知识青年出身的作家们自然很乐意从这个通道去观察和叙述社会现实，因为这处通道就是他们建设起来的。但范小青们并不认为这个通道具有唯一的合法性。范小青们是在一种无可奈何的状态下进入这个通道的，这种无可奈何的状态大大约束了他们的现实主义叙事能力。问题在于，在新时期文学的语境里，现实主义叙事与拨乱反正的宏大叙事紧紧地焊接在一起。因此尽管范小青从苏州小巷里能够躲避一下宏大叙事的急风暴雨，露出一些文化的装束，但当她要完成现实主义的意义程序时，仍然不能不服膺于拨乱反正的宏大叙事。

20世纪90年代初，政治形势发生极大的改变，这为年轻的作家们松动现实主义与拨乱反正宏大叙事的联结提供了机会。作家们试图解除现实主义叙事中的意义承载，于是有了一次"新写实"的潮流。"新写实"强调零度情感，强调原生态。范小青也被视为新写实的代表性作家之一。尽管范小青在"新写实"的潮流下，这一段的写作呈现出更加侧重于日常生活和日常情趣，但将她的作品当成"新写实"

的代表则是一桩将错就错的事情。因为她对日常生活和日常情趣的关注，并不是追求"原生态"，并不是回避意义，她只是想摆脱既定宏大叙事规定好了的意义。她选取日常生活，其实就是选取被宏大叙事所筛选掉的生活，这种选取本身就是一种摆脱的方式。但她仍要从生活中发现意义。她在1994年的一篇谈创作的文章中说："我觉得我们的作品只要写了真实的东西，写了生活，那么本来就存在着意义。"不过，"新写实"在后来的趋势中越来越形而下，越来越指向人的欲望和本能。这与范小青的审美追求相去甚远。所以我们在"新写实"的余波里再也看不到范小青的身影了，相反，她又一次调整了自己的写作姿态。这就是从关注日常生活转而去关注社会重大事件。

二　抓住"新的现实"

这是一次非常聪明的调整，体现出范小青清醒的现实主义精神。她敏锐地把握到社会转型所带来的震动。自20世纪90年代以来，中国社会由计划经济转向市场经济，以往的秩序纷纷被打破，为作家提供了一个新的现实，一个完全不同于新时期文学所依赖的、由拨乱反正宏大叙事所建构起来的现实。范小青紧紧抓住了这个"新的现实"。"新的现实"没有受到拨乱反正宏大叙事的约束，这使她有了尽情发挥自己的现实主义叙事能力的空间。她在日常生活叙述中不得不时时担忧堕入形而下的泥淖，而"新的现实"解除了她的担忧。尽管"新的现实"受到新的政治意识形态的规约，但它毕竟没有形成文学上的宏大叙事。因此，范小青及时转向"新的现实"是一个非常聪明的调整。

范小青面对"新的现实"所写出的第一部长篇小说是1998年出

版的《百日阳光》。这是典型的反映"新的现实"的作品。小说反映的是在经济改革大潮中乡镇企业如何深化和突破的问题。这个问题直接来源于范小青所生活的城市。江浙地区在 20 世纪 90 年代开始的经济改革大潮中领风气之先，乡镇企业得到了迅猛的发展，并带来经济的飞速增长。但在残酷的市场经济面前乡镇企业先天性的不足就暴露无遗。范小青正是从这一"新的现实"入手开始她的小说叙述的。小说所写的平江市桃花镇是全国的先进典型，红火的乡镇企业给桃花镇带来了翻天覆地的变化。但此刻的桃花镇正处在"滑铁卢"的失败边缘，被昔日辉煌掩盖着的种种弊端，现在一一暴露了出来。小说故事情节围绕种种问题而展开，当地的干部和群众在摆脱困难、寻找生路的拼杀中碰得焦头烂额，最终化险为夷，使乡镇企业获得了新生。范小青第一次接触"新的现实"，也许说不上特别成功。她在处理"新的现实"时显得小心翼翼，恐怕踩到政治的陷阱，也尽量绕开新的窠臼。政治的陷阱不是不存在，何况她所写的内容就涉及政治的决策，她所设置的主人公也是官场上的人物。这大概也是她为小说安排了一个完满结局的原因吧。但更大的问题还是如何绕开新的窠臼。主流文学从政治意识形态诠释新的现实，逐渐形成了新的叙述模式，主要是改革与保守、腐败与反腐败的矛盾冲突。这也是一些当代作家回避"新的现实"的原因之一。从这个角度说，范小青选择了"新的现实"不仅是寻求突破，也证明了她有勇气正面迎接挑战。尽管今天看《百日阳光》，多少带有当时的改革开放的政治激情和意识形态的乐观主义的影响痕迹，但必须承认，范小青成功地绕开了新的窠臼。她不把乡镇企业看成一个经济或政治的问题，而是看成一个人的素质的问题。她设计了一位很有才华的研究生柏森林，主动下到基层参与改革开放实践。范小青通过柏森林这个人物，说出了该小说的主题："乡镇的发展，已经到了必须提高素质的最后时刻，这一步上不去，全盘皆输!"小说尽管顺应了改革开放的政治激情,但也并不遮掩其批判性。从人的素质出发,柏森林接替项达民来开辟乡镇企业的新天地是完全应该的。但上级领导闻舒却从政治策略出发,否定了这样的人事安排。闻舒的政治手腕是圆熟的,他达到了各个方面的平衡,缓解了各种矛盾。表面上看,闻舒很善于领导。但仔细想想,在现实生活中,有多少事情就是坏在这种讲究平衡、圆滑的政治决策上。所以这部以"阳光"命名的小说,结尾不是阳光灿烂的白天,而是万家灯火的黑夜,这未尝不是作者寓含的一层深意。80 年代的范小青立足于苏州浓郁的地域文化,她荡漾在苏州小巷,流连于吴越风情,透露出浓厚的文化意蕴。在这里我们看到一位文化的范小青。而在《百日阳光》里,范小青完全换了另一副面孔,她以咄咄逼人的姿态直视"新的现实",具有强烈的政治意识,让我们看到了一位政治的范小青。

范小青紧接着又写了第二部以"新的现实"为题材的长篇小说《城市表情》,这时她在处理"新的现实"的复杂关系上就比《百日阳光》更加娴熟了。小说是写城市建设的,城市建设在 20 世纪 90 年代成为一个最大的政治问题,伴随着现代化的加速,各个城市的政府领导都把城市建设当作建立政绩的便捷方式,于是许多社会问题在城市建设中得到集中表现。毫无疑问,范小青这一次就是直接冲着政治来的。这部小说明显是以范小青所生活的苏州为原型的。她不仅以强烈的政治意识关注苏州"新的现实",俯瞰苏州城市的版图,与苏州城市的决策者们对话。而且她也不放过苏州的小街小巷,不放过苏州浓郁的地域文化。于是在《城市表情》中,文化的范小青与政治的范小青糅合为一体,为我们提供了一个对现代化的独特的阐释方式。这种独特的阐释方式就是从政治与文化的双重视角去观照"新的现实"。在双重视角下,范小青创作的两层优势,即她的文化意蕴和现实感,非常完美地集合为一体,她就有了强大的力量,可以击穿改革故事的

表层，深入另外一个有意味的空间。《城市表情》是写城市建设的，城市建设必然是以现代化为旨归的。但在具体实践中，城市建设的现代化目标将面对保护文化传统的挑战和质疑。城市建设的策划者和领导者必须处理好现代化与保护文化传统之间的矛盾冲突。范小青正是抓住这个矛盾冲突大做文章的。在城市建设中，如何处理好文化问题，有着文化人化与文化物化的区别。文化物化也就是把文化对象化，对象化的最终结果将导致文化的异化；而文化人化就是强调要把人与文化一体化。范小青在这部小说倡导文化人化的立场，并由此进入生命哲学的层面。小说中的市委副书记田常规说："我们无论是从宏观上谈城市建设，还是具体地谈某个建筑，都不应该回避人在其中的作用和需求。"这就点明了，所谓文化的人化，就是彰扬文化中的人文情怀和人道精神。小说着力塑造的人物是常务副市长、锦绣路工程总指挥秦重天。这是一个敢作敢为、有思想、有个性的领导干部形象。当然，最重要的是，作者通过这个人物，形象地表现出文化人化的观点如何从政治层面给现代化建设带来有益的、关键性的影响。在大家特别是一些文化人的影响下，秦重天在工作中不断修正自己的观点，能从文化人化的角度去理解改善人民生活条件。他认识到，人民的生活质量不仅仅是一个物质的问题，比如说，道路畅通了，居住宽敞了，对人民来说是一种进步，但仅有这些还不够，因为人民的生活质量更是一个精神的问题，人与动物的区别就在于人是有精神追求的动物。只有包含丰富的精神价值和精神内涵的生活质量才是体现人的本质的生活质量。从这样的立场出发，就会以人化的方式把物质性的文化资源转化为提高人民当代以及未来生活质量的重要元素。范小青或许象征着一个政治英雄的时代已经结束，代之而起的应该是一个文化谋略的世界。

以政治与文化的双重视角直面"新的现实"，使范小青有了自己的言说空间。实际上，"新的现实"是当代文学的重要资源，"新的现实"变幻莫测的生活万象和前所未有的生活经验对于当代作家来说确实也是充满诱惑力的，但由此在对"新的现实"的叙述中也形成了越来越多的写作模式和小说样式。范小青的几部反映"新的现实"的小说从题材和结构来说，都接近一些固定的小说样式，比如说，《百日阳光》是一个主流的改革小说结构，《城市表情》是一个政治小说的结构。但范小青却能够区别于这些固定的小说样式，这显然与她自己特殊的视角有关。这一点也许在她接下来的长篇小说《女同志》中表现得更为突出。《女同志》出版于 2005 年，这时候官场小说的写作达到了最鼎盛的阶段。一些较成功的官场小说深入剖析官场文化，塑造了带有时代特征的官场人物。《女同志》是典型的官场小说，而且是一部以塑造人物为宗旨的官场小说。小说的主人公万丽大学毕业后进入政府机关，开始了官场生涯，从一名小职员做到手握一个城市大权的区长。女性和权力，官场小说的文学想象基本上都是从这两点生发出来的。但范小青并没有按一般官场小说的想象方式去塑造人物，她着重描写的是万丽的女性情感和女性意识在官场上与政治体制和官场文化所构成的紧张关系。陈晓明认为，范小青是"巧妙地把权力纺织进万丽这样的女性成长的神话谱系中"，"写出了一部妇女同志的成长史是如何被嵌入权力与力比多博弈的结构中的"，陈晓明一方面充分肯定《女同志》"显示出现实主义小说叙事艺术的成功之处"；另一方面，也指出小说"隐而不显的权力与性别的紧张关系，展示出宏大历史所具有的某方面的'后革命'特征"。[①] 我以为，陈晓明的分析正是强调了《女同志》的成功是与现实主义叙述和意义追求这两个方面密切相关的。

[①] 参见陈晓明《后革命的博弈——〈女同志〉中的权力与力比多的辩证法》，《当代作家评论》2005 年第 6 期。

三　建构宏大叙事

范小青自 20 世纪 90 年代以来切入"新的现实"中的创作，与她 80 年代的创作相比有一个明显的变化。80 年代的范小青为了摆脱当时宏大叙事的约束，尽量疏离政治，倚重于苏州所给予的浓郁地域文化性。但 90 年代的范小青却以鲜明的政治意识观察"新的现实"，并从正面直接进入现实生活中的政治领域。我以为这实际上意味着范小青的现实主义已经到了炉火纯青的地步，她可以自由地探寻现实世界的意义，自由地表达自己的体悟；因而政治这个曾是约束文学才华的樊篱在她面前就变成了观察世界特殊性的窗口。当一个现实主义的作家的写作达到这一步时，就会有意识地建构自己的宏大叙事，通过这种宏大叙事，能够更好地从意义层面去把握现实和历史。放在新时期以来当代文学发展 30 年的进程中看，重建宏大叙事应该是现实主义文学的必然结局。在 20 世纪 80 年代，由知识分子政治精英话语建立起来的新时期文学宏大叙事与现实主义度过了一段蜜月期，但 90 年代的中国社会逐渐给市场化加温，经济几乎成为社会的主宰，市场经济的利益原则和自由竞争原则诱使文学朝着物质主义和欲望化的方向发展，这为现实主义与新时期文学宏大叙事的亲密关系的松动乃至瓦解创造了最合适的条件。但现实主义摆脱意义约束之后，便朝着形而下的方向沉沦。因此，90 年代的现实主义就像是一头在泥淖里痛快玩耍的猪。当然，在这个过程中，不少现实主义作家反省到意义对于现实主义的重要性，希望现实主义能从泥淖里飞升，而意义就是飞升的翅膀。这就意味着有可能重建现实主义的宏大叙事。

2007 年出版的《赤脚医生万泉和》可以看作范小青重建自己宏大叙事的有效尝试。她从"新的现实"信心十足地转身去追问历史。而且她追问的是"文革"这段让我们至今仍疑惑重重的历史，这也是决定新时期文学宏大叙事基本走向的一段历史。新中国成立以来的 50 年历史是当代文学的重要表现对象，越来越多的小说都会不同程度地涉及这一段历史。但对这段历史的叙述在新时期文学的 30 年间基本上没有大的变化，这就是服膺着新时期文学的宏大叙事而展开。即使是后来现实主义游离于宏大叙事之外，但只要进入这一段历史，似乎总会靠近新时期文学的宏大叙事。这大概也说明，在新的宏大叙事没有建立起来的时候，现实主义的作家们会不自觉地回到现有的宏大叙事上。但是，我在阅读范小青的《赤脚医生万泉和》时，明显地感觉到它与以往我们所熟知的历史版图是截然不同的。当时我是这样记录我的感受的：

　　范小青的这部小说突然唤醒了我的某些历史记忆。我好生奇怪，为什么那么多的历史记忆会像千年的沉船一样深埋在海底。我说的是赤脚医生这个词以及由这个词所带来的种种历史场景。赤脚医生与五七干校、知识青年等词汇属于同一个时代，都是文革时代的关键词，在"文革"那个讲究身份和出身的时代，一个这样的词就可能决定了你的人生悲喜。还可以想到一些"文革"的关键词，如走资派，无产阶级专政下的继续革命，造反有理，等等。如果抽掉这些关键词，那么文革作为历史的存在也就只剩下一个空壳了。可以说，这些关键词都是我们进入"文革"历史的重要通道。但从文学的角度说，像赤脚医生、五七干校（这里指下放干部）、知识青年这类区分人的社会属性的词也许更有意义，因为文学就是人学。

　　以这三个词作比较，我发现一个有意思的差别。"文革"结

束后，五七干校也好，知识青年也好，这两个词所表达的人和事均成为文学的聚焦点，共同构成了伤痕文学的主体，并延伸到当下。于是有关"文革"的文学叙述就由五七干校和知识青年建立起了基本的框架。而在这个框架里，赤脚医生消失了。历史建构的目的就是让一些东西消失，所以这并不成其为问题，在新的历史建构中，消失的并不仅仅是赤脚医生，这并不足为怪，在人们欣喜于新的历史建构中时，也不会对一些东西的消失而引起注意。然而范小青的这部小说提醒了我们，有一个曾经引领过时代潮流的赤脚医生，在新的历史建构中消失了。当我们注意到这种消失时，就会发现在消失的背后还包含一个话语权的问题。随着"文革"的结束，五七干校里的知识分子和知识青年迅速成为新时期文学的主讲者。也就是说，五七干校和知识青年之所以成为有关"文革"的文学叙述对象，是因为叙述者就是五七干校和知识青年本身。一个是"重放的鲜花"的叙述者，一个是"知青文学"的叙述者，他们共同构成了有关"文革"（以及与"文革"相链接的五六十年代历史和拨乱反正历史）的文学叙述。在这样一个历史建构的过程中，也就确立了五七干校和知识青年的话语权。直到今天，这个话语权仍牢牢掌握在他们的手中。这就带来一个事实：对于"文革"的叙述，仿佛采用五七干校和知识青年的视角，以他们的思维作为出发点，才能抓住历史的本质，才具有合法性。在确立了五七干校和知识青年的话语权之后，对于"文革"的叙述也就基本上沿着受难的主题扩展。

于是我就意识到应该将范小青的这部小说放在整个新时期文学30年的进程中来考察，才能显出它的突破性意义来。

赤脚医生尽管带有深刻的政治烙印，但赤脚医生这一在"文革"中出现的"新生事物"与农村、与亿万农民建立起的密切关系也是不能简单地用政治来解释得清楚的。历史的吊诡性在这里得到充分的显示，历史充满了偶然性、神秘性、非理性，任何一种理性的历史判断都是在对纷繁复杂的历史进行简化处理。赤脚医生来自"文革"期间在农村实行的"合作医疗"制度。农村以生产大队为单位，从集体收入中扣留一部分作为生产队的合作医疗基金，农民到合作医疗站来看病就不用交钱了。农村合作医疗站的医务人员也从本地产生，他们跟普通社员一样记工分。这样，国家在没有大量经济投入的情况下解决了农村数亿人的看病问题。农民把合作医疗站的医务员称为"赤脚医生"。据记载，当时全国的赤脚医生有上百万人。赤脚医生在当时成为证明"文革"胜利的重要依据，赤脚医生这个词语被高度政治化，但赤脚医生并没有因此而获得社会的话语权，他们只是一个政治符号。农村合作医疗制度在"文革"结束后并没有立即取消，赤脚医生继续发挥着作用，但他们此时已经被拨乱反正的意识形态活埋了。范小青在《赤脚医生万泉和》里重新复活赤脚医生，但她不是将赤脚医生放到拨乱反正的历史叙述系统里去恢复，因此她有意将理性与非理性、现实与超现实、正常与非正常并置在她所述的历史对象"赤脚医生"里，在历史的错谬中去展示人物和人心。赤脚医生本身就包含错谬。一直当赤脚医生的万泉和也发现了这种错谬："因为医生是最讲究卫生的，干什么都要消毒，医生怎么可能赤着脚，多脏。"而万泉和本人就是一种错谬。他七岁得了一场脑膜炎，他的思维从此出了问题，分明是个弱智者，却堂而皇之地做起了赤脚医生。万小三子则像是一个先知先觉的精灵，他小小年纪就能操纵着大人们的选举，略施小计，就让万泉和成为赤脚医生。但范小青不仅写出历史的种种错谬，更重要的是，她还要写出种种错谬是如何获得现实的合理性的。弱智的万泉和能给农民治病，是因为他有一个医术高明的父亲万人寿指点，万人寿虽然被踢成了植物人，但可以躺在床上为儿子眨眼睛。

错谬与合理，就像是环环相扣的链条一样，演绎成历史。这样的历史叙事首先否决了精英化的历史叙事。精英们将历史纳入拨乱反正的框架内。但在范小青的历史叙事里，正与反是环环相扣的，又怎能随意拨动。范小青的历史叙事也不是曾经流行的颠覆历史，而更多的是一种历史的辩证法。

新时期以来，现实主义经历了疏离意义、放逐意义、重建意义的螺旋往复的过程。中国在 20 世纪 90 年代以来社会大转型带来中国当代"新的现实"，则是重建意义的必要条件。范小青的写作典型地体现了这 30 年来现实主义文学发展的状况，她能够及时抓住"新的现实"，因此使自己的创作进入一个重建意义的新的境界，这就是建构起自己的宏大叙事。

四　举重若轻

21 世纪以后，范小青把主要精力放在了短篇小说写作上。我以为这是一个很好的抉择。因为短篇小说是小说文体中技术含量最高的种类。事实上，范小青也是从写中短篇小说起步的，即使后来她写长篇小说，也没有停止过中短篇小说的写作。坚持中短篇小说写作，特别是短篇小说的写作，这是范小青的小说艺术风格日臻完美的重要原因。但我要说地是范小青 21 世纪之后的短篇小说写作，她由此开创了自己的小说写作新的阶段。这一新阶段体现在：当范小青在现实主义叙述中完成了自己的意义重建后，她把更多的兴趣转向艺术上轻盈的短篇小说，她要在一种轻盈的艺术框架内来表达她重建的意义。这是一种举重若轻的写作。所谓举重若轻，也就是说，作家希望为意义的表达寻找到一种最具有文学性的方式。

范小青这一时期的短篇小说写作将她的思想从历史层面拉回到了现实层面，她的小说构思基本来自现实生活的日常经验，因此小说有一个大的场景：城市。小说的故事素材几乎也都来自城市化进程中的生活小事，她不仅将这类小事编织出好看的故事，而且能从这类小事中发现生活的哲理。范小青在这类城市生活的小说中试图建立起属于自己的城市伦理。她曾有一篇获得鲁迅文学奖的短篇小说，题目叫"城乡简史"。也许可以把这些年来范小青的一系列短篇小说统一看成她在以文学的方式建构一个她心中的《城市简史》。《城乡简史》的故事很有意思，城里人自清为送书下乡活动捐书时无意中把自己的一个账本也捐了出去，账本辗转到了乡下人王才和王小才一对父子的手中，账本中的"香薰精油""蝴蝶兰"等陌生的词语让他们对城市充满了奇幻的想象，于是一家人决心到城市去闯荡。进城后他们终于明白了那几个词语的意思，便感叹城里到底比乡下好啊！但小说并不是关于城乡差别的感叹，范小青要告诉人们的是，城市的许多细节是如何改变着人心的。范小青的内心其实就设有一个"账本"，记录着一个城市的每天的"柴米油盐"，每一笔记录都是日常的，又都有可能是新鲜的，它会成为范小青构思一篇小说的引子。《短信飞吧》就是从手机短信入手的一个故事，在一个办公室的同事因为发短信，引发了相互之间的误会、猜疑和矛盾，他们的仕途也由此而受到了影响。现代高科技使人与人之间的通信变得越来越便利，然而人与人之间的心理却反而更隔膜，范小青在一种戏谑的叙述中揭示了城市的这一悖论。范小青的另一个短篇小说《今夜你去往何处》则是由私家车主在居住小区缺停车位的烦恼生发出的一系列故事。停车位是城市的普遍问题，虽小却直接关乎人们的幸福感。范小青几乎每年都有四五个短篇小说新作，她总是能给读者提供新鲜的经验，这样的频率要做到不

重复自己是非常不容易的，这也证明了范小青观察世界和认识世界的能力。当我们把她新世纪以来的短篇小说汇集起来后发现，这是一部关于城市的史诗，一部关于城市的精神成长史。

意义与意蕴的结合则是范小青短篇小说的最突出特征。她的小说充满了隐喻性和反讽性，《我们的会场》是一篇冷幽默式的作品，会场已经成为当代政治、文化的一种基本元素，对于无休无止的大大小小的各种会议，人们多半都见怪不怪。作者本人在生活中肯定是经常要出入各种会场的，但她能够以作家冷峻的眼光去观察会场，发现常态下的荒诞性。《接头地点》所讲述的故事绝对是当代性的，大学生马四季响应政府号召，报名去当村官。我们在新闻里面了解到这一新鲜事物。但范小青却将这一新鲜事物与乡村非法出卖土地的匪夷所思的事件对接了起来。这才是一个思想敏锐的当代作家与现实生活的巧妙的"接头"！范小青对于城市的发现是深刻的，她把这种深刻的发现转换为一种隐喻，如《父亲还在渔隐街》，一位农村的留守女孩去城里寻找父亲，总也找不到，但她找到了很多与父亲相关的故事。我们完全可以把这篇小说读解成一个迷失父亲的故事，城市就像是一个巨大的机器，它让我们的身份迷失。《暗道机关》同样也是一个寻找的主题，一个房管科科长要寻找一个老宅子里隐藏的故事，小说的重点并不在故事本身，而是通过这种寻找，揭示出城市人的日常生活的平面化。就这样，范小青乐此不疲地在城市森林中不断地寻找，也使得她的小说所表现的内涵越来越丰富。

现实主义是当代文学的主流和主干，当代作家的突破和创新往往也是从现实主义切入的，对于坚持现实主义的作家来说，他首先要做的就是如何拓展现实主义的表现空间。我以为，范小青21世纪以来的短篇小说写作的意义也在于此，她的"举重若轻"充分说明，现实主义在表达现实意义时仍然具有无穷的魅力。

铸造优雅、高贵和诗意的审美趣味

——以张欣的《终极底牌》《不在梅边在柳边》为例

必须承认，张欣是编故事的高手，她的每一部长篇小说，都是由好几组故事交织而成，跌宕起伏，引人入胜。也许是这一原因，一些批评家就把张欣认同为琼瑶式的通俗作家。张欣的故事并不传奇，与日常生活相关联，以日常伦理构成矛盾，也许是这一原因，一些批评家也将张欣和张爱玲联系了起来。张欣小说的故事场景是都市，众多的人物也是在都市屋檐下忙忙碌碌的普通市民，也许是这一原因，一些批评家说张欣的小说是市民小说。当我们把这些说法都综合起来时，就会发现，张欣远远比这些批评家的判断要丰富得多，也复杂得多，她既不是琼瑶，也不是张爱玲；既不是写言情小说，也不是写市民小说。张欣就是张欣，以上的种种借代式的评价虽然很鲜明，却恰恰中止了我们对张欣独特性的认识。我非常看重张欣对于当代都市小说的建设性努力。都市小说曾经是当代文学的软肋，虽然20世纪90年代以来，始终有人在倡导都市小说，但中国的都市小说既缺乏足够的精神准备，也缺乏一个良好传统的支撑，大多数出身于都市的年轻作家成为都市小说的主力，就因为缺乏精神准备和传统支撑，他们迷惑于无序而又急速的都市化现实中，停留于欲望化和物质化的情绪表现，更多的只是提供了一面新都市生活和情感的直观镜子而已。张欣并没有沉湎于都市的纸醉金迷的物欲诱惑之中，尽管她面对都市的现

实不会回避这一切，但可贵的是，她对那些在现实中被压抑的、被遗弃的，甚至被淘汰的精神性特别在意，比如她的小说始终有一种贵族气质在荡漾，这种贵族气质也许在张欣最初的写作中只是一种文化趣味上的无意流露，基本上还是一种感性化的东西。而随着写作的积淀，这种文化趣味逐渐凝聚成一种审美精神，一种人格范式。这一点在她最近两年内所写的《不在梅边在柳边》和《终极底牌》里表现得非常充分。

《终极底牌》是张欣最新的一部长篇小说。亦如她以往的写作风格，小说包含太多的情感因素，它能轻易地刺激人们的泪腺。我在阅读中也被江渭澜的故事深深打动了。这是一个关于担当的故事。江渭澜出生于一个音乐世家，也有着一个青梅竹马式的初恋，这些都是让人艳羡的幸福指数，当然，张欣给江渭澜身上所添加的幸福指数越多，其后来的命运变化就越感人。江渭澜年轻时提着一把小提琴参军了，他被分配去当工兵，每天就是打洞挖隧道。王觉是和江渭澜一起分来的新兵，两人成为好朋友。在一次塌方的事故中，王觉猛地推了江渭澜一把，自己却被暴风骤雨般砸下来的石头掩埋了。江渭澜抱着王觉的遗物来到王觉的家时，一种负疚之感涌上心头。他放弃了回家，甚至与家人以及恋人中断了联系，只身来到深圳打工，就为了挣钱帮助王觉的家人。后来他干脆娶了王觉的遗孀小贞，彻底顶替了王觉的角色。就这样，江渭澜与小贞相依为命，在艰辛的生活中也培育了爱情。我在此不厌其烦地复述故事，是想说明仅仅以江渭澜的故事就可以写成一部感人的爱情小说。但张欣并不是要讲述一个爱情故事，尽管小说中涉及多个人物的爱情故事，而且这些爱情故事还都能撩拨起读者的荷尔蒙，也就是说，如果仅仅满足于讲述一个好看的故事，这部小说的材料都溢出来了；或者说，如果让一位通俗小说作家来处理，能分解成几个非常煽情的故事。然而张欣在意的是这些爱情后面的精神元素，因此她甚至担心读者只关注小说中的爱情元素，于是她不惜采取"犯规"的方式来引导读者的阅读——在将几个人物的爱情经历展示出来之后，张欣直接站出来说道："如果你认为这是一部爱情小说，那你就错了。所有的言情，无非都是在掩饰我们心灵的跋山涉水。"对于张欣来说，江渭澜的爱情故事就是她的终极底牌。张欣将小说命名为"终极底牌"，显然她要用这张终极底牌在一场博弈中达到决胜的目的。这场博弈也是全国人民最为关注的现实问题之一——教育问题。小说其实就是从教育问题开始的——作为重点的培诚中学引进了一位资深的语文老师兰老师，兰老师的教学方法的确很有效。当然这种有效是针对学习目的而言的，我们的学习目的不就是考上重点大学，不就是在考试中得高分吗？现行的教育制度是作家们严厉抨击的对象，作家通过小说对中国的教育进行批判，可以说是中国现代文学的传统，从鲁迅呼吁"救救孩子"开始，这种批判就不绝于耳。张欣对于今天的教育同样是持批判态度的，可以想象，兰老师尽管出场充满了霸气，但读者似乎从这种出场里就可以预想到她不会有一个美好的结局。张欣为兰老师安排的结局甚至比读者预想的还要糟糕：兰老师的这一套可以大大提高升学率的教学理念竟然将自己的儿子培养进了寺庙。在小说的结尾，兰老师再一次走上讲坛时，已经没有了开头的霸气。那么，我们还是从兰老师和江渡老师在教育观上的差异说起。兰老师认为在这样一个竞争激烈的年代，应该对学生严要求，让他们学习到更多的东西，这样才能让学生今后适应竞争的社会，否则只能培养出与时代既不对等也不匹配的学生。程思敏是兰老师的儿子，兰老师也把自己的儿子作为教育实践的标本，看上去她成功了，因为程思敏的学习成绩在全校也是一流的。但最终程思敏并不感谢母亲，他厌倦了学习，也厌倦了社会，就在"自招办"决定保送程思敏直接上清华大学的前夕，他却跑到寺庙里躲藏了起来。江渡老

师并没有明确表达过他的教育观，但他的教学实践明显与兰老师不一样。他愿意与学生们交朋友，鼓励学生们了解书本以外的东西。最终，江渡成了去寺庙与程思敏见面的最佳人选。小说的结尾，培诚中学毕业班的同学们终于迎来了高考，但有意思的是，张欣交代了几位主要人物的去向，他们都与高考无关。或许张欣就是要告诉人们，经历了各种风雨之后，年轻人不再把高考看得那么重要了。当然，张欣最终也没有给我们提供一个解决的方案，她知道不可能取消高考，她也知道不可能完全舍弃目前的教育方式。她只能让她笔下那些可爱的孩子们或者躲避到寺庙里，或者登上飞往英国的飞机。张欣用"夏天终于过去了"这句话结束了这部小说。但我想在张欣的内心里，夏天恐怕还没有过去，她还会为这些孩子们担忧。事实上，她既然认为她手里已经握有一张终极底牌，那么她应该果断地出手，她应该相信，她的这张终极底牌能够让她胜券在握。

很有必要仔细认识一下张欣的这张终极底牌——江渭澜这个人物形象为什么会让张欣如此看重？江渭澜应该属于与张欣同时代的人，他是在80年代初参军的，当他转业到地方时，大概正面临着90年代的社会大转型了，他放弃了体制内的待遇，下海经商，曾有过小的辉煌，但几次大的经济风险让他的经济状况日益恶劣，江渭澜在小说中的第一次出场就是因为追不回工程款不得不卖掉全家刚刚买下的新房子。也就是说，他一直处在拼搏和创业的艰难处境中，但他从来不悲观，默默地承受着一切打击，肩负起家庭的责任，坚韧地克服困难。当然这还不是江渭澜这一形象的关键所在，最重要的是，张欣赋予了江渭澜不一般的文化基因。这种文化基因与他的家庭出身有关。江渭澜出身于一个艺术氛围非常浓厚的家庭，他的父母都是音乐学院的老师。受家庭文化氛围的影响，他从小学习小提琴，也爱上了小提琴。张欣以充满留恋和欣赏的笔调描绘江渭澜那一段的成长经历，尤其是在这一过程中，有一种纯洁和优雅的爱伴随着他。这就是他与紫佳的关系，"他们亲密无间的一块长大，成为难得一见的金童玉女"，"点点滴滴都是不必言说的喜悦、爱恋，如春花秋月般自然天成"。正常的话，江渭澜在军队服役期满后就会回到他少年时代的大学校园，这里有他的恋人紫佳等着他。接下来不仅是美满的婚姻，而且也应该是诗情画意般的生活。但后来战友的牺牲就使他完全改变了自己命运的走向。张欣为江渭澜设计的前后冰火两重天式的人生经历，固然具有强烈的对比性，但我以为张欣的主要用意还是要为江渭澜的精神内涵做出充分的铺垫。如果没有这一铺垫，我们也许仅仅把江渭澜当成一个让人同情和敬佩的底层人物来对待。然而张欣要让读者明白，江渭澜不是一个底层人物。他有着扎实的文化和艺术的准备，他在精神成长期就受到了精英文化的良好熏陶，因此也培育起他的高贵气质。即使生活的重担压得他弯下了腰，他身上的高贵气质仍然会不时地闪现出光亮。比如有这样一个细节，江渭澜给一个白领家庭搬家，看到这家的男孩子怀抱着一个小提琴琴箱，无意中问了他一句"会拉《野蜂之舞》吗"，这让这个男孩子大为惊异，他不明白眼前这个老司机"一身又脏又旧的劳动布工作服，握方向盘的两只手，手指头跟胡萝卜一样粗，怎么可能知道《野蜂之舞》"。更重要的是，江渭澜的成长经历，使他具有了一种独立的世界观，具有一种不愿与世俗同流合污的精神追求。江渭澜虽然承受的生活压力很大，他需要赚钱，需要获得物质上的实惠，但他又能够淡然处之，不会患得患失。他知道"好人是最没用的，不当吃喝，现在说谁是好人就是一句骂人的话，无非是没用的意思"。但他又努力去做一个好人，并教导孩子也要做好人，因为"做好人只是为了心安"，而且在他看来，"人生无所谓成功还是失败"，"人这一辈子唯一要做的，就是把心安置好了"。这些精神并不是属于一般的底层的。说到底，教养和文明在江渭澜的身上打下了

深深的烙印，无论生活如何变化，他都能保持固有的品质。就像他对江渡所教导的："读经典是给人生涂一层底色，此后就不怕五颜六色了，至少有了基本的品位。"张欣在叙述中毫不掩饰她对江渭澜这个人物的喜爱，她让他有着"一张天然的具备悲悯气质的脸"，让他说出的话使得思想颇为另类的高中生豆崩感到惊异，以为这是一个"伟大的人"说出的话。我以为，张欣完全是把江渭澜作为一个"伟大的人"来塑造的，他的伟大就在于他有着不可磨灭的教养和文明。这其实就是一种贵族精神的特征。但我似乎也感觉到张欣内心有些迷茫，她从情感上对江渭澜充满着敬仰，但她仿佛还没找到这个人物的准确定位。她知道，他所敬仰的人物不是那种敢打敢拼不服输的底层人物，也不是所谓的励志人物；但她同时也在贵族这个词语面前犹疑。

完全可以理解张欣的犹疑，因为在中国的半个多世纪里，贵族是一个被否定和被贬责的名词，它只能退缩在人们的潜意识里。因此我要为贵族辩白一下。虽然从社会学、政治学的角度看它包含血腥、不公平，但贵族是文明的产物，它是提炼文明、传承文化精粹、导引文化趣味的重要因素。显然我在这儿所说的贵族是一个更宽泛的文化含义，而不是一个阶级斗争的概念。有意思的是，中国革命彻底摧毁了旧时代的贵族阶级，并始终在其旗帜上写着反对贵族阶级的宗旨，但新生的社会在逐渐完善社会结构的同时也逐渐复原了等级的秩序，以权力和知识为砝码，一个新的享受着物质和精神双重优待的贵族群体基本成型。他们基本上包括革命阵营的领导者（所谓革命干部和革命军人）以及加入革命队伍或被新生政权所收编的知识阶层。但是，贵族阶级在一个人民的社会里是不具备存在的合法性的，社会权力结构以及他们本人也极力否认或遮掩他们事实上的贵族身份，所以他们的发育很不充分，他们必须以一种伪饰的面目出现。尽管如此，他们的子女在一个相对良好的文化环境中成长了起来，培育起比较纯正的贵族气质，他们具有一种文化的优越感，他们内心也酝酿着优雅的贵族理想。江渭澜就是这样一个典型的形象。有的学者认为一个社会大致上分为贵族、平民和流氓三种群体，各自代表了不同的精神意识。贵族精神代表了人类文明的高端，流氓精神代表了人类野蛮的底端。贵族精神应该是精英文化中的精英，有的学者认为，贵族精神有三个精神支柱：第一个是教养，第二个是责任，第三个是自由。而这三个精神支柱无一不在江渭澜的身上得到充分的展示。我还要说，张欣在塑造江渭澜这一形象时，非常清楚什么是他身上最值得褒扬的价值。她不去炫耀江渭澜曾经有过的优雅身份，而是将重点放在书写他选择了艰难的命运后如何在逆境中保持他优雅的教养，坚守他内心承诺的责任，以及如何维护他的精神自由。

完全理解张欣的犹疑，还因为随着阶级斗争时代的结束，贵族一词逐渐变得时髦起来，却也变得面目全非了。现在人们所理解的贵族，就是成为上等公民，进入上流社会；就是可以尽情享受物质带来的愉悦，住别墅，开宝马车；就是泡酒吧，听音乐会，等等。总之，人们对贵族的定位，折射出欲望化、物质化和犬儒化的时代症候，贵族一词变得极其庸俗，充满着珠光宝气和奢靡的味道，那些脑满肠肥的富人们自诩为贵族阶层，精神却猥琐得很，因为他们只看得到贵族的物质和享乐层面的东西，对精神世界毫无感觉。这是一群虚假的贵族。张欣有不少小说所反映的就是这一时段的现实生活，也会写到这类虚假的贵族。她对这些虚假的贵族显然是持批判态度的。如《用一生去忘记》中的亿万富翁刘百田就是这样一个形象。如此说来，张欣在贵族一词变得极其庸俗的背景下，也应该对贵族精神的呈现持谨慎和犹疑的态度，也许正是她的谨慎和犹疑，使她没有陷入90年代以来的一种都市文学的时尚写作之中。这种时尚写作就是90年代以来流行的所谓中产阶级写作。它典型反映了消费时代的审美趣味，当时

有一本名叫《格调》的书大为畅销，这本书的副标题是"社会等级与生活口味"。所谓中产阶级写作是指那些以表现中产阶级审美趣味的都市小说，如卫慧的《上海宝贝》等。这类小说最大的特点就是炫耀性消费，"对衣食住行各种名牌商品不遗余力的追捧，借助于名牌商品的符号价值来展示他们的阶层地位，进而实现阶层和阶层内部的文化区隔"。中产阶级写作反映了现实生活中的虚假贵族的状态，以及倾慕财富的社会情绪。在这些中产阶级写作的作品中，酒吧、舞厅、高级住宅、写字楼，是经常出现的空间，年轻而充满奢华幻想的白领则是活动在这些空间里的主角。在张欣的小说里，也会出现这些高雅的空间，也会出现白领的形象，但不同的是，张欣在小说中并不认同所谓的中产阶级审美趣味，相反，她对于中国转型期出现的虚假贵族是持批判态度的。

张欣的批判不是那种张扬凌厉的批判，她的批判锋芒藏在她的叙述里。比如她的《不在梅边在柳边》，看上去这是一个关于都市爱恨情仇的故事，编辑对这部小说的介绍是："写蒲刃与梅金、柳乔乔的情感纠葛，实际上是写大都市男女在浮躁的社会环境中所遇到的心灵、情感与精神危机。"应该说这样的概括还是比较准确的，但我更看重这部小说中的人物成长史，张欣在设计好几位人物的成长史时，特意强调了他们精神教养的缺失。这或许透露出张欣对于虚假贵族的直观感受。不妨把《不在梅边在柳边》看成张欣对虚假贵族发起的一次集中火力的批判性写作。张欣把那个时代称为"一个暴发户辈出的时代"，这无疑是一针见血的判断。贺润年就是这样一名暴发户。他是一个精明的生意人，但张欣同时又指出："他出身低微，学历粗浅。"就是这样一个暴发户，财大气粗后，也不相信"要三代才能培养一个贵族"的说法，想尽办法要把自己变成贵族，他终于请来了专为迪拜的酋长之流服务的国际设计大师来为自己设计，便觉得自己已经跻身于贵族的行列中，倍感荣耀。张欣对这类虚假贵族的嘲弄是不动声色的。如她说贺润年"尤其重视优雅和洗底"，而他的优雅就是体现在"不能露出半点穷相"，他就相信钱，"说钱的一大功能就是改变"。张欣对贺润年的儿子贺武平的形容也是耐人寻味的。张欣安排贺武平在一次高雅的音乐会上出场，国际知名作曲家谭盾还邀请他上台指挥乐队演奏一曲。在张欣的笔下，他的形象和举止的确很不错，张欣说他"带有些许难得的浑然天成的艺术气质"，但张欣说完以后还要捎上一句："所以当他与真正的艺术家并排而立时，压根闻不到一丝铜臭。"言外之意，他的身上有铜臭，但他隐藏得很好。张欣就是这样捎带着一句话，非常含蓄地表达了她对这个人物的鄙夷之情。张欣更是通过梅金这个人物，毫不留情地揭露了虚假贵族的恶劣本质。生在贫困农民家庭的梅金很小就知道只有上学才有可能改变命运，她学习格外努力，考上了大学。就在她因为家里没钱供她上学而要绝望时，一个慈善的城里人答应资助她上学。她在大学读书时，就寻找赚钱的机会，终于她也挤进了上流社会的交际圈，并且被贺武平看上，从此嫁入豪门。她不是那种唯有色相作资本的花瓶，她的能力和智慧让贺润年刮目相看。当她成为贺润年的儿媳妇，又成为松畸双电这个大公司的副总经理后，她的身份和举止就像一名贵族了。张欣不惜笔墨描写梅金的高雅，如写她对食材的讲究，她在日本料理店专点"怀孕的鲷鱼"，盛蘸料的木胎金箔小盏要用"轮岛涂"。站在底层的立场看，梅金完全是一个不甘屈辱、个人奋斗的成功典范。但最终她还是失去了她奋斗来的一切，甚至包括她的儿子。是谁把她打败了呢？说到底还是她自己把自己打败了。因为她的成长经历是一种培育劣质精神的经历，在她的精神世界里最稀缺的就是贵族精神这种高贵的精神。当然，在梅金所生活的时代，已经是一个削平了精神高度的时代，她完全可以凭借造假来掩盖她先天的不足。张欣在这部小说中

所写的人物都可以说是这个时代身处上流社会的高级人士，而他们的共同缺陷几乎都是缺少高贵精神教养的成长经历，因此他们都有着这样那样的心理缺陷，而这些心理缺陷都可以追溯到精神培育的缺失。正是这种精神培育的缺失，造成了他们的人格分裂。张欣不惜将他们的人格分裂推到极致。比如仪表堂堂、举止文明的大学教授蒲刃，竟然悄悄地用慢性投毒的方式折磨自己的亲生父亲。从这里也可以看出张欣对于现实的强烈不满。张欣曾对记者表达过她的忧虑："拿什么拯救你，物欲横流的现实？"这一忧虑成为她的写作动机。

这让我想起了另一位富有高贵精神的女作家张洁。张洁和张欣虽然不属于同一个年龄段的作家，但她们的共同处就是都经历过那个特殊的革命年代，那种发育得还不充分的贵族精神都会在她们身上留下印记。这也是经历过革命年代的作家群体的共同特征——从 20 世纪三四十年代出生的张洁们到 50 年代出生的张欣们，尽管在那个年代，他们身上的贵族精神气质曾遭到无情的扫荡，但所幸的是，在有些作家身上，多少还保留着些许遗风流韵。张洁甚至毫不掩饰她的高贵。在她看来，这是一个普罗文化盛行的时代，所以她要高调地显摆她的高贵气质，因此她在书写现实时，会显得特别愤世嫉俗，也特别对现实的恶化无法容忍。进入 21 世纪以后，已入古稀之年的她，仍然高调地展示她的高贵。既然在她看来现实生活已经在世俗化的过程中烂透了，无法用来展现她高贵的气质，她便舍近求远地将自己的抱负寄托在遥远的异域历史和不知名的小岛上，这就是她写的长篇小说《灵魂是用来流浪的》。她劝那些在现实生活中为了世俗功利而日夜奔波的人们，流浪去吧，因为流浪的灵魂才是高贵的。

张欣对于现实的恶俗也是不满的，但她并没有采取张洁那样的激越态度，完全拒绝了现实，相反，张欣对现实充满了热情。也就是说，她对现实是有所区分的，她把世俗与恶俗严格区分开来，她对世俗是持肯定态度的，因此在她的小说中，同样具有平民精神。这或许与她生活在广州有关，广州是一个洋溢着生活热情的城市，人们充满了活力，人们对未来抱有希望而乐于脚踏实地，因此这个城市的平等意识十分普及。张欣的可贵之处就在于她把内心的高贵气质与建立在平等意识基础上的平民精神融合在一起。这也使得她能够接受通俗化的小说形式，并能深得通俗小说和类型小说的优长，化用到自己的写作之中。她的小说能够拥有众多的读者，应该也是与此有关系的。难怪会有人将张欣称为大陆的琼瑶，也难怪有人将她的小说称为市民小说。但张欣的小说与琼瑶相比，有两点重要的不同。一是在现实感上的不同。琼瑶基本上是一个虚拟的言情世界。但张欣是一位现实感非常强的作家，她的作品多半都是针对现实问题有感而发，许多素材就直接来自现实生活。二是她在书写世俗生活时仍然保持着高贵气质，流露出她对贵族精神的追慕。张欣的小说并不能简单地等同于市民小说，则在于她并不是完全认同于市民的价值观和精神追求，并不去迎合市民的审美趣味，她的小说明显体现出优雅和高贵的审美追求。正是以上原因，我认为张欣的小说对于都市小说具有建设性的意义。我们处在一个平民时代，都市化的趋势是逐渐削平不同文化的等级差异，提倡民主和平等的现代意识，这也是一个越来越蔑视文化威权的都市化进程，但这一进程也带来否定精英、消解经典的危险。当代都市小说的问题就在这里，作家们多半还没有认识到这种危险性，而是被都市化牵着鼻子走，因此虽然反映了当下都市的五颜六色，反映了都市人无限扩张的欲望，却在精神内涵上显得很贫乏，在精神品格上越来越朝低端滑行。要改变这种状况，既有赖于作家对时代和都市有清醒的认识和把握，也有赖于作家自己具备高贵的精神气质。我从张欣的小说中感受到了一股绵延不断的贵族精神的潜流，不由得为之叫好。这应该是提升都市小说精神品格的有效途径。研究中国现代思想

文化史卓有建树的学者许纪霖在描述中国社会的文化建设问题时说过这样的话："在平民时代之中，这一贵族传统不再是对少数精英的要求，而是对所有公民的要求。我们也可以说，在一个没有贵族时代的贵族精神，就是现代的公民精神。"当然，许纪霖也强调了，他所讲的贵族精神是关乎教养、责任和自由。对于都市小说而言，我们则是要通过贵族精神抵达现代的公民精神，通过贵族精神去铸造一种优雅、高贵和诗意的审美趣味。

如此看来，张欣完全应该坚定地将手中的终极底牌甩出来。她应该将小说中的那股贵族精神的潜流变成一条波涛汹涌的大河。

做官与做人

——王跃文官场小说主题析

　　王跃文被看成官场小说领军人物，这样的头衔也许很有市场效应，但我估计王跃文本人并不见得格外喜欢这样的头衔。因为说起官场小说，首先让人们想到的是在图书市场泛滥的畅销读物，这些读物都冠以官场小说的名称，虽然有的作品颇有吸人眼球的故事，但其文学性乏善可陈。如果说王跃文是这样一些作品的领军人物，那实在是一桩张冠李戴的笑话。当然，官场小说在图书市场上有一定的号召力，这其实反映了官场与当代社会具有密不可分的关系。中国本来就有官本位的文化传统，这一传统在现代化的趋势下不仅没有淡化，反而更加得以强调，官场权力渗透在经济、文化、社区等社会运行机制的各个方面，因此反映当代社会问题的小说几乎都无法绕开官场，民众对社会的期待和不满最终也会聚焦于官场。这是官场小说畅销的根本原因。但从文学批评和文学研究的角度看，官场小说是一个模糊不清的概念，缺乏明晰的外延，你可以随意地将一部小说纳入或不纳入官场小说的行列里。王跃文之所以被人们固定在官场小说的名称里，大概与他的小说《国画》的遭遇有关。《国画》揭露了官场里的阴暗现象，被有关部门莫名其妙地禁止发行，这种举动反而加剧了人们对《国画》以及官场小说的好奇。事实上，反映官场生活，讲述官场故事，并非始自王跃文的《国画》，比方说，周梅森从 20 世纪 90 年代

中期开始所写的一些小说就是典型地反映官场生活的小说，我曾将周梅森的这些小说称为新政治小说。这些小说的主题基本上与政治的主题有关系，贴近中国当代政治的变化，表达了作家对当代政治的态度和识见。这种直接表达政治主题的小说自然主要是以官场作为展开故事的舞台的，主要人物也基本上是党政官员。如果纯粹从题材选择来看，周梅森的这些小说完全可以纳入官场小说的范围之中。那么，比较一下王跃文与周梅森在反映官场生活上的异同，倒是有助于我们对他们的小说有更准确的把握。两位作家都具有浓厚的现实主义精神，真实地反映了当代官场的生活现状，勇于揭露官场中的种种问题，诸如腐败、官僚、官场潜规则等现象在两位作家的小说中都有深刻的表现。但两位作家的差异也是很明显的。在周梅森的一系列反映官场政治的小说中，作者是以政治官员的视角去观察问题的，是从政治的立场设置和处理矛盾冲突的。但尽管周梅森是以政治官员的视角去观察问题，所传达出来的政治意识又与现实中的政治官员的思想是有差距的，小说中的政治意识仍是作者本人的政治意识，他不过是借用了政治官员的视角而已，因此这些小说表现了强烈的政治乌托邦意识，也即是说，他在小说中表达了一种知识分子的政治理想。这种政治理想还突出表现在作者着力于塑造理想型的政治领导干部形象这一点上。他对自己为什么热衷于塑造理想官员形象有一个解释，他说："我的作品还能给各级官员树立一个标杆，告诉他们真正的好官是这样的。毛泽东当年曾经说过，严重的问题是教育农民，现在严重的问题是教育干部。"如果说，周梅森关注的是官场中决定社会进程的政治问题的话，那么王跃文所侧重于关注的是官场中的人的境遇，用王跃文自己的话说就是，"我其实更多的是写有关官场人生的孤愤与彷徨、痛苦和救赎"。在官场上如何做人，做官与做人的冲突，就成为王跃文小说中主要表达的主题。批评家段崇轩较早就注意到王跃文的这一特

点，他在 2001 年所写的一篇评论王跃文创作的文章，其标题就是
"官场与人性"，他说："王跃文无意于从理性的角度去把握和表现官
场，他更痴迷的是各种大大小小的官员的生存状态和心理流变。"因
此，尽管王跃文的小说也涉及了官场现实中存在的种种政治问题，但
他并不在意如何去解决这些政治问题，他也没有在小说中提出自己的
政治理想。他关注的是在这样一个问题丛生的官场里做人是如何的
艰难。

一个人进入官场，其前途就是做官，他要想着如何才能把官做好
做大，但是做官与做人并不完全一样，做官有做官的原则，做人有做
人的原则。有的人完全遵循做官的原则，彻底摒弃做人的原则，这样
的人也许在官场上能够飞黄腾达，但他同时也许就完全丧失了人的模
样。有的人坚守着做人的原则，他不断地要与做官的原则发生冲突，
他因此会失去很多官场上的利益，甚至会被官场踢出局，但他宁愿接
受这样的悲剧，他为自己保全了人的全身而庆幸。更多的人则是在做
官与做人之间彷徨、掂量，甚至他们会被这二者的矛盾冲突搞得身心
疲惫。像以上官场不同类型的人物，在王跃文的小说中基本上都得到
了充分的表现。准确地说，第二类人物的表现并不是很充分，这显然
与王跃文的写实性的叙述有关。王跃文的写作基本上是依照现实主义
的方法来构建自己的小说世界的，是对现实的本真反映，而在现实
中，官场体制发展得如此完备，一个人要完全遵循做人的原则，在官
场原则面前丝毫也没有半点妥协，他是不可能在官场上干下去的。
《国画》重点塑造了朱怀镜这个官员，他本来是一个清白之人，不谙
官场秘诀，但在官场待久了，自然就会陷入做官与做人的冲突之中。
他在做官与做人的冲突面前是有苦恼和犹豫的，但官场的力量太强
大，稍一放松，就会丢弃做人的原则，终于"他会突然发现自己的灵
魂其实早就沉沦了"。有人认为王跃文的小说调子是灰色的，这种感

觉也不无道理。但有意思的是，写完《国画》后的王跃文却在接下来的一部小说《梅次故事》中对自己的写作姿态做了一次大的调整，让《国画》中丧失做人原则的朱怀镜脱胎换骨，成为一个坚守做人原则的好官。这个调整也许说明了王跃文对自己的文学追求有了更清晰的把握。他不想自己对现实生活的复述被戏剧性搅乱，尤其不想因为这种戏剧性而使得自己的小说往模式化的反腐小说、官场小说靠拢。他后来的小说更具有一种生活的常态，更确切地说，也就是官场的常态与在常态中的人性挣扎才更具有一种内在的紧张感。因此，尽管《梅次故事》中的朱怀镜多少有些理想化的色彩，但这个人物与周梅森所塑造的所谓"理想型的领导干部形象"相比，更具有现实性。当然，换一个角度看，《梅次故事》中的朱怀镜尽管被写成了一个好官形象，但他身上缺乏英雄气象。朱怀镜打破做官原则的第一件事情就是处理十万元的贿赂款，他不像有些小说中的英雄形象那样，将贿赂款交给纪检部门，而是让招待所的年轻女服务员刘芸代他将钱捐给了残疾人基金会，此后，他多次以这种方式处理了受贿款。事实上，像这种"先受贿再捐款"的做法，即使在现实中也是一种无奈之举，它恰好说明做官原则要压过做人原则，在做官与做人这对矛盾之中，官场之人难以守持。难怪朱怀镜会在刘芸这位普通的女孩子面前感叹道："我想尽量做个好官。做好官，难啊！"可以说，《梅次故事》对于王跃文来说具有转折性的意义。在这之前他写《国画》是带着满腔的怨恨来写的，因为他看多了官场的黑幕和晦暗，要以文学之笔来揭露官场中的恶浊。而从《梅次故事》开始，他能够以一种冷静的眼光去观察官场，以一种平常心态去体察官场中人的言行，于是他对官场就会看得更加真切细致，围绕着做官与做人这对矛盾，他看到了官场之人的不同表现，在小说中描绘出一幅官场众生相。《梅次故事》之后的王跃文也就具有了更深邃的现实性。

　　人们都注意到王跃文的官场小说对人性的揭示是深刻透彻的，揭示人性之深刻，这应该是小说所追寻的目标之一，也是衡量一部小说艺术水平高低的重要标准。不少批评文章充分肯定了王跃文在这方面所做出的努力。但我想特别强调一下王跃文的独特之处，他从人性的深度去观察官场中人的所作所为，同时也就揭示了官场的反人性倾向。这种反人性倾向注定了官场对人的异化。但官场的人并不是甘愿接受这种异化的，他要守住人之为人的本性，就会做出反异化的反应。王跃文的小说可以说就是对官场上的异化与反异化的纠结的最为形象生动的表现，他以一种客观平实的叙述和日常生活化的细节，将官员在异化与反异化的冲突中的微妙心理和精神状态表现得淋漓尽致。《苍黄》最为典型地体现了这一特点。王跃文非常幽默地设计了两个刘星明，一个刘星明是乌柚县委书记，故事中的土皇帝；另一个刘星明是县里黄土坳乡的党委书记，开人大会时被领导他的刘星明指派为差配。这两个刘星明都是被官场异化的典型，但两个异化的方向并不一样。县委书记刘星明是典型的第一把手异化症。他在县里可以一个人说了算，缺乏有效的监督和约束机制，在一种至高无上的幻象中，很容易地放弃了做人的原则。王跃文的过人之处就在于，他以日常生活化的细节十分传神地写出了人物的内心心理，又在客观叙述中不动声色地表达了自己的嘲弄。《苍黄》的一开头就很精彩地勾画出刘星明的第一把手异化症。他在众人面前装着很洒脱地吟出一首郑板桥的诗，众人拍马屁夸他才思敏捷，出口成章。他也不说这是古人的诗，反而自鸣得意，走到哪里就吟这首诗，而每一次都会有人夸书记写得好。别人背后给他取了一个"刘半间"的外号奚落他，但从来不会有人当面给他指出不是。就是在这样的环境中，刘星明的第一把手异化症越来越恶化，凡是对他有一点不从的官员，他都会变着法子给以惩治。而他与身边的人员却没有了人与人之间正常的情感交流。最

终，刘星明是被他手下最为密切的四个干部联名告状而倒台的。刘星明的异化还揭示出做官与做人这对关系是一种对立统一的辩证关系，做官原则需要做人原则来加以平衡，一个人如果完全不顾及做人原则，做官原则缺少了必要的约束和牵制，他也就同样不把做官原则放在眼里。刘星明后来的很多做法也是违背做官原则的，即使在官场也不能容他，这是异化到了极端的人物。当然，刘星明是一个腐败的贪官，但王跃文并没有刻意把他作为一个贪官来写，王跃文写这个人物丝毫没有一般官场小说中的模式化的东西，这正是因为他观察官场和官员的角度和重点不一样的缘故。所以把王跃文的小说简单地称为官场小说是不准确的，这很容易将其混同于畅销小说而忽略了他对官场的独特视角。至于另一个刘星明，显然是属于承受不住做官与做人之间冲突的巨大压力而异化的。他最初被安排为当差配，他是不情愿的，感到做人的尊严受到了打击。但做官的原则又使他接受了这一角色，同时也指望通过差配能获得提升。升迁的欲望与受辱的心理感受交织在一起，终于在人大会选举的场合中爆发了，他作为差配自然被选下来了，但他的受辱的心理感受在众目睽睽之下顿时被放大，终于超出了他的心理承受能力，他癫了。他是一种精神分裂式的癫，也就是说，他的精神分裂成做官与做人两种状态，当他在日常生活中时，他言行举止十分正常，而一旦进入官场环境中，他就变得不正常了，他自以为已经当选为副县长，他以一个副县长的身份要与人谈谈工作。而后，他被强制性地送进了精神病院，后来虽然病愈出院，其实他并没有解决精神分裂的问题，只不过是他远离了官场，精神分裂的症状不再显露而已。所以当他思考起为什么还有另外两位官员也被送进了精神病院时，无疑又触发了与官场相连的神经，他又陷入精神分裂状态了。这个人物本身就包含极其丰富的寓意。这个刘星明在日常生活中很正常，只是在以官员身份出现时就被人们看成癫了。但细细阅读就会发现，他的"癫"不过是没有按照做官场处事，他是按做人原则来处理官场上的事。特别是他从精神病院出来后更加凸显出了这一点。如果说在前面他拎着包站在机关大院俨然一个副县长的模样的确是一个癫子模样的话，那么后来他对于舒泽光和刘大亮两位官员为什么关在疯人院里的质疑，显然就不像是癫子说的话了。王跃文借助李济运的心理活动所说的一番话别有深意："他如今又癫了，就知道自己是共产党员，是国家干部，要讲真话。"

李济运是《苍黄》的中心人物，小说是以他的视线展开叙述的，同时作者也把自己的一些立场和情感赋予了李济运。甚至我想，李济运也许就是王跃文对现实生活中官员的一种期待。这是一种去理想化的文学期待。李济运显然是很现实的，是可以在现实生活中复制的，也许我们阅读《苍黄》会觉得小说缺乏更加亮堂的理想之光来烛照官场，但应该看到，作者对于他所期待的人物李济运还是颇费心思的，作者让这个人物具有一种难得的反思精神，他能够在浑浊的官场里保持清醒的头脑，他虽然如履薄冰，但他敢于承担责任，也勇于自责。事实上，在现实中能够这样做也是不容易的，这也涉及王跃文在小说中所表达的主题，王跃文是要揭露出官场对人的异化。李济运难得的是他对此有着警惕，他在做官与做人冲突的旋涡中保持着一种自控力，在异化与反异化的跌跌撞撞的路途上保持着平衡。在《苍黄》这部小说中，李济运与朱芝这一对人物的设计很重要，在乌柚的官场上，李济运与朱芝这一对年轻人还真像是一对"金童玉女"（宣布刘星明双规的会上，李济运与朱芝没有安排工作人员，亲自给大家倒茶，有人就开玩笑说他俩是党委中的金童玉女），因为在充满着尔虞我诈、欺上瞒下、虚与委蛇的乌柚官场上，唯有他们俩能够坦诚相待，真诚相见，相互支持，相互理解，他们的真情仿佛是晦暗的官场上点亮的一盏灯。我想，王跃文设计了这一对真诚相待的年轻干部，

并不是想为小说增加一些可读性的情节，因此，他在这一对人物的情感处理上始终把握着一个度：不让他们往情欲方面发展。事实上，李济运与朱芝这一对人物，起到了深化主题的作用。他们的经历在告诉人们：在做官与做人的冲突中，避免自己异化的良方，就是人的真情。有一个细节对此表现得非常透彻。他们俩从骆副书记那里得知新上任的市委宣传部部长是他们的死对头成鄂渝时，身为县委宣传部部长的朱芝感到了极端的害怕，她再也不敢在官场上往前走了。小说接着写到，他们在宾馆住下，朱芝感到六神无主，她让李济运抱紧她，"李济运抱紧了朱芝，心里隐隐作痛。他想这样的女人，应该让男人好好疼着，出来混什么官场啊"。女人意味着人性中最温润的东西，她怎么能够经受得住官场的强硬。但是，朱芝在官场上虽然也不断地经历着风霜雨雪，却始终保持着女人的温润。而这一切都离不开李济运的真诚相助。

总之，王跃文的官场小说准确说来，不是官场小说，因为他从官场进去，从人心出来。官场中的种种问题无不在他的小说中得到反映，但他并无意于去解决这些问题，官场小说一般来说都是针对社会问题而设置主题的，是社会问题小说。王跃文始终在做官与做人的冲突中深化小说的主题，这是一个政治人性的主题。

一座凝聚着"盼望"、
连接着时间的"博物馆"

——读阿来的《空山》

多年以前，阿来说他要写一部"花瓣式结构"的长篇小说《空山》，接着他将一片又一片的"花瓣"相继呈现在人们面前，似乎每一片花瓣都引起了人们的兴趣，当然也就更加激发起人们对整部作品的期待。阿来选择这样一种似乎是比较松散的结构方式，是缘于他对乡村生活的认识，他认为乡村生活是零碎的拼图。

《空山》首先在命名上就给人们带来些许的麻烦。从已先后出版的三本书来看，《空山》由六个相对独立成篇的小说组成，这六篇小说分别是《随风飘散》《天火》《达瑟与达戈》《荒芜》《轻雷》《空山》。每两篇小说又组合成一本书，这三本书分别是《空山》《空山2》《空山3》。这是典型的"三部曲"样式，我们或许可以将其称为"空山"三部曲。但是，在书的封面上还有另外一个名字，是"机村传说"，三本书分别被冠以"机村传说壹""机村传说贰""机村传说叁"。那么，我们是该把这部作品称为"空山"三部曲还是"机村传说"三部曲呢？我不以为这是阿来在命名上的轻率之举，也许对于阿来来说，不论"空山"还是"机村传说"，这两个名字都是他难以割舍的。这其实透露出一层信息，这两个名字所蕴含的内涵对于这部作品来说都是至关重要的。"机村传说"强调了这部作品与一个乡村的实在关系，它说明了阿来所要写的是一部乡村的兴衰史。阿来尽管强

调他讲述的故事是互不关联的"碎片"，但实际上几个故事大致上是循着历史发展的脉络延续下来的。更重要的是，机村曾经是一个文化自在、自足的乡村，阿来所要讲述的机村的历史不是它自在、自足的文化史，而是从外来文化进入机村以后，本土文化与外来文化相碰撞后的乡村历史。"随风飘散"拉开了文化相撞击的序幕，带来了一个又一个的文化冲突的"机村传说"。在"随风飘散"里，机村人在新秩序的强大磁力作用下，无法再用传统的情感态度和伦理方式来处理他们与私生子格拉以及他的母亲的关系。而在"天火"中，时间推移到"文革"，大自然的天火在精神世界的"天火"的助力下，摧毁了机村的物质世界。第三个故事和第四个故事大致上仍发生在这一时间段，进一步演绎了文化冲突所造成的荒诞性和变异性。从第五个故事起，机村传说进入当下，社会形态的巨大变化也使得机村的文化冲突变换了另一种方式。但仅仅将小说定位在"机村传说"上显然是不够的，这让人误以为阿来就是以非常写实的方式来再现一个乡村的历史。阿来更需要表达的是"机村传说"背后的意蕴，因此"空山"这样一个充满象征性和诗性的名字对于这部小说来说又是必不可少的。空山会让人联想起古典诗歌中的意境："空山新雨后，天气晚来秋。""空山不见人，但闻人语响。""落叶满空山，何处觅行迹。""又闻子规啼夜月，愁空山。"在古代诗人的眼里，空山既是一个精神寄托处，也是一次超凡的精神意识活动。阿来也许就是像古代诗人那样进入空山的意境中来处理这部小说的叙述的，当他整理那些原汁原味的"机村传说"时，就发现"现在中国乡村面临的问题就是：乡村文化瓦解以后，自身不能再成长出新的文化"。他的发现其实就是一个"空山"的意象。如此看来，我在这篇文章正式开始之前对小说的名字做一点辩证仍是非常必要的。我以为，实在化的"机村传说"与虚拟化的"空山"，这是两条进入小说的路径，二者缺一不可。

阿来把这部小说称为"花瓣式结构",我以为并不是十分妥帖,至少容易给人造成一种误解,以为这不过是由几个相对独立的中篇组合起来的。阿来在几年间不急不慢地陆续将其抛出的方式,更是诱导人们顺着这种误解的思路去阅读他的作品。人们以为每一篇作品就是一个独立的花瓣,匆匆忙忙地加以评说。然而当《空山》的终结篇出现在人们面前的时候,再去看这些匆忙的评说,就会感到这些评说没有切中多少要害。事实上,《空山》被拆散开来发表时并没有拆散它的整体性,这个整体性始终坚定不移地藏在阿来的思路中。在我看来,《空山》的结构更像是由数条支流汇集成主流的结构方式。每一个"机村传说"就是一条支流,每一条支流都流向同一条主流,这条主流就是阿来心目中的"空山"意象,随着一条条支流的汇入,主流越来越浩荡。从这样一种结构方式来考察,组成《空山》的六个故事就不是一个完全并列的关系了,因为前面的故事汇入主流后,就会影响后面的支流,当支流不断汇入,到了第六个故事,便是全面展示主流面貌的时刻了,因此,阿来断然就将第六个故事称为"空山"。这是一个总结性的章节,在这个章节里,前面几个故事中的一些主要人物也相继来报到,甚至连阿来本人也忍不住从背后站到了前台,成为从机村走出去的一名作家,直接进入故事之中。小说出现一个"我"的叙述,大概会让读者感到十分突兀,按照教科书上对小说的规定,阿来在这里完全是犯规了,然而恰是这种"犯规",让读者意识到这一章节的非同寻常之处,所有该聚集的人物都聚集到了这里,他们把曾经发生过的故事的余绪也带到了这里,与"我"一起将"空山"的意蕴烘托得更加鲜明浓艳。小说最终结束在"空山"的意象之中:"雪落无声。掩去了山林、村庄,只在模糊视线尽头留下几脉山峰隐约的影子,仿佛天地之间,从来如此,就是如此寂静的一座空山。"

　　但是,阿来营造的这座寂静的空山并非空空如也。空,只不过在

一阵热闹纷繁之后归于平静的心境，是一种洞悉世事之后的悟性，是清理了一切尘土污垢、世俗羁绊之后的洁净的心灵。我想探究的是，阿来所营造的这座空山到底包含什么意蕴呢？

空山的意蕴显然与阿来对乡村文化的思索有关。阿来的思索是建立在机村传说的基础之上的。如前所述，阿来所讲述的机村传说是关于文化冲突的传说。这种冲突又在两个层面展开。一个层面是机村本土的藏文化，与外来的汉文化的冲突；另一个层面是机村本土的乡村文化，与外来的城市文化的冲突。两个层面的冲突交织在一起，使得空山的意蕴更加复杂。小说的结尾似乎是一个悲剧性的结尾，因为在小说结尾，机村即将被新修的水库所淹没，机村的传说从此只会存留在阿来的书本上，而实实在在的机村将不再存在，更不会生产一个又一个的传说了。这看上去很像是我们比较熟悉的乡村文化的挽歌。如果要说《空山》是阿来通过机村的兴衰为乡村文化唱的一首挽歌的话，似乎也有充分的道理。在叙述之中，我们分明能感受到阿来对机村传统文化的眷念之情。比如在《随风飘散》里，阿来在叙述中表达了对新秩序的破坏力的忧虑："这就是机村的现实，所有被贴上封建迷信的东西，都从形式上被消除了。寺庙，还有家庭的佛堂关闭了，上香，祈祷，经文的诵读，被严令禁止。宗教性的装饰被铲除。老歌填上了欢乐的新词，人们不会歌唱，也就停止了歌唱。"又如在《轻雷》里，阿来以最为尊敬的口吻书写老人崔巴噶瓦，这是一位始终捍卫着古老的乡规民约和伦理道德精神的老人，年轻人拉加泽里被卷入滥伐山林的活动之中，但他在老人崔巴噶瓦面前感到了自己的罪孽，当他从监牢里出来后，首先关心的就是老人崔巴噶瓦保卫的林子现在怎么样了。在阿来的笔下，老人崔巴噶瓦之所以被拉加泽里视为村里最高尚的人，就在于他保卫的不仅是一些大树，而且是祖辈们寄托灵魂的去处。阿来对于外来文化的质疑也有一个轻重缓急的区别，他对于20世纪曾经成为主流的、革命的、激进的文化，似乎持一种明确的否定态度，这方面的书写占据了《空山》较多的篇幅，在6个故事里就有好几个故事发生在"文革"这一特殊的历史年代。《天火》讲述的是"文革"中发生的一场火灾，这场将物质焚烧得干干净净的"天火"明显带有一种精神的指向，阿来借巫师多吉之口不无忧虑地叹息道："山林的大火可以扑灭，人不去灭，天也要来灭，可人心里的火呢?"在这里，"人心里的火"明显是寓意革命的、激进的文化理念。除了在对待革命和激进文化的否定比较坚定以外，阿来处理文化冲突时其实更多的时候表现出的是一种复杂的心态，因此并不能简单地认为阿来是在为乡村文化唱一首挽歌。我猜想阿来应该熟知，乡土文学中的挽歌已经唱得很久也很多了，从来不愿步人后尘的阿来怎么会将一部凝聚了几年心血的作品归入挽歌的合唱阵营中去呢。但他要超越挽歌式的乡土叙事又具有一定的难度。因为在处理现代性主题时，作家更愿意站在乡土文化的立场，站在乡土文化的立场更像一名精神上和文化上的卫士，从而对现代性带来的种种弊端保持足够的批判性。这似乎成为乡土文学中最基本的叙事伦理。

阿来是怎么超越这个难度的呢? 他找到一个切入点——盼望。他发现，文化的冲突不仅仅是造成强势文化对弱势文化的侵害和吞并，也带来文化的新的生长点。对于机村人来说，外来文化让他们滋生出新的"盼望"。当阿来从盼望切入机村传说时，机村五十多年的变迁史就呈现出亮光。机村人几百年甚至上千年"是不盼望什么的"，达瑟说："以前的人，这么世世代代什么念想都没有，跟野兽一样。"这句话包含阿来对机村本土的乡村文化和藏文化的一种否定性的思索，这种否定性的思索是"盼望"的角度带来的。当外来文化嵌入进来后，很快就改变了这种状态，机村变成了"人们总要为一些新鲜的东西而激动，而生出许多盼望的时代"。阿来将"盼望"植入他对现代

性的质疑之中，因此就抓住了不同文化之间的可融合之处。其实，在每一个故事里，阿来都做了这样的铺垫。尽管在第一篇《随风飘散》中，作为文化冲突的序幕，阿来集中描述了新秩序下人们的惶惑、恐惧，因而相互之间滋生着怨恨和猜忌，格拉可以说是被这种怨恨和猜忌所杀死的。但阿来并没有表现出一种绝望，相反，他让格拉在临死之际看到了希望的征兆。他写到，格拉在魂魄开始消散时勉力朝还俗僧人恩波一家人走去，尽管恩波和勒尔金措看不见他，但"他们新生的女儿好像看见了，对格拉露出了一个含义并不明确的笑靥。他想，奶奶说得对，他们已经把仇恨忘记了"。这个不明确的笑靥，不妨看作阿来对未来的一种信念。接下来的故事里，阿来反复告诉我们的，是人们如何努力去适应文化冲突的新环境，这种努力就是一种文化融合的努力。因此，尽管在前面的几个故事里，阿来强调了机村遭到的文化破坏。但阿来始终把握了一点：外来文化对于机村来说，并不是洪水猛兽，并不是一场毁灭性的"天火"，在新的秩序下照样会有机村的传说发生。让阿来懊恼的是，机村曾经长久地深陷于蒙昧时代，一点像样的记忆都没有留下，"要是那个时候的人也像今天这个时代的人盼望这个又盼望那个，并且因此而振奋复又失望的话，应该是有故事会流传下来的"。其实，阿来所理解的"蒙昧时代"，是一个没有文化交流和文化冲突的时代。

但是，因为盼望而产生的故事并非都是美好的故事。索波有了盼望之后却杀死了达戈，更秋家五兄弟则是在盼望的诱导下走上了犯罪的道路。盼望更使得机村人想方设法要离开机村。《空山》先后写到三对年轻人的爱情，他们的爱情都是被"盼望"拆散的。也就是说，年轻的姑娘都把自己的"盼望"寄托在机村外面的世界，当她们的爱情没法帮助她们实现自己的"盼望"时，她们都选择了放弃爱情。央金的"盼望"完全是爱她的索波一点点催生起来的，已经成为新秩序主角的民兵排长索波以为凭着他的身份优势可以征服央金，但没想到正是他的身份优势为央金实现自己的"盼望"提供了方便，当央金成为国家干部后，再也不会理睬机村里的索波了（《天火》）。达戈本来是解放军战士，与机村的色嫫一见钟情，他放弃了所有的事业和前途，来到机村追寻爱情，但色嫫本来就是指望通过达戈离开机村，所以她无法接受一个与外面世界不再有关系的人做她的爱人（《达瑟与达戈》）。拉加泽里放弃学业，回到机村，也就失去了他的女友，女友考上大学，仍愿意等他，但条件是他继续念书考大学（《轻雷》）。"盼望"有着多面性，一方面，它带来村庄的发展和进步；另一方面，它又改变着人性和人生，它破坏了一些本来美好的、恬静的东西。当然，最重要的是，"盼望"从根本上说是文化的一种体现方式，没有文化，也就没有人的"盼望"。因此，阿来在处理文化冲突这样一个乡村叙事难以绕开的主题时，找到了"盼望"作为突破口。"盼望"帮助阿来绕开了乡村叙事伦理的陷阱，这使得阿来在呈现一个即将消失了的村庄时没有陷入悲观绝望的境地之中，但他又必须将"消失的村庄"与机村的未来统一起来。这是阿来在《空山》的最后一个故事里所要完成的使命。

作为终结篇，第六个故事与前面的几个故事从结构上说就不是一种平行的关系，它是由前面几个故事的"支流"汇集而成的一条"大河"，在这条大河里，阿来直接站出来，要对机村传说的种种疑惑、种种谜团做一个了结了。让我特别感到惊奇的是，阿来在这个故事里采取了一种反常的叙述方式，他不再是让故事来呈现意义和情感，而是将自己的思想脉搏直接裸露出来，给读者提供一条明确的阅读路径。或许是他担心形象的不确定性和多义性会影响人们对他的思想的理解？还是他对小说中的人物少了一份自信？反正，阿来直接站了出来，把他的思想脉搏直接裸露出来，我们都能触摸到它的跳动。小说

中那位突兀出现的"我"完全可以看成阿来的自我呈现。阿来告诉我们，"我"是一位从机村走出去的大学生，如今成为一名作家，他经常回到机村看看，他掌握了许多机村的传说，他为了搞懂这些传说，还到国外旅行时，专程去了国外不同民族的村庄，有白人的村庄、黑人的村庄、印第安人的村庄，甚至去寻访当地土著民族。"我是想知道，所有这些村庄终将走在怎样一条路上；我想知道，村庄里的人们，最后的归宿在什么地方？"显然，阿来是要把机村的传说放在世界文明的大背景下来考察的。他相信，在机村这个中国村庄里所发生的故事，应该包含所有村庄共同性的东西。

有两个人物特别值得我们关注，一个是机村的藏族人索波，一个是红军经过机村时留下来的外来者驼子，他们的共同处就是都在主动去适应另一种文化，而他们自身的文化母体又是不相同的，因此这两人具有一种互文性的效果。也许从个人经历的角度看，他们的努力都是失败的。年轻的索波追求进步，成为机村的民兵排长，却在纷纭的政治意识形态风云的席卷下变得迷茫。驼子骨子里是一个农民，爱土地爱得死去活来，但也就是在机村的环境里，他经常可以摆脱一个农民老实巴交的轨迹，做出一系列匪夷所思的行动。阿来让这两个人物在终结篇的第六个故事中会合了——当然，驼子此刻已经死去，他是让自己的儿子林军来参加这次的会合的。在第六个故事里有一个不那么显眼的情节，机村人为了从政府那里获得更多的赔偿，纷纷扩建自家的房子。这情景让索波很愤怒，他要给县里写信反映问题。林军也打算扩建房子，索波则是以他的父亲为理由教训他："想想，你父亲是什么人！他活着是不会让你这么干的！"林军被索波的教训吓住了，他说："也许，他老人家真要不高兴了。"这两位失败者却在新的形势下达成了共识，这种共识体现在他们的内心都有了一种敬畏，一种行为准则的自觉性。这不能不说是机村的文化冲突在他们身上刻下的烙印。因此在达瑟的眼里，索波已经变回他自己了，达瑟也就原谅了索波，不再为他的朋友达戈找索波算账了。而一直畏畏缩缩的林军在看到父亲的名字进入了博物馆后，激动万分。索波和林军的故事其实就是在回答阿来的问题了："村庄里的人们，最后的归宿在什么地方？"这个问题的答案就是——在博物馆里。

博物馆——在第六个故事的开头一句就是博物馆——一个对于机村人来说的"新鲜的词"。而对于《空山》来说，它就应该是一个揭示小说内涵的关键词。关于博物馆，"我"对村民们做了很多解释："历史啦，纪念啦，记住过去就像手握着一面明镜可以看见未来啦之类的，好多好多说法。"但无论怎样解释，对于阿来来说，他终于为消失的村庄找到了最恰当的去处，这个去处就是博物馆。也就是说，阿来在处理机村的传说时，也许曾经为机村不断消失的东西而生出忧虑，但他继而发现，消失的东西并非真正彻底地消失，显性的、物质层面的东西可能是彻底消失了，但隐性的、精神层面的东西并没有消失，它们以另外一种方式流传了下去。比方说，它们就保存在传说里面，又通过传说影响现实的生活。所以，阿来设计了一个充满希望和诗意的结局：一方面，机村将因为建水电站而彻底地消失；另一方面，"鉴于最新的考古发现，新机村增设一个古代村落博物馆"。当副县长把机村人召集起来宣布了这一移民方案时，村民们都激动了，对于机村人来说，机村的被淹没不是机村的消亡，而是机村的新生。阿来让大雪来为机村的新生进行洗礼。已经十多年都没有下过雪的机村忽然飘起了雪花，阿来充满诗意地描写人们在雪花中欢庆的场景："人们或者端着酒杯，或者互相扶着肩膀，摇晃着身子歌唱。滋润洁净的雪花从天而降。女人们也被歌声吸引，来到了酒吧。久违了！大家共同生活在一个小小村庄的感觉！"大雪是一种美好的象征，象征着机村的未来。到此，阿来同样写了一个即将消失的村庄，却没有给

我们带来挽歌的调子，相反，人们像过节一样，"所有人都手牵着手，歌唱着，踏着古老舞步，在月光下穿行于这个即将消失的村庄"。

阿来对于文化冲突的阐释并没有到此为止，他在结尾部分让时间来了一次伟大的会合：过去、现在、未来，时间的三个向度同时聚集在了机村。"现在"，自然是一个即将消失的村庄；"未来"，则是副县长宣布的移民方案；更重要的是，还有"过去"的蹒跚脚步。阿来为"过去"的蹒跚脚步做了充分的铺垫。他在第六个故事里特地请来了一位民俗学的女博士和一群考古队的队员来做他的证人。在机村的工地上，不仅重现了湖水，而且发现了古代村落的陶片，于是考古队赶来了。考古队员们从地底下挖掘出一个古代村庄的遗址，这个村庄里也许就生活着机村人的祖先。这一发现让机村人兴奋万分，他们唱歌跳舞，杀猪宰牛，全村大宴！连考古队长都感叹道，在他漫长的考古生涯中，还从来没有见过，一个遗址的发掘，对一群人的感情有如此巨大的震荡。至于阿来安排一位年轻的女博士来到机村，显然不会是为了给拉加泽里增加些绯闻，而是要通过女博士民俗学的专业角度来证明机村人的行为方式是有着深厚的文化积淀的。考古队员和女博士分别从两个方面证实了，机村有着悠久的历史，机村的历史尽管被掩埋在地下数千年，但机村的文化从过去一直绵延到今天。阿来以此安慰人们，不要为眼下的一些衰亡、消失而哀怨，因为变化和新生就蕴藏在衰亡、消失的过程中。未来才是值得人们珍视的。在过去、现在、未来之间，兴衰起落或隐或现，但始终会有一条线将其勾连着，这条线就是一条文化的生命线。

阿来也许还想告诉人们，最重要的是要抓住这条文化的生命线，抓住这条文化生命线，也就抓住了未来，对一个人来说是这样，对一个村庄来说也是这样。再放大了看，对一个民族、一个国家来说，又何尝不是这样。这就是在《空山》第三卷中，阿来重点塑造拉加泽里的用意。拉加泽里这位年轻人，本来是一块读书的料，但他为了挣钱改变家庭的窘境，放弃学业回到机村，加入盗伐买卖木头的商潮之中，在这复杂的人际关系和风险之中，他有失有得，也遭遇了牢狱之灾。但经历坎坷之后，拉加泽里抓住了文化的生命线，这就是机村人的神湖——色嫫措湖。他从牢狱里出来后放弃所有的世俗举动，年年在山上栽树，当他栽下数万棵树后，又要在山上修一道堤坝，让色嫫措湖重现。达瑟也是一位抓住了文化生命线的机村人，他从书本里找到了这条文化生命线，但他生不逢时，所以那个时候他只能将书本藏匿在树上。如今他从拉加泽里的行动中看到了那个美好的未来："等水关起来，重新成了湖，山上长满树，那对飞走的金野鸭又要飞回来了。"归根结底，这个美好的未来其实早就植根于过去，即使是在那个荒诞的年代里，达瑟栖身于树上，从那些百科全书里就发现了未来的种子，正是这些未来的种子给予了达瑟的诗歌灵感。而他当年在诗歌中营造的意境，终于在今天的现实中显现：

　　雨水落下来，落在心的里边——和外边！
　　苍天，你的雨水落下来了！

　　机村人一齐唱着这诗句，有了一种"复活了"的感觉。诗人阿来于是以诗歌的方式完成了他对文化冲突和文化传承的畅想。

　　现代化凸显了文化的冲突，在反映现实生活的小说中，文化冲突是一个绕不开的主题。美国亨廷顿的《文明的冲突》曾经启发了我们的思想，而小说在处理这一主题时基本上都是沿着亨廷顿的思想路径走下去的。我们不仅这样处理中西文化冲突，也这样处理城乡文化冲突，也这样处理汉藏文化冲突。但自从新世纪以来，文化融合的声音越来越强大。显然，文化融合、文化对话、文化对垒，这都为我们拓展主题空间打开了一扇窗口。也许可以认为阿来是在这样一种文化思

潮的启发下来写作《空山》的，至少我们能从小说中捕捉到不少这样的思想资源。阿来写了机村一个小村庄的多种文化的交织、冲突、沟通、融合的状况，而阿来本人的思想基础也可以说是多种文化融合的基础。作为烘托主题的一个最基本的意境——空山，难道就与汉文学的古典诗歌意境毫无关联吗？在文章的一开始，我列举了一系列写空山的诗词名句，也就是想提醒人们注意，这部小说本身就是多种文化的融合体。

《空山》是阿来为一个村庄建立起来的一座"博物馆"，他把村庄的过去、现在和未来一起联结到这里；也把人们的不同"盼望"凝聚到这里。而阿来自己主动担任起解说员的职责，他把自己的感情融入解说中，也把自己的迷惑藏匿在解说中。这大概正是《空山》更加迷人的地方吧。

女性自由、乡土精神和文学诗性的保护神

——论葛水平的小说

　　葛水平不紧不慢走上文坛。她最早发表小说是在 2003 年，那时候与她同龄的女性作家已经占据文坛的中心位置了。但她的几部中篇小说接连发表，引起文坛的一片惊喜，以至于有评论家将 2003 年称为"葛水平年"。后来葛水平就像一座丰沛的油井，一旦开钻，就是一次又一次壮丽的"井喷"。她至今已出版了好几本小说集，还获得"鲁迅文学奖""人民文学奖"等各种奖项。看来，不紧不慢有不紧不慢的道理，她完全是有备而来的。

　　我记得第一次读到的是葛水平发表在《黄河》杂志上的中篇小说《地气》，小说写的是一个缺水无电的贫瘠山村，但作者诗意般的叙述给作品铺就了暖暖的理想色调，仿佛让这贫瘠的土地上绽发出了新绿，小说读得我的心里有一丝暖暖的感动，后来见到了葛水平，文静中带一点妩媚，难怪她会写出《地气》这样的作品，因为"宽厚松软的土里岭透出一股隐秘诱人的地气，那地气是女人的气息"（《地气》）。我当时以为，又出来了一个典型的女性作家，但事实上，葛水平的内心远比我第一次见到她的表情要丰富得多，她不仅有温柔文静的一面，也有刚烈倔强的一面。所以把葛水平定义为女性写作是很不准确的，因为她凭着她的刚柔相济能够超越女性意识和情感的局限。

　　葛水平的小说就像是她家乡的山和水，山，是太行山；水，是沁

河水。山造就了她的刚烈，水则造就了她的温柔。我曾这样评论葛水平："她的温柔主要体现为一种乡村的温柔，一种女性的温柔。尤其是她写乡村女子时，她的温柔就像是跳跃的阳光把她笔下的女性形象照耀得容光焕发。她的刚烈主要体现为一种生命的刚烈。这种生命的刚烈有时会成为一种生命的主调。如在一些表现民族危亡的抗日的题材中，在表现煤矿工人的题材中，这种刚烈就作为一种主调，在表现乡村题材时，温柔就又作为主调了。最重要的是她能将这二者融为一体。让我们感觉到她的柔中含刚，刚中有柔。"刚柔相济的特点使得葛水平能够应对各种题材的写作，有时她深入历史，有时她又蛰伏在山林，有时她钻到地下的矿井，有时她又打探现实的官场。葛水平既写家乡的历史，也写家乡的现实。这同样能看出山和水的不同。现实生活是环绕在她身边的流淌着的河水，因而总是新鲜的，总是不停顿的。现实生活既然像水一般，所以她写现实生活的小说往往带有水的温柔。如《地气》和《喊山》。历史传说则是凝固起来的岁月，成为大山的一部分，也和山中的岩石一样经受着风吹雨打，而风雨的剥蚀会把它们的骨骼打造得更加坚硬。历史既然像山一般，所以她写历史的小说往往也带有山的刚烈。如《黑雪球》和《狗狗狗》。

　　但是，葛水平把更多的温柔给予了乡村，给予了土地，给予了女性。将温柔给予女性，这一点想必人们都非常理解。女性，尤其是乡村的女子，她们承受太多的生活磨难，需要更多的关爱。作为一名女性作家也许对这一点体会得更加深刻。至于将温柔给予乡村和土地，则让我们看到了乡村精神在葛水平内心中的分量。葛水平曾说："我是一个蜗居在城里的乡下女人。我常为一辈子蜗居在城里而恼怒，但我却无能与城市决绝，这是我骨子里透出的软弱。"从这坦率、严厉的自责声背后是对乡村和家乡的彻底的爱，当然从这自责声里我们能感觉到葛水平的刚烈。但我想，葛水平是待在城市还是待在乡村也许

146

并不是特别重要的事情，重要的是，她的和心与乡村相通。这就决定了她在文学上的价值取向。或许可以说，葛水平是乡村精神的守护神。她像一只在田园上飞翔的夜莺，不断地为乡村的芬芳而歌唱。但她有时又像是一只啼血的杜鹃，为了乡村正常的时秩而奔走呼号。在她的精神世界里，充溢着乡村田园的诗意，这不是传统士大夫的诗意，而是生活在乡村土地上的一位女孩在她的想象飞升起来后而获得的诗意，所以她写当下农村生活的小说，既直视着、裸露着苦难的现实，又体会着农民丰富的精神想象，她的情感与乡村处在一种无障碍的沟通之中。葛水平的乡村小说在面对现实冲突时表现出一种旺盛的生命力，这和那种表现乡村溃败的小说是不一样的。在那种类型的乡村小说中，我们感觉到乡村文化好像完全溃败了。好像完全变成一种弱势了，好像完全是一种被怜悯、被哀悼的对象。而在葛水平的乡村小说里她表现出了一种乡村文化仍然葆有的那种旺盛的生命力，有一种积极进取的姿态，而不是退守的姿态或者是像那种自我满足的姿态。这就带来一种对美好理想的一种向往。我认为《地气》就可以代表她的这种姿态和情态。小说中的乡村教师王福顺，因为正义，就要受校长欺负，校长把他派到十里岭教书。十里岭只有两户人家，两户人家只有一个孩子上学。但王福顺要争一口气，一个学生也要认真教好。他不仅教二宝考了个全区第一，还让山上的两家人走近了闪亮的灯火。这位清瘦的王福顺倒有几分刚烈之气，更重要的是，一直受到排挤而心情沮丧的王福顺在这个缺水无电的十里岭找到了幸福感和尊严感，因为他在这里吸收到暖暖的"地气"，地气也就是正气，也就是人气。"大地微微暖气吹"，毛泽东的诗意在葛水平的小说里得到了崭新的诠释。《喊山》中那些生活在山梁上的农户，物质生活无疑是匮乏的，但作者透过他们日常生活中的喜怒哀乐，发现他们的质朴的心灵在艰难生活的磨砺下闪耀出金子般的光泽。这显然与有些作家对

苦难乡村投入的怜悯和同情不一样，它具有更难得的民主精神。

葛水平的小说中有三个重要的东西，一是女性的自由，二是乡土的精神，三是文学的诗性。她在写作中始终如一地充当这三件东西的保护神。当她正面描写它们时，她洋溢着赞美之情，她温柔的一面就显露了出来。当她面对它们遭到侵害和破坏的现实时，就会成为怒目金刚，她的刚烈一面就得到尽情的释放。有时候，这三件东西交织在一起，从而构成了她的小说的复杂性。比如中篇小说《比风来得早》，主人公是一个不得志的官员。作者从骨子里是看不起那些在官场上丧失自我的逐利者的，她无法将她在乡村叙述中的诗意注入吴玉亭这个猥琐的小官员身上，但她仍然同情吴玉亭，因为吴玉亭几十年小心翼翼地在官阶上攀爬，始终也断不了他与家乡的情缘。所以作者把吴玉亭写成一个诗人，他为了当官放弃了写诗，这种放弃是得是失，也许站在不同的立场会有不同的结论，但从"比风来得早"这带有谶语式的诗句里，我们仍能感到葛水平的文化立场和文化情怀。葛水平以乡村精神为肌理，以现实的批判精神为骨骼，精心塑造了吴玉亭这一小官员形象。他与乡村文化有着千丝万缕的联系，他的心理行为都由乡村伦理牵着；但他毕竟离开了乡土，他的身份发生了变化，他的生活志向要不断地拉开他与乡村的距离。这就造成了他内心的矛盾，常常使他的人格处于分裂的状态。他的身躯也许迟早还会回到乡村，因为只有乡村才能让他的身躯感到安全，但他的灵魂恐怕很难真正回到乡村了。就是这样一个人物，让我们发现他身上丰富的文化信息。比如中篇小说《月色是谁枕边的灯盏》，描写的是异域他乡的生活。即使在异域他乡，葛水平仍然凭着自己的刚柔两面应对自如，因此在处理阿银与父亲的关系时，她该断就断，一点儿也不顾及父子之情，这显示出她的刚烈；而在处理阿银与马克的关系时，尽管两人已经离婚，但似乎仍藕断丝连，这显示出她的温柔。但是，我还是从这篇小说中感受到了葛水平不同以往的东西，葛水平似乎不像以往那样果断鲜明，她的眼里分明闪烁着犹疑不决的神色。葛水平承认，远离祖国，"面对海德堡，我是一个比陌生人还更加陌生的人"。读了这篇小说，就会发现，故乡情结在葛水平的身上是多么凝重。你就会发现，她小说中的乡村和土地，还有生活在这片土地上的美丽女性，她之所以倾注了那么多的爱，是因为这些内容都可以归结到故乡情结中来。

《裸地》作为葛水平的第一部长篇小说，突出表现了她的刚烈性情，因为在这个长篇的大容量里，女性的自由、乡土的精神、文学的诗性，一下子全聚拢来，而且不管不顾地朝着裸露的历史和土地冲撞过去，她必须竭尽全力保护她心中的这些神圣的东西，恨不得生出十只手，为它们抵挡来自四面八方的灾难。这就决定了这部小说的复杂性和多义性。读完小说，我也很难归纳出葛水平所要表达的主题，小说的情节和意象似乎有多方面的指向。但是，尽管指向是多方面的，却是从一个地方出发的，这个地方就是葛水平的乡土情结。她的乡土情结既有爱，也有恨，爱与恨交织在一起，才构成了她的复杂思绪。

盖运昌是这部小说中的主角，葛水平的大爱大恨毫不掩饰地投射到了这位主角的身上。盖运昌为了得到一个儿子，先后娶了四房女人，不能说他对女人没有情分，但盘萦在心头的还是一个后继无人的问题，因此他就会像丢弃敝屣一般地先后将一个个女人冷落。小说花了很大篇幅来写这四位女人的命运，她们像茶杯一样围绕在盖运昌这个茶壶周围，但她们并不是都能得到茶壶的眷顾。葛水平心疼地写到这四位女人在相处的生活中相互猜疑，相互嫉妒，也相互帮衬；写她们在这样的生活里耗去了青春，湮没了内心愿望。葛水平替这几位女子恨盖运昌的作为，但葛水平并不是单纯为了心疼几位女子而写这部小说的，因为说到底支撑着这些女子如此生活的是乡村的习俗传统，盖运昌并没有越雷池半步。他需要爱情，但他更需要儿子。从另一角

度说，葛水平又很欣赏盖运昌，欣赏他的毅力和意志，欣赏他的争强好胜。他凭着自己的努力，终于压过了原家成为暴店镇的老大。中国传统的乡土文化其实就是一种争强斗智的文化，归根到底就是帝王文化，英雄豪气概由此生。

当然葛水平更钟情的还是生活在土地上的女人。在这部小说中，葛水平写了很多的女人，除了盖运昌的四个妻妾原桂芝、武翠莲、李晚棠、梅卓以外，还有盖运昌的几个女儿和李旮渣的媳妇玉喜、丫头秋棉、盖运昌的娘春红，她们性格不同、生活经历不同，但她们的命运都是凄惨的。怜悯和叹息女人的命运，是葛水平乡土叙事中的基调。但女女是葛水平着墨更多的人物，女女给这个基调添加了一些亮色。女女仍然逃脱不了成为茶杯的命运，但她却能保持着高傲的心境，又恪守着妇道。原桂芝也好，武翠莲也好，李晚棠也好，她们也曾经有过光彩夺目的一面，但"续接香火"的欲望就像是无边的雾障，吞噬了她们的光彩。唯有女女能够让自己的光彩穿透雾障，把男人死寂的心照亮。盖运昌自从把女女接到盖府以后，他的性情和念想就开始慢慢发生变化，因此他到后来才能够坦然面对革命夺去他的财富和土地，甚至他为女女的孙儿起个名字也叫"土改"。葛水平写盖运昌，最终还是落在了女人身上，是女人让盖运昌明白了什么才是生活的意义，失去财富和土地的盖运昌与女女一起过，"他比从前活得简单了，他现在才明白，简单活着才是大幸福"。

在这部小说中，对我触动最大的是葛水平对乡村贵族精神的倾心。无论是盖运昌，还是原家，他们代表了乡绅阶层，他们不仅聚敛了财富，也积累和传承了文明。小说曾写到大户人家的"斗富"，那不仅是在炫耀财富，而是在表达对文明的景仰和膜拜。所以原添仓非常看重他所藏有的一块唐代断碑的拓片，他期待这个断碑年代久远后便成为一个"使人追往的童话，那个童话恍然是一个精灵就会常伴他的左右"。因为这块断碑，原添仓在盖运昌面前就有了一种精神优越感。女女之所以能从众多女子中脱颖而出，也是因为她受过乡村贵族精神的熏陶。盖运昌第一眼看到女女就被打动了，并不是女女的容貌，而是女女的举止和气质。这种举止和气质是乡村贵族精神滋养出来的。如果把乡村文明看成一个金字塔，乡村贵族精神就是这个金字塔的塔尖。其实，乡土文化的衰落首先是从塔尖开始的，没有了塔尖，也就没有了令人仰慕的光芒。这种构想，这些描写，其实都是葛水平内心对诗性呼唤使然。

无论温柔也好，还是刚烈也好，葛水平都是在行使保护神的职责，她精心呵护着女性的自由、乡土的精神和文学的诗性。

从时空上追寻逃离的钟求是

——读钟求是的小说

　　钟求是曾说过，他走上文学之路的缘由是一位同事的突然离世，使他对人生意义充满了疑义，他不断地追问人生意义，同时他又觉得只有小说才适合将他的追问表达出来，于是他就有了写小说的冲动，这就有了 1993 年他写的第一篇小说《诗人匈牙利之死》。因为是一个人的离世勾起了他写小说的冲动，因此这篇小说探讨的是死亡的不确定性。身边一个非常熟悉的人，突然间死去，的确会让人感到死亡的不确定性，会让人发现，人生意义都伴随着死亡的影子。与其说是死亡的不确定性，不如说是人生的不确定性。人生存在着太多的不确定性，世界也存在着太多的不确定性。钟求是写完第一篇小说后，似乎就将自己的目光锁定在不确定性上，他寻找这个世界的不确定性，他追问为什么会有这些不确定性。从此，不确定性倒像是一个影子，伴随着钟求是的写作，也就是说不确定性几乎成为他判断世界的基本原则。不确定性的意识使他总是挑战常态，以一种逆反思维去重新认识人物和事物，因此我相信钟求是应该是一个怀疑主义者，他不会轻易相信任何一种真理和真相。我很欣赏钟求是的是这种姿态，这使他的小说始终与公共性和时尚性保持着游离的状态。一个怀疑主义者在日常生活中会让人感到他不太合群，钟求是也明白这一点，他形容自己在照集体相时，"一般会站在旁边的位置"，一群人出去散步时，"一般也走在最旁侧"。但这也给钟求是提供了一个方便，他可以站在边缘处冷眼观察。于是他就看到了被时尚性所遮蔽、被公共性所忽略的东西。他就是以这些东西建构起了他的小说世界。比如，今天再来读他的写于十年前的成名作《谢雨的大学》，仍然会感到其思想的冲击力，这种思想冲击力在当时还不容易被人们感受到，只是随着时间的发酵，作者对于现实的不确定性的发现在逐渐从故事的内核里突破出来。这篇小说中的主人公谢雨是20世纪80年代的一名大学生，她与一位参加边境战争的英雄战士有了一段特别的经历。大学生活、英雄战士，应该是80年代文学中的主色调，但钟求是以一种反常态的方式涂抹了这些主色调。故事内容大致是：英雄战士单相思地爱上了曾经的邻居谢雨，最终强暴了谢雨。谢雨虽然恨这个英雄战士，但她决定为牺牲在战场上的英雄战士生下孩子，最后她带着孩子隐匿在家乡。小说因其反常态的处理而在当时引起反响。当年我读这篇小说，首先是被这种反常态所吸引，但并没有太在意其思想的反思性。以为这篇小说是对80年代的英雄主义狂热所进行的反思，但这种反思并没有循着90年代的文化思路，以二元对立的方式去对英雄主义进行颠覆式的否定，而是对英雄进行了重新阐释。这种重新阐释是在谢雨身上得以实现的。一方面，钟求是对现实中的英雄主义狂热很不信任，但他所不信任的并不是英雄主义本身，而是英雄主义的呈现方式。就如小说所表现的那样，对于周北极这个战士在战场上的行为，他仍然将其看成英雄式的行为，但他嘲笑了人们为树立周北极这个英雄形象所做的举动。另一方面，钟求是似乎担心读者不能从故事里领会到他的看法，因而要在故事的结尾加上一个"附录"，以作者回答记者提问的方式直接表达了他对80年代英雄主义的清算："所谓的英雄就会被放大变形，成为政治的调味品。"但钟求是还在另外一层深意使他非得加上这个看似多余的"附录"，他要为谢雨安放一个去处。

其实在谢雨身上，钟求是寄寓了自己对英雄的理解。他以为，真正支撑 80 年代精神的应该是谢雨这样的默默坚守自己原则行事的人，但这样的人物却被遗忘了。这才是他写这篇小说的根本目的，他要为 80 年代真正的英雄"表达一种歉意"。

在钟求是的眼里，现实社会是充满着不确定性的，但仅仅用不确定性来描述钟求是并不全面。因为不确定性往往会带来相对主义的立场，尽管钟求是是一名怀疑主义者，但他绝对不是一名相对主义者，在他的文学世界里，有一些东西是他始终坚守的，也许他骨子里非常固执，从这一点来看，在他的不确定性背后又有着某些确定性的东西。这些确定性的东西在他的小说里便转化为一些固定的意象，这些固定的意象会时不时地在他的思绪里浮现出来，嵌入他的故事情节里。不妨就以他的长篇小说《零年代》为例，作为他的第一部长篇，钟求是显然调动了他思想库里的一切武器，所以他的这些固定意象几乎都在小说中派上了用场。比较重要的意象有：电影院、寺庙、孩子、小学教师等。通过这些固定的意象，我似乎窥视到钟求是的精神世界。在这篇文章里，我想专门拎出"电影院"和"孩子"这两个意象来谈，因为这两个意象分别指涉了钟求是在空间上和在时间上的追求，我们或许可以借助这两个意象，从时空上寻找到钟求是的文学踪迹。

一 空间感：电影院

电影院在钟求是的小说里，是一个非常关键的意象。在《零年代》里，赵伏文与林心的恋爱就是在电影院里发展起来的。他们不约而同地来看一场白天的电影，空荡荡的电影院里只有他们两个观众。当林心决定与赵伏文建立起恋爱关系后，她提出的第一个要求就是给她一张电影票。大概在钟求是的想象里，电影院是一个适合传达爱情的中介处。最早上演电影院爱情的小说大概是《给我一个借口》，吴起在咖啡馆里相亲，根本没有引起崔小忆的好感，接下来他约崔小忆看电影，黑暗的电影院里吴起放纵了自己的欲望，崔小忆也在黑暗中觉醒到"是该找个人嫁了"。后来钟求是又在电影院里酝酿了一场波澜壮阔的爱情，这就是中篇小说《两个人的电影》。昆生与邻居少妇若梅相互之间都有好感，相约了一起去看一场电影，未曾想这次看电影竟导致了昆生的三年监狱生活。出狱后，两人天各一方，却共同怀有一个看电影的情结，不约而同地在他们第一次看电影的日子里去了同一个剧院看电影。从此他们相约每一年这一天都要在一起看一场电影。虽然每年只有这一天才会在一起，但因为有了这一天，他们的精神和情感才多了温暖和忧伤，多了期待和怀想。这个爱情故事完全可以用晶莹剔透来形容。

钟求是有一支温润的笔，很适合书写美丽的爱情，他的小说多半都会涉及爱情和婚姻生活，但很少像《两个人的电影》这样写得如此温柔和纯净。我发现原因就在于，当钟求是把人物置于现实环境中时，爱情和婚姻的生活就变得猥琐和龌龊，结局往往是惨烈的。如《雪房子》里，雪丹嫁给集丘，在昆城人看来应该是很美满的一对了，但婚后的雪丹并不愉快，最终她跳楼自杀了。在《一生有你》里，唐民与邱静的爱情不乏浪漫，但当一个智障的孩子出生以后，爱情的脆弱性马上就显露出来，唐民竟放弃父亲和丈夫的责任逃了；邱静后来与老克的关系则基本上是一种情欲的关系。至于《给我一个借口》里的吴起和崔小忆，说得上是琴瑟调和、柔情蜜意，但怀孕的事情轻易就把他们的恩爱击碎。而在《两个人的电影》里，钟求是将昆生和若

梅的爱情设置在电影院里,就与现实完全隔绝,电影院成为他们两人的情感天地。走出电影院,他们也摆脱不了现实的烦恼,他们的生活也芜杂。好歹他们每年有一天相约着一起走进电影院,让压抑的爱情之花绽放。

钟求是非常愿意将精彩的爱情故事放在电影院里发生,显然他非常钟情于电影院这一特殊的空间。钟求是对于文学叙述的空间感特别在意,电影院的空间感一定是触动了他的某一根神经。电影院是一个逃离现实的空间。解梦的书上说,梦见电影院是因为有了逃避现实的念头。这个解释似乎很吻合钟求是的实际。电影院是一个适宜将自己保护起来的空间,在这个空间里,自我不会受到别人的干扰,自己又可以无所顾忌地观看银幕上发生的一切。钟求是把自己的文学世界构建在电影院里,是因为他要从现实中逃离出来。很早的时候,钟求是曾写过一篇创作谈,题目就是"写作是一种逃离"。事实上他一直保持着逃离的姿态,因此不妨将他的小说都看成他在自己的电影院里所进行的文学叙述。他的小说里经常会出现一些封闭性的空间,这些空间都可以看成电影院的变形。如《最童话》里,李约的爱人左岚出车祸死去,李约为了与自己的爱人延续爱情,便定期去拍下爱人的双胞胎姐妹右岚的照片,一年拍下一本影集,他就这样与影集里的爱人一起过日子。这分明是一个完全属于李约个人的电影院了。耐人寻味的是,爱人左岚的死也与电影院有关——她是在去电影院买票时被汽车撞死的。于是我为钟求是创造了一个新的词语:电影院式的观影叙述。电影院的黑暗和热闹为钟求是提供了叙述上的快感。人们坐在电影院的黑暗环境里观看电影,黑暗让观众超脱现实世界的一切,也可以暂时地忘却自己,全身心地进入屏幕上的世界里。电影院里的银幕却是热闹的,仿佛是一个变幻万千的世界,但这个热闹与己无关。钟求是仿佛是坐在电影院里观察现实,他藏在黑暗中,却让他的叙述对象处在强光的映照下毫发毕现。另外，电影院的观影叙述还是一种非现实的叙述。电影院造成一种与现实隔离的场景，坐在电影院里的观众都清楚银幕上的故事与自己身边的现实毫无关系。钟求是在叙述中正是要追求这样一种非现实的效果。

二 时间意识：孩子

钟求是所写的孩子也是值得讨论的一个意象。作家笔下的孩子往往融入了自我的童年记忆和经验，以此推衍到钟求是的小说中，就会发现，钟求是的童年记忆并不是美好的。他几乎没有写过可爱的孩子。他写的孩子要么淘气使坏，让人可气；要么身心不健康，让人可怜。《未完成的夏天》是一篇让人战栗的作品。一个正是青春绽放的女孩大真，因为一次窥视事件，以致精神崩溃，沉水而亡。但大真的悲剧过程中，始终有一个孩子在起作用。十岁的王红旗将五一爷引向那个罪孽的小洞，才有了大真的悲剧。钟求是有一股狠劲，敢于把孩子的坏作用推向极致。他写到一个细节，一群孩子当着大真的面，将一只小狗推进水缸里，叫着"光身子洗澡"，正是这个细节让大真的精神彻底崩溃。钟求是对于孩子的狠劲在《远离天堂的日子》里得到充分的表现。在这篇写父子关系的小说里，十余岁的儿子竟然把父亲关进了棺材里。细细体味钟求是笔下的孩子，我感觉到这些孩子实际上是钟求是特意安排来给现实捣乱的。孩子说到底是天真无邪的，他们即使做了错事，也与大人做错事不一样，因为他们并没有邪恶的动机和目的。钟求是对于现实的失望折射到了孩子身上，从一定意义上说，他把孩子看成上帝派来的使者，当然使者拿着的不是玫瑰，而是

拿着蛇来诱惑人们。反过来说，大人们觉得孩子干扰了他们的生活，因此对于孩子也是厌恶的。在钟求是的小说中，两代人的关系多半是冷漠、紧张，甚至是对立的。《你的影子无处不在》里，父亲杀死傻儿子，见梅要为弟弟报仇又杀死了自己的父亲。而负疚的见梅又千方百计地去寻找父亲移植到别人身体里的心脏。在我所读过的关于血缘伦理的小说中，还没有像钟求是如此尖锐而险峻的处置方式。孩子的叙述中包含时间意识，在钟求是的时间意识中，时间序列是断裂的，他以回望的姿态，对于时间的起点心向往之，因为现实是处在时间的现在时，他认为现实并没有循着时间的起点正常演绎过来。由时间序列的思考，自然就会引出血缘关系的问题，血缘的延续也就意味着时间的延续。既然时间序列是断裂的，那么就自然会带来血缘上的焦虑。钟求是在小说中多次写到血缘上的焦虑。如，自己无法生育，要寻找代孕或者做试管婴儿手术（《零年代》《给我一个借口》）；要不要将非婚的孩子生出来（《谢雨的大学》）；能不能接受一个不完美的后代（《雪房子》《一生有你》），等等。在长篇小说《零年代》里，钟求是集中表达了他对血缘的焦虑。林心这个纯情的女性，可以说就是被血缘的焦虑杀伐的。小说由血缘的焦虑还推衍出生命尊严和生命成长的主题。

对于一代人来说，时间的起点也就是生命诞生的那一刻。这大概就是钟求是为什么经常写到生命和生育的原因吧。《远离天堂的日子》若从钟求是的深层意识来追究的话，也许是一篇象征性的小说。孩子对于父辈的反叛也意味着对现实的不满。儿子把父亲关进了棺材，不就是象征着要把一个不能给人带来幸福的现实埋葬吗？儿子最后写了一篇作文，表达了他的愿望，一方面，他不满现在的父亲；另一方面，他怀念曾经对他好的以前的父亲。这种怀念既指涉时间，也指涉空间。在空间上，钟求是回到了他的电影院里。儿子在作文中写到，他最留念的是小时候父亲带他去看电影，"一会儿看看银幕上的人，一会儿看看周围比我矮的人，心里很快乐"。这也说明，钟求是的时间意识与他的空间感是完全重叠的，无论是时间上，还是空间上，钟求是都采取一种逃离的姿态，从时间上逃离现在时的现实，从空间上逃离物质化的现实。

钟求是笔下的现实是灰色的、阴郁的、沉重的、刺痛的。但他的小说并不是灰蒙蒙的基调。原因很简单，因为他无论是在空间上还是在时间上都确定了自己的制高点，他不会陷入灰色的现实之中。在钟求是的制高点上，纯净的情感得到了最大的礼赞。钟求是非常善于写情感。钟求是的叙述明显有两支笔。他写现实时十分冷峻，笔像一把锋利的刀，不动声色地划出血痕，因此会有评论家用残酷来形容钟求是的叙述。而他写美好情感时，他的笔变得格外温柔、细腻，像南方湿润的春天飘着的绵绵细雨。我曾说过钟求是是一位写爱情的高手，如《两个人的电影》，小说充满了诗意，钟求是小心地从现实的芜杂中将诗意剥离出来，创造出一个"文学的现实"来，这是一种文学的审美，整篇小说非常干净，文字是干净的，情感是干净的，让读者阅读起来会有一种清洁舒服的感受。如《右岸》，这是一篇写同性恋的小说，在钟求是眼里，人类的任何一种爱都是值得怜惜的。他认为那些女孩子们的同性恋"或者惊涛拍岸，或者小桥流水，说的都是一个女人滋润另一个女人的故事"。一个男性作家，把女性之间的爱理解成"一个女人滋润另一个女人"，"滋润"一词用得那么贴切，又是那么透彻。一个作家没有博大的情怀和爱意，是说不出这个词的。

精神性则是钟求是的制高点的重要内涵。如《送话》就是从一个非常极端的处境中去表现精神性的。小说写了女法警王琪第一次执行注射死刑的遭遇。她所处决的死刑犯叶枣在临终前向王琪提出了一个请求，请她给他的母亲送去一句话，"就说我对不起她"。叶枣的母亲已经到灵云寺修行。王琪开始并没有太在意死刑犯的请求，但她在以

后的日子里感到心里有些"空",于是趁一次周末去寻访叶枣的母亲。虽然最终她没有见到叶枣的母亲,但她借一只放生的鸟儿,送出了她要捎给一位老人的话,她对鸟儿说,她要捎"对不起"这句话,不是为别人捎的,而是为自己捎的。为什么王琪要说对不起,难道是她觉得她不应该对一名罪犯执行死刑吗?当然不是,我以为与其说王琪是为自己说对不起,不如说她是在为社会以及法律在说对不起。因为她在与死刑犯叶枣的简短的接触中,发现他并不是天生就是恶的,他的内心深处还留着柔软的东西,可是我们的社会以及法律为什么不能阻止他朝着恶的方向走呢?而叶枣的母亲因为自己的儿子成为死刑犯,她才躲进寺庙寻求心灵的抚慰,那么我们的社会为什么不能去抚慰一位老人受伤的心呢?这一切都指向了精神性的问题。我们从小说里读到了作者钟求是内心的愧疚,其实是作者在放飞一只鸟儿,鸟儿衔着作者的一声对不起飞向了蓝天。作者也许要说,文学应该给人们带来更多的精神抚慰,否则文学就对不起人类的明天。

逃离中的钟求是不是会感到孤独呢?他最新的一篇小说《我的对手》也许回答了这个问题,小说似乎是他的心灵自白,主人公的间谍身份也暗合了他早年的工作经历。小说最后落在"孤独"这个词上。事实上,任何一个追问精神的作家,都应该有一种孤独感。但对钟求是来说,难得的是即使孤独也不后悔,因为他对自己的文学世界充满了自信,他相信文学的力量。如同他的小说《雪是最白的纸片》,就是以文学的力量来构思的。春子是一个长得很丑的女子,但她写诗。虽然人们嘲笑一张没有诗意的脸怎么老跟诗刊缠在一起,但她相信自己的诗。有一天,她为冬生读诗,诗歌让冬生看见了最白的雪花和透明的诗句。"雪是最白的纸片……洁白的诗句很快会飘满你周围四处",这就是钟求是对于文学世界的想象。我也相信,钟求是所有的文字都将变成装点我们这个世界的雪花。

讲故事的方式就是看世界的方式

——读贺奕的小说

　　我很喜欢贺奕的小说，尤其喜欢他的认真劲。他以一种认真的神情讲故事，让你不由自主地也得认真倾听。当我准备为贺奕写这篇评论时，不知为什么就想到了认真这个词，我的这个想法竟然也让我自己惊奇了起来，怎么会把一位作家的小说与认真联系起来了呢？认真也是评论小说的一个方式吗？以前评论小说从来没有想到小说写作是需要认真劲的。我不得不放下笔再理清一下自己的思绪，想一想，贺奕的小说中到底是什么东西让我有了"认真"的感受。是他的结构严谨吗？或是他的语言精准吗？或是他的故事讲得滴水不漏吗？这些都可以说是贺奕小说的特点，但当我从别的作家的小说读到这些特点时，并没有觉得这是一种认真带来的特点。唯有贺奕的小说是认真的。认真是一种态度，是指一个人严肃对待自己所处理的事物，那么我的意思是想说，贺奕真的把文学当成文学来对待，他要通过文学很严肃地告诉人们，他对这个世界有什么看法。我以为，这是贺奕最可贵的地方，他对文学太认真了，而他对文学的认真来自他对世界的认真，他仿佛就是一位哲学家，或者是一位思想家，他要对世界追寻到一个究竟。然而我们现在这个社会多半是把小说当成一种消遣，作家似乎也对这个社会多半采取一种妥协的姿态，妥协的结果是满足于把小说当成讲故事，满足于讲一个好听的故事。莫言在接受诺贝尔文学

奖的演讲题目也是"讲故事的人"。莫言自然是一个很会讲故事的作家，但显然绝不仅仅是因为他会讲故事而得到诺贝尔文学奖的评委们的青睐。莫言只不过很善于将他的思想非常隐晦地藏在他的故事后面而已，当然莫言对故事的兴趣也大过他对思想的兴趣，他的狂放不羁、想象奇诡的风格不是由他的思想形成的，而是由他的故事形成的。在这一点上贺奕明显不同于莫言。贺奕同样很会讲故事，但他并不放纵自己的叙述，套用一句最流行的娱乐用语，就是贺奕讲述故事时绝不忽悠人，莫言的特点恰是一种忽悠人的特点。这也就是为什么阅读贺奕的小说会给人一种认真的感觉。贺奕特别在意故事背后的意义，这个意义是指向世界的意义，因此，当贺奕对故事的意义还没有理解清楚时，他是不会轻易动笔的。这就决定了贺奕的风格是一种明晰的、沉稳的，也很流畅的风格，同时也就决定了贺奕讲故事的方式也就是他看世界的方式。

最早读到的贺奕的作品是他的长篇小说《身体上的国境线》。小说写某大学一位教对外汉语的老师庄祁与不同国家的女孩子的来往和情感纠葛。小说带有自传色彩。贺奕本人就是一所大学的对外汉语老师，也曾到国外从事汉语教学。据说他曾有过没有结果的跨国恋。作者的切身体验无疑融到了小说人物的塑造中，因此作者本人曾说这是他的一本成长小说，从情感的角度说，小说或许带有一丝青涩的味道，这是一个年轻人在进入心理成熟期时不可避免的阶段。但即使如此，小说也没有像一般的自传体小说那样任其自我情感的发泄。从这部小说起我们就可以发现贺奕的认真，正是这种认真使得贺奕从进入小说创作时就有了清醒的理性，他不会像大多数初出茅庐的年轻作家那样一头扎进密密的丛林里没有方向地乱撞。这种认真使他在动笔前非常冷静地清理了一下自己的情感体验，从而带着清晰的反省来结构和书写与自己有所关联的故事。"身体上的国境线"，它作为小说的标题具有极强的诱惑力，然而它作为作者的一种思想发现，我以为可以成为一句哲理名言，甚至比小说本身具有更强的生命力。贺奕从性爱的体验进入，从生命的哲理出来，他才刻画了庄祁这样一位看似非常擅长男女情事的汉语老师。但实际上，每一个女人对于他来说犹如一个国家，他有很长的时间只能在国境线上游走，而读到他的情爱经历，再联想到国境线的比喻，便发现这个比喻是多么贴切，完全可以把他的这些情爱经历看成一次次地越过国境线，有时是偷渡，有时是千方百计办下了签证，有时则是被拒签。贺奕把爱情描述成一个漂泊者，一旦越过国境线，不过是在异国他乡寻找慰藉，那种只有自我才能体味的漂泊感反而愈加浓烈。贺奕的这部小说不妨看作关于身体政治学的形象阐释，不仅涉及性别，也涉及东西方文化的碰撞。法国思想家福柯站在现代性的立场上系统提出了身体政治学的问题，他认为，从 18 世纪起，权力和政治大规模地宰制和包围着身体，身体进入了"知识控制与权力干预的领域"。贺奕则从爱情出发，延展了福柯的论述，他告诉人们，身体并不是一个被动的物体，它像一个国家，具有清晰的国境线，当一个人与另一个人交往时，就像两个国家的交往，便有了政治学的意义。也许这一切不过是我对小说的一种过度阐释，人们情愿把它当成一部好看的爱情小说来读。但我想强调的是，这是贺奕的第一部长篇小说，正是从这部小说中，我看到了贺奕作为一位小说家的理论素质，他在进行小说思维的同时，一直开启着另一个理论思维的头脑。这是贺奕的特点，也是贺奕的长处。

在贺奕的叙述中我们能够捕捉到一个非常强大的信息，这就是全球化。这是一个覆盖了全球的 Wi-Fi，城市化则是一个功能强大的路由器，人们只要愿意，轻易就能接收到它的信息，它以它独有的语言形式，悄悄地改变着我们的生活和思维。贺奕较早就获得了全球化的觉悟。人们一定以为这与他的工作环境有关系。我以为还是与他的认

真有关系。事实上，他在大学期间就对最新的西方理论充满了兴趣，但他永远是认真的，他并不跟随潮流，这从他对后现代思潮的认识就能看出。后现代是全球化的衍生物，也是全球化的思想原则，看看20世纪90年代以来的小说，那些带有创新意味的元素，几乎都有后现代的影子。贺奕的小说同样吸收了后现代，但难得的是他并不迷信后现代。我读过他的一篇讨论后现代的文章，发现他对后现代的认识是内地文学理论批评界的学者大佬们远远不及的。他认为，后现代正在成为中国知识分子逃避历史责任的护身法宝。他说："借用'后现代主义'的一系列原则，对于主流意识形态的霸权地位确实具有巨大的冲击和瓦解作用，在一定的历史阶段，这种作用甚至必不可少；然而，由于缺乏某种终极性的价值体系作为依托，这种作用最终将流于短促狭隘和浅薄。中国后现代论者鼓吹的某些观念，诸如拆除深度，追求瞬间快感，往往包藏着希求与现实中的恶势力达成妥协的潜台词，主张放弃精神维度和历史意识，暗合着他们推诿责任和自我宽恕的需要，标榜多元化，也背离了强调反叛和创新的初衷，完全沦为对虚伪和丑恶的认同，对平庸和堕落的骄纵。令人可悲的是，这些观念于他们不仅是文化阐释估评的尺码，更上升为一种与全民的刁滑风气相濡染的人生态度。"他对中国知识分子的期待是："他应抱一种健康积极的心态立足于社会从事文化建设，既关心现实而又不与现实认同，既超离现实而又不与现实脱节。"① 我之所以引用贺奕文章中大段的话，是因为想以此证明我对他的认真的判断是有依据的。贺奕的认真在一切方面都表现了出来。他对后现代的认真，使得他即使在后现代之风把人们都吹得陶醉了的时刻，仍能保持清醒。因此他一方面能够搭乘上后现代的思想快车；另一方面，又不失去一个中国知识分子

---

① 贺奕：《不幸的类比："后现代主义"理论的中国市场》，《当代作家评论》1993年第5期。

应有的"健康积极的心态"。这种心态反映在他的小说中。他用小说表达了他是如何"既关心现实而又不与现实认同"的。

贺奕写的小说并不多，甚至已有好多年我都没有读到他的小说了。也许他一直在进行思想上的整理，既然他是把讲故事当成看世界的方式，那么我相信，当他觉得还没有把世界看得很清楚时，他是不会贸然地把故事讲出来的。

这就该说到贺奕最近的"五道口"系列了。

贺奕最近接连发表了两个短篇小说，均冠以"五道口系列小说"的副题。五道口是北京的一个地名，贺奕所工作的大学就在五道口，以身边熟悉的生活作为基本写作资源，这大概是很多作家采用的方式，比如人们都爱引用的福克纳的话，他说他只写他的像邮票大小的故乡。但贺奕并不是因为他生活在五道口，就要写个五道口的系列，而是因为他发现了五道口这个地区的特殊价值。五道口毗邻中关村，这一大片地区都属于北京的大学区，北京大学、清华大学、北京语言大学等七八所重要的大学都聚集在这里。显然这里成为那些期待得到最新最高教育的学子们格外钟情的地方。竟然有人把五道口称为"宇宙中心"。贺奕应该很在意这个称谓，立足于"宇宙中心"，还怕对这个世界看得不真切吗？五道口的特殊性还在于，这里本来是北京的城乡接合部，尽管全球化时代的迅猛扩张，逐渐把这里变成了大学教育和科技开发的核心地带，但它曾经的卑贱身份仍然在这里留下了痕迹，因此在这里更容易触摸到现实生活的肌理，特别是那些人烟密集之处，如廉价的咖啡店、拥挤的出租房，仿佛就是后现代的柔软的褶皱，是菌落最活跃的地方。

贺奕的这两篇小说写的都是柔软褶皱里的故事。《五道口贴吧故事》说的是在一个出租房内发生凶杀案的故事。俄罗斯姑娘柳芭租住在王庄小区，房东是一位独身老人，年轻时曾到苏联留学过，因此愿

意将房子出租给一位俄罗斯姑娘，老人也非常照顾柳芭，这一天老人上楼去找柳芭，发现柳芭赤身裸体被绑缚在床架上，阴道里倒插着一只啤酒瓶，身下的床单被鲜血浸透，老人赶紧报了案。案子最终告破。凶手是一个外号水哥的年轻人。他在酒吧里认识了柳芭，趁柳芭酒醉与她发生了性关系。这次来找柳芭想与她再续前缘，却遭到拒绝，于是就发生了强暴的凶案。《一个故事的两面》说的是一次修理电脑时发生了交接错误的故事。两个陌生人分别将自己的电脑交到一个修理店修理，一个是美发店里的美发师边俊，一个是设计事务所的女白领晏妮，但两人去修理店取电脑时各自拿错了电脑，他们打开电脑发现了这个错误后，设法联系上了，并约定了交换电脑的方式。没想到因为一次电脑事故让两位陌生人认识了，并有了交往，并影响了各自的情感生活。

　　从我的复述来看，这两个故事并没有太多新鲜之处，类似的凶杀故事，类似的陌生人巧遇后的情感纠葛故事，在当代反映现实生活的小说中说得上是比较常见的故事模式。问题是讲故事的方式。贺奕这两篇小说最让我惊讶的便是他讲故事的方式大有化腐朽为神奇的功效。他转换了故事的主体，《五道口贴吧故事》中的凶杀故事将其叙述主体转换成了网络，《一个故事的两面》中的情感纠葛故事将其主体转换成了电脑。因为叙述主体的转换，故事所揭示的思想内涵也发生了转换。有意思的是，这两篇小说的叙述主体，一则是网络，一则是电脑，都是代表着最新科技的传媒工具，是信息化时代的标志性物件。显然，网络和电脑，是与"五道口"这个"宇宙中心"最相匹配的叙述主体，它本身就具有一种象征的意味。但贺奕并不刻意渲染其象征性，因为作为叙述主体，它将引导我们通往幽深的曲径。在《五道口贴吧故事》里，凶杀案是通过一份网上的帖子而展开的，一位叫"随处是终点"的网民在帖子上介绍了王庄小区的凶杀案，引起网民的讨论，网民对案件的猜测，对作案动机的分析以及对案情的调查，也随着案件侦查的进展而不断使网上的讨论发生分歧。即使案件告破，网上的讨论仍未停止，甚至网民又发现案件的破绽，转而又猜测发帖子的楼主是什么身份……血淋淋的凶杀案在网上变成了一桩社会新闻，在一个城市里每天要发生各种各样的光怪陆离的社会新闻，人们对这些社会新闻早已见怪不怪。小说通过一桩凶杀案件所引起的网络讨论，揭示出凶杀案如何成为网络上饶有兴趣的谈资，也揭示出人们被一桩凶杀案刺激下的种种心态，让我们看到一个虚拟的网络空间是如何与一个活生生的现实对接的。城市的面目也由此变得更加隐晦。《一个故事的两面》具有更强的形式感，小说分为左、右两个部分，分别以两个故事的主人公作为叙述者，左、右两个部分组成的矩形平面，仿佛就像两个电脑的屏幕。虽然两个主人公从此相识并有了交往，相互之间有了关心和帮助。但事实上他们彼此并不信任，他们更愿意相信电脑，从电脑上获取对方的信息以窥视对方的内心。小说揭示了人与人的隔膜，这正是城市的顽疾。而人们只能把信任寄托在高科技的电脑上，这也许将会成为人类社会的危机。我从小说中读到了这样的暗示。

英国批评家克莱夫·贝尔曾经提出过一个很著名的观点：有意味的形式。他认为，艺术作品的各部分、各素质之间的独特方式的排列、组合起来的"形式"是"有意味的"，它主宰着作品，能够唤起人们的审美情感。贝尔的这个观点启发了我们，在今天，对小说形式的强调，完全是内容表达上的需要。为什么当下小说的城市叙事总是遭到人们的责难，认为城市叙事不如乡村叙事？也许原因就在形式上。我们一直没有找到与城市的审美情感相对应的小说形式。如果说乡村的故事是线性，城市的故事就是非线性的。传统的讲故事是线性的叙述，我们的作家基本上是在用传统的线性叙述来讲述城市的故

事。这种线性的叙述显然难以充分展示一个非线性的城市时空。贺奕的"五道口系列小说"完全放弃了传统的线性叙述，他在尝试着一种有"城市意味"的形式。我以为，贺奕的尝试是成功的，因为他的形式不是一种脱离内容的纯形式，而是与他看世界的方式相吻合的。

官员散文的文化意义

——兼论王充闾的新作《张学良人格图谱》

　　散文自 20 世纪 90 年代以来发展迅速，几乎形成了一个散文时代。这得益于不同身份的人群加入散文写作的队伍之中。散文属于比较自由的文体，不需要太多的技术含量，粗通笔墨的人都能进行散文写作，关键在于在写作中要有真性情，在一个言说相对宽松的环境中，人们愿意以散文的方式表达自己的情感和思想。比如不少学者在治学之余也写了不少散文，学者散文也引起人们的重视。还有另一类人群也加入散文写作队伍之中，同样是值得我们重视的，这一类人群就是处于党政领导部门的官员。官员写作是中国传统文化精神赖以形成并发扬光大的必不可少的环节。古代的士大夫身兼二任，一方面，在朝廷辅助君王统治天下，这是他们的官员身份决定了的；另一方面，要作为一个时代的道德表率体现精英意识传承文化精神，这是他们的文人身份决定的。"学而优则仕"必然带来一个文化现象——"仕而优则文"。因此，往往那些优秀的官员几乎都在文学上有所建树。从政与为文，是古代士大夫的两大事业目标，不能低估两大事业目标集于一身的意义。一方面，从政是士大夫对于自己的匡世济民的道德理想的实践；另一方面，这种道德理想实践的体验和情感通过为文得到了倾诉和宣泄，从而赋予中国古典文学一种现实关怀和社会使命的宏大气势，这是古代强调"文以载道"的重要原因之一。由此逐

渐形成了源远流长的儒士文化精神，这种儒士文化精神突出表现在社稷精神、忧患意识、社会责任感和历史使命感几方面。中国进入现代社会以后，可贵的儒士文化精神并不会消失，它在现代知识分子身上以不同的方式表现出来。而在这里特别值得提到的，就是加入革命队伍中的知识分子，他们对儒士文化精神似乎有一种先天的亲近感，他们将儒士文化精神与他们所接受的革命思想糅为一体，进行着一种中国式的革命表达。20世纪90年代以来，政治上的战略转移，以及官员年轻化和知识化的实施，是形成官员写作热的客观条件。同时由于散文这种样式更适于率情表达，且没有写作技术上的约束，因此，官员写作更多的是在散文上引人注目。比较有影响的官员散文作家有梁衡、王充闾等。官员散文直接承载着古代儒士文化精神，具有鲜明的政治情怀。梁衡是从新闻记者走向仕途的，他的散文因此带有新闻的敏感性和现实的针对性，出版有《觅渡》《名山大川》《人杰鬼雄》等散文集，他钟情于山水散文，将政治情怀巧妙地融入人文地理之中。王充闾在历史散文方面有一定造诣，出版有散文集《春宽梦窄》《面对历史的苍茫》等。他关注历史，也就是关注现实政治，关注社稷兴亡、民族命运，在他的历史叙述中，充溢着浓烈的忧患意识、社会责任感和历史使命感。从梁衡、王充闾等官员作家充满政治情怀的散文中也可以看出文学对政治家的浸染和滋养。正是他们浓郁的、富有现实性的政治情怀，使他们的历史文化散文区别于余秋雨的历史文化散文，余秋雨缺乏他们的政治情怀，因而就容易滑到玩味文化的写作上去。王充闾曾经提出一个"文化赋值"的概念，他指的是赋予某一事物以文化价值，以提高它的知名度、生命力、竞争力和影响力。我觉得可以把"文化赋值"这个概念扩展开来，其实对于任何一种特定社会身份的人来讲，也存在一个文化赋值的问题。一位政治家或一位政治官员，他的文化赋值含量越高，他的政治生命力和影响力也就越大。在某种程度上，一些官员通过自己的文学写作，不断地丰厚了自己的文化赋值，因此才有可能成为一名优秀的官员。

王充闾在官员散文写作中成就比较突出。但他不事张扬，是时间把他托出了水面。这更加证明了他是凭借文学本身来说话的，他的散文虽然被称为"文化散文"，但他不是因为迎合了时尚而红火，所以尽管有人用"南余北王"来赞美王充闾，但余可以被明星化，王却不会。王充闾看上去走的是传统文人的路子，传统文人的路子就是士与仕相结合，虽然有入世和出世之分，其实出世背后的台词还是入世。而历代有成就的文学家大多数都是参政的官员，有的还是担当国家重任的大官员。像这些古代的文学大家，他们匡世济民的政治抱负是深化他们文学境界的重要因素。他们同时也把文人的"道统"带入帝王的势统之中，才使得中国历史长河中保持着一道清流。王充闾受到文化传统的熏陶，他也乐于向先贤们看齐，所以他写诗道："情知宦后诗怀减，俗吏偏思诵雅音。"但还应该看到，王充闾不是传统文人，他是一名现代知识分子，他的散文体现出鲜明的现代性和现代意识。所以，他对历史的反思和借鉴，并不像传统观念拘谨下旧文人那样总是陷在循环论的历史框架内不能自拔。他对道统与势统这一对难解难分的矛盾关系看得非常透彻。这一点在他的《青山魂》中通过对李白的剖析表现得相当充分。他从李白坎坷人生入手，分析李白内心冲突，既有渴望登龙入仕、经国济民的一面，又有超越时空的深远魅力的诗意所在。王充闾由此感叹：亏得李白政坛失意，所如不偶，以致远离魏阙，浪迹江源，否则，沉香亭畔，温泉宫前，将不时闪现着他那潇洒出尘的隽影，而千秋诗苑的青宫，则会因为失去这颗朗照寰宇的明星，而变得暗淡与寥落。王充闾在另一短篇散文中更精辟地说，从前的文人走"学而优则仕"的路子，需要晋谒公卿，应酬世俗，入朝问政，自然不肯脱离目迷五色的都会。王充闾深深知道，在传统社

会里，道统与势统的矛盾永远无法解决，因此他既为李白庆幸，也为李白叹息。李白在政坛失意不失意是次要的，重要的是李白必须有这份政治情结，没有这份政治情结，就没有他的内心冲突，也就没有李白留给我们的深邃的诗意。王充闾对李白的剖析说到底是对现实的剖析。他把古代的知识分子分为三类：在朝的、在野的和周旋于朝野之间的。他认为古代知识分子不管选择哪一种人生道路，最后都是悲剧性结局。这构成了一个文化悖论的问题，而悖论常常表现为一种张力。王充闾的写作其实可以看作一位身处政界的现代知识分子如何在当代中国处理和化解这种张力的。王充闾从骨子里是崇尚自由精神的，这是一种现代意义上的自由精神。这种自由精神无法同传统的道统与势统的矛盾相谐调。所以王充闾在位时所写的散文，其自由精神就有所控制，而当他卸任以后，他的散文明显地更加潇洒、更加洒脱、更加自由奔放了。

王充闾在散文写作上能够卓有成就，还在于他是一位具有强烈创新意识的、在内心深处涌动着强烈自由精神的作家，他的散文背后包含现实生活的不自由感与内心深处对绝对自由的渴望之间的张力，这也是他能够保持创新性写作的内在动力。最近王充闾的新书《张学良人格图谱》出版了，这就是一部凝聚着作者创新精神的新书。我以为，这本书的创新性集中体现在作者对传记这种文体的突破上，他将散文的自由表达与传记的真实性原则有效地结合为一体，提供了一种散文体传记的新的写作方式。

《张学良人格图谱》是由十余篇写张学良的散文组成的，因此有的批评家将其定位为系列散文。从作者的写作过程看，这本书也是一本在思索和实践中逐渐成形的作品。王充闾与张学良出生在同一故乡，故乡之情加上他对张学良的景仰，使他对张学良的人生经历发生了浓厚的兴趣，持续不断地收集张学良的资料，研读张学良的生平，也自然而然地将张学良作为自己写作的重要对象。当他以张学良为对象进行写作时，也就是在梳理张学良的生平传记。也许从他开始写第一篇以张学良为对象的散文时，就萌生了系统研究张学良的构思。因此，每一篇都有所侧重，相互之间又不重复，从而构成一个整体，从不同角度、不同方面展示了张学良的生平、性格和思想。作者本人就介绍了这本书的成书过程，他在有了思考张学良的人生轨迹的系统想法之后，相继写出了十余篇以张学良为对象的散文，然后又对这些散文进行了重新修订、润色，加强其整体性，从而让我们看到了这本以张学良传记为基础的《张学良人格图谱》。说它是传记，是因为它全面记述了张学良的一生，具备了传记的基本要素；当然它又不同于一般的传记，它不是按照时间顺序来记述张学良的生命历程，而是以不同的角度来记述之。这只是在结构上不同于一般的传记，这种结构从阅读传记来说，的确有一种新鲜感，但这样一种新颖的结构并不是王充闾的创造。王充闾这部传记为我们提供的创新意义并不在形式和结构，而在传记的思维方式。这也是我所称之为散文体传记的特别意义所在。

一般来说，传记是一种纯粹客观性叙述的文体，作者的主体意识是隐藏在客观叙述背后的，是以传主为核心的。而王充闾的这部关于张学良的传记却是让自己的主体意识浮出水面，将传记的以传主为核心的结构变为以作者主体意识为核心的结构。这正是我所说的散文体传记的关键所在。散文这种文体从本质上说是一种直抒胸臆的文体，是一种主观性非常强的文体，王充闾本来就是一位散文大家，对于这种主观性非常强的文体写作起来得心应手。如今，他将散文体的主观性和鲜明的主体意识带到了传记体中，从而改变了传记叙述的思维方式，如果说传记叙述的思维的逻辑关系是循着传主的生命轨迹而构建的话，那么王充闾在这部传记中所表现出的逻辑关系则在以自己解读

和体悟传主生平的思想脉络而构建起来的。其实，这种写作方式很容易接受文化历史散文。文化历史散文中有相当一部分是以历史人物为叙述对象的，散文作者通过历史人物抒发情怀。王充闾的这本书可以说与这种散文类型有相似之处，但是当他把书写张学良作为一个系统性和整体性的构思来写作时，就有了传记的效应。也就是说，他的写作既任主体意识自由驰骋，也始终把握着传主的客观性，让传主的客观性全面地呈现在读者面前。

我看重的还不是散文体传记对于传记文体的创新和突破的意义，而是对王充闾选择了散文体传记这种明显具有新的文体试验的内心动机。王充闾在谈到这本书的写作过程时告诉我们，他写作这本书"是积蓄心中已久的一桩夙愿"，他首先是要把这本书当成传记来写，"概括汉公的生命轨迹与人格图谱"，但他同时又感到大量已经出版的记述张学良身世、生平事迹的书籍几乎都有一个令人不满足之处："都着眼于弄清事件的原委，而忽略了人物的内在蕴涵"，虽然他也意识到作为传记类的文体只能如此，但他要突破这种约束，"向心灵深处进逼"，"探求内在精神的奥秘"。毫无疑问，王充闾所说的"向心灵深处进逼"，是要揭示出传主张学良的"内在蕴涵"，但我以为这只是第一层意思，在王充闾的意识深处，还跃动着一个强烈的冲动，这就是对自我心迹的表白，因此，王充闾所说的"向心灵深处进逼"也是要向自我的心灵深处进逼，这是他的第二层意思，而且应该也是更重要的意思。这就涉及王充闾为什么会选择张学良大做文章。他是从张学良身上得到一种精神的共鸣，他在阅读张学良的生平身世中有一种引以为同调的感悟。那么，张学良身上是什么东西引起了王充闾的强烈共鸣呢？有一个词透露了王充闾的心迹，这就是他在书中作为最后一个章节的标题的"成功的失败者"。王充闾认为，张学良的政治生涯为时很短，却成就了惊天动地的伟业。就此，可以说他的人生是成功的。当然，如果从其际遇的蹉跌、命运的残酷，他的宏伟抱负未能得偿于什一来说，又不能不承认，他是一个成功的失败者。王充闾的这段论述富有深意，令人感慨。成功的失败者，把成功与失败这两个截然对立的词统一在一起，这是一种辩证法，一种揭示社会人生复杂悖论的辩证法。如果联系到王充闾的人生经历和他的主要身份特征，大概就可以明白，王充闾未尝不是把自己看成为一个"成功的失败者"。王充闾在谈到张学良是一位成功的失败者时，是把他作为一名政治人物来看待的。王充闾长期在党政部门工作，官至省级高位，从职业来说，王充闾无疑首先是一位政治人物。我以为，成功的失败者可以说是王充闾对政治人物的基本概括。在一次研讨会上，王充闾特别谈到了政治家与政客的区别。他认为，政治家具有明确的政治理想和坚定的政治方向；而政客没有政治理想和政治原则，一切从实用出发，只要能达到现实的目的，一切手段都可以用上。王充闾的论述别有一番深意。从现实层面上说，政客往往是成功的，但从人类文明的发展上说，政客的成功也许带来的是对文明的破坏和造成社会的倒退。而政治家要获得成功的难度就非常大，因为他的政治理想与现实之间会有相当大的距离，他不能向现实妥协，他只能克服困难，创造条件，为实现政治理想铺平道路。正是由于这一原因，环顾中外历史，真正成功的政治家并不多见。作为一名政治家，最艰巨的事情就是无论现实如何险恶如何充满诱惑力，仍然坚守着自己的政治理想，这不仅仅是一个道德人格的问题，也是一个信仰的问题。实际上，对于那些长年在党政部门工作的人来说，对于公务员这种职业来说，几乎每时每刻都会面临坚守还是不坚守的拷问。但是，无论是政治官员也好，还是普通公务员也好，你身处所在位置，你既不愿与现实的丑恶同流合污，又不能无所作为，在有限的空间里尽力做一些有益的事情。如此一来，你就会放弃很多风光红火的机会，牺牲很多现实的功

利，于是以世俗的眼光看，你失败了，然而正是在这种失败中你坚守了，你在坚守中默默地播下了理想的种子。跳出世俗眼光，就会发现，你才是真正的成功者。失败的成功者，王充闾的这一论断真是太精彩太深刻了。正是出于对失败的成功者的感慨和自许，王充闾在张学良身上得到强烈的共鸣。他以失败的成功者为切入点，剖析了张学良的方方面面。而在这些叙述中，渗透着作者本人的感叹和识见，这是两位智者心灵与心灵的沟通，精神与精神的对话。通过对张学良人生传记的重新铺陈，王充闾展示的不仅是张学良的心灵，也同时在坦露自我的心灵。显然，这是一般的传记无法做到的——将散文叙述和散文思维引入传记体中，王充闾做到了这一点。这正是《张学良人格图谱》在文体上的意义。

王充闾的写作始终洋溢着浓烈的政治情怀，沿着这条线索，我们也许能够画出王充闾的人格图谱来。我曾在一篇论述王充闾散文创作的文章中谈到王充闾的政治情怀的意义："王充闾散文中的政治情怀是中国现代思想史、中国现当代文学史的一份宝贵精神财富，我们过去对其重视不够。从20世纪初中国开始现代化运动以来，就有一批现代知识分子陆续投入政治运动之中，尽管他们选择的政党不同，各自的政治理念不同，但他们身上所表现出的现代知识分子的政治情怀却是相同的。他们都是做学问与做人并重，文章与道德兼胜。可以列举出胡适、傅斯年、丁文江、瞿秋白、陈独秀、顾准等。当年丁文江的一位朋友写诗评价丁文江'诗名应共宦名清'，这其实可以说是中国现代知识分子的共同追求。他们热爱和推重自由、科学、民主，坚守人格上的独立性，在学术上更有开创性，在政治上更有建设性。因此这种政治情怀就是一种重要的人文精神。"在阅读《张学良人格图谱》时，我对王充闾的政治情怀有了更深的理解。王充闾作为一名政治官员，在现实中是很难完全实现自己的政治理想的，官员有着官员的不自由，身处官场其言行不得不遵循官场的规则。但王充闾作为一名作家，其心境又是最向往自由和开放的。精神的自由与为官的不自由，这二者之间的交织和冲撞，则酿成了王充闾不尽的文学思绪。在自由与不自由之间酿成的文学思绪是一种平稳、谐调、含蓄、深邃的风格，我在阅读王充闾的作品时，就对这些特征感受最为强烈。说到底，这是一位政治官员顿悟的结果。当王充闾清醒地意识到精神的自由与为官的不自由之间是永远不能整合为一体时，他就将政治理想的自由向往依托到文学写作之中，因此，我们就在他的作品中读到浓烈的政治情怀。失败的成功者，在这一点上王充闾与张学良引为同道，不过，当王充闾将政治理想依托到文学写作之中后，他的"失败"也许就在转化为"成功"，因为通过文学的输送，他的政治理想就能进入人们的内心。从这一点来看，王充闾又比张学良多了一层幸运。或许，王充闾在写作《张学良人格图谱》这本书时，也曾涌动过对张学良在这一点上的惋惜。

王充闾散文中的政治情怀并不独有的，这种政治情怀突出体现在官员散文的写作中，正是这种政治情怀赋予了官员散文的特别的文化意义。因为政治情怀是中国现代思想史、中国现当代文学史的一份宝贵精神财富，我们过去对其重视不够。从20世纪初中国开始现代化运动以来，就有一批现代知识分子陆续投入政治运动之中，尽管他们选择的政党不同，各自的政治理念不同，但他们身上所表现出的现代知识分子的政治情怀却是相同的。他们都是做学问与做人并重，文章与道德兼胜。可以列举出胡适、傅斯年、丁文江、瞿秋白、陈独秀、顾准等。当年丁文江的一位朋友写诗评价丁文江"诗名应共宦名清"，这其实可以说是中国现代知识分子的共同追求。他们热爱和推重自由、科学、民主，坚守人格上的独立性，在学术上更有开创性，在政治上更有建设性。因此，这种政治情怀就是一种重要的人文精神。

逍遥游拟学蒙庄

——读王充闾的《逍遥游——庄子传》

　　读王充闾的《逍遥游——庄子传》，不由得想起庄周梦蝶的故事。庄子在《齐物论》中讲述他做的一个梦，他梦见自己成了一只翩翩起舞的蝴蝶，醒来后却陷入迷茫，他不知是庄周梦为蝴蝶，还是蝴蝶梦为庄周。没想到我在阅读中也产生了庄子式的错觉，我不知道这本书到底是王充闾在说庄子，还是庄子在说王充闾。我以为王充闾在写作中大概也陷入了庄子式的迷茫，他或许竟把写作当成了一次梦蝶的过程，他是否梦见自己成为庄周？他是否以为庄周也梦见了自己？这种错觉缘于王充闾在书写庄子的时候完全融入了自己的思绪和情感，与其说这是一部关于庄子的传记，还不如说这是王充闾叩开历史大门与庄子的对话，是王充闾面对一位远古智者坦诚的自白。他说他读《庄子》时觉得庄子就在自己身边，"他的声音、他的情感、他的思想，就会随时随地地蹦出字面"，"饱享着作者与读者之间心灵对话的亲切感"。这就是说，王充闾是以一种对话的姿态去阅读《庄子》的，于是他又将阅读中的对话情景延伸到了写作这本书上，而且他一定感觉到了，写作是一次更为充分的对话，他与他倾慕的古代智者对话，他在对话中也倾诉了他对庄子的敬佩之情。清代的殷希文追慕庄子，写下了"逍遥游拟学蒙庄"的诗句，这七个字用来形容王充闾写作这部书的心态则是非常贴切的。

　　这是一次很有意思的对话，也是一次具有现代政治情怀的文化人与古代哲学大师的思想碰撞，因此具有鲜明的现实意义。

　　既然在这本书中王充闾采取的是与庄子对话的姿态，那么也就意味着他在写作中的身份并不是一名纯粹的作者，并不是在进行客观描述，他以非常确定的主体性进入写作之中。因此在评述这部庄子传前，有必要对王充闾的主体性做一番介绍。王充闾是一位散文大家，其实他的散文就鲜明地呈现了他的主体性。在我看来，他是一名当代士大夫，因此他的散文充溢着浓烈的政治情怀。我曾在一篇论述王充闾散文创作的文章中谈到王充闾的政治情怀的意义："王充闾散文中的政治情怀是中国现代思想史、中国现当代文学史的一份宝贵精神财富，我们过去对其重视不够。从 20 世纪初中国开始现代化运动以来，就有一批现代知识分子陆续投入政治运动之中，尽管他们选择的政党不同，各自的政治理念不同，但他们身上所表现出的现代知识分子的政治情怀却是共同的。他们都是做学问与做人并重，文章与道德兼胜。可以列举出胡适、傅斯年、丁文江、瞿秋白、陈独秀、顾准等。当年丁文江的一位朋友写诗评价丁文江'诗名应共宦名清'，这其实可以说是中国现代知识分子的共同追求。他们热爱和推重自由、科学、民主，坚守人格上的独立性，在学术上更有开创性，在政治上更有建设性。因此这种政治情怀就是一种重要的人文精神。"王充闾具有浓郁的政治情怀，他的政治情怀从文化内涵上看，有两点非常突出：一是具有现代知识分子的意识；二是具有传统的儒家精神。儒家精神强调积极入世，强调胸怀天下，强调匡世济民。王充闾长年在"宦海浮沉"，始终以先贤为榜样，将匡世济民作为其文化理想。因为其现代知识分子意识，这使得王充闾对社会、历史和政治的认知更加清醒，也更加科学。因为其传统的文化理想，因此在王充闾的精神世界里不可避免地也要面对古代士大夫普遍所面对的势统与道统的冲突

和矛盾。在政治实践中，一个有所束缚的官员也许可以采取妥协与调和的政治现实主义的方式来解决实际问题，但这样的解决显然距离现代知识分子的理想标准来说相距甚远，于是王充闾只有通过散文来倾诉内心。在以往的散文写作中，王充闾主要表现出的是一种儒家精神，指点江山，激扬文字，忧国忧民，慷慨陈词。但势统与道统的冲突始终是他散文的一脉强大的潜流。事实上，作为一位对现代性有着清醒认识的知识分子，他对势统与道统的不可调和性看得更加透彻，也更加理性。因此他转而追求一种精神上的自由和解放。他曾在一篇写李白的散文中感叹，亏得李白政坛失意，所如不偶，以致远离魏阙，浪迹江湖，否则，千秋诗苑的青宫，则会因为失去这颗朗照寰宇的明星而变得暗淡与寥落。但他同时又强调，李白在政坛失意不失意是次要的，重要的是李白必须有这份政治情结，没有这份政治情结，就没有他的内心冲突，也就没有李白留给我们的深邃的诗意。王充闾对李白的剖析说到底是对现实的剖析。他把古代的知识分子分为三类：在朝的、在野的和周旋于朝野之间的。他认为古代知识分子不管选择哪一种人生道路，最后都是悲剧性结局。这构成了一个文化悖论，而悖论常常表现为一种张力。王充闾的写作其实可以看作一位身处政界的现代知识分子如何在当代中国处理和化解这种张力。王充闾从骨子里是崇尚自由精神的，这是一种现代意义上的自由精神。这种自由精神无法同传统的道统与势统的矛盾相谐调。所以王充闾在位时所写的散文，其自由精神就有所控制，而当他卸任以后，他的散文明显地更加潇洒、更加洒脱、更加自由奔放了。但更重要的是，王充闾的自由精神决定了他迟早要与庄子进行一场对话。当他在散文中能够让其自由精神尽情释放时，这场对话的时机也就成熟了。

如此看来，王充闾为这套"文化名人传记"丛书所写的庄子传，多少有些不合体例。因为他并不是在纯粹客观地讲述庄子的一生经历和思想建树，而是以自己的主观体认去解读庄子。但正是这种"不合体例"，才使得这部庄子传更加接近历史的真相，也更加接近庄子的灵魂。因为在已有的历史资料中，庄子并没有留下多少痕迹，今人回望历史，难以复原一个完整清晰的庄子形象。过去也出版过多种庄子传，这些庄子传的作者为了让传记更加丰满，就不得不凭借想象来还原庄子，无论是将他写成瘦骨嶙峋，还是写成双目炯炯，虽然形象丰满了，但终究是今人对于庄子的想象，靠不住的。倒是庄子的精神通过他的著述留存了下来，且保存得相当完整。王充闾不拘泥于传记的客观描述，着重于诠释庄子的思想内涵，就如同从精神上给庄子画像。虽然从"形"上说显得简约，但因为较为准确地传达出庄子的"神"，可以说才是一部更加妥帖的庄子传。当然，为了准确地传达出庄子的"神"，王充闾也想了很多的办法，他巧妙运用了传记这一文体，通过"五张面孔""十大谜团"等叙述将庄子的思想和精神形象化；同时又将《庄子》中的孔子比喻为"演员"，分析庄子是怎么"导演"的以及庄子是如何在与惠施的论辩激活思想智慧的，从而将枯燥的哲学理论话题讲述得生动活泼。更重要的是采取对话的姿态，从而使整个叙述变得亲切。

王充闾与庄子对话的主题就是自由精神。崇尚自由精神的王充闾最看重的也就是庄子的自由精神。他认为庄子是"首倡人的自由解放的伟大思想家"。他欣赏庄子的"高远的精神境界和开阔的胸襟"，追慕庄子"异于常人，不合流俗"的独立品格，推崇庄子"以名位为轻、生命为重，视身心自由为至高无上"的哲学思想。在王充闾看来，庄子是一个能在困顿、险峻的现实社会里任心灵自由飞翔的智者，所以他给这部传记取名为"逍遥游"。逍遥游是庄子很重要的一篇文章，是《庄子》三十三篇的第一篇，文章充满了神奇的想象，富有浪漫色彩。庄子在文章一开头就想象有一只巨型的大鹏，展翅奋

飞，翅膀就像天边的云。王充闾是这样来解读"逍遥游"的："形容精神由解放而得到自由活动的情形。"可以说，逍遥游典型地代表了庄子的哲学思想，王充闾对其做了一番阐释："自由是一种精神方面的感受与追求，那种自由境界，是一种主客观之间无任何对立与冲突的精神状态，是一种无任何牵系与负累的超然心境。"

我们可以把庄子的哲学思想理解为以自由精神为核心的生命哲学。庄子的人生观、价值观都与此相关。王充闾也分别从精神追求、价值取向等诸多方面进行了深入的分析。庄子的自由精神对于后来者影响巨大，不少学者在庄子哲学思想的基础上有了大量的引申和发展，当然后来者往往是"各尽所需"，对庄子的理解也不尽相同。如有的学者就认为庄子的思想过于悲观，甚至认为是"没落阶级思想情绪的表现"。王充闾对各种观点也做了介绍，但他显然更愿意从积极的层面去理解庄子的哲学思想。因此他凸显了庄子的几个关键点：一是庄子的生命意识，二是庄子的平民意识，三是庄子的超越世俗。

王充闾作为一名当代高级官员，以入世的姿态忧国忧民，应该说更倾向于儒家思想，而且从他的散文中也能看出他具有比较浓郁的儒家精神。那么他又为什么如此推崇庄子的哲学思想呢？莫非他是看透了官场和现实，要逍遥出世，远离尘嚣吗？当然不是。细读这部庄子传，王充闾尽管欣欣然地与庄子在逍遥境地悠闲对话，激赏庄子超然物外的心境，但他丝毫也没有厌世、颓顿的情绪。相反他是要以庄子的思想弥救当下的思想欠缺。其中最突出的一点就是，他把庄子理解为"官本位文化"坚定的反叛者。王充闾在这里强调庄子对官本位文化的反叛，真是犀利、深邃之见！中国社会的诸多问题最终都可以归结到官本位文化上，甚至包括我们的思维方式和日常习俗，也深深打上了官本位文化的烙印。我们今天明明清楚地认识到官本位之害，却无法纠正之。有一种观点就认为，我们的文化传统就是建立在官本位基础之上的。但王充闾从庄子的思想中发现，在我们的文化传统内部，本来就具有反对官本位的因素。王充闾认为，庄子反对官本位文化，并不是一种消极的逃避政治的态度，"从《人间世》篇看得出来，庄子对于官场腐败、仕途险恶、宦海浮沉的观察，却是至为透彻而深切的"。他还认为，庄子的思想基调"应该属于入世情怀，但他却以出世的冷眼观之"。所以我以为，王充闾是以现代的政治情怀在与庄子对话的。王充闾将庄子称为"草根性质的知识分子"，称赞庄子"完全脱离统治阶级的利益，和那些'治人者'严格划分界限。他的思想倾向、所持立场，许多都是站在平民百姓一边"。草根性质的知识分子，这样的命名分明具有强烈的现实性，这未曾不是王充闾对于当代知识分子的一种期许。如果当代社会有了更多的草根性质的知识分子，官本位文化的土壤也就逐渐会得到改良了。王充闾乐于与庄子对话，正是因为他看到了庄子的精神价值具有强大的当代性。

如果仅仅谈庄子的哲学思想，庄子的形象还不丰满。庄子还是一位文学家，他对中国文学的影响实在是太大了。王充闾意识到这一点，他对庄子的定位就是"诗人哲学家"，这并不是两个称号的并列，而是说，庄子是具有诗人气质的哲学家，庄子的哲学思想是以诗的方式表达出来的。王充闾不仅以较大的篇幅介绍了庄子的文学成就和特点，而且强调了庄子的哲学思想与文学之间互为因果和互相渗透的关系。庄子提倡无用，无用便是大用。想当年，庄子拒绝了去做宰相的邀请，宁愿像一只乌龟在泥泞中行走，因为他认为在政治上"有用""有为"是会带来灾难的。而他孜孜地书写《庄子》三十三篇，大概是把这种书写当成无用的事吧？文学从一定意义上说，的确是"无用"的，然而《庄子》三十三篇充分证明，无用乃大用。但愿当代文学也能从这里获得些许启示。

真诚的李云雷和真诚的小说

我一直把李云雷看成一位文学批评家,他年纪轻轻,就以他锐利的批评赢得了人们的赞誉。我认定他是一位有思想、有个性,更有正义感的批评家,他给批评界带来了新的活力,我指望着他在批评界大展身手,所以当我在期刊上看到署名李云雷的小说时,还是略感意外和吃惊的。当然,我也知道,一些评论家间或也写写小说,我往往把这样的行为看成一种小说票友的表现,莫非李云雷也有当票友的兴趣?这也许是我略感意外和吃惊的原因吧。但当我读了李云雷的五六篇小说后,我才真正地吃惊了。这一回的吃惊则在于李云雷在小说中所提供的一个完整的艺术世界。也许李云雷从根本上说更具有小说家的气质,他不过是小说界打入文学批评界的卧底而已。这让他能够透过批评的视界发现小说创作的软肋。因此,他写的小说给我们呈现出另一道亮丽的风景。我想把他的小说称为真诚的小说。

如此说来,难道还有不真诚的小说吗?我以为不仅有,而且在当下大有泛滥成灾之虞。真诚不真诚,是作者的写作姿态,也是作者看世界的方式。有的作者对待文学不真诚,对待读者也不真诚,因此他写的小说就只能是一种不真诚的小说。不真诚的小说表现为它所传达的信息是虚假的,所抒发的情感是虚伪的,读这样的小说会有一种被作弄、被戏耍的感觉。

李云雷的小说是真诚的小说,首先体现在他对文学的信念是真诚的。李云雷曾在一篇文章中表达过他对文学的理解，他认为文学既然是由作家"创造"出来的，就应该融入了创造者即作家的生命内容，所以他特别强调"文学"与创作主体之间的密切联系，他说："每一篇优秀的作品都是有生命的，它的生命来源于创作者生命的对象化，其中包含创作者的思想、性格、情感，也包含创作者的呼吸、体温与气息，在那些独特的语言、语调以及叙述方式中，我们可以读到创作者的生命密码。"他确实是把小说当作是他的生命存在方式之一来进行写作的，他的叙述就像是他的呼吸一样，丝毫不做作，完全是从他的内心里流出来的。他的小说大多取材于早年的生活记忆，他的童年和少年都是在乡村度过的，在他的记忆中，乡村的生活虽然艰辛，但充满着温暖和亲情。比如父亲当年工作的果园，曾是他童年时最向往的地方，"仿佛是一个神奇的新天地"，他童年的愿望就是要去父亲的果园，这愿望在今天看来是多么简单、质朴。李云雷就写一个孩子如此简单、质朴的愿望是如何实现的，就写一个孩子怀揣这个愿望及至实现了这个愿望的过程中的满足和愉悦。事实上，一个人的记忆是有选择的，古人说，良禽择木而栖。人对记忆的选择又何尝不是如此。对于一个人来说，记忆的深刻性是与性格之塑型成正比的，因此我们也能从李云雷的记忆中体会到他的思想性格。他的记忆之所以筛选出的是温暖和亲情，就因为童年和少年的生活塑造了他的纯真、向善的品格。在《父亲与果园》这篇小说中，我们读到的是一连串流溢出家庭亲情质感的生活细节。无论是"我"等到回家的父亲后被父亲抱到自行车的大梁上，去拣给父亲下酒的肉时被姐姐打了一下，还是藏在四哥的铺盖卷里要去果园时最终被发现了的伤心……都是很平常的小事，但在李云雷的叙述中显得情意浓浓、善意浓浓，因为在这种平常的日子里蕴藏着真诚的道德原则，这些真诚的道德原则却是为李云雷思想人格奠基的最结实的材料。因此，诚实、单纯、亲爱……这些基

本信息就会从生活经历中被筛选下来留存到李云雷的记忆库里,当我们读李云雷的小说时,感受最强烈的也是这些基本信息,这不正是李云雷所说的"创作者的生命密码"吗?

我说李云雷的小说是真诚的小说,还在于他把小说写作当成反省自我的一种方式。《假面告白》也许可以说是一篇最直接表达自己反省的小说。小说的构思比较特别,作者设想一位大学的博士,从小学习刻苦、品格优秀,但突然有一天被公安局以骚扰女青年之罪名拘留了起来,他在狱中反省着自己的生活,写下了一段段反省的文字。小说就是以这位博士的反省文字组成的。博士一直生活在书本的世界里,当他的书本知识越来越渊博时,却发现他对社会人生反而越来越陌生,他掌握的书本知识并不能帮助他去解决现实中的问题,他意识到行动比读书更重要,只有行动才能改变世界,"我需要行动来证明,需要在行动中体验生命的乐趣"。事实上,这位博士只善于进行书斋里的革命,根本不知道怎么以行动去应对现实,他采取的第一个行动就是到街头尝试与遇到的行人打招呼。但他跟踪在一个又一个人的后面,却始终也没有勇气开口。最终他的行动被公安部门认定为骚扰女青年的行为。这真是一个啼笑皆非的结局。但在这种啼笑皆非之中,包含多层的反省内容。

真诚的李云雷甚至对虚构也审慎三分。这似乎有悖于小说的本质。小说从本质上说就是虚构的,因此西方会将文学图书干脆区分为虚构和非虚构两大类。当作家将自己的作品称为小说时,也就是明确告诉读者,小说中的故事都是子虚幻境,切切不要与现实中的人和事对号入座。但是,李云雷的小说分明给人一种真实的感觉。仿佛是作者在你面前毫无戒备地讲述着珍藏在自己心中的记忆。也就是说,李云雷的小说是完全依托于他的记忆和体验,这些记忆和体验呈现在读者面前时是高度保真的,他的叙述和构思都服从于保真的原则,因此这就形成了他的特别的小说文体方式。从文体上看李云雷的小说有散文的痕迹，因为散文从本质上说应该是真诚的叙述，但随着散文文体的成熟，许多作家把散文当成了一种技术性的工作，作家能够通过技术性的处理达到仿真的目的，最终，散文这一文体从本质上说已经死亡了，如今我们读所谓的散文，其实不过是在欣赏作家处理经验和知识的文字能力和技术手段，我们已经不在乎它是不是在传达作家的真情实感了。但有意思的是，散文的真诚和真实的本质被李云雷挪移到了他的小说叙述中，使他的小说成为一种直抒胸臆式的小说，像《父亲与果园》《舅舅的花园》《花儿与少年》等这类以少年记忆为主的小说，比较典型地体现了这一特点。当然，这并不是李云雷的独创，比如鲁迅的《社戏》《故乡》《一件小事》等小说就是这样一种叙述方式。应该说，鲁迅对李云雷的影响是非常直接的，无论是思想观念，还是风格情趣；也无论是文学批评，还是小说写作，李云雷都在自觉地追寻鲁迅的文学精神。另外，散文化的小说叙述在当代作家中也相当流行。但恕我直言，这些散文化的小说叙述有大量的是一种矫情和做作的叙述，虽然也有一些是传递着真情感的，不过多半都是非常个人化的情感。所以我特别看重李云雷的散文化叙述，他的叙述逻辑完全服从于内心体验，内心体验的轨迹自然形成了小说的结构。而他区别于那些非常个人化情感表达的小说则在于，他所表达的情感是开放的，触动他的情感波澜的是现实社会的风云，而非一己的日常琐事。《舅舅的花园》是一部中篇，最能体现李云雷在文体上的风格追求。中篇小说相对于短篇小说来说，故事性和情节性的要求更为突出，因此采用散文化的叙述其难度更大些。但在《舅舅的花园》中，李云雷的叙述却如行云流水、水到渠成，一切都循着内心的思绪自然而然地展开。

说到底，真诚是李云雷的基本性格，当然也是他的为文准则。因

此他的小说是真诚的，他的批评也是真诚的。或许我们应该将他的小说和他的批评文章对照着来读。李云雷的批评特别关注小说的现实层面和批判精神，因此他力挺底层文学，并推崇那些敢于揭露社会问题的作品。更重要的是，李云雷在分析小说文本的同时，阐发了自己的社会理想。而他的小说则是用另外一种思维方式表达了他的社会理想。可以说，他的文学批评与他的小说具有互文性。如果说，他在文学批评中基本上是一种理性的表达，那么，他的小说则是一种诗意的表达。在李云雷的小说里，始终隐含一种现实与理想的矛盾。事实上，他是用少年和乡村记忆构筑起一个精神的乌托邦，在这个乌托邦里，承载着他的社会理想的全部内容。我们从他的记忆中，感知到的是一个远离争斗、亲情温馨、平和清淡的精神境界。他的记忆是一种缅怀，是一种对现实中的恶浊的反抗。就像他在《父亲的果园》中所感叹的："我想不到童年的乐园，如今已经荒废，那些人和那些事，不知道都去了哪里，好像一切都没有发生过，好像一切都被茫茫大雪掩盖了，没有留下任何踪迹。"这是李云雷大部分小说的基本主题。比如《花儿与少年》是写"我"儿时上小学读书的一段经历。小说有几个看似并不关联的场景，一个是"我"与黑三一起放羊的友情，一个是"我"在学校与老师的关系，一个是三姐监督着"我"的上学。而小说的核心情节则是老师对"我"的一次表扬，要奖给"我"一朵花。但最终老师忘记了自己的许诺，这大大刺伤了"我"幼小的心灵。正是这朵花将几个场景打通了——"我"与黑三的那种自然、淳朴的友情，以及三姐和家庭对待"我"的平常之心，都与老师对"我"的刻意和轻率形成极大的反差。想想今天的社会，诚信变得越来越稀有，我们就会体会到李云雷写这篇小说的用心。他并没有要去指责那位老师，他要告诉我们比指责这位老师更为重要的一个问题，一位有知识懂文明也很善良的老师，为什么对于诚信和许诺却是如此无知和麻木呢？难怪李云雷会对那些纯真的童年记忆充满着缅怀之情了。《少年行》是一篇带有魔幻色彩的小说，而忧郁之情溢于言表。也许从技巧上说，这篇小说有点过于讲究，与李云雷质朴的真诚不太一样，但从那种溢于言表的忧郁之情里，我感受到了作者对自己的理想的乌托邦之境渐渐远去的深深忧虑，传达出来的仍然是一片真诚。作者采取了一种相互印证式的情节结构，反复渲染了一个瞎子给一个年轻人算命的灵验。年轻人为了躲避死亡，骑着马逃回家乡，在家乡遇见了一个小孩，这小孩其实是童年的他。当读者想要知道年轻人能否躲避开死亡时，小说去把视角转向了孩子——事实上，前面的一切不过是孩子的一个梦，然而这是孩子的未来托付给孩子今天的一个梦，孩子梦见自己遇见了未来的自己，然后他就死去了。孩子把这个梦讲给妈妈和姐姐听时，她们当然不会相信，然而作者相信——因为在作者看来，孩子虽然还活着，但他童年的天真和单纯已经死去，他的梦已经死去。"天空一片碧蓝，万里无云。"小说就结束在这么一种寂静辽阔的景色之中。在我读到的李云雷的小说中，《巧玲珑夜鬼张横》是写得最为传统的一篇，李云雷给我们讲述了一个说书敌不过电视的故事，形象地描述了大众文化的演变史，一个曾经给全村人带来精神愉悦的说书人，最后潦倒到只能孤独地对着空无一人的草地说书。虽然这篇小说不像散文化的小说那样凸显作者主观的情感，但李云雷的感慨和惋惜都藏在了客观的叙述之中。总之，无论李云雷以什么样的方式写小说，他始终是以真诚作为小说的底色。古人说文如其人，我们曾把这句话当成一条批评的标准。但现在以这句话去衡量一些作家和作品，却发现每每不再灵验。看来在今天这个不以假为耻反以假为荣的文化大环境下，真要做到文如其人也是很不容易的事。而文如其人放在李云雷身上却再恰如其分不过了，因为有一个真诚的李云雷，所以才会有他的真诚的小说。

精致的民间文学

——读晓苏的小说

　　爱读晓苏的小说，他的小说有一种特别的味道。

　　晓苏的特别是在慢慢咂摸中品味出来的。十来年前我在《小说选刊》工作，最早读到晓苏的作品，只是觉得她的小说与同龄的年轻一代作家的小说不太一样，却还没有真正体会到他的小说之优长在哪里。后来了解到晓苏在一所全国著名的大学里工作，既编刊物，也上讲坛。当代作家的学历正在往高了走，特别的年轻一代的作家，多半都有大学本科的学历，甚至硕士级或博士级的作家也不在少数。但高学历带来的一种共同特点却是小说有了更多的西方现代小说的影子。晓苏却是难得的一个例外，他的小说基本上没有西方现代小说的影子，倒是有着中国民间文学的影子——对此你一定会有些奇怪吧，不过如果了解到晓苏在大学讲坛上讲的就是"民间文学"的话，就不会感到奇怪了。晓苏把民间文学的智慧巧妙地挪移到了现代小说的叙述之中，形成了他自己的独特风格。我突然发现，这大概就是晓苏小说的特别之处吧。我愿意把晓苏的这种风格称为一种精致的民间文学风格。

　　在主流的理论系统里，民间是一个具有崇高位置的概念。但中国当代文学最具讽刺意味的事情就是，如果在主流中把某个概念捧到崇高位置时，也就有可能在现实场景中成为被众人所蔑视的对象。民间就是这样一个概念。那些自认为是写纯小说的作家，或者是以世界文学为标杆的作家，显然是不会把民间作为自己风格化的对照系的。当然作家们的蔑视也是有原因的，因为主流理论主要是从意识形态的角度去阐释民间，民间几乎成为一种"政治正确"的标准，追求独立思想品格的作家自然对这种"政治正确"的民间保持距离了。也正因为如此，那些能够真正把握民间的精髓，并主动从民间汲取养分的作家更显得难能可贵。获得诺贝尔文学奖的莫言就是这样一位作家。莫言曾是20世纪80年代先锋小说的代表作家之一，西方现代派小说的借鉴为他开启了崭新的叙述空间。但到了90年代，当他要建立属于自己的小说风格时，他说他要大踏步撤退，从"对西方文学的借鉴"一直撤退到"对民间文学的继承"上。也正是这种自觉的艺术选择，莫言逐渐摆脱了模仿西方的影子，确立起了自己的文学世界。莫言的文学世界是与民间文学相通的。连诺贝尔文学奖的评委们也高度赞赏莫言小说中的民间文学特征，在其颁奖词中称莫言"将幻觉现实主义与民间故事、历史与当代社会融合在一起"。可以说，民间文学成就了莫言。在对待民间文学的态度上，晓苏与莫言是一致的。他们都以一种积极主动的姿态去接触民间文学，从民间文学中挖掘出宝藏。不过，在处理民间文学的资源时，两位作家的方式却不一样。莫言是将民间的资源装进他的充满主观幻想的大缸里发酵，任其变得面目全非，最后的成品具有强大的主观性和随意性。相对于莫言的主观性，晓苏则是充满理性地对待民间资源，他精心剪裁，从中选取与自己的创作思想相吻合的内容，经过艺术的拼贴和组装，达到一种民间与自我相互映衬的艺术效果。这个精心剪裁的过程也就是精致化的过程。晓苏的精致化是对民间文学的精致化，精致化后的民间文学，当然已经不是严格意义上的民间文学了，而是属于晓苏自己的、一种风格化了的小说样式。他的这种小说样式带有浓烈的民间文学特征，因此更

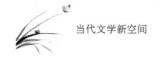

准确的表述应该给"民间"加上引号，即晓苏的小说是一种精致的"民间"文学。

晓苏对民间文学的精致化，是从以下几个方面实现的。

其一，民间生活，个性发现。晓苏的小说中经常会出现一个叫油菜坡的地方，这是典型的荆楚山乡，民风淳朴，民俗稳定，有悠久的传统，也有浓郁的生活情趣。晓苏小说的故事发生地几乎都在油菜坡，小说中的主人公也几乎都是油菜坡的人。可以说，油菜坡就是晓苏创作的一口"深井"。美国作家福克纳曾说过，他一生都在写家乡那块邮票大的地方，他只写这么大的地方，最终获得了诺贝尔文学奖。油菜坡看来就是晓苏的家乡，晓苏的家乡应该也只有邮票大，但晓苏也像福克纳一样坚持写自己的家乡。（当然，晓苏不仅写家乡油菜坡，而且写他现在生活之地——大学校园，大学校园构成了他的小说的另一系列，大学校园系列在艺术风格上也带有民间文学的特点。）油菜坡带给晓苏的就是地道的民间生活。民间生活也是民间文学的源头，在民间文学类型中，生活故事是很重要的一支，这类生活故事直接取材于现实生活，现实性强，生活气息浓。但民间文学往往具有类型化的倾向，生活故事同样如此，比如形成了雇家对地主、工匠对作坊老板、百姓对官府的巧妙斗争，又比如关于妇女的故事，等等。晓苏小说的素材基本上来自民间生活，他也深谙民间文学中的生活故事的艺术技巧，但他并没有受制于民间文学的固定思路，更没有简单地套用类型化的结构去处理来自民间生活的素材，而是从中有着自己的独到发现。比如，《花被窝》写的是婆媳关系的故事，婆媳关系是民间生活故事里最常见的一种故事类型，而且基本上是从伦理角度去讲述这类故事的，因为婆媳关系在农业传统社会形态里，往往是一个家庭复杂矛盾的纠结点。在《花被窝》中，可以看出晓苏对于乡村的婆媳关系的微妙心理有透彻的了解。同时，这个故事还包含另外一个伦理问题，即一个年轻寡妇如何处理性爱的问题。性爱同样是民间的一个重要的伦理问题。无论是婆媳关系，还是性爱关系，一般来说，在民间生活故事里，基本上会将其处理成一个伦理主题的故事。但晓苏并没有将其简单地处理为一个伦理主题的小说，而是在乡村复杂的伦理关系中发现了一床"花被窝"。这花被窝"大红大绿的，上面有花又有草，还有长尾巴喜鹊，看上去喜庆，吉祥，热烈，还有点浪漫"，分明寓意着民间活泼、浪漫的性爱生活，这种浪漫不仅年轻媳妇秀水拥有，而且婆婆秦晚香也曾拥有过。但她们又能巧妙地处理好浪漫与伦理的矛盾，也许正是因民间宽容这种矛盾，人性才能健康地生长。

其二，民间立场，文人理念。很明显，晓苏在他的小说叙述中具有鲜明的民间立场。民间立场是一种惩恶扬善的立场，是扶弱济贫的立场，是伸张正义的立场；民间立场也是对民间生活方式采取一种积极肯定的立场，对权势采取一种质疑和批判的立场。在这一点上，晓苏的态度一点也不含糊。但晓苏的小说并不是停留在对民间立场的肯定上，他站在民间的立场上，恰如其分地表达了他的文人理念。《矿难者》典型地体现了晓苏的这一特点。矿难者是指小说中的小斗，但小斗并不是小说的主角，而是小说情节的引子，因为小斗矿难而死，带来了小斗一家人为未来生活去向的选择而产生的矛盾纠葛。小斗的哥哥大斗老实本分，仅仅因为他是一个癞痢头，所以难以找到媳妇。小斗的媳妇柳絮在小斗死后准备改嫁，人们都冲着年轻貌美的柳絮来了。从民间立场出发，无论是大斗还是柳絮，都是值得同情的弱者。然而这两个弱者却成为矛盾对立面，大斗想趁机将柳絮娶过来，柳絮则想找一个既有钱又如意的郎君。民间文学在处理这类题材时，一般会采取取舍的方式，强调一方之"弱"。但晓苏并没有简单地从同情弱者的立场来处理这个故事，而是从两个弱者的矛盾中看到了底层生活之艰难，弱者之无奈。于是他将这个故事处理成一个既凄美又心酸

的故事，处理成一个没有真正的结局的沉重的故事。在小说结尾，柳絮从良心出发，终于答应了要嫁给大斗，但我们读到这里，并没有感到释然，相反心情会变得更加沉重，我们会担忧，柳絮和大斗将来能够真正幸福吗？这正是晓苏的文人理念和人文情怀在处理民间生活题材时所达到的效果。

其三，民间叙述，现代结构。民间文学是丰富多彩的，既有写实性的，也有充满幻想的浪漫主义色彩的，但在生活故事类型里，其叙述基本上是写实性的，而且其结构也基本上是线性的、单线条的。民间生活故事的线性结构自然与民间文学的存在方式有关，民间文学多半存在于民间的田间地头，口口相传，比较单纯的线性结构便于记忆和传播，而单纯的线性结构形成了明快的叙述风格。晓苏的叙述风格同样也是明快的，这一点与民间的生活故事非常相似，晓苏的叙述是明快的，他从来不故作高深，从来不玩弄玄虚，没有晦涩难懂的文字。但明快并非直白，也并非一览无余。这与他在结构上完全采用了现代小说的结构方式有关。他善于铺垫，善于运用插叙和倒叙，善于营造氛围，善于制造悬念，峰回路转，柳暗花明，即使是日常化的生活矛盾，在晓苏的笔下也会变得跌宕起伏，妙趣横生。晓苏以复杂多变的现代小说结构，不仅克服了线性结构的单调和单薄，而且也大大深化了小说叙述的内涵。

晓苏的精致的民间文学，给我们打开了一个清新的、生活气息浓郁的精神空间。这个精神空间又是最平常的生活现实。晓苏的故事取材于乡村的日常生活，看上去都是小事、琐事。我们常常赞扬一些写小事的作家，是因为这些作家能够"以小见大"。但恰好是这一点上晓苏表现出他的不同凡响来，他偏不"以小见大"，所以他的小说基本上没有什么宏大叙事。事实上，有些"以小见大"明显看出是勉为其难和矫情。不刻意"以小见大"，也许正是晓苏的聪明之处，我以为这是得到民间文学精髓的结果之一。但晓苏不是停留在"小"上，而是能够做到"以小见奇""以小见美""以小见真"。他通过日常生活之小事，去发现民间的美、民间的真和民间的情。他的小说流溢着民间的生活情趣。比如《看稀奇》写的事情真是小得不能再小了。老两口为一点鸡毛蒜皮的事情闹矛盾互不说话，因为看到一对陌生年轻人的亲热举动，矛盾竟然烟消云散了。晓苏将这件小事情写得饶有兴趣，传达出的则是普通百姓内心蕴藏着的亲情、温情和友情。

这就是晓苏的精致的民间文学，它是在民间土壤上开出的一朵朵小花，红的、蓝的、紫的、黄的，放眼望去，竟是那么绚丽多彩。

漂移不定的灵魂以及火车与马

——读阿翔的诗

  读阿翔的诗，同时也读到阿翔的创作年表。年表第一段写的是，阿翔两岁时"因发高烧误打链霉素造成耳神经中毒，从而影响了发音能力"[1]。我马上想到了德国著名的作曲家贝多芬。贝多芬比阿翔早出生整整二百年，他的音乐作品无疑是不朽的。贝多芬有一点与阿翔相似，即他后来耳朵失聪。但即使如此，他仍没有放弃音乐，相反，他在耳朵失聪的情况下，还创作出了他最伟大的交响乐《第九交响曲》。我之所以从阿翔联想到贝多芬，是因为阿翔与贝多芬的创作都和声音有关。贝多芬所创作的音乐作品自然是听觉的艺术，而阿翔创作的诗歌应该是语言的艺术，语言的艺术难道也与声音有很大的关系吗？在我看来，的确如此。诗人不仅在用语言的意义进行创作，而且也在用语言的韵律和节奏进行创作。诗歌印在纸上并不意味着创作过程已经完成了，必须吟诵出来，让韵律和节奏在空气中振荡，才算走完了诗歌创作的全部行程。一般说来，有一个健全听觉系统的人更容易把握语言的韵律和节奏，但阿翔的诗以及贝多芬的音乐，则在说明一个道理，人并非仅仅依靠耳朵获取外界的声音信息。在耳朵之外，我们的身体内部还藏着另一个听觉器官。阿翔虽然耳朵失聪了，但他的另一

---

[1] 阿翔：《少年诗》，黄河出版传媒集团阳光出版社 2011 年版，第 207 页。

个听觉器官特别发达。他本人就说过："事实上我对声音也是敏感的，在心里捕捉声音的翅膀。反过来再看声音的环境，我有时候在寂静的夜里听到了莫名的声音。"① 不过，绝大多数的人都不会注意到身体内的另一个听觉器官，为什么呢？因为这个世界太喧嚣，我们的耳朵里每天都被各种嘈杂的声音所填满，哪里还能接受到另一个听觉器官的感知？也许正是这一缘故，丧失了耳朵的听觉功能后，无论是阿翔，还是贝多芬，反而能够专心地倾听另一个听觉器官的声音。另一个听觉器官不会受到世界喧嚣的干扰，它接收到的声音来自天籁，也来自文字。阿翔更善于倾听文字的声音。当他听到文字的声音时，会有一种惊喜和惶惑。他说："那些细微的，透明的，模糊的，陷入纸上的兽／发出低音／让我不知所措，落日缓慢。"② 我更欣赏他的另一句诗："纸的骨头／有如耳语。"③ 将文字比喻为纸的骨头，诗便有了硬度，而硬的骨头却在诗人的耳边细语，又是如此温柔。阿翔诗中的孤独、敏感、低沉、自尊，也许都与他的"耳神经中毒"有千丝万缕的关系，都是纸的骨头对他耳语的声频。

我看重阿翔的非主流。非主流首先就体现在阿翔与诗歌现实的关系上。阿翔是从1989年开始在报刊上发表诗歌的。第一首诗歌发表在《诗歌报》上。到了20世纪90年代，阿翔的诗歌就小有影响了，比如1993年阿翔的诗歌就相继在中国澳门、菲律宾、美国、日本、中国香港的报刊上发表。从此，他每年都有不少诗歌在各类报刊上发表，也会入选各种诗歌的选本，几乎每一年都能在数十种报刊上看到阿翔的诗歌。比如据创作年表载："2009年在《星星》《特区文学》《文学与人生》《东京文学》《延安文学》《诗林》《诗歌月刊·下半月

---

① 转引自刘莎莎《诗歌是声音的完整表达》，《深圳特区报》2011年9月6日。
② 阿翔：《妥协》，《少年诗》，黄河出版传媒集团阳光出版社2011年版，第9页（以下所引阿翔诗均出自《少年诗》，不再一一注明）。
③ 阿翔：《错误》，《少年诗》，黄河出版传媒集团阳光出版社2011年版，第12页。

刊》《花城》《山花》《大家》《汉诗》《文学港》《中国诗人》《芳草》《安徽文学》《黄河文学》《诗江南》《上海诗人》、民刊《非非》《非非评论》《人行道》《诗》等刊物上发表作品，有的诗被收入《二十一世纪文学大系：中国诗歌 2008》（春风文艺出版社）、《2008 中国新诗年鉴》（花城出版社）、《2008—2009 年中国最佳诗选》（太白文艺出版社）、《2008－2009 中国诗歌双年巡礼》（浙江文艺出版社）、《野外诗选》（浙江文艺出版社）、《中国当代诗歌前浪》（中英双语，青海人民出版社）、《深圳读本》（海天出版社）、《黄鹤楼诗会 2010·本草集》（长江文艺出版社）等。"① 但阿翔的诗歌基本上没有在代表主流文学的刊物如《诗刊》《人民文学》等刊物上面发表，直到 2010 年，我们才在《诗刊》上见到阿翔的名字。当然诗歌现实的关系并不代表诗歌文本，它顶多说明阿翔的诗歌活动圈子与主流圈子没有多少交集。而主流或非主流，其本身并不意味着诗歌的优劣。但是，主流文学和非主流文学在叙述方式上是有差别的，对于诗歌而言，更会涉及诗歌的语法和意象。毫无疑问，主流文学是以现实主义为主干的，主流文学中的小说基本上是采取现实主义的叙述。但我们不能以阐释小说的方式来阐释现实主义在诗歌中的表现，最为突出的表现在于，诗歌的逻辑基本遵循现实日常情理的逻辑，当然它最直接的好处便是使得读者能够轻易地捕捉到诗人的思绪，更容易理解诗歌的意象。当阿翔两岁"误打链霉素造成耳神经中毒"时，大概就注定了他不会加入主流文学的大合唱之中。因为正常的耳朵收听到的多半都是按照现实日常情理逻辑发出的声音。必须注意到，现实日常情理逻辑在中国公共语境里的最强音也就是符合"政治正确"原则的声音。而他身体内的另一个听觉器官所收听到的声音信息，是完全处于现实日常情理逻辑的音

---

① 阿翔：《少年诗》，黄河出版传媒集团阳光出版社 2011 年版，第 211－212 页。

频之外的。同样是据创作年表介绍，阿翔"1985 年，初中学期，借到一本春风文艺出版社《朦胧诗选》，三个月后舍不得归还"。这说明阿翔正是从朦胧诗中，找到了释放内心声音的渠道。80 年代兴起的朦胧诗潮，在我看来，最具革命意义的表现就在于它挑战了诗歌创作中的现实主义原则，以违反现实日常情理逻辑的方式重新组合诗歌的句法和语法。朦胧诗使得阿翔的诗思开了窍，从此他内心的声音进入了诗意表达的通道。阿翔后来曾回忆当时读到《朦胧诗选》的情景："那种奇妙的感觉，仿佛冲开了我内心的混沌，唤醒了沉睡的我。"[①] 这正是诗思开窍的真实写照。自从接触到朦胧诗后，他获得了一种可以与内心声音对话的方式，于是，诗歌在他的内心开始生长，但这也同时注定了，成长起来的诗歌是一种非主流的诗歌，不能以日常情理逻辑来理解的诗歌。

从一定意义上说，阿翔可以成为一个阐释"非主流"的标本。必须承认，任何时候，文学都有一个主流，这个主流，可能是有意形成，也可能是无意形成的，背后它是怎么推波助澜的，很复杂，但肯定会有一个文学主流。文学主流形成了强大的阵势，会推动文学朝着固定的方向前行。显然如果文学只有一种主流在推动的话，它有可能把文学全部变成同质化的产物，它还有可能把文学引向一个越来越窄小的方向。因此，文学在借助主流向前发展的同时，还不断地需要非主流的介入，从而开拓空间，打破同质化倾向，寻找新的方向。阿来诗歌的非主流，首先得益于他的思维方式的非主流。这是因为听觉功能的退化，在一定程度上给他的思想包上了一层保护膜，因此他在诗歌创作中，被日常情理逻辑束缚的可能性就更小。这使得他的诗歌在表达内心意识流动时才更不失真。也许一个具有正常听觉能力的人在

---

① 转引自刘莎莎《诗歌是声音的完整表达》，《深圳特区报》2011 年 9 月 6 日。

以非主流的方式进行诗歌创作时，强大的主流意识所形成的思维定式或多或少地会干扰到他的诗歌思维，而阿翔能够将这种干扰降低到最低。因此阿翔诗歌中那种毫无羁绊的跳跃性的诗歌意象，会给人们带来极大的惊异，也启发人们如何沿着非主流的方向走得更远。当然，阿翔的诗也因此带来更大的理解障碍。不得不承认，现代诗的趋势就是在加大诗歌的理解障碍。理解障碍对于诗歌写作来说并不一定是件坏事，它以这种方式在重新整合人类的思维能力，同时也在拓宽诗歌的审美空间。理解障碍就将诗歌的魅力越来越多地交给了误读。误读的可能性越大，诗歌的魅力也就越大。我们读阿翔的诗能够充分体会到这一点。

对于阿翔的诗歌，可以有多种界定，如先锋性、实验性、不确定性、现代性，等等。这些都点出了他的非主流的特征。如果将这些界定具体到阿翔的诗歌文本中，也许应该找到最贴切的诗歌意象，而给我印象最深的，是火车的意象。火车似乎在阿翔诗中出现得最多的一个意象。比如，"只有火车才能到达的地方。但我看不见你的脸庞"；又如，"就像我坐着火车去天堂，在梦中才能返回"。当说到时间时，阿翔想到的可能是火车："可以忘记时间，以至于如此迅速，火车呼啸而去。"（《醉生梦死》）爱情也与火车有关："像往常一样，桌面上总是有一层灰尘，日落之前／火车把仅有的爱情拖远。"（《拟诗记，手语者说》）火车在他脑海里的意象有时又非常特别："所以，我从不怀疑，今夜的火车／是一直在拐弯。"（《剧场，行者驿站，或名钢琴诗》）火车，大概象征着阿翔有一颗漂移不定的灵魂。他的诗歌总是处在颠簸之中，我们很难在阿翔的诗中找到如"相看两不厌，只有敬亭山"，或如"明月松间照，清泉石上流"似的安静、恬淡的意境。从这个角度说，火车也象征着现代性，它当然与田园诗意无关。阿翔并不是说有一个非常清晰明确的火车意象，火车在阿翔的思绪里只是一种潜意识的驱动力，它像一个挥之不去的梦魇，会在不知不觉中跳出来，拉着阿翔的思绪开向另一条轨道，正如阿翔所说的："压低的云朵从这里收拢，火车带着我正探出隧道。"有人在评论阿翔的诗歌时专门指出了阿翔诗歌意象的跳跃性，也有人将其描述为"非连续性的幻觉的集成"①。的确，读阿翔的诗，会发现他的意象是跳跃的、断裂的、不连贯的。也就是说，即使以非主流的诗歌语法来衡量，阿翔多半也会溢出语法规则之外。那么能否说阿翔的诗思就是一种碎片式的，缺乏内在的相关性呢？当然阿翔对这样的问题会大不以为然，因为诗歌应该是个人性的，诗人以个人的逻辑组织起了诗歌的内在相关性，只不过是诗歌中的个人逻辑还没有被人们捕捉到罢了。我以为，阿翔诗歌的内在相关性就是靠这辆永不停息的火车建立起来的。阿翔是坐在火车窗口的一名沉思的乘客，他不时抬头看一眼窗外的风景，风景打断他的深思，沉思又把片断的风景结合到思路之中。仅仅看风景的话是片断的、跳跃性的，但如果看到背后还有行进中的火车，以及火车窗口前沉思的诗人，就明白这种片断的风景是与诗人火车行进中的视角有关。火车可以看成阿翔的自我，一个始终处在精神游荡的自我，一个对世界充满怀疑然而又不放弃希望的自我。

在阿翔的诗歌中，还有另外一个也像火车一样在奔跑的意象，这就是马。也许从古典意境的角度看，马更适合来表现诗人漂移不定的灵魂。但阿翔漂移不定的灵魂是安置在现代性的语境中的，所以他自然选择了火车。而且对于阿翔来说，他选择的火车并不是经常被媒体炫耀的"和谐号"动车，而是发出咣当咣当声响的绿皮火车，因此更

---

① 赵卡语。转引自赵目珍《不可探测的"飞翔"》，《宝安日报》2015 年 3 月 15 日。

多地带有一种对现代性的忧虑。但与此同时，阿翔也会生出马的意象，而且马出现的频率一点也不比火车低。这是很有意思的现象，说明在阿翔的潜意识里，还有一个与自我同样重要的角色，在左右着阿翔的诗思。我以为，阿翔诗中的马与爱情有关，或许它就是指涉阿翔理想中的恋人。因此，马的意象往往镶嵌在那些书写女性的诗中。阿翔有一首诗干脆就叫《她梦见了马》，阿翔写道："她就在树枝上睡着了/像孩子一样做梦/成群结队的马/天马行空的马/那么多马在树枝下蜷曲着身体/而她的口中正含着雪块。"《木刻书》写了一对恋人发生矛盾后的场景，他们在情绪激动之后仿佛和解了，而诗歌最后的意境便是"风吹着她身边的岩石、白马和灌木丛"。马的出现，让火车有了微妙的变化："风吹起她的白裙子/火车慢慢平息。"火车态度的转变当然是由一个女人的白裙子引起的，但在诗的最后阿翔还要点明，这一切其实都与马有关，所以诗的最后一句便落在"然后她看见了她的大马"。不妨把马的意象看成承载阿翔理想和爱情的吉祥物。而马与火车相互补充，马指涉理想，火车指涉现实；有马与火车的共同奔跑，颠簸中的阿翔才不至于极度疲惫和沮丧——尽管疲惫和沮丧的情绪也会在阿翔的诗中流露。但马的出现，会让阿翔的情绪得到安抚，"蔓延在马的身子/安睡如初"（《弥漫》）。

最后要说的是，阿翔对情感的处理是比较谨慎的，他在诗中更看重理性的思维，把他对世界的理性思考转化为诗思。因此，他也就偏爱写系列诗。在我读到的《少年诗》这本诗集中，就包含了"拟诗记"和"剧场"两个系列组诗。读这些系列组诗，我不由自主地又想起了阿翔的火车，这些系列组诗就像是一个火车头拉着一节节车厢，在一条由阿翔铺设的铁轨上行进着。一再拼贴的意象，大体上都来自阿翔的现实体验和历史记忆，这说明阿翔是敏感的。但同时，阿翔又是收敛的，这多半出于阿翔对自己灵魂的保护。我相信，现实对阿翔来说并不是甜蜜的糖果。在现实面前，阿翔更愿意"蜷曲着身体"。蜷曲是阿翔特别爱用的一个词语，他说："一个人蜷曲，这是你惯用的比喻。"（《目睹》）"蜷曲着身体"的阿翔当然不会手舞足蹈地做出激情的表达，而是更适合进行冷静的思索。理思、理念、理趣，这些才是阿翔诗歌中最值得咀嚼的意蕴。

从激情的莫言到思想的莫言

——读莫言的《蛙》

在当代作家中，莫言无疑是一位风格独特且鲜明的作家，他写小说仿佛就是在一个自由的王国里纵情狂欢，他的叙述是如此汪洋恣肆，他的想象是如此诡异奇特。但《蛙》大大减弱了莫言的风格特征，喜欢莫言风格的读者也许会觉得这部作品不是莫言最好的，他们会举出《红高粱》《檀香刑》等，认为最该获奖的应该是莫言的这些风格鲜明的作品。我也非常喜欢这些特别"莫言化"的作品，但我同时也对莫言以另外一种姿态来写作感到了惊喜。相比于以前的写作，《蛙》显然是一部结构更为新颖、构思也非常缜密的小说。莫言在这部小说中无疑有了一些变化。在我看来，这些变化对于莫言来说具有非常重要的意义。我是这样来理解这些变化的，莫言在《蛙》这部小说中由以往激情的莫言转化为思想的莫言。

事实上，这是一个最适合莫言发挥特长的写作素材。据莫言自己说，他的姑姑是新中国第一批接生员，几十年来在农村做妇科医生，从接生到抓计划生育，她的经历既曲折又传奇。农村抓计划生育的故事，我们也时有耳闻，黄宏、宋丹丹表演的小品《超生游击队》以计划生育为题材，曾经火遍了大江南北。比这个更加荒诞或更加残忍、更加令人捧腹或更加触目惊心的故事可以说是俯拾即是，莫言要在这个基础上挥洒想象力是太轻而易举的事情了。但莫言的这部小说却写了七年。为什么写得这么艰难，因为一直有一块思想的石头压在莫言的内心，这使他的写作变得沉重起来。这块思想的石头莫言在小说的一开头就抛了出来。小说一开头是作家蝌蚪（不妨将蝌蚪就视为莫言本人）写给日本作家杉谷义人先生的第一封信。在这封信中莫言告诉读者，杉谷义人先生曾在他的故乡做了题为"文学与生命"的长篇报告。"文学与生命"与其说是一个日本作家的报告题目，不如说是莫言一直萦绕在心的思想难题。文学与生命的确是一个宏大的题目，也是古今中外的作家共同的题目。文学首先就是一种生命的书写。莫言是一位生命意识极强烈的作家，他的汪洋恣肆的风格又何尝不是他内在生命力的下意识狂欢，那些活生生的生命体在他的遣使下恣意地活着，慷慨地死去。文学同时也是凝视生命的一种方式。作家通过文学去叩问生命的奥秘，捍卫生命的尊严，张扬生命的价值。以此看来，莫言过去主要是把"生命的书写"放在第一位，因此他的叙述充满了激情。而在《蛙》的写作过程中，莫言悄悄地将"凝视生命"放在了第一位，理性和反思成为叙述中的主要角色。于是他面对乡村实行计划生育政策中各种奇异的现象时，收敛起他的汪洋恣肆，以一种谨严和深沉的姿态，去叩问现象背后因文化、传统、伦理、政治、权力、金钱等种种因素而构成的玄机，批判了在中国充满悖论的现代化进程中顽固的国民性痼疾以及由此而来的人性悲剧宿命化的延续性。

严格说来，这并不是写计划生育的小说。当代文学批评有一种很成问题的思维定式——题材思维，将《蛙》判定为写计划生育的小说，就是这种题材思维定式在作祟。如果作者真的拘泥于计划生育，就不可能有如此宽广的思想空间。小说虽然写了很多计划生育中的事情，但作者并不是要对计划生育的得失做出判断。何况计划生育并不是小说的全部，小说由一位乡村妇科医生的引领，巡视了当代农村的生育史。生育自然关乎生命。莫言通过姑姑的故事，对深受传统伦理

道德观念影响的乡村生命意识进行了全方位的表现。莫言所写的乡村，有一个非常特别的习俗，生下孩子，好以身体部位和人体器官命名。于是我们看到的都是一些叫陈鼻、陈耳、王肝、王胆的人物。这个习俗尽管只是出自莫言的想象，但这一想象恰好是抓住了乡村传统的生命意识的关键。乡村传统的生命意识是建立在彻底物化的基础之上的，关注生命也就是在关注物质。陈鼻一家费尽心机要保住王胆腹中的胎儿，并非期待一个新的生命，因此当王胆在木筏中产下一个女婴时，陈鼻不是喜悦而是痛苦地发出"天绝我也"的哀号。姑姑此刻骂陈鼻"你这个畜生"，她所责骂的是人们的生命意识中严重的欠缺。在传统的生命意识中，最稀缺的就是对于生命质量的关注。这是由乡村长年累月的艰难生存环境所决定的。能活下来就是万幸，哪能去追求生命的质量。当人们不关注生命的质量时，生命的尊严、生命的关爱、生命的精神价值等都变成了一种奢侈。

　　莫言在这部小说中强调了结构的重要性。莫言说他最终选取了书信体的形式，通过给一位日本作家的五封书信，来讲述姑姑的故事。其实这部小说算不得严格的书信体。也许在每一部前面以楷体出现的数百字才算得上是一封书信，而后面讲故事的部分只能说是一种"伪"书信，它更像是莫言为自己设置的一道樊篱，以免在故事情节的牵引下信马由缰。但更重要的是，莫言通过对书信体的仿制就很自然地将自我摆了进去，莫言在讲述姑姑忏悔的故事时贯穿着一种强烈的自我救赎的意识，因此这部小说也可以说是莫言在严峻的社会现实面前对知识分子立场的追问。至于第五部的"九幕话剧"，我以为是莫言在讲述完故事后仍有思想表达的欲望，这个话剧的确也深化了关于生命质量的思考。话剧文体的嵌入或许还透露出这样一个信息：莫言越来越在意语言的功力。话剧无疑是磨炼语言的文体。文学最高的境界是语言的境界。《蛙》或许可以说是莫言更加成熟的标志。

阴暗的好人和有罪的好人，你选择谁

——读须一瓜的《太阳黑子》

  我曾说过，须一瓜是一位有着道德"洁癖"的作家，她的长篇小说新作《太阳黑子》再一次体现了这一特点，她是把日常生活中貌似正常的道德现象，掰开了、拆散了、撕碎了，露出其中的破绽和裂纹，再把这些东西重新组合起来，最后要你来做出选择，比如说，这部小说就告诉我们有这么两种类型的人，一种是阴暗的好人，一种是有罪的好人，都是好人，你到底喜欢谁？在须一瓜的这道选择题前，我仿佛看到了她的一丝冷笑，好像暗自说，看你们该怎样对待上帝的承诺。

  上帝承诺要救赎我们人类的每一个成员。上帝认为，人都是有罪的，人的生命被罪恶所捆绑，人因为罪恶而与天堂隔离。而上帝是人类的救赎者，一个人不管罪孽多么深重，只要真诚地向上帝忏悔，其罪孽之身就能获得赦免。为了得到救赎，人们听从上帝的指令，不断地行善，不断地反躬自省，于是就成为能够升入天堂的好人。上帝还告诉我们，我们的罪孽之身是由人类的始祖带来的，人类的始祖在蛇的诱惑下偷吃了禁果，从此被逐出了伊甸园，也将原罪传给了后代。"原罪说"其实多少给了人们一丝安慰，因为人们的身边有太多的好人，如果把这些好人都看成罪孽深重的坏人，人们在心理上就难以接受；但是上帝只是说他们犯下的是一种原罪，这并不妨碍人们继续向

这些好人致谢，也不妨碍人们为这些好人祈祷，祈祷这些好人能够顺利升入天堂。原罪和救赎，从来就是文学关注的主题，因为这两个主题，既涉及人是从哪里来的，也涉及人将到何处去。作家们往往循着上帝的意愿，反躬自省，寻求精神的超越。须一瓜作为一位有着"道德"洁癖的作家，自然会对上帝的意愿充满了兴趣，她想必希望所有的人都能获得上帝的救赎，从而让人的精神变得更加清洁。在须一瓜以前的小说中，我们已经感到了她的这种良好愿望。然而，须一瓜偏偏要把问题穷追到底，她问道，如果这些好人不仅仅有原罪，还自己干出了罪孽的事情，上帝真的能够救赎他们吗？而他们身边的人还能够接受他们吗？于是须一瓜将三位"有罪的好人"推到了我们的面前。

这三位"有罪的好人"就是小女孩尾巴的三个爸爸：在鱼排打工的陈比觉、的哥杨自道和协警辛小丰。尾巴是一个被遗弃的小孩，她的三个爸爸共同抚养她长大。这三个男子汉的生活非常艰难，但他们为了这个弃婴可以付出一切。他们作为好人并不仅仅表现在对孩子的怜爱上。的哥杨自道经常为乘客做好事，他得到的表扬最多。协警辛小丰则是警长眼中的"一把刀"，他多次出生入死立下功劳。陈比觉在那个恶劣的工作环境里，干着粗重的苦活，默默帮衬着无奈的女老板。但是，他们又有着深深的罪孽。十多年前，当他们还非常年轻的时候，竟然杀死了一家五口人，制造了让警方震惊的宿安水库强奸灭门大案。从此他们非常真切地感受到了自己是有罪的人，对于他们来说，上帝的救赎就成为一个非常现实具体的问题。他们多么希望上帝的承诺能在他们的身上兑现。十多年过去了，他们似乎一点一滴地赎回了自己的罪身。他们身边的人都会把他们当成好人来称赞。可是，终于有一天，真相裸露了出来。当人们知道这几个好人就是一桩凶杀大案的制造者时，还能容忍上帝对他们的救赎吗？这是一个很残酷的问题，它考验着我们的道德承载力。

与此同时，须一瓜还推出了一位"阴暗的好人"。"阴暗的好人"是从警长伊谷春的妹妹伊谷夏口中说出的，她将这个称谓冠在卓生发的头上。卓生发绝对是一个好人，他好到都只能与一只狗相伴为生，因为在他的眼里，这个世界几乎都烂透了，"满世界都是侮辱与损害，到处都是势利与贪婪"。他为那些衣冠楚楚却内里比腐烂动物更脏更糟糕的人们而痛心疾首，他要与那些坏人坏事做斗争，他拿着一把铲子，天天在大街上把那些纵容人们犯罪的"牛皮癣"铲掉。这位"阴暗的好人"分明充满着崇高的道德感，俨然一名真诚的卫道士，眼里容不下半点沙子，他多像一位圣徒；他又像是一头灵敏的猎犬，从一点蛛丝马迹中就能嗅出深藏在背后的阴谋。凭借着他的灵敏，他居然发现了宿安水库凶杀案的犯罪分子，他终于让那三位隐藏了八年的杀人凶手被捉拿归案。然而这样一位圣徒又是那么孤单，人们一点也不感激他，更不同情他，甚至还要欺负他。对于卓生发，也许我们很容易就会做出否定性的选择，因为他的内心太阴暗，他把每一个人都当成危险的敌人，他带着阴暗的心理去窥视身边人物的隐私。想一想吧，如果我们自己的身边有这么一个"阴暗的好人"，还能放松心情地去面对生活吗？

情感的天平明显向着有罪的好人倾斜。仿佛连上帝都不忍心看到他们的死去，于是就出现了伊谷夏这个天使般的人物，这个人物倒在的哥杨自道开车的路上，路上那么多人熟视无睹，杨自道停下车将她送到医院。读到后来，我越来越明白了，这个人物就是上帝安排来拯救三位有罪的好人的。但是上帝也无能为力，因为他们的犯罪是在日常经验世界中的犯罪，日常经验世界服从于法律和公正的原则。在法律和公正的面前，情感不起作用。须一瓜懂得这一点，她并不为这三位有罪的好人做无罪的辩护。但是，须一瓜仍要不依不饶地将她的比

较和选择进行到底。三位有罪的好人的确是犯了罪，而那位貌似圣徒的卓生发难道就没有犯罪吗？卓生发曾是造船厂的职工，造船厂职工宿舍曾经发生过一次大火灾，卓生发的妻儿和岳父母在大火中丧生，当时卓生发完全可以把他们抢救出来，但他放弃了他的义务和责任，事后他却因此获得一笔巨额的人寿保险赔偿。我们完全可以说，卓生发的四个亲人就是被他亲手杀死的，他的罪孽一点也不比三位有罪的好人轻。只不过他的犯罪是在心理世界进行的，日常经验世界的法律和公正对他的犯罪起不到管束的作用。须一瓜在这种比较中给我们提出了一个非常严肃的问题，法律不过是对日常经验世界的约束，它不能用来证明一个人是无罪的。还是上帝说得对，每一个人都是有罪的。问题在于我们如何去面对自己的罪过。

　　无论是三位有罪的好人，还是卓生发这位阴暗的好人，他们都经历了一次刻骨铭心的犯罪，犯罪改变了他们的人生轨迹。因为从那一刻起，一种有罪感的意识就在他们的内心深深地扎下了根。他们都希望通过自己的努力赎回自己的有罪之身，获得上帝的宽恕。从这一点上看，这两种类型的好人仿佛走到了同一个起点。但是，长在他们内心的有罪感却结出了不同的果实，也就使他们选择了做好人的不同方式。在三位有罪的好人内心结出的是爱的果实。因此他们是怀着一种爱心去做好人的，他们将每一个人都当成自己帮扶的对象。然而在卓生发的内心结出的是恨的果实，他对这个世界充满了恨，他说："现在的人心太坏了。他们心中没有准绳、没有神明。他们虽然没有杀人放火，没有烧杀抢劫，可是，心里面堆满了蛆虫一样的恶。"因此他是怀着一种仇恨之心去做好人的，他把每一个人都看成潜在的罪犯，他做好人的目的就是要维护这个世界的纯洁性。小说写到这里时，须一瓜也不再等待我们来做选择了，她自己就做出了选择。她让上帝派来的天使伊谷夏对卓生发宣布："我告诉你，神也未必宽恕你，因为你心里只有恨，你心里装满了恨，你只想证明每一个人都是比你更恶的人！"

　　一个充满悬念和刺激性的侦探故事，在须一瓜笔下成为一个关于爱的主题的咏叹。爱的主题也许是一个老之又老的主题，须一瓜在她的写作中乐此不疲地宣讲着这个主题，她的小说总是在给人心注入阳光和温暖。我以为这并不是一种写作的重复，而是因为作家对现实中爱的缺失感触太深。从一定程度上说，卓生发对这个世界的判断是准确的：每一个人的"心里面堆满了蛆虫一样的恶，贪婪、自私……又因为这些恶，为法律不察而且人人有份，所以，这世上，你几乎找不到一颗敬畏之心，愧疚之心，懊悔之心"。毫无疑问，要让敬畏、愧疚、懊悔等神圣的情感回到人的内心，靠法律是做不到的，靠道德伦理的约束也是做不到的，它只能借助爱的清泉一点点浸润到人的内心。由三位有罪的好人抚养大的弃婴尾巴在小说的结尾用望远镜眺望天空，她看着看着突然哭了起来，因为她觉得爱她的三个爸爸都不要她了。这似乎是作家的一种暗喻。尾巴一定是从眺望天空里获得了上帝的警喻，我们这个世界上，充满爱意的好人越来越少，处境也越来越艰难。于是上帝派来的天使伊谷夏会"泪流满面"。我同时看到了，站在小说背后的作者须一瓜也"泪流满面"。

孙惠芬的"变"与"不变"

——评《后上塘书》

孙惠芬的《后上塘书》以一桩凶杀案开头，全书也是围绕这桩凶杀案的发酵和破案而展开，但孙惠芬并没有取一个凶杀案的书名，而是命名为"后上塘书"，这分明是提醒人们，不要忘记她十年前写的另一部小说《上塘书》。事实上，这两部小说除了地名一致外，尽管也有一些相同的人物，但人物和情节并没有太多的延续性。看起来，地名对于孙惠芬来说非常重要，因为这个地方让她魂牵梦绕，她尽管居住在城市，但她的心还遗落在家乡。所以她爱以家乡的地名作为自己小说的标题，歇马山庄就因为她的频繁使用而出名。很多作家都爱以自己的家乡为深井不断地挖掘下去，福克纳被看成一个榜样，人们以为他之所以获得诺贝尔文学奖，就是因为他坚持写自己的那张只有邮票大小的家乡。批评家非常看重作家笔下的家乡，更乐于将作家的家乡作为作家创作的标志。比如孙惠芬一直在写家乡的故事，她为家乡起了一个很响亮的名字——歇马山庄。但孙惠芬并不愿意将自己的写作打上"歇马山庄"印记，即使是写家乡的故事，她也要换一个名字。这回叫"上塘"村。事实上，上塘村仍是她曾经写过的歇马山庄。她为什么要将她所写的家乡改一个名字？她说不是她改的，是她小说中的人物改的。在《后上塘书》里孙惠芬交代得清清楚楚：主人公刘杰夫进城经商成功后又返回家乡，承包了家乡的土地和水塘，"还当上了村长，还把拥有五十多年历史的歇马山庄村改成上塘村"。一位坚持以自己家乡为深井的作家，已经写出了一个有名的"歇马山庄"，却又不想让其作为自己小说的标志性符号。这是否也透露了作家的一点心迹呢？我想，至少可以看出孙惠芬内心有着一种"变"的焦虑。"变"的焦虑应该分几层意思：一是家乡随着大时代的变革也在发生着巨大的变化，这种变化也许伤害了孙惠芬记忆中的家乡形象和情感，她为这种变化而焦虑。二是她面对这种变化而感到困惑，她需要清理这种困惑，一方面，她相信变化是时代的需要；另一方面，她也感觉到变化带来了负面的效果，她是应该为这种变化唱赞歌，还是写檄文，她为此而感到了焦虑。除此之外，也许还有文学上的焦虑，她担心自己的文学陷入一个重复的模式里，她为创新而焦虑。作家有焦虑并不可怕，处理好了，就会成为一种动力。我以为，孙惠芬是一位定力很强的作家，她不会因为焦虑而乱了方寸，相反，焦虑会促使她去探寻突破的路径。《后上塘书》应该就是探寻后的成果。因此，我们也能从中看到她是如何处理焦虑的。

一　一切都围绕着"变"来做文章

《后上塘书》显然是对《上塘书》的续写，但她不给小说取名为"上塘书续写"，就在于她不愿强调二者的延续性和相似性，而要强调二者的区别，这个区别就体现在"后"字上。"后"固然包含了在上塘书之后的意思，是上塘书之后发生的故事。但关键的意思还不在此。不是上塘书之后，而是后上塘书，"后"字搁在前面，一下子就有了一种现代性的感觉。或者说让人们想到了一个最时尚的概念：后

现代。以"后"作为前缀，产生了一系列新的概念，这也是理论家们和思想家们的一种时尚玩法，而这些以"后"作为前缀的概念都与后现代有着千丝万缕的联系。后现代主义针对着现代主义而言。后现代主义是在现代主义之后出现的，它的基本观点都是反现代主义的，意在纠正现代主义的问题。后现代主义被看成自现代主义之后又开启了一个新的思想时代。但为什么不叫现代主义之后而要叫后现代主义？因为后现代主义虽然要批判现代主义，要取代现代主义，但后现代主义并没有终结现代主义。同时还有重要的一点是，后现代主义并不是从现代主义发展过程中顺其自然的产物，而是在现代主义之外催生出的一个否定性的新质，因此，后现代主义也就意味着它在与现代主义分庭抗礼。"后上塘书"相对于"上塘书"来说，恰好也有这样一层意思，也就是说，"后上塘书"不仅意味着是在讲述上塘书之后发生的故事，而且是要说明，后上塘书里的一些元素是与上塘书不融洽的，它提供了一种否定性的新质。只有掌握好了这一层意思，才能读出《后上塘书》的深意。

也许我们应该先回顾一下《上塘书》。这是一部结构很特别的小说，就像是上塘村的地方志，分门别类地介绍上塘村的地理、政治、交通、文化、婚姻等，实际上孙惠芬是通过这些内容为我们疏通了一个上塘村的乡村伦理沟渠。我曾这样评论《上塘书》：孙惠芬"告诉我们，上塘的这套沟渠虽然古老，上塘人的情感虽然新鲜，但新鲜的情感仍旧奔流在古老的沟渠里"，"这条运行了一两千年的伦理沟渠如今还在左右着人们情感的流经路线"。在这种叙述中，孙惠芬并不掩饰自己的恋乡和怀旧的情绪，她看到了乡村现实不断冒出的问题，这些问题就像是伦理沟渠中的淤泥，问题越积越多的话，就会阻塞沟渠的畅通。对于孙惠芬来说，她写《上塘书》的时候，虽然面对乡村的现实已是忧心忡忡了，但她终究感到宽心的是，乡村的伦理沟渠还没有被毁坏，她要做的是为它做一些疏通的工作。就像小说中的那位老师徐兰，可以说是一名好妻子、好媳妇、好妯娌、好邻居，但这离不开她行事小心翼翼、忍气吞声，在伦理上让人无法挑剔，就连冷眼挑刺的小姑们也不得不接受她，她成了"全村人都敬着"的一个表率。然而从《上塘书》完成之后，乡村的伦理秩序是否变得更加和谐，这大概是为乡村伦理沟渠做了很多疏通工作的孙惠芬最为关注的事情，那么，在《后上塘书》里，孙惠芬是否回答了这个问题呢？我以为，她就是因为要回答这个问题才写了《后上塘书》。

孙惠芬的可贵之处就在于她在认知世界的道路上从来不盲目地自信，当她对现实世界有了看法，她会谨慎地、认真地将其写出来。但是她写出来之后并不是事情的终结，而恰恰意味着新的开始，因为她会对写出来的看法表示质疑，她在想难道真的就是这样吗？难道不会有另外的结论吗？这一特点也突出体现在《上塘书》和《后上塘书》的写作之中。《上塘书》出版后获得了非常好的评价，孙惠芬有足够的理由去写一个《上塘书》的下卷甚至三部曲。孙惠芬的确在续写上塘村的故事，但她是在质疑《上塘书》的基础上来续写的。一个作家应该有所自信，事实上孙惠芬也是有自信的，不然为什么有些创作理念她会固执地坚持下来呢？然而作家光有自信还不够，尤其不能将自信推到盲目的程度。孙惠芬并不张扬她的自信，相反她更多地表现出一种质疑。有时候，质疑也许比自信更重要，因为质疑就会带来变化。孙惠芬总是在质疑自己的写作，所以她的写作也总是有变化，有新意。这一次，她写《后上塘书》，所质疑的便是《上塘书》对乡村伦理秩序的乐观态度。于是，在这部小说里，她不再为淤积了的伦理沟渠做疏通的工作了，相反，她将这些淤泥翻腾上来，向人们呈现了这样一种乡村伦理的场景：旧有的伦理沟渠无法引导人们的情感畅通地流淌了。《后上塘书》是一次搅动淤泥的写作，孙惠芬撕开了隐藏

在乡村伦理和谐表象背后的黑暗面，以此提醒人们，旧的伦理沟渠已经不能承载新生活之流了。这大概也正是"后"的准确含义。于是，那位在《上塘书》里模范遵循伦理规则的徐兰在《后上塘书》里就被孙惠芬狠心地安排死去了。徐兰的死犹如在平静的伦理沟渠里扔进了一块大石头，水面变得混浊起来。显然，在孙惠芬看来，只有失去生命这种极端的行为，才能把厚重的内幕揭开。随着徐兰的死，上塘村的人们都被震惊了，他们埋在心底的怨言也敢发泄出来了，那个在《上塘书》里所描述的安宁、平和的景色完全被打破了。或者是孙惠芬在现实中遭遇到人的死亡，才触动了她的思绪，因此她一改《上塘书》的温暖情调，以一种冷峻、尖利的笔触直指现实中的黑暗层面。死亡的气氛始终笼罩在叙述之中，一切情节都围绕着徐兰的死、下葬以及对死因的追究而展开。徐兰因为死亡而摆脱了现实伦理的羁绊，她可以无所顾忌地反思自己的生活了。

从表面上看，人们的种种异常表现都是由徐兰之死引起，但追根溯源，则是因为另一个主人公刘杰夫的回乡造成的。刘杰夫正是一个激发了孙惠芬创新焦虑的人物。他从乡村进城成功后又返回乡村，这一人物类型正是新的现实所造就的，也是过去的乡村不曾存在过的。孙惠芬正是从刘杰夫这类人物身上发现，他们尽管出生于乡村，但由于有了一段不一样的城市经历，身上的乡村文化基因发生了变异，他们的行为很难容纳进传统的乡村伦理沟渠里了。孙惠芬承认刘杰夫是一个乡村出来的成功人士。有意思的是，刘杰夫原来的名字叫刘立功。看来他的确是立了功，他给上塘村带来了财富，也带来了崭新的变化，但为什么一定要改名字呢？刘立功是在离开乡村来到城市以后改的名，改名前他在城市混得不好，还"蹲了拘留"，出来后改名叫刘杰夫，与人合伙开矿，从此事业越做越红火。因此刘杰夫的改名暗示着他从此服从于城市的伦理，当他以新的名字回到乡村时，也就意

味着他是以新的身份回到乡村。孙惠芬在以前的小说中也写到了返回
乡村的农民形象，但她显然要把刘杰夫与以前所写的形象区别开来，
刘杰夫与以前的返回乡村的人物最根本的区别就在于他是一个成功
者，成功使他回乡后有了强大的话语权，他可以不再遵循乡村的伦
理，相反，他还要把城市的伦理带到乡村。这一切都不用刻意安排，
顺其自然地刘杰夫就成为人们的精神首领。孙惠芬将这种变化写得非
常准确，比如刘杰夫把开会的习惯也带到了家族的活动之中，最初刘
杰夫召集家人开会，只说是借机请大家吃个饭。但到了这种场合，就
成了"不是他为大家开会，而是大家为他开会，大家争相讲着他刘杰
夫的丰功伟绩"。于是，随着刘杰夫的回乡，上塘村就有了一系列的
变化，人们都在围绕着刘杰夫改变自己的言行和态度。一方面，孙惠
芬看到了乡村的这种变化；另一方面，孙惠芬也要追问，人们真的是
心甘情愿地改变自己吗？这正是孙惠芬要为人们揭开的现实的黑暗
面，这一层黑暗面被乡村伦理的花布遮盖住了，孙惠芬这次便借助一
个亡灵隐蔽的目光，穿透了乡村伦理的花布，看到了黑暗的真相。人
们为了现实的利益可以接受刘杰夫带来了一系列变化，比如那些什么
蔬菜园区、葡萄园区、温泉区等的农业土地重新规划，尽管七十多岁
的老人鞠长德会抱怨："咱老祖宗留下的历史，就这么说改就改啦？"
但老人的抱怨并没有得到人们的响应。事实上，人们并不是不认同这
一抱怨，而是把抱怨藏在了心底。因为人们在接受这些变化所带来的
物质上的实惠外，同时也感受到了这些变化对于生活习惯、个人尊
严、精神自由等各个方面的冲击。但是，徐兰作为刘杰夫的妻子，她
的突然死去给了人们宣泄内心的不满提供了一个恰当的契机。孙惠芬
写到了从亲人们到乡亲们的种种表现。熟悉孙惠芬的读者读到这些文
字时，也许会纳闷，一向温润敦厚的孙惠芬突然变得如此严苛起来，
就像是一位不讲情面的判官。从这里也可以看出孙惠芬对于刘杰夫所

怀有的期待。她的确将其视为一种新型的人物。当代社会急剧的城市化进程把大量的农民推向了城市，在当代小说中因此也出现了一个"农民工进城"的主题。这类小说曾经主要反映农民进城后的生活，包括孙惠芬的《吉宽的马车》也可以说涉及了这一主题。随着农民工的进城，逐渐又发展到了农民工返乡。通过刘杰夫这一形象，孙惠芬对农民工进城的新变化有着自己的思考。进城打工的大潮中也有一小部分农民赚了钱、发了财，他们属于成功者，他们因为其成功而彻底脱离农村，成为城市人。刘杰夫也是一名成功者，但他还是一名不一样的成功者，他要以成功者的姿态返回乡村，而且还要将自己的成功移植到乡村。从物质上说，刘杰夫的理想实现了，他让家乡的村民都富裕起来了。孙惠芬显然发现了刘杰夫这类成功者对乡村传统构成了挑战。难得的是，尽管孙惠芬从内心来说是倾向于乡村的，但她仍然愿意从刘杰夫出发，去反思乡村伦理在现代社会所遭遇的困境。

二　孙惠芬的变还体现在文学自身上

家乡是孙惠芬的一个主要写作资源。但同样是写家乡，她也在尝试用不同的文学叙述方式。这大概也是她为什么要将家乡的名字由原来的歇马山庄改名为上塘的动机之一。孙惠芬的小说叙述无疑是现实主义的叙述方式，而且我愿意将其称为一种老实的现实主义。她基本上遵循现实生活的正常逻辑来展开故事情节，以个人非常细腻的心理感觉去观照人物。这一特点突出表现在她的歇马山庄的小说之中。但当她写《上塘书》时，她的叙述明显有一种要越出"老实"的意愿。这种不老实体现在结构方式上，尽管小说仍然是典型的现实主义叙述，但小说借用了地方志的结构，从而大大拓展了小说叙述的空间。当然，这种尝试有得也有失，对于孙惠芬而言，她擅长于流畅地展开情节，让情绪充分地发酵。而这种地方志的结构多少破坏了情节的完整和流畅，也使得该充分发酵的情绪没有达到应有的饱满度。而在写《后上塘书》时，孙惠芬的变化更加大胆，她借用了非现实主义的亡灵叙事。小说一开始就让刘杰夫的妻子徐兰突然死去，徐兰的亡灵离开躯体，以一双无影无踪的眼睛去观察她所熟悉的人物在她死去的这桩事件上的表演。

孙惠芬又是一位很执着的作家，她虽然不断地在寻求变化，但骨子里仍是一个保守主义者，无论怎样变化，她的一些根本性的东西是不会变的。这也是她的长处。首先，不变的是她的女性立场。孙惠芬对女性具有一种天然的同情心，她最大的特点是以女性的视角关注乡村女性在现代化背景下的命运，她在小说中所塑造的乡村女性形象在当代文学中具有独创性和典型性。《后上塘书》中写得最动情也最感人的仍是那些女性形象，如徐兰、徐凤、宋佳。尽管刘杰夫是孙惠芬重点书写的一个新人，但毕竟她的心更贴近她的姐妹们一些，同时也更理解乡村一些，因此对于刘杰夫这样一位被城市逻辑所改变的人物，孙惠芬的书写还显得表面化了一些。孙惠芬另一个不变的是她的乡村伦理精神。因此，她对刘杰夫这个新人物的理解仍然是从乡村伦理精神出发的。也就是说，孙惠芬一方面肯定了刘杰夫身上的新质对于乡村的积极作用；另一方面，她也认为，刘杰夫最大的问题是搅乱了乡村的伦理秩序。在这里，孙惠芬并没有将物质和精神、乡村和城市截然对立起来，这正是孙惠芬的深刻和成熟之处，她并没有因为眷念乡村而将自己的思想封闭起来。相反生活在离大海不远的她在性格中具有一些海洋特质，这一点突出表现在她所写的《秉德女人》上，一个很传统的乡镇女子，却在心里承载了一幅世界地图的愿望。可惜

的是，孙惠芬还没有将秉德女人身上的开放的现代性写透彻。从文学本身来看，孙惠芬始终不变的则是现实主义的文学思维。《后上塘书》看起来就像是孙惠芬将《秉德女人》的历史思考延伸到了当下现实，从而将秉德女人的梦想移植到了刘杰夫身上。《后上塘书》哪怕大胆地借用了非现实的亡灵叙事，而徐兰这个飘忽的亡灵却在孙惠芬强大的现实主义气场里也收敛了一个亡灵的神通，也就是说，孙惠芬是以写实的叙述方式来描写这个亡灵的，因此这个亡灵叙事在小说中只是提供了一种特别的叙事角度，或者说是对全知全能叙事的一种丰富。孙惠芬这样的尝试无疑还是很有创意的，这似乎并不是她的精心创造，而是她的强大的现实主义叙述能力悄悄扭转了亡灵的走向。孙惠芬的种种"不变"对于她的小说来说非常重要。

对于孙惠芬来说，既要"变"，又要"不变"，"变"与"不变"有时在孙惠芬身上会发生纠结。《后上塘书》也留下了这种纠结的痕迹。刘杰夫的反思其实就是孙惠芬对于这种纠结的反思。刘杰夫一直自我感觉良好，他在上塘村一呼百应，但妻子徐兰的突然死亡，才让他清醒地意识到，妻子以及家庭早已在他的情感世界里变成了抽象的符号，他才明白，相对于赚钱、创业，家庭和亲情应该更加重要，他感叹："你不死老婆，你永远都不会知道，只有老婆活着，那扇向外敞开的大门才通着明亮、温暖、体面，老婆死了，那里什么都不是了，仅仅是一个无底黑洞。因为通过老婆所瓜葛起来的一切，孩子，家庭，家族，房子，房子里的物质，是他奋斗一生的所有成就。"我以为，这正是《后上塘书》所要表达的核心思想。一方面，现代化冲击着乡村伦理，传统的乡村伦理在新的城市逻辑面前显得捉襟见肘；另一方面，传统乡村伦理像一个四通八达的沟渠系统，让人与人之间的亲情和乡情得到顺畅的宣泄，营造出一个温馨、良好的人际关系。孙惠芬希望乡村伦理能够嵌入城市逻辑之中，强化家庭和家族的意识，让每一个家庭都通着明亮、温暖、体面。无论这种想法能否真正解决现实的问题，但孙惠芬作为一名作家以她敏锐的感知，触到了城市化尚未建设起完善的城市伦理这一现实问题。但是，孙惠芬的纠结并没有完全理顺，因此小说也存在着新的困惑。这特别表现在她对女性理想的叙述中。孙惠芬具有鲜明的女性立场，她似乎愿意为女人的任何行为进行辩护。我以为这并无不妥之处，因为在现实中，女性，特别是乡村的女性，仍然是弱者。一位女性作家完全应该为女性的解放和自由进行不懈的呼喊。问题在于，当她以不变的女性立场来处理城乡冲突中的变化时，会有一种腹背受敌的感觉。她还没有找到恰当的应对方式，于是我们就发现，她在乡村伦理精神和城市逻辑二者之间所表现出的女性立场自相矛盾。孙惠芬坚持乡村伦理精神，但对乡村伦理是有批判性的，在她看来，女性在乡村伦理中处于压抑和被动的状态，她从写歇马山庄系列起就一直张扬这一批判性。在《后上塘书》里，孙惠芬对于乡村伦理的批判与城市逻辑纠结在一起时，就在女性解放的问题上模糊不清了。徐兰在孙惠芬的笔下是一位追求理想和自由的乡村女性。最初离开乡村，进入城市，就是徐兰的理想，刘杰夫似乎帮她实现了这个理想，但徐兰后来才发现，当这个男人来到自己的生活中时，"就把自己弄丢了"。她的痛苦就在于她的生活都被刘杰夫所左右。刘杰夫的问题则是缺乏伦理的亲情，缺乏家的概念。但徐兰对抗刘杰夫的方式竟然是对家庭和儿女的放弃。她虐待自己的儿子，她的理由则是"我虐待他，不过是觉得在孩子之外，还应该有更广阔更有意义的人生"。但这种极端追求自己的方式，既与乡村伦理精神相悖，也与现代女性精神相疏离。孙惠芬在《后上塘书》中毫不留情地揭露女人们的"黑暗"面，她们似乎都在给自己的男人戴绿帽子，但她们有的也被男人所伤害，而徐凤更是成为杀死妹妹徐兰的凶手。把这一切完全归咎于城市逻辑抹杀了家庭伦理之情，似乎缺乏

足够的说服力。我以为，孙惠芬没有完全将内心纠结理顺，一个重要的原因是求"变"的过分焦虑。另外，一直坚持着老实的现实主义的孙惠芬逐渐也变得不老实起来，我还是非常赞赏的。当然，从叙述的整体上说，孙惠芬的现实主义并没有变，这是她的优势和长处，也不应该变，她的不老实只是引入一些不老实的元素，对于现实主义叙述整体并无大碍。但即使如此，也有一个如何让不老实的元素与现实主义叙述整体衔接得更贴切的问题。

从孙惠芬的"变"与"不变"中我看到了一位作家在艺术探索中的严肃态度，而且我以为孙惠芬的探索具有某种普遍性。因为，"变"的焦虑是大多数作家，特别是有所成就的作家普遍存在的心理状态。它往往会成为一种积极的精神驱动力。孙惠芬始终保持着这样一份焦虑是顶好的事。但需要注意的是，不要因为焦虑而变得越来越内敛，而应该设法打开自己的思绪，让思想变得更加开放一些。

野马镇上"平庸的恶"

——评李约热的《当头一棒》

　　多年以前，我通过戈达尔认识了李约热。今天竟然是《当头一棒》把李约热再一次带到了我的眼前，当年那个激情奔放的小伙子变得成熟老练多啦。

　　《当头一棒》最初对我来说，的确像是当头一棒，我几乎大脑发生了短路，这还是当年那位追随着戈达尔去寻求电影理想的李约热吗？戈达尔是一位电影大师，但我的电影知识很贫乏，对戈达尔竟然一无所知，应该说是李约热的中篇小说《戈达尔活在我们心里》让我认识了这位电影大师；我不仅认识了戈达尔，而且也认识了李约热这位闯入小说领域里的广西小伙子。这篇小说几乎是我当年读到的最精彩的一篇小说。李约热在这篇小说中塑造了一个充满理想主义精神的年轻人苗红，拍出像电影大师戈达尔那样的电影就是苗红的理想，她不管不顾地沉湎在自己的理想里。我以为苗红应该是作者本人的自我写照，因此我将李约热定格于理想主义者。但李约热这回写的《当头一棒》却是在彻底消解理想，他仿佛换了一支笔，给我们描绘了一个灰暗的、恐惧的、邪恶的野马镇，更是塑造了一个发誓要当恶人的马万良。李约热把我们带到了 20 世纪 80 年代的南方一个小镇。80 年代对于中国的当代文学具有格外重要的意义，因为正是经历了 80 年代，作家们重铸了当代文学的灵魂，与此同时，当代文学也把 80 年代塑

造成一个高扬理想主义精神的时代。或许李约热写这部小说，就隐含着要给这样一种塑造以"当头一棒"，因为在他发表于《作家》上的创作谈中，多少包含了这一层意思。他说："关于上世纪80年代，在很多人心中，就是激情与理想的代名词。可我觉得，那只是硬币的一面。"而从李约热记忆深处打捞上来的却是"硬币的另一面"。那么，我们就跟随着李约热看看"硬币的另一面"是什么情景吧。李约热的故事从1982年元旦写起。元旦是野马镇赶圩的日子。对于小镇上的市民而言，这应该是一个喜庆的日子。但野马镇的人并没有迎来喜庆。一个售卖虎骨酒的外地人在自己身上表演割肉不出血的绝招，为了吊起众人的胃口，他让围观的人来割他的手臂，只有马万良敢接过刀，真的在外地人手上割了一刀，外地人的骗术就被马万良的这一刀揭穿，割伤的手流了满地的血，人们赶紧将他送往医院。马万良因此被关进了镇政府的房间里，但因为查出来这个外地人的确是一个骗子，仅仅关了一天后又被放了出来。被放出来的马万良，"看谁都像坏人"，让第一个来家里看他的黄精忠出去传话，他要让野马镇的每一个人都不得好死。从此野马镇陷入人人自危的地步，但野马镇的每一个人也不是那么好惹的，于是每一个人都释放出内心的恶。

其实，对于"硬币的另一面"，我们早已不陌生了。书写"硬币的另一面"完全吻合了现代主义文学的节拍。我们在现代主义的作品里，看到了太多的对于丑恶的直接呈现，而他们的理由则是说要表现"诚实的意识"。他们反对用善良和美好的愿望来掩饰这个世界的丑恶存在。其实，随着现代主义文学的深入人心，当代文学的审美观已经发生了根本性的变化，尤其对于年青一代的作家来说，那种完全古典主义的、绝对真善美统一体的叙述方式恐怕在他们的文学空间里荡然无存了。这种变化首先是从20世纪80年代的先锋文学潮流开启的。先锋文学的作家们从西方现代主义那里悟到"真经"，于是手舞着

"恶"这把最锐利的武器,一路披荆斩棘,为中国的当代文学开辟出一条新路来。相对于当年先锋作家如余华、莫言等人笔下的血腥、暴力、邪恶,李约热笔下的野马镇还真算不了什么。但对于李约热本人来说,这也许是一个巨大的变化。在我的印象中,李约热就像一个充满着青春活力的年轻人,他在风雨和泥淖中大声歌唱,向前奔走。比方说,他的《戈达尔活在我们心里》完全是借助电影这一艺术载体来抒发他的理想情怀。后来他又写了《李壮回家》,同样涉及理想的话题。李壮是一个贫困乡村的小学教师,不满足于浑浑噩噩的生活,也不甘于被世俗的权势所击倒,但他的努力却没有结果,眼看就要被现实击倒了,于是就在某一天宣布他要到北京去,因为文章被北京采用了。他的谎言产生了效果,人们纷纷对他另眼相看。他也真的上路了,甚至幻想真的能在远方找到自己的理想。美丽的谎言使他摆脱现实的困扰。但谎言再美丽也是虚幻的,它不能真正地指引李壮寻找到理想的家园,最终就有了李壮回家的举动。这篇关于谎言的小说很有意思,从中可以看出李约热对于理想的深思熟虑。一方面,李壮外出的一无所获,说明了逃避现实并不能找到理想;另一方面,李壮并不是颓丧地回家,他充满着自信,充满着力量,又说明他的外出并非一无所获,他开阔了眼界,明白了该怎么去面对现实的挑战。后来李约热又写了《涂满油漆的村庄》,这篇小说是写乡村生活的,风雨和泥淖的痕迹更鲜明,李约热总是以热辣辣的眼神盯着现实中的贫困和苦难,但李约热完全跳出了写乡村贫困和苦难的窠臼,他让我们看到,贫困和苦难的乡村同样对精神和文化充满着向往,艺术同样会给乡村带来精神的愉悦。当然,在这篇小说中李约热也加强了对于现实的愤懑之情,他通过加广村的村民们满怀期待迎接韦虎归来拍摄电影的故事,揭示出城市和乡村这两个精神世界的分裂和无法沟通。小说略带夸张的、富有想象力的情节与作者对乡村的崇敬和激情融为一体,将

村庄涂满油漆这一带有寓言性的意象与对淳朴村民的现实性描写巧妙地拼贴在一起，表达了对现代性问题的质疑。而这种质疑是基于他的文化理想的。

《当头一棒》的主色调显然发生了改变。这是否意味着李约热放弃了曾经激励他在精神高地不断奔跑的理想呢？李约热似乎也意识到这一点，他似乎不希望人们产生这样的疑问，因此他要在创作谈中强调他不过写的是"硬币的另一面"。初读《当头一棒》时，我也在想，为什么李约热一下子改变了自己的叙述风格呢？最先我想到的是年轻人李约热更加成熟了。因为在这之前，我看到的是一个把内心的理想之火点得旺旺的年轻人，激情燃烧，把文字都烤得发烫。但随着岁月流逝，李约热的思想逐渐成熟，他的理想之火当然不会持久地燃烧。一直持守着现实主义姿态的李约热，要改变风格，走先锋的路子也未尝没有可能。其实，尽管20世纪80年代的先锋文学潮后来冷寂了下来，那些先锋文学的领军人物也纷纷改弦更张，转向写实了。今天还真需要有人再次接续起先锋的写作。但是《当头一棒》并不是一次先锋的尝试，因为小说并不是向人们表达现代主义的观念。他的写作冲动缘于他的真诚。这恰好是他一以贯之的写作姿态。无论是过去对戈达尔的崇拜，还是对野马镇的阴沉的书写，都是他内心真诚的表达。野马镇的故事曾是他经历的往事，所以他在创作谈中坦言："他们的模样使我快乐不起来，因为很多年前，我就是他们。"这些往事成为埋藏在他内心深处的记忆，他不会对这些"使自己快乐不起来"的记忆采取选择性的遗忘，迟早会要从他的笔端流出，所以他说："这一回，我试图和正在消失的记忆对上暗号，瞬间就被记忆的强光照射得睁不开眼睛。"仅就这种真诚而言，我也要为李约热喝彩。

再一次回到《当头一棒》。李约热写了一个恶人横行的野马镇，马万良不仅自己以恶人自许，而且他的儿子马进也是以恶为荣，他是镇上有名的小偷，身边还有一帮追随者。但马万良以及他的家人还谈不上"恶贯满盈"。李约热所写的"恶"其实是一种弥散在日常生活中的"恶"，在野马镇上，大概每一个人都像马万良一样内心藏着一丝"恶"念，只不过马万良最先觉悟到这一点，他觉得如果自己不恶一点，就会被别人的恶所欺负。他是被众人在纸条上打勾表示同意后，才关进了镇政府的黑房子里的，所以"从那个黑房子出来后，你就别想指望他对别人好"，"他躺在自己家的懒椅上，想着怎么样才能与所有的人为敌"。马万良说起来也没有什么比别人厉害的地方，野马镇的人只要心齐一点，就完全可以制服他。问题就在于，野马镇的人没有一个人愿意站出来，却乐于看别人的好戏。当黄精忠在大街上传递马万良的狠话时，大家不是一起想办法，反而是在分析马万良最先收拾的会是哪个人，当大家都认为最先收拾的是黄精忠时，仿佛都松了一口气，就转过来分析起马万良首先收拾黄精忠的理由，"几乎把黄精忠做的不光彩的事都说出来了，说得大家哈哈大笑，忘了他们还有一个仇人叫马万良"。可想而知，如果人们都是这种态度，马万良要去收拾别人也是轻而易举的事情了。如此看来，马万良的"恶"也是与众人有关系的。我以为，《当头一棒》所写的情景也许可以称为一种"平庸的恶"。"平庸的恶"这一概念是犹太裔美国思想家阿伦特提出来的，她参加了审判在逃前纳粹分子阿道夫·艾希曼的全过程。在审判中，艾希曼为自己辩解说，他不是组织者，不过是作为一名军人在执行自上而下的命令，忠诚履行职责而已。阿伦特认为艾希曼的确并非"恶魔"，在今天看来也是一个"正常的人"，但是，阿伦特进而尖锐地指出："艾克曼的行为正是现代社会广泛存在的一种恶，这种恶不思考人，不思考社会，却默认并实践体制本身隐含的不道德甚至反道德的行为，虽然有时良心不安，但依然可以凭借体制来给自己的冷漠行为提供非关道德问题的辩护，从而解除个人道德上的过

错。因为你我常人都可能堕入其中，所以这是一种'平庸的恶'。"阿伦特显然是一位有勇气的思想家，她敢于向社会的每一个成员追究责任。从这个角度说，李约热写出他记忆中的野马镇也是需要勇气的，因为他揭露了我们社会的一种现实：人们甘于平庸，推卸责任，对公共的事情缺乏热情。当一个镇子里的人都采取这种态度后，人们也就失去了道德价值的评判，甚至将"恶"当成了学习的楷模。黄少烈的儿子黄显达就是这样一个孩子，在他的眼里，马万良敢于和大家作对，算得上是勇敢的人，他把马万良和马进都当成自己的偶像，当他挨了父亲的打后，竟然跑到马万良家住，愿意成为马万良的儿子。校长韦尚义为了把黄显达教育过来，他费尽心机把黄少烈打造为一个英雄人物，并发动全校的师生在镇上广为宣传。这场闹剧自然不会有什么结果，倒让韦校长感慨万千，"他没想到在野马镇，学个英雄也这样难。"在一个弥漫着"平庸的恶"的社会里，英雄、正义、善良等这些正面的道德价值就不可能在人们的心中存留。马万良给野马镇带来了一阵恐惧，并非他是一个穷凶极恶的"希特勒"，只不过是因为他身上的"平庸之恶"得以恶性膨胀。至于黄少烈，他是野马镇的公安，理应担当起惩罚恶人的职责，他有条件做一名真正的英雄人物，可是"平庸之恶"像汪洋大海似的包围着他，何况他自己身上也带有"平庸之恶"，因此就成了一个窝囊的公安。野马镇的故事对于李约热来说，应该是一段沉重的记忆。为此他让小说也在一个沉重的场景中结束。马万良与大家作对，让人人感到恐惧，但同时他自己也生活在恐惧中，因为害怕被抓，有一天他疯狂地逃跑，最终跳进了深不见底的白露岩。但马万良的灵魂还在白露岩的高处，两年之后，野马镇的语录塔要拆了，他看着一百多人来抢砖，黄少烈嗓子喊哑了也制止不住……或许这是一个暗示，"平庸的恶"一直笼罩着野马镇。

　　因为"恶"，让李约热更加接近了现代主义精神。其实阅读《当头一棒》时，其阴沉的风格就让我联想起福克纳的《喧嚣与骚动》，福克纳的这部作品也是一副阴沉的调子，福克纳在这部作品中也写了一个恶人杰生，福克纳将杰生视为"恶的代表"，并且是"最邪恶的一个"。杰生被公认为是一个不朽的恶人典型形象。它之所以成为不朽的文学典型，不仅在于福克纳非常充分地揭露了这个人物的"恶"，而且也表达了他对"恶"的认识。在这个人物身上，体现了庄园主的残忍和资产阶级实利主义者的自私和卑鄙。福克纳也通过对这个人物的刻画，鲜明地表达了他对"新秩序"的厌恶。这正是我对李约热有所不满足的地方。李约热在《当头一棒》中专门写一个恶人，也写了这个恶人所生活的"恶"的环境。但他仅仅止步于讲述"硬币的另一面"的历史真相。但他并没有认真去想一想历史真相为什么会是这样的，或者想一想应该怎么去评判野马镇的日子和人们。

在尔虞我诈的喧嚣世界熨帖安放爱情

——读杨映川的《魔术师》

杨映川并不是以数量取胜的作家。在这个信息爆炸的时代，数量起到至关重要的作用，否则你就会被信息的海洋所淹没。但杨映川并不在乎这些，她留给我这样一种感觉：似乎凡是她没有想成熟的时候就不会轻易出手。尽管如此，我仍牢牢记住了杨映川的写作，说来好笑，我记住她的原因不是别的，而是她对待男性的态度。作为女性作家，杨映川的小说也表现出比较明显的女性意识，在我阅读女性写作的印象中，女性意识的觉醒程度是以女性对男性的决绝程度为度量的，因为女性的解放也好，女性的独立也好，首先必须把男性作为对立面，唯有如此，女性的一切奋斗才有目标。所以在女性写作中我们惯常所见到的对待男性的态度往往是矮化、调侃、戏谑、讥讽的态度，但是杨映川却是以一种理解和期待的态度对待男性的，当然这并不是说杨映川对男性没有批判，其实她的小说中也不乏在女性眼中的"反面"男性形象，但她同时也认为男性具有可塑性，她希望男性能够在女性的努力下获得拯救。我曾经这样描述杨映川的写作："女性主义针对着以男性为中心的社会发起了挑战，这既是一种文化的挑战，也是一种政治的挑战，它不仅指责男人们对世界的独霸，也指责男人们对历史的独享。于是，男人们在漫长历史过程中营造起来的一统天下变得分崩离析。那么，女性意识的觉悟是否就意味着两性之间的鸿沟永远无法弥合？杨映川在她的小说中以一种温柔的语气说道，不一定吧。于是她开始了拯救男性的伟大而又崇高的工作。"正是这一原因，我对杨映川笔下的男性形象特别感兴趣。但后来我读到杨映川早期写的一些小说却发现，她对男性的态度是有变化的，早期的小说如《逃跑的鞋子》《做只鸟吧》《爱情侏罗纪》等，在这些作品中，男性多半是伤害女性爱情的角色，陈晓明在评述杨映川这些小说时就认为："杨映川过于鲜明的女性主义立场更多的在于美化女性，而男人不过是充当了一些布景和道具。"也就是说，杨映川早期的写作中并没有跳出女性写作的一般方式，她同样是采取两性对立的方式来解决她的女性主题的。我对杨映川在塑造男性形象上的变化很有兴趣，这并不意味着杨映川放弃了女性立场，而是因为她不希望女性走到死胡同里去。女性写作从根本上说是悲观主义的，因为现实并没有为女性写作提供彻底解决男性中心主义的一丝曙光。或许从拯救男性的角度入手，能够获得一些希望。"女性在追寻爱情的过程中完善自我，同时改造着男性"，几乎就成了杨映川的一系列小说的基本主题。

《魔术师》是杨映川最近创作的长篇小说，一看小说名，大概就猜得到主人公应该是一名魔术师了。这样猜想大致上没有错，主人公冯时从小就怀着当一名魔术师的梦想。他的父亲曾在一个县剧团里玩魔术，在儿子眼里，父亲就是一个神人。父亲交给儿子五枚铜板，教会他玩铜板的魔术。从此冯时贴身揣着这五枚铜板，开始了他实现魔术师梦想的人生旅途。但魔术师在当今的社会并不是一个体面的职业，除非你是美国的大魔术师大卫·科波菲尔，能够在大庭广众之下将自由女神像变得无影无踪。就像冯时的父亲，被老婆看成不务正业、游手好闲的人，永远在老婆的臭骂下抬不起头来，也唯有当儿子崇拜他的时候才顶天立地了一回。而省杂技团这种正式玩魔术的团体，只是一个空壳子了，连杂技团的刘团长都奉劝前去求学的冯时，

死了学魔术的心，去学点实用的东西。但这一切并没有挡住冯时对魔术的酷爱，他在省城住下来，边打工边寻找学魔术的机会。小说叙述到这儿，冯时留给读者的印象，应该是一个老实本分而又执着的年轻人形象。然而，一次突然的事件，彻底改变了冯时的人生轨迹。老同学任义来不过是求他帮个小忙，要他在他打工的饺子馆里装一回老板，他不知道这后面藏着可怕的阴谋，他的老同学在城里一直干的是诈骗的勾当。他还以为他为老同学的姻缘做了一桩好事，没想到被当成了胁从诈骗犯关进了监牢。在监牢里冯时遇到了老谋深算的叶叔。这一章节可以说是这部小说的穴眼。读完小说，人们就会发现，冯时此刻在监牢里才算真正开始学会了玩魔术。而教他玩魔术的老师就是这位叶叔。叶叔不仅教他玩魔术，而且教导他什么才是真正的魔术。叶叔说："你如果选择魔术，最好只将它作为一种工具，一种生活方式，以玩魔术的态度来对待生活，玩好了，什么都会有，不会再有人能骗到你。"冯时不愧是一块璞玉，在叶叔的雕琢下很快就懂得了社会人生的诀窍，当叶叔考问他一个骗子成功的关键是什么时，冯时马上就给出了正确的答案：关键是转移人的注意力，让人只看到利，忽略了弊。从此，冯时就以魔术师的身份登台亮相了，但此魔术师非彼魔术师。以前他想当的魔术师只是在舞台上逗观众一乐的魔术师，如今他要做的魔术师，是以社会为舞台，以成就个人功利愿望为目的。这大概就是杨映川对当今社会的基本判断，而小说也通过各种人物的活动展示了一幅相互欺诈、充满着骗术的社会世象图。问题的可怕性还在于，如果你不学会一套骗术，你就无法在这个社会上站住脚，更不要想出人头地。黎金土算得上是一个玩骗术的高手，这位从农村出来的苦孩子，无权无势，要想在城市干出一番事业谈何容易，他必须"把自己藏得很好"，这是玩魔术的基本功，如果你不把自己藏得很好，轻易让人发现你的真相，你还怎么能够把骗术继续进行下去呢？

也许一开始他玩的"魔术"比较拙劣，也就是说他要为玩"魔术"付出很大的代价。他玩的第一个"魔术"是免费为许多民工提供法律援助，这种方式尽管要付出很大的代价，但也只有用这种方式才能让他这样一个刚出道没什么名气的小律师博得一点名声。凭着他的敏感，他马上发现朱聪盈是更好的"道具"，通过朱聪盈，他可以把"魔术"做得更大，果然他获得了成功。接下来，他又发现比朱聪盈更好的"道具"，这就是高院院长的女儿孟子勤，他及时利用这个"道具"变出了更大的利益，他成立起了正远律师事务所，俨然以南安市第一律师自居。但是，强中更有强中手，在这个以玩魔术求生存的社会，你不提防，就有可能成为别人的"道具"。很不幸，黎金土的"魔术"尽管玩得如此成功，却有更高明的"魔术师"把他拿来作为"道具"。这个"魔术师"就是自小梦想当一名魔术师的冯时。冯时略施小计，就让黎金土和孟子勤夫妇俩掏出了一百万元。尽管黎金土知道了玩这"魔术"的人是冯时，但他也只能打落牙齿往肚里吞了。朱聪盈在杨映川笔下是一个心地比较单纯的女孩，虽然她刚刚进入报社时玩了一次小"魔术"，借着政法部主任钟明是老校友的关系，她如愿以偿地提前离开了校对组，分配到政法部当了一名记者。但由此她付出了实实在在的代价——兢兢业业做一名好记者，写出更多有分量的文章。说到底，她还是心地比较单纯。但身陷尔虞我诈的魔术场中，她才明白了这个社会是多么的凶险，尽管她不去玩"魔术"，但她逐渐看得清楚"魔术"中的门道——她知道太多的真相。而当她明白这一切时，她又是多么的痛苦，因为"真相太残酷了，如果我糊涂一点可能就幸福一点"。当然她能够明白这一切对她来说仍有益处，至少她就知道了如何保护自己，所以当她发现黎金土还对冯时心存歹毒时，她可以用如此凶狠的话来警告他："冯时不会放过你们，我也不会放过你们。你们在明处，他在暗处，总不得不防吧，何况你们已经有了孩

子。"依朱聪盈的个性，她大概是不会去玩"魔术"以诈骗他人的，但她却会以洞若观火的心态去欣赏别人是如何把魔术玩得滴水不漏的。除了这几个主人公，小说中的其他人物在杨映川的笔下几乎都在人生舞台上玩"魔术"，只不过是有的高明，有的拙劣；有的偶尔为之，有的痴迷上瘾；有的精心策划，有的则是被动或无意。但杨映川写这些并不是要进行社会批判，她所关注的是爱情在这个世界上的遭遇。她越是写出了这个社会处处存在着骗术的严重性，也就越显出爱情在现实中的凶险。

在这个世界上，什么东西都可以从魔术中变来，只要你敢于昧着良心，只要你有绝高的骗术，但唯有一件东西是无法用魔术变来的，这就是爱情。杨映川的叙述反复向我们暗示了这一点。但朱聪盈在陷入爱情的旋涡中不能自拔时是认识不到这一点的，她失去黎金土之后，痛苦不已，她是真心爱着黎金土的，她不愿失去这份爱情，于是她哀求冯时："冯时，你不是会玩魔术吗，你不是能创造奇迹吗？你能让叶认真慢慢走起路来，你能从一个街边赌钱的小混混变成一个大老板，你能不能把他还给我，让他回到我的身边？"冯时必须为朱聪盈做她所想要做的一切，他真的把黎金土叫到了朱聪盈的身边。但当黎金土站在朱聪盈身边时，朱聪盈终于明白了，冯时能够将她想要的一个人变来，却不能将爱情变来。爱情拒绝玩魔术。杨映川此刻真正显露出她的女性立场，她以这种方式来捍卫神圣不可侵犯的爱情。黎金土并非不知道他与孟子勤没有爱情可言，他们的结合不过是一种利益的结合，他天真地以为，他与孟子勤周旋几年，赚足了，挣够了，可以再回过头来与朱聪盈接续起爱情。可他不知道，爱情不会像魔术一样说变就能变来的。毫无疑问，杨映川在这部小说中对黎金土充满了蔑视，蔑视的原因并非他为自己的出人头地所做的那些欺诈和虚伪的事情，要说起欺诈，黎金土比起冯时来要逊色多了，如果放在社会公正的角度来看黎金土这样的从底层拼搏出来的人物，也许会发现他身上还有很多值得同情的成分。令杨映川不可容忍的是，这样的底层人物竟然将神圣的爱情当成他玩骗术的"道具"。我发现，爱情是杨映川手中检验男性的一块试金石，甚至在她看来，爱情是臧否男性的唯一标准。也许不得不说，杨映川的确找到了一个简洁明了的好办法，因为在这个价值混乱、秩序失衡、假话连篇、真相隐匿的社会，很难从一个男人的言行判断出他灵魂的高下。冯时可以说就是一个黑社会性质的人物，随时都有可能被绳之以法；但黎金土打着为民工说话的招牌，他在法庭上慷慨陈词，为公正和正义辩护，并不能掩盖他牟取私利的肮脏目的。叶叔曾是官场上的显赫人物，因为卷入一桩公款挪用诈骗案进了监牢；而孟乐山作为高院的院长，在公共场合道貌岸然，他利用权势去帮扶女儿大敛钱财，也许诈骗的金额比叶叔有过之而无不及。但是，如果你在爱情面前具有虔诚之心，那么在杨映川看来你的灵魂还没有沦落，还堪拯救。

杨映川的小说始终在探讨爱情的问题，她写过许多执着于爱情的女性，但她讲述的爱情故事多半又是受伤害的爱情。一方面，那些女性为了爱情可以牺牲一切也无怨无悔；另一方面，她们所面对的男性总是在用各种欺骗的手段、虚伪的态度来亵渎这份纯洁的爱情。杨映川为她的女性伙伴们哀伤，她多么希望自己能够为女性伙伴们指出希望所在，但环顾四周的滚滚红尘，她也是迷茫的。她只能把希望寄托在虚无缥缈之中。在《爱情侏罗纪》里，小婵与朱蝶都期盼着真正的爱情，朱蝶终于在现实生活中找到了自己的如意郎君，然而婚姻才维持数月就终结了。小婵显然对世俗保持着警惕，尽管"大大小小谈了十几次恋爱"，却仍无动于衷。然而一封神秘的来信，一种与现实的声色世界没有关联的求爱方式，却启开了她的心扉。那么小婵是否找到了真正的爱情呢？小说让小婵在那次神秘的约会里，在那座仙境般

的院落里，倾听着一个脚步声越来越近，"门推开了"，就在读者们期盼着看到小婵所等待的恋人是谁时，小说戛然而止了。杨映川这样的处理，或许就是要告诉人们，真正的爱情只能存在于女性的梦境中，也正如这篇小说的标题所暗示的，爱情不过是史前动物，封存在侏罗纪的化石里。在《逃跑的鞋子》里，杨映川通过贺兰珊的爱情悲剧结局进一步证明了爱情在现实中的虚幻性。贺兰珊曾经头脑非常清醒，认为"都什么年代了，还谈爱情"，但她终于还是被于中一次又一次的真情表白所击倒，不由自主地陷进了一个始乱终弃的故事里。贺兰珊由此收获到的教训就是："我再也不相信你们男人的鬼话了。"但是，杨映川不愿意自己永远在虚幻中挣扎，于是她开始了拯救男性的工作，因为只有拯救了男性，爱情才能从虚幻中走出来的。《我困了，我醒了》中的卢兰，不知疲倦地帮助以犯困来逃避责任的张钉，最终是她的鲜血唤醒了张钉，激活了张钉内心沉睡的男子汉精神。至此，杨映川也就把爱情从虚幻的境地牵引到了现实层面。《魔术师》可以说是杨映川对爱情的叙述最具写实性的一部作品。小说同样反映了女性实现爱情的艰难，同样揭露了爱情在物欲横流的社会里问题重重，但杨映川在这部小说中不再是靠爱情的乌托邦来消解问题，她把问题归结到男性身上，那意思仿佛是说，爱情出了问题是因为男人们放弃了自己的责任。小说中的好几个女性，都是因为男人的问题带来了爱情的悲剧。叶认真高中毕业就与一位有妇之夫好上了，男的却不敢离婚娶她，她一怒之下悲壮地跳楼，落了个半身不遂。伍姨只是因为东方女性的矜持未敢主动示爱，她心爱的人就成了别人的丈夫，她只能一直把这份爱珍藏在心里。朱聪盈是一个单纯的女孩，爱情似乎对她特别眷顾，她身边总有爱恋着她的人，从青梅竹马的祖康，到黎金土、冯时，但越是像她这样顺风顺水越是在爱情上被人欺骗了。围绕这几个女性，杨映川又写了几个男人的不同表现。黎金土把朱聪盈的爱当成了他玩"魔术"的道具；而朱行知却顾及自己的面子即使到老了也不愿意去安抚一下伍姨的心；祖康老实憨厚，在尔虞我诈的一潭浑水前面难能可贵地保持着一身清白，但也因此在爱情问题上过于温文尔雅，难以征服女孩的心。杨映川重点推出了冯时这个男子汉形象，他深藏不露，成熟稳健，在相互欺诈的"魔术场"上他翻云覆雨，应对自如，总是立于不败之地，在现实中，人们永远也看不到他的真相，但是，他对爱情却是一片真诚，他决不会背弃他对恋人的承诺。在冯时身上，我仿佛看到一些西方经典电影中的真情英雄的影子，面对世界拼搏时血气方刚，面对恋人则温柔如水。或许杨映川也喜欢这些经典电影中的真情英雄形象，或许她从来就没有看过这些电影，但看过还是没看过并不重要，因为这种形象上的相似点，说明了在全球化时代，爱情遭遇的问题在世界各地都是共同的，人们对于男性的期待就会聚焦于共同的文化想象。

冯时可以说是杨映川塑造的一个新的男性形象，其形象之新特别体现在他所传达出的一种新的爱情观。冯时面对叶认真要嫁给他的表白时说："爱一个人不一定要把她娶回家，只要让她感觉到你是依靠就够了。"这真是一种超越了世俗欲望和世俗伦理的臻善境界，在这个境界里，爱情之爱与宗教之爱融为一体，一己私欲也得到了净化。当冯时浪迹天涯时，他会把他的恋人装在心里，小心呵护。因此，朱聪盈会在她所经营的西餐厅里为她的恋人留出一张固定的桌子，无论生意多好，这张桌子也要空着。当然在朱聪盈眼里，桌子并没有空着，桌子前坐着她的恋人，有时她还会坐下来，"她和看不见的他吃饭、说话"。我读到这里，心底泛起一阵感动的波澜。我想，在这个尔虞我诈的喧嚣世界，杨映川却能把爱情安放得如此熨帖，这真不简单！

海派文学中的启蒙叙事

——读孙颙的《缥缈的峰》

  《缥缈的峰》是孙颙的又一部长篇小说。我曾比较集中地读过孙颙的作品，对他的创作有一个整体性的认知，当我再一次读到他的新作时，就感觉如果仅仅是孤立地谈论他的这一部作品，会忽略了孙颙的特殊意义。因此，我首先要把孙颙看成海派文学中的一员。这不仅因为他长期居住在上海，也不仅因为他的许多作品都是以上海为物理空间的；而且更重要的是，因为他的存在，我们才对海派文学有了更为全面的认识。

  《缥缈的峰》中的主要人物都带着浓郁上海风情，故事围绕上海滩而展开，讲述了几个人物在这座大都市中演绎的爱恨情仇。一般来说，海派文学呈现世俗化和日常生活叙述的特点，这些特点其实在孙颙的小说中也表现得相当鲜明，对世俗生活充满浓烈的兴趣，这大概也是上海人的共性。孙颙可以说就是一位典型的上海人。但有意思的是，人们在论及当代对于海派文学的继承和发扬时，很少提到孙颙的创作，顶多是一笔带过。而人们在论及孙颙的创作时，也很少从海派文学的角度去进行阐释。这源于对海派文学的狭义理解。从历史维度看，在当代文学，整个海派传统是被打压的，直到"文化大革命"以后海派文学才重被提及，堡垒首先是由美籍汉学家夏志清对张爱玲的充分肯定而攻破的。它带来了 20 世纪 80 年代的张爱玲热，海派文学逐渐成为褒义词，成为耀眼的标签。但这也形成从张爱玲出发来看海派传统和海派文学的思维定式。孙颙显然和张爱玲有显著的区别。最大的区别就在于，孙颙的小说中不仅有人生，还有历史；而张爱玲的小说基本上只有人生，不关乎历史。我们习惯了在海派文学中阅读人生，因此当我们在孙颙的小说中也读到了历史时，就想当然地将其排除在海派文学之外。殊不知，广义的海派文学也是有历史叙事的。海派文学在它成型之际正是"五四"新文化运动深入人心的历史阶段，"五四"新文化运动的启蒙精神也影响了海派文学，如鲁迅、茅盾、巴金等作家都应该属于开创和发展海派文学的功臣，他们的作品既有鲜明的海派特征，也有坚定的启蒙叙事。因此，在海派文学传统中还有启蒙叙事这一脉。我们今天不能忽略了这一脉。今天，海派文学得到了长足的发展，从王安忆的《长恨歌》到最近鑫宇澄的《繁花》，是我们非常熟悉的海派文学的风格。但与此同时，还有孙颙也为海派文学的发展做出了很大的贡献，因为他为海派文学延续了启蒙叙事这一脉。

在孙颙的小说里，启蒙叙事最突出的特点是对理想的坚守。他的《雪庐》《烟尘》《门槛》，作为三部曲，从不同层面反映中国近代以来知识分子的人文理想以及在社会风云变幻中的遭际。他最新的作品《缥缈的峰》，里面对理想的坚守是重要的组成部分。进入现代化进程以后，中国知识分子所确立的理想主义精神，在历史过程中不断地经过淘洗、进化，这个理想主义精神要如何坚守下来？到了今天，这种理想主义精神还能不能存在？孙颙试图在他的创作中勾勒出这样一种理想主义精神在历史进程中的脉络。小说中的赖一任是孙颙重点塑造的人物，他是一个能够坚守自己理想的普通教师。孙颙的这一设计非常高明，在一个普通人物身上寄托自己对理想的理解，就使得理想变得更加实在和现实。赖一仁应该是一个数学天才，或许他在中学当教

师有点埋没了才能。但这并不重要，重要的是一个有理想的人，无论在什么地方，都会点亮理想的灯。所以赖一仁在中学干得很出色，他能将那些有才华的苗子培养成才，如吴语、俞小庆等。在市场经济时代，他又毅然下海，办起了软件设计的公司，目的就是要发挥自己的数学优势，生产出更好的网络安全杀毒软件，造福于全社会。赖一仁以下海的方式来实现自己的理想，也表达了作者孙颙对于理想的思索。因为在孙颙看来，在今天这个物质化的时代，人们往往注重现实利益，理想既然要挑战物质化时代，就不应该停留在高蹈的精神上，而应该降落到大地上。因此他借赖一仁之口说，过去强调立言比立功好，实际上，"就改变人类生活而言，创造，比立言的作用更加明显"。赖一仁就是要通过下海，将理想变为创造性的实体。当然，孙颙对于理想的思索远不止于现实层面，他还将理想置于历史的纵向层面，反思理想主义在中国近半个世纪来所经历的磨炼和锻造。这也是小说设计了好几条故事线索相互交织的原因。如滞留海外的成方的故事，富婆沙丽及其父亲的故事，崔海洋和崔丹妮兄妹俩的故事，这些故事所占的篇幅要多过赖一仁的故事，而且这些故事的跌宕起伏程度也要胜过赖一仁的故事，但赖一仁就像是小说结构中的圆心，所有的故事情节都在围绕这个圆心旋转。有的人践踏理想，有的人失落理想，有的人缺乏理想之光的照耀，但时光流逝，今天我们再一次在理想面前相遇。孙颙告诫我们："理想化与世俗化，经常性交替主导社会人群。在这里，羊群效应明显。羊群向左向右，从来不是恒定的事情。"从这里我似乎也体会到孙颙给小说取名为"缥缈的峰"的用意。峰是理想之峰，但它经常处于缥缈虚无的状态之中，人们难以窥见它的真实面目，甚至于缥缈中看到的是峰的幻影，但无论岁月的云雾如何缭绕，峰始终耸立在那里。

孙颙是一个乐观主义者，对于理想而言，他同样如此。他与小说中的赖一仁应该属于一代人，这是从激情的 80 年代走过来的一代人，他们仍然葆有理想情怀。然而他们的后代还能接过父辈们的理想火炬吗？这也是孙颙愿意思索的问题。因此他在小说中刻意写了吴语、俞小庆、赖欢欢几个年轻人，他们对理想的理解，显然跟赖一仁不一样。但孙颙能够非常理解年轻人的想法，而且他是从年轻人的身上看到了历史对理想磨炼的痕迹，所以年轻人的思考角度和出发点就会与父辈们不一样。正如赖一仁对他的女儿所说的："没有理由强迫你们按照前辈的头脑思考，如果理想过于缥缈，最后难免露出虚伪。我们曾经为此而痛苦。你们对理想主义反感，不是美好，而是虚伪。"孙颙努力去发现年轻人身上值得肯定的新质，如年轻人在对待理想时，可能表现为一种更为务实的精神，一种去伪存真的姿态。很显然，孙颙对年轻一代充满着希望。

面向未来的眼光，是海派传统的启蒙叙事最突出的一个特点，这一点也是最值得肯定的。这一点在孙颙的小说中表现得非常突出，从他以前的小说和思想随笔，到最新完成的《缥缈的峰》，我就发现孙颙对新事物、对高科技有着强烈的兴趣。如在长篇小说《漂移者》中，他塑造了一种全新的漂移者形象，这是全球化时代的漂移，跟传统的、充满乡愁的漂移者形象完全不一样。而在《缥缈的峰》中，孙颙为赖一仁设计了一项与电脑和网络相关的工作，这一设计来自他对人类文明发展的大胆想象。在他看来，蒸汽机的出现、电力的运用，都给人类文明带来重大的变化。而如今轮到电脑了。他相信："计算机技术的不断完善，不但挑战人类的大脑，而且有望改变人主宰一切的现状。"于是他要让他小说中承载着理想的人物赖一仁也热情投身于互联网。正是这样一种面向未来的眼光，使孙颙的启蒙叙事有了一种更加积极的意义。

青铜重器的分量

——读刘醒龙的长篇小说《蟠虺》

　　到了武汉是一定要去省博物馆看看的，那里有太多珍贵的文物。这也是湖北作家朋友在我面前特别引以为傲的一桩事。最让我感到震撼的是其中的一件展品：曾侯乙尊盘。这是一件造型繁复精美的青铜器，玲珑剔透的镂空装饰完全是鬼斧神工的杰作。我凝望着这件出自两千多年前的楚国人创造的精美器物，琢磨着器物上那些优美的图案，它们是否传达了某种信息和情感？我相信，每一个作家，尤其是湖北的作家，面对这样一件珍贵的文物时，一定不会无动于衷的。因此看到刘醒龙的新作《蟠虺》时，止不住一阵惊喜，我想终于有湖北作家来写楚国最神奇的文物了。蟠虺是青铜器中一种常见的纹饰，以卷曲盘绕的小蛇形象组成连续不断的装饰。蟠虺恰是曾侯乙尊盘这一神奇文物上特有的图饰，尊口是蟠虺状的镂空花纹，仿佛朵朵云彩上下叠置，尊的颈部则是蟠虺纹的蕉叶形向上舒展，尊腹和足都是由细密的蟠虺纹严严包实，尊底的盘也在四只方耳上饰满蟠虺纹，与尊相互呼应。看来，曾侯乙尊盘上的成千上万条小蛇已经在刘醒龙的文学想象中蠕动起来了，那么，刘醒龙又从这件文物中剥离出一个什么样的故事呢？是远古的神话，还是岁月累积的传说？及至读下去，才发现，有着强烈现实感的刘醒龙给我们讲述的仍然是一个现实的故事。小说通过文物进入学术界，批判的锋芒直指当下的知识分子。

　　完全可以用"独辟蹊径"这个成语来描述刘醒龙的构思。曾侯乙尊盘这样一件珍贵的文物，包含太多远古的信息，却是今人难以读解的密码。我最初以为，刘醒龙将它写进自己的小说里，一定是他找到了破解的密码，要带我们去领略远古的神奇。但在阅读中才发现，刘醒龙完全把远古的信息翻译成今文，让死去的文物在现实场景里再次被激活。刘醒龙或许长时间地站在博物馆内的曾侯乙尊盘的展柜前，他观察来来往往的人们，看人们在曾侯乙尊盘前的神色，更揣摩人们内心的活动。小说就是以今天的人们怎么对待曾侯乙尊盘而演绎出来的故事。故事的主人公曾本之是国内青铜器学界的泰斗级人物，他之所以能成为泰斗级人物，又完全与曾侯乙尊盘有关。这涉及一个非常专业性的学术话题，即先秦时期的青铜器的制作工艺问题。据了解，国内研究古代青铜器制作工艺的专家基本上认定，中国在先秦时期的青铜器都是采用范铸法制作，但湖北出土了曾侯乙尊盘这类青铜器之后，有的专家认为，曾侯乙尊盘上的蟠虺镂空图案繁复精细，以范铸法是难以制作出来的，因此在先秦时期应该同时也有失蜡法的工艺，曾侯乙尊盘就是采用失蜡法制作的。由此便形成了青铜器学术界的两大派别。这在学术论争中是非常正常的现象，但刘醒龙浓烈的忧患意识即使在面对学术论争时也没有止步，他在想，如果无限膨胀的欲望也盯上了学术论争，要将学术论争当成实现欲望的工具，会是一种什么结果呢？当然，刘醒龙的想法并不是无中生有，因为在现实中，学术腐败在学术界变得越来越严重，其花样翻新也是达到了令人瞠目结舌的地步。于是，刘醒龙便以关于曾侯乙尊盘制作法的学术论争为切入点，大胆揭露了学术腐败的社会问题。曾本之老教授之所以成为青铜器学术界的泰斗级人物，就是因为他在曾侯乙尊盘出土后，第一个提出失蜡法的学术观点。从此他要代表楚学院每年定期给曾侯乙尊盘进行检测。这是一个多么神圣的工作！然而天真的学者怎么也不会想

到，有多少贪婪的人在觊觎着这尊青铜重器。当然，刘醒龙更要告诫人们的是，这些贪婪的人不仅包括"惯于歪门邪道、偷天换日的贪贼"，更有"强权在握的明火执仗者"，而且尤其是后者，几乎让人们"无法应对"。一件在地底下埋了千年的珍贵文物，在刘醒龙的手上成为一面照妖镜，照出了现实生活中那些冠冕堂皇的强权者的真实面目，他们的贪婪欲望可以将一切都吞噬进肚子里。天真的学者们为此付出了惨重的代价，甚至他们的生命。

但刘醒龙在把曾侯乙尊盘当成古代留给今人的青铜重器来写时，还发现了另一件古代的重器留存到了今天，这就是文人的理想操守。"识时务者为俊杰，不识时务者为圣贤。"这是老学者曾本之反复说的一句话，刘醒龙以这句话作为小说的开头，意味深长。曾本之就是这样一名当代圣贤，他最大的优点恰好是"不识时务"，不识以金钱和利益为处事原则的"时务"。他更是一个清醒的知识分子，勇于反思，勇于否定自己。他提出的失蜡法观点被人们奉为经典，写进了青铜史，但当他在与曾侯乙尊盘不断打交道的过程中有了新的发现，也就不顾个人得失，要否定失蜡法的观点。他说他只遵循青铜重器只与君子相伴的古训。一方面，刘醒龙对现实的腐败和阴谋进行冷峻和无情的批判；另一方面，他没有失去对真善美的信心。可以说，他就是怀着这样的信心去读解青铜器的。他发现，古人在浇铸曾侯乙尊盘时，也把浩荡之气一起浇铸在蟠虺纹上，所以他要说，青铜重器只与君子相伴。所以他在写到真正的曾侯乙尊盘被再一次送回省博物馆时，会让一股异香从存放曾侯乙尊盘的防护柜里飘散出来。也许刘醒龙在说青铜重器只与君子相伴时，他是以君子暗喻我们的时代，他对我们的时代充满了信心。

刘醒龙大胆借用侦探小说的结构来承载他要表达的严肃主题。故事以主人公曾本之突然收到一封以死去二十多年的同事郝嘉的名义所写的信作为开头，就为整部小说定下了神秘的基调。谁是写信人？信中如谶言般的四个甲骨文文字又有什么深意？这勾起了读者强烈的阅读兴趣。其后的故事情节跌宕起伏，悬念丛生，充满了侦探小说特有的智力挑战。但刘醒龙这次的文体试验并不是为了迎合读者在故事性上的低端要求，简单地套用侦探小说这种类型小说的模式。他是从思想主题表达的需要出发，借用了侦探小说的结构形式。因此尽管故事中包含好几个案件及蹊跷的死亡，但刘醒龙并没有以公安人员作为主视角，而是以曾本之和马跃之这两位聪明的老学者为主视角，在层层剥开案件谜团的同时，也揭露出知识与权力相互勾结、相互利用的学术腐败的内幕。刘醒龙在真与假上大做文章：在文物市场上，充斥着以假乱真、弄假成真，而高明的文物大盗老三口却反其道而行之，来了个弄真成假。而面对种种利害和功名，人们遮掩真相，尔虞我诈，更是将一切变得真假难辨。但一部侦探小说最终要揭开案情的谜底。刘醒龙要告诉我们谜底则是，该天谴的一定会遭天谴，该天赐的一定会有天赐。

批判和迷恋，钱币的两面

——关于邱华栋的城市小说

邱华栋生来就是属于城市的，他的鼻子对城市的气味更为敏感，那么什么是城市的气味。坦率地说，我也搞不清楚，虽然我也在城市生活了几十年，但我知道反正不会是田野里飘散的泥土的芬芳。其实要了解城市的气味，最好的方式莫过于读一读邱华栋的小说。比方说，在《滋味与颜色》中，邱华栋把他的鼻子借给了画家章娇和媒体人郑迪。他借这两个人物告诉我们，城市里的人是靠"气味相投"而走到一起来的。当然，郑迪也是在章娇的开发下才意识到嗅觉的重要性的。郑迪开始对于嗅觉并不以为然，但是在章娇作画时，他的嗅觉被唤醒了，他一步又一步地闻嗅章娇的身体，从她的头部到胸部，到四肢，到腋下，到腰部，直到她的私密部位。她的激情被他的闻嗅挑拨了起来。然而，章娇与郑迪算得上气味相投的一对吗？恐怕不算。所以，我们读邱华栋的小说，会感到城市的不可捉摸。城市是一座巨大的迷宫，它藏匿着太多的未知和隐秘，而邱华栋就像是一头城市猎犬，凭着他灵敏的嗅觉，总是会从那些钢筋混凝土构筑的壁垒中发现藏匿着的新奇。

中国 20 多年的高速现代化，使中国城市的大楼如森林般耸立起来，由此也造就了当代都市小说的繁荣。早在 20 世纪 90 年代初，有人就预言："城市正在成为 90 年代中国最为重要的人文景观。"邱华栋则是当代都市小说不可忽视的一位作家。就在中国的城市刚刚觉醒，涌动起变革的浪潮时，邱华栋的目光就扫遍了城市的角角落落，他发现了为都市成长起来的新人类，为此他写了都市人系列小说。对于这个都市人系列小说，我的同事、研究当代文学的专家巫晓燕有一段精彩的论述，她分析道："《公关人》中的 W 每天要与几十个、上百个人打交道，谋算能够从对方那里得到什么，彼此交换一些什么。于是，不停地变换'面具'，始终戴着面具生活的虚假形象最终代替了自我，使自己成为一个假面人、平面人、无深度的人。这从根本上说还是商品人的一个印证。商品人的一切以交换为目的的生活，使 W 最终由于无法忍受感情的荒漠而走向死亡——死亡成为唯一能够印证自我的选择。在《直销人》中我们就看到了技术世界对人的无情倾轧。摄像机、油烟机、超薄电视机、红外取暖机、加湿器，更为重要的是，'他们干这一切的时候并不在乎我。甚至都不征求我的意见而强行安排了我的生活'。在《钟表人》中，人们好似上了永无回归的奥德修斯的漂流船——发展、发展、无限的发展把人无休止推向前方。在这里，城市当然代表了一种技术的世界。在这座摇滚乐节奏的城市中显然无法过那种没有钟与表的生活，要想成为一个'自然人'已不可能。因为，'我突然发现我的生物钟已经非常不准确了'。它使生活成了问题。在《环境戏剧人》中，我们看到了易拉罐（代表工业技术）已堆积至'大阪'。与其说人进入都市就再也回不去了，不如说对于一个技术人来说，放弃技术而回归自然已成了真正的无望。在《时装人》《持证人》中，我们看到的是当代都市人的大众性。"毫无疑问，在邱华栋的都市人系列里，我们能够感觉到人们在都市中求生存而导致的人性的异化。我想，每一个对人性充满爱意的作家都会拿起批判的武器对城市的冷漠进行毫不留情的抨击，这几乎成为现代化以来文学的传统。但不要因此就认为，邱华栋也像有些作家那样是站

在乡村的立场上来批判城市的，恰恰相反，我们也许在邱华栋的叙述中丝毫也找不到乡村的影子。邱华栋既然从本质上是属于城市的，那么他就不会把自己禁闭到一个虚幻的田园理想之中。他的理想还在城市，一方面他批判着城市；另一方面，他也表达着对城市的迷恋。比方说，《滋味与颜色》与《我是唐武，我弟弟叫唐文》这两个短篇，都写到了男人们的"花心"带来的后果，看似是对这些男人的不道德进行批判，可是从叙述笔调中，分明又能感到作者对于郑迪、唐武、唐文们的同情之心。批判与迷恋，对于邱华栋来说，不过是一个硬币的两面而已。

邱华栋的这两个短篇小说很有意思，他在城市的搜索过程中总是会有新的发现。可以把这两个短篇看成一个主题的两种表达。这个主题就是关于城市伦理。在《滋味与颜色》中，我们遇到了一对情人，郑迪和章娇。这看似是一个写找情人的故事。找情人仿佛是一个魔咒，凡是写城市小说的作家都绕不开这个魔咒。这大概说明了找情人是城市的一大症结。男人得势了，发财了，性欲也就膨胀了，不找情人情人也会来找你。找情人也是我们批判城市的很好的入口。比方说，邱华栋笔下的郑迪，身为一个流行杂志的发行人，自然春风得意，就会对家中的妻子有了高度的"审美疲劳"，他一方面在外面偷偷地更换着情人，风流韵事不断；另一方面，又要安顿好家庭，深恐妻子发现自己的情事。相比之下，章娇就要自由潇洒多了，她不像郑迪那样，有那么多的顾虑，那么多的担忧，她真的是一个我行我素的自由者。郑迪与章娇，分明代表着两个时代的伦理原则，不同的伦理原则决定了他们一个是新人，一个是旧人。郑迪属于旧人，他仍是以旧的伦理原则来行事的，这种伦理原则是以乡村精神为基准的，是从过去延续下来的，它强调了血缘关系，维系着家庭的稳定。在漫长的农耕社会里，这种伦理原则行之有效。但进入城市社会，这种伦理原则显然有许多与城市精神不谐调之处。郑迪的种种恐慌均缘于他不能摆脱旧的伦理原则的约束，不是他不想摆脱，而是他的生活方式和生活制度决定了他必须遵循着旧的伦理原则。但是，章娇就比郑迪自由多了，她放弃了旧的生活方式，因此也不必遵循旧的生活制度。章娇无疑是一个另类，她放弃旧的生活方式，也就意味着她没有一个温馨的家庭，也没有古典的爱情，甚至她也没有一个让亲情和身体安妥的避风港。更重要的是，当新的城市伦理还没有建立起来时，像章娇这样完全摆脱了旧伦理约束的新人类们，却会对那些仍在旧伦理秩序里徘徊的人们既构成极大的诱惑，又构成极大的威胁。当章娇从加拿大给郑迪发来一个手机短信，告诉他她在大洋彼岸生下一个儿子时，郑迪感觉就像是在他的体内埋上了一枚地雷，不知道什么时候就要爆炸，他只能这么来安慰自己："风物长宜放眼量，就这么走吧，他想，就这么走到人生的尽头吧，因为在那里，谁也不知道有什么东西在等待着我们。"而在这种无奈中，其实就包含一种期待，一种对新的城市伦理原则的期待。

在《我是唐武，我弟弟叫唐文》则是体现了旧的伦理原则与城市生活的冲突。这种冲突将带来严重的后果，无论是唐武遭遇妻子在公共场合让他下不了台的尴尬，还是唐文最终被情敌要了性命的悲惨结局，说到底，就在于他们既然生活在旧的伦理原则统领的环境下，却又不按旧的伦理原则行事，屡屡犯规，自然就要受到惩罚。唐武当然比他的弟弟唐文要幸运多了，他尽管也受到了惩罚，但毕竟不像弟弟那样命归西天。那么他将如何继续自己的情感生活呢？他只能回心转意。他重新回到家庭，妻子原谅了他，他也让妻子怀上了孕，而他的情人只好打掉了他们俩的爱情结晶。唐武似乎是一个圆满的结局："我被电视台的领导要求立即回到原来的岗位上，继续担任节目主持人。我老婆的肚子也一天比一天大起来。她不再歇斯底里了。她很安详平和。"然而这种圆满，

是以主人公的妥协为代价的，他的妥协也就是承认了他的过错，同样他也就重新回到旧的伦理原则的樊篱之内。

我很羡慕邱华栋，他对城市充满了热情，因此他能充分享受到城市的新鲜事物。城市是一个具有巨大活力的动物，每天都在吐故纳新。邱华栋追随着城市之新，从而使其写作始终保持着青春的气息。同样，城市之新也十足地吊起了邱华栋的胃口，使他始终保持着旺盛的好奇心，不断去发现城市的诡秘和新异。但我以为，将邱华栋仅仅比喻为城市猎犬是不全面的，他的确有超凡的嗅觉，的确会像一头警觉的猎犬，不放过任何可疑物。然而仅仅如此的话，他只不过是一名优秀的新闻记者，有许多优秀的新闻记者也堪称"城市猎犬"。邱华栋要比新闻记者更胜一筹的地方，就在于他不仅有超凡的嗅觉，还有超凡的大脑。一个新闻记者捕捉到的内容，只是构成社会新闻的上好材料。一个城市不能没有社会新闻，社会新闻是市民生活的作料，没有社会新闻，人们会感到生活的乏味。而一个都市小说的作家，却会将这些社会新闻材料重新酝酿处理，给人们制作出一把解密城市的钥匙。关注社会新闻的读者也许已经从邱华栋的这两篇作品中发现了熟悉的材料，比方说在《我是唐武，我弟弟叫唐文》中，基本上就是由两个曾经引起全国轰动的社会新闻组成的，一个是政法大学的一名大学生在课堂上杀死了老师，一个是北京电视台的一名主持人在一场主持活动中有人突然冲上主席台揭露他的风流艳事。也许这两件社会新闻都能演绎成充满可读性的故事，但邱华栋从这两桩并不搭界的新闻事件中看到了某种内在共性，于是他巧妙地将二者糅合在一起，而糅合成的这篇小说带给人们的就不仅是满足一下市民的窥探欲望，而是发人深省的思索。因此在我看来，邱华栋不仅是一头机警的城市猎犬，而且是一头矫健的"城市猎豹"，他经常会瞄准目标，出其不意地发起攻击，置目标于死地。

追寻"另一个世界"的"新市井小说"

——论春绿子的《空城》

我想把春绿子的长篇小说《空城》称为一部"新市井小说",小说里每一个字仿佛都在成都风情里浸泡过了似的,一个个鲜活的人物则构成了一幅成都的世象画廊。我很久没有读到市井风情如此浓郁的小说了。

市井小说应该是现代性的产物,因为随着现代化的展开,城市具有举足轻重的作用,市民生活被赋予了审美的意义。现代文学史上的老舍、张恨水、施蛰存、张天翼等都留下了地域特色鲜明的市井小说,后来市井小说一度沉寂,新时期文学的复苏才带来市井小说的再一次兴盛,无论是京派的邓友梅、苏叔阳、刘心武,还是津门的冯骥才,抑或苏州的陆文夫,都有市井风情浓郁的作品,至今仍不失艺术的魅力。但从 20 世纪 90 年代末期开始,市井作为一种审美元素,似乎渐渐地从小说创作中淡去。究其原因,市井小说既与城市有关,也与地域有关。自 90 年代以来,在全球化的影响下,现代化以消弭个性为代价,城市越来越变成同一个面孔,地域性被现代性所掩盖,人们不再关注市井风情,甚至市井风情也被当成了商业元素。于是,真正融入市民生活中的市井风情难以寻觅,在各个城市里叫卖的却是完全被商业化的"伪市井"。在这种状况下作家也就缺少了写作市井小说的客观环境。但是,这并不意味着市井风情就已经从当代社会中消

失了，因为市井风情从根本上说是一种传统生活方式的表现。尽管现代化带来了城市的变化，改变了人们的生活方式，现代生活方式成为主流，然而城市是一个庞大的生存空间，容纳着多元的生活方式，传统在城市中不会消失，只不过被稀释、被切割而已。成都在众多的中国大城市里是一座多少还保留了一些旧景象的城市，尤其难得的是传统生活方式保留得相对比较完整，比较强势。春绿子生活在成都，其实就是守着一个丰富而又独特的文学资源。当然这并不是春绿子独有的，每一个生活在这里的作家都浸润其中，在他们的作品中也能体会到成都风情的魅力，但是他们的小说不是地道的市井风情小说，市井风情在他们的作品中只是成为一种装点，一种饰物。仿佛春绿子才是一位成都市井风情的痴情人和知情者，他把那些稀释了的、被切割了的市井风情汇集到一起，酿成了这一坛《空城》的好酒，我们翻开书页，就被它的醇正的成都风情所吸引，一点点地醉倒在"空城"里。

既然把《空城》称为新市井小说，就得对市井小说有一个比较明确的界定。市井小说以都市或城镇下层人物为描写对象，注重独特风俗民情的描绘，通过世俗生活去展现人生底蕴和文化内涵。汪曾祺曾是这样来概括市井小说的："'市井小说'没有史诗，所写的都是小人小事。'市井小说'里没有'英雄'，写的都是极其平凡的人。'市井小民'嘛，都是'芸芸众生'。芸芸众生，大量存在，中国有多少城市，有多少市民？他们也都是人。既然是人，就应该对他们注视，从'人'的角度对他们的生活观察、思考、表现。"最重要的是，汪曾祺强调了市井小说与市民小说的区别。在他看来，市民小说是产生于封建时期的小说，如古代的《今古奇观》，"三言二拍"等；市井小说则兴起"五四"以后，这二者"主要的分别在思想"，汪曾祺说："'市民文学'的思想和他们所描写的人物是在一个水平上的，作者的思想常常就是人物的思想，即市民思想。'市井小说'作者的思想在一个更高的层次。他们对市民的观察角度是俯视的,因此能看得更为真切,更为深刻。"新时期以来,邓友梅的《话说陶然亭》《寻访"画儿韩"》,刘心武的《如意》《钟鼓楼》,冯骥才的《神鞭》,陆文夫的《美食家》《小巷人物志》等,可以说都是市井小说的佳作。春绿子的《空城》非常符合汪曾祺对市井小说的艺术概括。小说以文化公园里的茶馆为中心,茶馆吸引了各色市民,又由来这里的人物辐射开去,于是作者的视线跟着这些人物延伸到社会的角角落落,将一个风情万种的成都城立在了读者眼前。毫无疑问,作者春绿子对成都充满感情,也最有体悟,他是这样来形容成都的:"总有人说成都是一座来了就不想走的城市,又有人说,成都是一座叫人骨头发软的城市。而成都人自己觉得,成都就是枕头边那个一辈子都痛不够的女人,老叫人想躺在她怀里耍赖。"这样的成都还能不叫人眷念,还能不叫人流连忘返。我以为这段话不仅是作者对成都这座城市的概括,其实也是对市井小说特征的概括。市井小说的特征是什么,在我看来,市井小说的特征就是充满人间的气息,市井小说宣扬的是人性,而不是神性。市井小说不是引诱人间的"嫦娥"奔月,而是吸引天上的"七仙女"下凡。市井小说充满了人间的烟火气味和世俗习性,因此一个不会享受日常生活的作家大概是写不出韵味十足的市井小说的。但正如汪曾祺先生在区别市民小说与市井小说时强调的,真正的市井小说应该是作家对生活的俯视,它决不仅仅是对日常生活的享受,还要对日常生活有所感悟。因此,一个不懂得生活的酸甜苦辣的作家也就写不出真正的市井小说来。

作为一部市井小说,《空城》毫不掩饰日常生活的诱惑力。在春绿子的笔下,成都的日常生活真的是有滋有味,就说开头的一番描写吧,多像一个流畅的电影长镜头,跟着一位有姿有色的中年女性谢芹起床,摇过似梦似醒的宇儿,摇过院子里的白绸练功服,摇过笼子里

伶俐的八哥，再摇过热乎乎裹了糖汁的糍粑……如果说这只是一种生活流，得益于自然，那么再看看春绿子是如何写吃的，比如他写玉石街上的肥肠粉店："从小店里冒出一缕缕热气，一股香辣味在街上肆意流淌。从这热气里穿过，走过十里八里，身上都还有肥腻的气味。"说起来，《空城》的基本情节就是些日常生活中的琐事小事，市井街巷里的俗人凡人，但我们读起来一点也不觉得琐碎，这是因为作者在小说的结构上很有讲究。作者以时间为经，以空间为纬，建立起一个清晰明了的坐标体系。时间上大致上就是按照四季转换来结构的，小说从某一年五月春花烂漫的季节开始，结束于第二年的又一个五月，小说中的人物仿佛经历了一个轮回。空间上主要有两个中心点，一是谢芹、曾宪等人居住的玉石街，一是尹老三在文化公园里经营的茶铺。由于有了这两个空间上的中心点，因此尽管小说的人物很多很杂，情节也相对来说很碎很散，但这些散碎的情节通过这两个中心点而有了关联，有了整体感。在这样一个完整的结构中，作者就能自如潇洒地发挥他对成都风情的感受了。让我佩服的是作者的感受真是吃透了成都风情的精髓。这种精髓是什么，在我的理解中，就应该是情欲的日常生活化。从故事层面看，小说中主要人物的故事都离不开情欲的因素。当然这些人物的情欲呈现的形态各不相同，内心情感也大相迥异，其间满是人生的酸甜苦辣。比如苏明被迫就范于李马华处长，与谢芹接受曾宪的偷情，看上去都是弱势女子的无奈，但谢芹在无奈中却又感受到了情欲的倾情释放，从而使她处在一种矛盾的情感状态中，苏明却是无比屈辱，感受到的是自己的正常情欲遭到摧残。毫无疑问，这些情欲因素都附着了复杂的社会原因，比如苏明屈服于李马华，无非李马华作为一位官员，掌握着支配工程的权力，在苏明与李马华的关系中，明显反映的是官员腐败的社会问题。但春绿子在这部市井小说中，并不是要去解决对社会问题的批判。他所要做的是将市井生活的肌里呈现出来，让我们感觉到，人世间的日常生活是这么的有滋有味，充满活力，而情欲则是给这活力添加的燃料。尽管这人世间的日常生活百味俱陈，酸甜苦辣，忧喜悲欢，不尽相同。在春绿子的叙述里其实已经包含一种人生观，他以积极乐观的姿态去面对生活，于是他看到成都的市井风情下，洋溢着一种自由率性和达观的生活态度。也许我们会说，在春绿子的叙述中看到了一个西方学者弗洛伊德的影子，是的，弗洛伊德的心理分析学和性学论给中国当代文学的影响之大绝不可低估，它为中国作家打开了一片思考的蓝天。春绿子自然也享受到这片蓝天的辽阔，但他丝毫不是用小说来生硬地诠释弗洛伊德的理论，相反，他将日常生活中的肉欲表现得如此积极潇洒，也许要比弗洛伊德的理论更贴近我们的生活，对我们来说更有一种亲切感。情欲在春绿子的笔下不仅是一种积极乐观的生活态度，而且是一种富有日常生活情趣的审美材料，所以他描写成都的景色时，往往会加进去情欲的成分，凸显出成都的风情万种。如："成都的春天格外长，像一个沉溺在温柔乡里的情种，几度缠绵，总不愿离开。"又如："那些大大小小的街巷，从早到晚却充满一种病态的温暖，到处弥漫着经日不散的热气，那热气里是稠密而醉人的烟火味。"又如："旁边有一家烧烤店，里面挤着很多人，一蓬蓬味道厚实的青烟，从那屋子里肆无忌惮地飘出来，从巷子里一路流过，像无所顾忌的娼妓一样，引诱那些不甘于夜晚的寂寥的男男女女。"又如："春雨里的成都，像一个两鬓插满春花的女人，虽浑身烟雨，却格外风情，格外柔丽。"在春绿子的叙述里，情欲真像是一个精灵。小说中有一个细节颇能表达春绿子的深意。尹老三欲接柳映楼来茶铺说一次相书，柳映楼则提出要叫上裴瞎子与李幺妹两口子一块去。李幺妹其实是柳映楼的相好，柳映楼大概觉得自己时日不多了，这次他将他对李幺妹的相思通过说相书表达了出来，当他把自己的相思尽情表达出来后，他也

在布笼子里面断气了，断气时手里还紧紧捏着一张李幺妹的照片。

但是，如果春绿子止步于这一层面，那不过是对现实的呈现而已，不过是对现实的满足和玩赏而已，顶多是说其叙述优美传神罢了，那是够不上真正合格的市井小说之称的。合格的市井小说不能缺少审视的眼光和批判的精神。按汪曾祺先生的说法，应该是"作者的思想在一个更高的层次。他们对市民的观察角度是俯视的，因此能看得更为真切，更为深刻"。汪曾祺还进一步阐释了这样做的理由，他认为，市井小说所写对象城市普通市民"是属于浅思维型的。他们只能想怎么活着（这对他们是不易的）；而想不到人为什么活着（这对他们来说，太深奥了）。他们的思想上升不到哲学的高度。他们是庸俗的。'市俗'，市和俗总是联在一起的"。但是，作家应该站在更高的层次，他们能够看到市民的问题，既对他们笔下的人物寄予同情，也要揭露和批判他们身上的弱点，在汪曾祺看来，这种批判"有谐谑，但不很尖刻；有嘲讽，但比较温和"。事实上，春绿子在讲述成都市井某一个角落的故事时，并不是一味地呈现日常生活的风情，他的褒贬就寓含其中。比如他将一种诗意的叙述给予他所同情和怜惜的人物苏明，而对李马华这样的官场败类，他则用一种嘲讽甚至夸张的叙述。应该说，春绿子面对成都风情万种的日常生活，感情是复杂的，在这人生的酸甜苦辣中，有善有恶，有是有非。

如果春绿子止步于这一层面，也就是把《空城》写成了一部地道的市井小说而已。但是，春绿子并没有止步于此，他有了更新的追求，因此他的《空城》才是新市井小说。所谓新市井小说之新，是相对于新时期以来的市井小说而言的。我们在阅读 20 世纪 80 年代以来邓友梅、陆文夫、冯骥才、刘心武等人的市井小说时，就会发现作家们正是借助市井文化，从过去的崇尚英雄的宏大叙事中走出来，转而关注普通人的生活状态，在普通人身上投入更多的人文关怀。而由此几乎也形成了市井小说的一种思维定式，仿佛市井小说就是表现普通人的生活状态的，就是对"小人物"寄予同情和体恤的，或者就是挖掘市井民俗的文化内涵的。说到底，市井小说是关于人生的小说，关于日常生活的小说，但春绿子在这部市井小说中却要追问宗教的问题。宗教是关于出世的，市井小说的主题却是入世的；宗教是宣扬神性的，市井小说是宣扬人性的，这二者怎么能够统一起来呢？春绿子设计了苏明这个关键性人物，她在世俗的功利场上拼搏得身心疲惫，她看上去也是一个成功的女强人，但她为了这些世俗的成功却不得不付出很多，包括自己的身体，这时候她的精神无疑是与身体相分裂的。于是，她只能将自己的精神寄托在网络上，当她在网上与"窗前明月"倾诉时，她仿佛找到了知音，精神上获得了补偿。但最终她发现，这个让她引为知音的网友"窗前明月"却是现实生活中要刁难她的包工头。这是一个极有深意的反讽，因为当人们要批判世俗时，一般就会让精神分离出去，将精神安妥在一个纯洁高雅的地方。苏明也是这样来安抚自己在世俗社会里遭到的伤害的。但这个精神纯洁高雅的地方原来仍然与恶浊的世俗社会切不断关系。在这里，春绿子实际上嘲笑了那些追求精神脱俗的主张，在他看来，单纯把精神与物质和欲望割裂开来的主张是虚假的。但他又不是简单地站在世俗的立场上，为情欲进行辩护。尽管他的叙述饱蘸着情欲的浓汁，尽管他笔下的情欲就像是一个自由自在的精灵，但他并没有接受弗洛伊德的理论，对情欲做出价值的肯定。他笔下的这个精灵只是一个中性的"酶"，"酶"总是在发酵，但有时候发酵是做出香甜可口的蛋糕，有时候发酵却是催长了可怕的病菌。热衷社会批判的作家可能由此要探究社会弊端，开出解决社会问题的良方。这良方也许是一剂猛药，在治病的同时也把情欲伤了。春绿子始终呵护着情欲这个精灵，所以他才把市井小说写得这么有滋有味。但是，他希望人生能够消弭那些心

灵的痛苦和烦恼，宗教最初的目的就是要为人们解决心灵的痛苦和烦恼的，苏明开始也想到了宗教。当她在高木寺里遇到那位超然的老僧时，竟有了庄周梦蝶的感觉，都以为只有宗教才能拯救她这只迷途的羔羊了。以出世的方式来解决，但事实证明宗教的解决方式是失败的。春绿子接着又设计了一个反讽的细节：苏明的保姆是一个居士，很认真地劝她皈依佛门，不经意间保姆却说出了佛门堕落的事情，让苏明认识到，世俗化了的宗教不能把灵魂带离苦海。于是一个新的问题呈现了出来："宗教早已完成了它的使命，我们需要另一种力量，需要寻求另一条路？"陈云生这个缺少世俗味的人物就隆重登场了。陈云生与苏明坐在玉楼春茶楼里关于宗教的对话是对这个问题的回答。说实在的，这篇哲学意味浓重的对话与整个小说的叙述风格太不谐调，但由此我又看到了作者思想之深邃，比如这样的拯救人类的思想是很精彩的："一种必须超越精神文化和宗教伦理的力量，必须突破上帝和佛所到达的高度。"欣赏到精彩的思想也是非常快意的，也许有了这种快意也就宽容了叙述上的不谐调。然而，陈云生所说的能够拯救人类的超时空、超自然的力量在哪里呢？

春绿子在最后一章里试图给出自己的答案。在这一章里，"水一样闲适"的成都人突然经受到一次大的震撼，这就是发生在汶川的特大地震。或许在作者的心目中，这场震撼世界的汶川大地震就是一种超时空、超自然的力量在警示人类。在地震面前，许多人不仅看到了地震后留下的惨景，也看到了自己的内心竟是如此恶浊肮脏。小说写到了曾宪对自己的谴责，他多么希望能在地震中获得灵魂的拯救。每一个人物在地震面前都感受到了心灵的震撼，他们的表现各不一样，但可以想象的是，他们对人生的态度都将发生或多或少的改变。汶川大地震之后我读到了不少以这次大地震为题材的文艺作品，还没有一个作品像《空城》这样是从哲学的高度来写的。从这一点来说，我很欣赏春绿子对地震所做的思考。也许感到不满足的是，他的思考并没有在小说中得到充分的展开。从叙述的角度看，关于地震的叙述与成都市井的叙述也未能有机地融合为一体，市井的叙述总的来说是一种喜剧性的、轻松的调子，地震无疑是一种沉重、严肃的调子，将轻与重放在一起未尝不可，但二者的衔接则是需要一个色调的过渡，《空城》缺少了这种过渡。另外，虽然作者企图以地震作为解决的方案，但这一方案实施得过于匆忙。这大概也说明，作者的思考仍处于"在路上"的状态之中，他同时也在小说中留下一个无穷的省略号，小说最后一章的基调是凄美和迷茫的，"这春色迷离的山林，这如染如涂的花，都在雨里一一化为乌有"，作者让苏明站在这样的意境里，也许只有苏明从地震中觉悟到一个超自然的力量传来的警示，但她该怎么拯救自己，她还不是很清楚。当然，我们不妨将此看成作者的自我反省。的确，从小说中我能体会到作者自我反省的勇气和姿态。我猜想，作者也许是一个沉溺于世俗生活中的闲适者，但他的头脑始终没有"闲适"。这也构成了一种内在的矛盾。这种内在矛盾也是造成小说两种风格不谐调的原因之一。从另一角度说，仍"在路上"的春绿子还应该在《空城》之后继续讲述下去，他应该像苏明那样，"在一个雨后初晴的日子上路"，他也许会像苏明那样，发现一个灾难不曾到达的"另一个世界"。

再读文学湘军五少将

几年前，湖南的五位年轻作家像冉冉升起的新星令人刮目相看，于是人们将其命名为"文学湘军五少将"，这一命名显然意味着对他们的创作充满了期待。当年我也写过文章评论他们的创作，我对他们的褒扬同样在文章中溢于言表，我说："这个称号非常有气魄，让我们感到千军万马就在身后。拿破仑说，不当将军的士兵不是好士兵，但湖南的作家更加豪迈，一上来就要当将军，就自信我们就是将军的料。我以为这就是湖南人的性格。"从此，我经常在文学刊物上读到他们的新作，看到他们的笔磨砺得越来越锃亮。但是，文坛就像是一个纷纷扬扬的大舞台，你方唱罢我登场，"文学湘军五少将"这个称谓也一样，随着时间的推移逐渐地被人们淡忘了。如今，《红豆》刊物再一次捡起了这个称谓，把这五位年轻的作家集结起来，为他们编辑了一个专辑。我真为《红豆》卓尔不群的编辑行动而高兴，他们并不是一味在追逐时尚，情愿去炒冷饭。只有真正潜下心来关注文学走势的人才会明白，"冷饭"里面藏着佳肴。更重要的是，《红豆》的这次编辑行动具有一种无私推举的意义。也就是说，《红豆》并不是在五位年轻作家最红火的时候去索取他们的现成果实的，而是在他们作为一个整体逐渐被人们淡忘的时候重新把他们集结起来。事实上，自从五位作家以"文学湘军五少将"的名义亮相以来，他们的生活环境和写作环境相继发生了很大的变化，这些变化自然影响了他们的写作，何况这些年的浮躁之风甚烈，他们尤其需要学会如何去应对。

"文学湘军五少将"指的是湖南省近几年来崭露头角的五位 20 世纪 70 年代出生的作家，他们分别是田耳、马笑泉、孙念、谢宗玉和于怀岸。当时这个称谓被命名时，我曾经仔细阅读过他们的作品，我边读边想，这个命名是否具有实质性的意义。我觉得他们的写作带有某种共同性，这既缘于他们都是 70 年代出生的作家，也因为他们都受到湖南地域文化的熏陶。我记得当时我把他们的共同性归纳为"硬汉性格"和荒诞感。所谓"硬汉性格"，是指他们的叙述硬朗、冷峻，他们笔下的人物往往具有意志刚强的性格，外表冷酷却内心热烈，处事果敢，责任心强，既有铁面无情的一面，又有柔情似水的一面。事实上，在五位作家身上，硬汉性格的表现形态也不一样。通过这次《红豆》的集中展示就看得更加明显了。比如马笑泉是一种冷峻的硬汉性格，他丝毫不回避现实世界的残酷和血腥；而于怀岸的硬汉性格中透出一股匪气和豪爽。至于田耳，他表面上看上去不温不火，但他是柔中含刚，忍耐中饱含韧劲。谢宗玉和沈念主要是写作散文，散文我读得不多，也许对他们两人我的感觉浅表一些，但他们的散文还是充满着阳刚之气的，多年前读谢宗玉的散文甚至觉得文字背后立着一位阳光少年的形象。

无论是硬汉性格，还是荒诞感，当然不能简单地归结为地域文化的影响，虽然说湖南人爱吃辣椒，脾气也变得火辣辣的，但我更愿意将他们的共同之处看成年轻一代对世界的看法所具有的一致性。他们看世界的一致性是什么，是直面世界和人生。从《红豆》为他们编辑的这一个专辑中，我感觉到，他们至今仍保持着这样一种面对世界的态度，更重要的是，他们在处理生活经验时丝毫没有往昔的精神负担，他们更乐于塑造没有精神负担的人物，田耳的《在少女身边》中以小丁为核心的一群年轻人就是这样的人物，小丁们的生活态度和处

世方式可以说是当下年轻一代的主流，但有意思的是，田耳把故事的背景置于传呼机流行的年代，如今年轻人的手里早就换成了功能齐全的手机，其间起码也相距了十年的光阴。十年说不长却也不短，何况这十年社会现实的变化之猛之烈是有目共睹的，但我们感觉不到作者说的是十年前的故事，仿佛一切都是当下正在发生的事情，只有那个传呼机的道具时不时地提醒我，要把时针倒拨到十年前。我以为这与作者的思维方式不无关系，他内心中的人物跟随着时代走到了今天，但时间却在他的思维中延宕甚至停顿，在这种状态下，作者漂洗干净了记忆中的陈旧，却又避免了与当下贴得太紧。我以为田耳是很讲究叙述方式的，这使他能够透过事物的表象传达出更为内在的意义来。

马笑泉的冷峻成就了他小说的独特风格，我很欣赏他正面处理残酷和血腥的方式，因为他不是单纯地呈现残酷和血腥，尽管叙述里同样包含暴力美学的痕迹，但应该注意到真正引起马笑泉兴趣的并不是残酷和血腥本身，而是残酷和血腥背后所涌动着的英雄气概。这一特点在《师公》这篇小说中还保持着，然而我也发现马笑泉的一些变化。他似乎在冷峻的叙述里加进了一些温柔的成分。我想这或许是岁月的作用。岁月就像是绵绵不断的流水，性格这块顽石卧在水中，听凭流水温柔地抚摩，日久天长也会变得圆润起来。或许这也是一种成熟的表现。如果说，当年马笑泉写《愤怒青年》《打铁打铁》等有一种初生牛犊不怕虎的状态，那么《师公》给我的感觉则是他在动笔之际会对前因后果掂量掂量。因此，《师公》的叙述显得要沉稳了一些。但我不敢肯定这种变化就一定是积极的。对于文学写作来说，沉稳或者鲁莽，并不见得是事情成败的因素，它带来的却是两种截然不同的风格。尽管如此，我仍要肯定马笑泉在这篇小说中所表现出的成熟，正是因为这种成熟，他能较好地处理妥当这个在"文革"中发生的故事。但是，成熟不见得就会沉稳，我的意思是说，马笑泉在叙述中有时显得粗率了些，如果他能沉下心来再把细节处理得精致些，那效果会更好。比方说，他处理将红糖分给妹妹吃的细节时，出现了"但在毛主席思想的光辉指引下，年幼的我还是发扬了崇高的革命风格，主动分给了妹妹一点"这样的叙述语，它貌似戏谑，其实与整个叙述并不谐调，嵌在这里显得非常生硬。

沈念的《忆山东》一开始给我造成错觉，初看这个标题我以为是一篇回忆性的散文，读下去才知被作者蒙蔽住了，山东不是地名，而是一个人的名字。将地名搬来作小说人物的名字，这并不稀奇，问题是地名多了，为何沈念就看中了山东，是不是潜意识中有一个山东大汉的形象立在那里？童山东是这篇小说的主角，"他有令人羡慕的资本（外貌和经济）让女人投怀送抱"，但女人带给他的似乎多半是悲剧的结局。但沈念并不是简单地讲一个悲剧性的爱情故事，各种人物纠结在一起，叙述的视角也在不断地转换，小说提醒我们，人们的行为逻辑是难以把握住的，因果关系并非像人们想象的那么简单。

于怀岸在《非正常死亡的人》中猛加荒诞的作料，从而使这篇作品有了一些聊斋的味道。但于怀岸的文化资源主要不是来自传统的经典，而是来自民间，也得益于他对西方现代小说营养的吸收。于怀岸生活在湘西，这里重峦叠嶂，水雾缭绕，是一个滋生神秘诡异的地方。于怀岸在这篇小说中似乎就是为了试着讲一个非常诡异的鬼故事。顾林坐火车途经吉城，突然想会一会这里的朋友，就中途下了车，电话联系上了在这里工作的大学同学陆明，然后两人见了面，睡在一张床上叙说了一个晚上。第二天早上，顾林才知道，陆明早已死去，而且就是死在他睡了一晚上的屋里，也就是说，他曾与陆明的鬼魂同床共寝。于怀岸似乎对荒诞着了迷，我也认为，荒诞感是他们五位作家共同的审美特点。但我并不满意于怀岸这样处理荒诞的故事，他在这里多少有些刻意而为之。在我看来，荒诞有两种：一种是荒诞

的表情；另一种是荒诞的思考。单有荒诞的表情，荒诞背后是空洞的，不过给读者提供一种形式上的享受，荒诞的思考才会深入人心，让人们对世界有一种新的体认。于怀岸的这篇小说多少有些浪费了一个荒诞的材料。

谢宗玉的短篇虽然让人感觉到有些单薄，但他以一种自嘲的方式讲述一个恶作剧式的故事，仍不失阳光少年的心态。事实上，小说中的两个主人公可以说就是两个阳光少年，他们参与了一次冒险性的网友见面的会，虽然相互提防着，却一点点露出了各自的坦诚的本性。我宁愿将这篇小说看成谢宗玉的一次自我宣言，他在为他们这一代年轻人正名。的确，当下流行的舆论是把网络与不良少年相联系，把年轻人与道德沦丧相联系。

我必须将话题转回到《红豆》刊物本身，因为当我读完五位作家的作品后，更加对《红豆》的编者充满了敬意。坦率地说，五位作家提供的作品并不是他们最好的作品，甚至没有超过他们当年被命名为"五少将"时所展示的水平。当然我们仍然能够从这个专辑里看到他们的成熟、发展和变化，但如果他们要让"五少将"的称号继续响亮地叫下去的话，他们还得付出更大的努力。我多少也了解到一些情况，他们这些年的写作环境和生活环境并不是一帆风顺，现实总会有各种各样的烦恼打乱他们的写作心态。当然，他们也遇到了一些喜事好事，喜事好事同样也要搅动内心的一潭春水。在这种时候，人们往往会拿一套现成的道理来劝导他们，文学是寂寞的事业，要耐得住寂寞，要抑制住世俗的种种诱惑，要坚守文学的理想，等等。但我对这些道理深不以为然。为什么作家一定要做一个苦行僧才能写出好作品？为什么作家一定要压抑自己的世俗欲望才能写出好作品？我以为，文学理想与世俗欲望并不构成对立的关系，二者完全有可能是两股道上跑的车，互不干涉。所以作家能不能写出好作品不在于他是不是能够抑制世俗欲望，而在于他内心的文学力量是不是足够强大。湖南的这五位年轻作家能否在文学的征途上走得更远，完全取决于他们自己积攒文学力量的功夫做得如何。不过，在读了他们这次发表在《红豆》上的作品后，我多少感到他们的文学力量还不是足够强大，在某些方面甚至还有些涣散，所以在评论他们的作品时，我也会表示出我的不满足感。《红豆》此刻再次亮出"文学湘军五少将"的旗帜，将他们集结在一起，这其实是为他们创造一次积攒力量的机会。严格说来，在今天这样一个强调个性化和多元化的信息时代，有着一致的美学追求的文学派别很难形成，如果说他们最初出道时还有比较明显的共性的话，那么随着这些年来各自的发展，他们的个性差异也越来越突出。但这并不影响他们统一在"文学湘军五少将"的旗帜下，因为我想他们内心的文学精神是一致的，有这一点就足够了。

以赏识故事的方式书写世俗人生

——读东君的《浮世三记》

　　东君的长篇小说《浮世三记》并不像地道的长篇小说，它没有一个贯穿始终的故事。从结构上看，则像是由三个中篇组合而成，这三个中篇分别是《解结记》《述异记》和《出尘记》。让三个相对独立的中篇组合成一个长篇，这似乎是一个非常流行的结构方式。往俗了说，作家采用这种结构方式比较讨巧，也比较实用。拆开来是三个中篇，适合在文学刊物上发表；合起来又是一个长篇，出版社出书比较方便。不知道东君是否也有这种俗的考虑的，即使有，也合情合理，作家也活在俗世上。但我很不愿意将"俗"这个字放在东君的身上，所以我觉得东君采用这种结构，大概还有一个原因，他不想让自己陷入故事性的纠缠之中。长篇小说依赖一个故事不断地发展生长，其枝枝蔓蔓就是最为世俗的生活细节。东君果断地剪去了这些，并将其做艺术化的处理，所以从结构上说它必须是小篇幅的。东君在序中有一段对"不惑之年"的感慨，我以为他是对得起"不惑"这两个字的。怎么理解人到中年的呢？在他看来，人到中年"乃是转入另一次生命。它保留着该保留的东西，也舍弃了该舍弃的东西"。他又是怎么理解"不惑"的呢？在他看来，不惑"就是对可为与不可为之事，有所趋避"。不妨把东君的《浮世三记》看成他的"不惑"写作。我的意思是，东君仿佛进入了"不惑"写作的阶段，"不惑"的表现之一便是他果断地舍弃了一些东西，也有意强化了一些他所认定非常有价值的东西。探究一下他的舍弃和强化，会发现这是需要一些勇气的。因为他舍弃的东西也许正是当下小说中最为流行的东西，而他强化的东西却是人们不大关注的东西。

小说是讲述故事的，特别是传统小说完全是由故事构建起来的，尽管现代小说对待故事的态度发生了根本性变化，甚至出现了反故事、非故事的倾向，但正像法国文学批评家让-伊夫·塔迪埃在分析普鲁斯特的小说时所说的，故事始终是"叙事的基本成分，是叙事的存在形式，是叙事的内在动力"。东君对待故事的方式在《浮世三记》这部小说中明显发生的变化，当然他不是舍弃故事，而是舍弃了故事的枝蔓，他把故事处理得非常结实。另外，他舍弃了故事与生理感觉的关联，将故事清理得非常干净。当然，最重要的是他对故事本身的舍弃。我不知道我这样的表述是否清楚。我的意思是说，故事在传统小说中具有至高无上的地位，故事成为小说叙事的旨归，故事便有了开头和结尾，故事好看不好看，能否吸引读者，也就成了作家的基本目标，所以故事就要朝着传奇性或通俗性发展。东君舍弃故事本身，也就是舍弃了传奇性和通俗性。在《浮世三记》里，有很好的故事坯子，既可以朝传奇性发展，也可以朝通俗性发展，但在东君的笔下，故事只是他赏玩的对象。从他对待故事的方式来看，东君完全体会到了现代小说的叙事魅力。米兰·昆德拉曾说过，小说可以分为三个层次，第一个层次是讲述故事，第二个层次是叙述故事，第三个层次是思考故事。米兰·昆德拉的意思很清楚，现代小说家不会满足于告诉读者一个故事，而是要告诉读者，我在对故事进行思考时获得了什么。现代小说家是要带着读者一起去思考故事的。东君的《浮世三记》显然不是在讲述故事或叙述故事，但他似乎也不是在思考故事。东君并不想当一名思想家，而且的确在这部小说里他似乎也没有表达什么思想发现的明显意图。面对故事，我觉得他更像是一位收藏家，故事就是他的收藏品。故事是他从日常生活中发现的，这种发现对于

东君来说，是一个淘宝的过程。其实在日常生活中故事俯拾即是，有些作家也许捡到篮里都是菜，但东君却以收藏家的眼光先要掂量一下故事的成色。就像他在序中所说的："我在日常生活中喜欢旧物的温情，旧闻的逸趣。"这些收藏起来的故事在他心中或许就是"一种必须小心轻放的器皿"，这句话也是东君在序中说的，他虽然是以这句话来形容他的朋友对先人的敬畏，但他是将这种敬畏视为真正到了不惑之年的标志。在东君的内心里，未尝没有一种不惑的豁达。这种豁达同样体现为一种敬畏，也就是对他长年所浸淫的文学的敬畏。所以东君在写《浮世三记》时，更多了一层敬畏之心。抱着这种敬畏之心，就不会轻率地处理他所收藏的故事，他将故事当成钟爱的器皿，擦拭了又擦拭，摆放在"高台"上（高台也是东君在序中使用的词，他说他的朋友将灵牌供奉在高台上）。因此，可以把《浮世三记》看成东君处理故事的特殊方式，我将他的特殊方式称为赏识故事。

且来看看东君是怎样赏识故事的。东君在《浮世三记》里讲述的三个故事其实都是很繁复的，我发现很难用简单的几句话来概括其故事内容。比如《解结记》既有阿爹和阿爷的故事，也有阿爹与铁大柱的故事，也有"我"与铁大柱的儿子铁腰的故事，虽然这些故事都相互关联，相互交集，但东君的叙述不是循着事件的因果关系来展开的。解结，应该是小说的核心，故事里似乎包含一个又一个需要解开的"结"，直到小说最后"我的朋友铁腰和我的仇人马荣勾肩搭背地向我走来"时，似乎人世中那些大大小小的"结"都解开了。解结在小说中不是一个故事的命名，而是一种生活样态的命名，也就是说，人在世上，都绕不开解结这道坎。鲁迅先生曾说起过浙江的一种与解结有关的民俗："我们那里的阔人家，一有丧事，每七日总要做一些法事，有一个七日，是要举行'解结'的仪式的，因为死人在未死之前，总不免开罪于人，存着冤结，所以死后要替他解散。"从鲁迅的这段话里可以看出，解结已经成为人们的一种生活理念，或者说是一种生活禁忌。东君的《解结记》就是对这种生活理念或生活禁忌的形象描述，他写出了解结这种生活理念是如何渗透在人们的日常生活之中的；而且他不止于客观描述，他将自己对这种生活理念的体悟和赏识贯穿在他的描述之中。他在品尝生活理念的味道，他又把这种味道传递到了他的叙述之中，于是我们在阅读时也能感受到这种味道来。这就是东君的赏识故事。东君自己也说："入世愈深，出世的味道才会愈浓。我要的，就是这种味道和它带出的气息。"东君的话很耐人寻味，一般来说，作家入世太深，就有通俗化和欲望化的危险，但东君却得到了出世味道更浓的效果。究其原因，便是他入世的方式不同。入世也就是他去接近人世间的故事，但他接近这些故事并不是为了讲述故事，他把故事拣摘得干干净净，供奉在他的文学殿堂里细细赏识。同样，以这种方式来读接下来的《述异记》和《出尘记》，也就会读出其中的味道来。如《述异记》所述有何异？有阿婆装神弄鬼，续接牛腿；有老鼠传播钩端螺旋体病，便开展科学灭鼠运动。当然最大的异应该是马小跃的"私奔"，私奔后引发了阿婆和马小跃母亲的反复斗法。结局却是"像母狮子一样誓死保护女儿的母亲"穿上马小跃的衣裳，代替女儿爬进河里受洗时淹死了。东君写的是"异"像如何镶嵌进日常生活之中，让日常生活变得风生水起。东君在这里径直用了一本古籍的书名，恰恰也看出了东君的把故事处理得很干净的一个重要方法，这就是仿古做旧。他的仿古做旧，便是虚化时代背景，《浮世三记》可以说讲述的就是现实生活中的故事，但东君完全截断了故事与现实的关联，人们的谈吐言辞、一颦一笑，只与内心和身边的人事相关。《出尘记》的故事看似简单：写外公和舅舅的故事。但为什么叫"出尘记"，却是费思量的。中国的乡村讲究修族谱，外公就是专为一些宗族抄谱的。因为借族谱，陶家与外公生出矛盾，道出了舅舅是抱养的真相。此后，舅舅离家出走。外公寻不到舅舅，但舅舅暗中一直关照着外公。外公生日那天，吹蜡烛时一口气竟将自己

的一条老命给吹掉了。也在同一天，黑社会的对头趁机将舅舅杀死了。阅读中我体会到的是关于宗族、伦理和宗教的纠结，或许这就是东君在这个故事中所要赏识的内容吧。

《浮世三记》这个书名让我不由得想起了沈复的《浮生六记》，浮世与浮生，虽一字之差，却意义大致相同。沈复以优雅的文字记述了他与妻子充满情趣的日常生活，正是一种"入世愈深，出世的味道才会愈浓"的文字，因此连俞平伯如此清高的学者也赞誉其"俨如一块纯美的水晶，只见明莹，不见衬露明莹的颜色；只见精微，不见制作精微的痕迹"。这大概就是东君所追求的艺术目标吧，他以赏识故事的方式书写世俗人生，也让读者在清朗的心境中体会文学的魅力。

以文学的方式看世界

——读张楚的《野象小姐》

　　为张楚的小说写评论总让我犹疑不决，因为要找到评说的路径是比较困难的。这并不是我一个人的看法。李敬泽在讨论河北的四位作家的序言中就说道，张楚的小说"很多人看出了好。但十几年来，他从未被充分地评说和阐释"。"当我们还没有一套体贴细致地分析人的内心生活和复杂经验的批评话语时，张楚的小说就只能是被感知，然后被搁置。"我不敢说我已经有了一套阐释张楚小说的批评话语，但不愿掩饰我对张楚小说的欣赏，而且尤其欣赏张楚的特别之处，因为特别，你很难把他的小说与各种类型的小说对应起来。也许正是这种特别之处，确定了张楚小说的价值。那么，即使我们觉得还没有一套合适的批评话语，也不妨碍我们先把他的特别之处指出来。甚至我认为，从特别之处入手，恐怕就会寻找到与他的小说相匹配的批评话语。

　　张楚的小说多半是写他生活的小城镇，因此也有人称他的小说是小镇小说。小城镇的确给张楚带来了幸运的东西，这种幸运倒不是小镇的生活和小镇的人物，而是小镇的文化语境。我们处在一个全球化的时代，城乡冲突成为社会普遍的矛盾，城市和乡村作为两极，都处在现代性大潮的风口浪尖。而小城镇就像是一个中间地带，张楚处在这样的中间地带，便可以使自己更加冷静，他不至于被时尚所缠绕，也不至于为功利而焦躁。当然，并不是凡生活在小镇上的作家都能保

持这种心态，一个作家如果很在意时尚和功利，即使是生活在世外桃源里，也会感到焦躁不安的。张楚却能够保持冷静的心态，从而可以充分利用起中间地带的优越性，这多少还与他至今仍是一名业余作家而且他满足于业余作家的状态是有关系的。要知道，张楚是一名普通的公务员，也许最初是爱好文学，便在业余时间尝试着写小说，如今他写小说有了影响，但他仍是一名公务员。要知道，中国有一个强大的文学体制，大多数具有前景的业余作家都被吸纳到了这个体制内，成为专业或准专业的作家，一般来说，作家们希望自己成为专业作家，可以全部心思都放在文学上，但专业作家难免受到体制思维的影响，无形中改变了自己的文学追求。一个专业作家，会把文学当成一种事业；而一个业余作家，更多的是把文学当成自己的生活方式以及精神存在的方式。张楚就是这样一位业余作家。也就是说，他从公务员的生活中并不能获得精神的满足，于是给自己开辟了一个文学的天地。在一篇小说中写到一名公务员，这个公务员有着别样的精神生活，他形容这是一名"有个性的公务员"。我觉得"有个性的公务员"完全是张楚的自我画像。他的个性体现在他的精神与他的生活并不重叠，他的精神寄寓在文学里面，这必然带来他的孤独感。我从他的小说中能够感受到这种孤独感，这是一种高贵的孤独感。这不禁使我想起了卡夫卡，卡夫卡不也是一名小小的公务员吗？卡夫卡当然也是一名业余作家，而且卡夫卡未尝不是因为孤独而写作的。或许张楚的写作与卡夫卡有某种相似之处。但两位业余作家的孤独感所生成的文学却不一样。卡夫卡的孤独感带来的是一种绝望，而张楚的孤独感带来的是超脱、澄澈和纯净。这显然与两位作家对世界的看法不一样有关。说到底，小说其实是作家表达他对世界的看法。

我非常欣赏张楚的短篇小说，就因为他在创作中努力寻找到自己的文学方式，坚持以文学的方式看世界。曾说过他是把文学作为宗教来对待的，因此他的文学方式更倾向于纯粹性。张楚的写作让我想起一个争论不休的话题：纯文学。有人极力鼓吹纯文学，有人驳斥道从来没有纯文学，因为文学的内容总是关乎社会关乎人性的。我认为纯文学应该有，但纯文学不是沙龙中的咖啡和鸡尾酒。张楚的小说绝对不是咖啡和鸡尾酒，他写的是底层生活，写的是小人物。然而张楚是以纯粹的文学方式去处理底层生活和小人物的，因此，他的小说就有了纯文学的品质。有人在评论张楚的小说时感到难以归类，他的小说分明是写底层生活，却明显不同于所谓的底层写作；分明写了小人物的苦难生活，却明显不同于苦难书写。这就在于，他是以文学的方式去书写底层生活，去体验小人物的。如以张楚的小说为例，来回答什么是纯文学，那么就可以说，纯文学就是日常生活中的一支曲别针，是阳台上可以看见星空的天文望远镜，也是可以嚼碎后止疼的出租房院子里自然生长的野薄荷。《曲别针》和《夏朗的望远镜》都是张楚的代表作，曲别针和天文望远镜在这两篇小说里作为一种文学意象，起到了一种提纯的作用。《野薄荷》[①]中的野薄荷同样如此。《野薄荷》写了一个误入歧途的女孩苏芸，她在步行街上站柜台，因为心肠热，成为步行街上最有人缘的一个人。她的人缘后来却被男人利用，她变成了一个拉皮条的人，终于她伤害到了她的好朋友丽梅。她以为躲避几天就能解决问题，最终她遭到了丽梅的报复，丽梅找人在她的额头上文了一只母鸡。作者的叙述既不是道德化的，也不是社会性的。他写了人与人之间的纠葛，最后让野薄荷的意象覆盖一切，侉子老婆将薄荷叶嚼碎涂抹在苏芸的额头上，她似乎就不那么痛了——是的，一个好的文学意象也是能够止疼的。

《野象小姐》[②]典型地体现了张楚小说的纯文学品质。这篇小说自然也是写小镇上的生活和人物。小说的场景是医院的一个病房。病房里住着几位患有乳腺癌的病人，她们一起接受治疗，也成为朋友。但

---

① 张楚：《野薄荷》，《江南》2013 年第 1 期。
② 张楚：《野象小姐》，《人民文学》2014 年第 1 期。

她们还不是小说的主角，主角是医院里的一名清洁工，她"走起路来仿佛一头杂技团的慵懒大象"，因此她们都叫她"野象"。"野象"努力讨这个病房里的女人们喜欢，这是她讨生活的重要方式。她想尽办法多挣几个钱，比如她借清洁工的方便到处搜集矿泉水瓶。"野象"是一个很有个性的文学形象，张楚在他的调色板上调配出最丰富的色彩，要把这个形象描绘得无比生动。她爽朗、乐观，有些粗野，却不乏女性的心细；嘴很甜，却不让人生厌；显得俗气，却在该文艺的时候也文艺，该浪漫的时候也浪漫；很现实，但她内心同样藏着梦想；更重要的是，她的经历也许就是一本书，有悲伤，有痛苦，有激情，有辛酸，但张楚并没有把这一切呈现出来，只是掀开一个角，让我们发现里面藏着这么多的东西。张楚是在"野象"小姐请"我"吃牛排的时候掀开一个角的，这时候我们才发现"野象小姐"还有一个坐在轮椅上的傻儿子，"野象"只说了两句话，一句是"他没有父亲"，一句是"为了他，我什么苦都吃过"。这两句话就把一切都概括进来了。毫无疑问，"野象小姐"这个人物的丰富性是足够作家来挖掘的，可以从伦理道德的角度，也可以从社会批判的角度。但张楚忽略了这个人物的道德内涵和社会内涵，他看到的是这个人物的性格组合的丰富性，这种丰富性显示了生命的无限可能性。或许张楚的灵感就是从"野象小姐"这个意象触发的。野象给人们的印象是一个庞然大物，是粗壮的、野蛮的；小姐给人们的印象则恰恰相反，应该是纤弱的、乖巧的。将二者组合起来竟成了一个奇异的文学意象。这个文学意象还衍化出人物上的对比性设计："野象小姐"耸着巨乳，而她清洁的病房里都是被割掉乳房的女人。乳房对于女人其重要性不言而喻，这样的对比性设计可以引发读者很多遐想。因为"野象小姐"虽然耸着巨乳，她的生活却失去了女性的色彩；病房里的女人们失去了最具女人味的乳房，却仍摆脱不了女性的生活烦恼。这里面包含很多的社会问题、道德问题，等等。但张楚只是点到为止，他给读者留下想象的空间，这便是文学的方式。在张楚看来，社会问题也好，道德问题也好，都比不上一个生动的文学形象更重要。张楚喜爱"野象小姐"这个人物，要把他的喜爱传达给我们，这就是写这篇小说的理由。我们从小说中获得一个非常可爱的人物有什么作用呢？张楚在小说的结尾告诉了人们。结尾是"我"在电视上看到了"野象小姐"在做痛风广告，"一个花枝招展的胖女人""犹如一头灰扑扑的大象在音乐声中滑稽地起舞，舞着舞着忍不住咧开大嘴笑了一下"。然后，张楚很郑重地说："那是我漫长、卑微、琐碎的一生中看到过的最动人的笑容。"这句话翻译过来应该是：每一个成功的文学人物形象，都是我们在凡俗生活里遭遇不到的"最动人的笑容"。

新世纪带给文学的一份厚礼

——关于网络文学的革命性和后现代性及其他

　　讨论新世纪文学必须讨论网络文学。人们总是希望新世纪文学能给传统的文学赋予一些新的因素，而从影响之众和更替之新来说，舍网络文学无有其他。网络作为一种新科技被应用于社会生活也就短短几十年的工夫，而网络文学，在新世纪来临前夕更是星星点点的散兵游勇，根本不成阵势，那时候大多数作家对网络文学是不屑一顾的。仅仅十来年的光景，现在的网络文学大有要与传统的文学分庭抗礼的劲头。而未来的网络文学将是什么样的情景，我们更是难以预料，仅从它目前所显示出的巨大能量和超强的变异性来看，也许可以用一句广告语来描述它的未来："一切皆有可能。"毫不夸张地说，网络文学是新世纪带给文学的一份厚礼。

　　从传统文学的角度看，网络文学对传统文学构成了一种挑战，有的人会把这种挑战看成一种威胁，会感到恐慌，会把网络文学当成负面的东西，要对网络文学行使扼杀权。但我觉得这种挑战对传统文学来说是一种积极的、有益的挑战，将会给传统文学开辟一个更为广阔的空间。

一　网络文学具有革命性的意义

网络其实就是一种新的载体，有人总是强调，网络文学不能说是一种新的文学样式，因为他们的理论依据就是认为网络不过是一种载体而已，文学不过是从原来我们习惯了的纸媒载体移到了新的载体网络上罢了，网络文学的区别只不过是我们阅读的方式改变了而已，过去我们是捧着一本书在读文学，网络文学则是让我们坐在电脑前，用鼠标上下移动着阅读文学。把网络看成一种新的载体并没有错，但它显然不仅仅是一种新的载体而已。这个也是非常明显的。但是，即使我们把网络仅仅看成一种载体，也不要低估了它的影响力。从几千年的文学发展史来看，新的载体往往会带来一场文学的革命。远的就不必讨论了，就说我们现在作为主流的文学，即中国现当代文学，就是"五四"新文化运动这一场文学革命的结果。这场文学革命之所以能够发生，就因为当时涌现出了新的媒体，这就是现代报刊的诞生。中国的现代报刊诞生于 19 世纪末，有人做过统计，清末最后五年共创办报刊 231 种，平均每年 46.2 种。民国最初五年共创办报刊 457 种，平均每年 91.4 种。1917 年至 1922 年六年中出版期刊 1626 种，平均每年出版期刊 271 种。现代报刊最开始刊登的文学作品还是传统的文学样式，格律诗，文言文的散文随笔，还有半文半白的小说。那时候，人们大概不会想到这些报刊的流行会带来一场翻天覆地的文学革命，从此以文言文为基础的古代文学就基本上退出了文坛。因此，今天我们千万不要轻看了网络这种新的载体，它发展的速度显然要比 19 世纪和 20 世纪之交所出现的新载体现代报刊更加惊人。

新的载体只是引起文学革命的一个方面的因素，还需要另外一个重要的因素，这就是要有新语言，一种与新的载体相匹配的语言。还是以 20 世纪初的文学革命为例，与现代报刊这种新媒体相匹配的新的语言就是白话文。现代报刊面向市场，它必须寻求与广大读者沟通的渠道，语言就是一个绕不过去的大问题。现代报刊从诞生起就在寻找与自己相匹配的语言，白话文的兴起可以说既是一个历史的选择，也是一个历史的必然。

今天的网络文学之所以具有革命性，同样也具备了这两方面的条件，新媒体就是网络，而新的语言就是在网络上流行的网络语言。网络语言是指上网者在网上交流时所使用的一种话语形式，是在标准语言的基础上形成的一种新的社会方言。网络语言由多种元素组合而成，并针对特定的人物或者事件形成其特定的含义。网络语言的表现形式主要有以下几种。一是利用文字组成的语言。如：东东——东西；么么黑——非常黑暗；做脸——整容；偶——我；可爱——可怜而没人爱；大虾——大侠；我倒——用于表示佩服，或出其意料之外；我闪——用于表示惹不起躲得起。二是用汉语拼音字母和外文字母组成的语言。如："BT"表示"变态"；"PMP"表示"拍马屁"；"GG"表示"哥哥"；"JJ"表示"姐姐"。还有用英文谐音的，如："I 服了 U"。三是用数字组成的语言。如：886（拜拜了）、7456（气死我了）等。四是用符号组成的语言。如："^_^"表示普通笑脸；"^0^"表示张开嘴大笑；"@＞－－"表示收下这束漂亮的玫瑰花等。五是网名形成的语言。如："云""秋水""开心鬼""风雨飘摇""陪你到永远""孤独的牧羊人""没有天使的天堂"。六是约定俗成的网上语言。如：驴友者，旅游也，是旅游天下者的昵称，是网民们约定俗成的叫法；博客，一种网上共享空间，让人以日记随笔等不拘一格的方式在网络上表达和展现自己的形式；闪客，使用 Flash 软件做动画的人。

有人对网络语言深表忧虑，认为是在污染现代汉语的纯洁性。猛地一看，网络语言的确像一只怪兽，它的组词方式和表达方式完全是违反逻辑的。比如"喜欢"叫"稀饭"，"我爱你"叫"爱老虎油"，"为人民"则变成了"4人民"。其实把网络语言看成一个自成系统的语言，这些表达又是合逻辑的。在这个系统里，数字、英语字母都成为词素。所以，马屁精就成了MPJ，谢谢就成3Q，再见则成了3166（在当下的语境里，网络语言的语法规则中还有一条最为重要的规则，就是自由最大化的规则，出于自由表达的需要，网络语言会针对自由的障碍而采取应变的措施，比如为了逃避严厉的网管，网络上就会以一些特殊的词语替代那些被过滤的词语，如"河蟹"替代了"和谐"，"太阳"替代了"日"）。新的语言具有强大的自生能力，再经过时间的淘洗，留下经典的词语。现代汉语最初也经历了一个异常活跃也异常不稳定的阶段，大量的新词让人目不暇接。当时有一个重要的组词法，就是音译西方新词，如鲁迅曾在那篇著名的杂文中使用"费厄泼赖"来表示公平忍让的意思。造这样的新词成为当时新派人物乐此不疲的时尚。有些新词流传至今，如"沙发""咖啡""迷思"等，但大量的新词被淘汰，如今我们还有谁能明白"尖头鳗""奥伏赫变"呢？这都是当时流行的新词，前者是英语"绅士"的音译，后者是德语"扬弃"的音译。现代汉语正是经历了这样一个异常活跃也异常不稳定的阶段，才逐渐被典雅化和规范化。如今，网络语言正处在一个异常活跃也异常不稳定的阶段，它将遵循语言发展的规律逐步走向规范化，我们不必将其视为现代汉语的污染源，像防止洪水猛兽一般地抗拒它。

从新载体和新语言的角度来看，今天的网络文学具备了革命性的因素，它是否也会像20世纪导致一场白话文运动的文学革命呢？不能进行这么简单的对比，虽然说新载体和新语言是文学革命的重要条

件，但这种革命性因素会造成什么样的后果，革命的程度有多深，会不会导致新的文学完全取代旧的文学的结果，又是一个更为复杂的问题。目前还看不出网络文学会完全取代传统的现代汉语文学。首先，今天的现代汉语文学实际上还是一个未发展成熟的文学，不像传统的古典文学，到了20世纪已经发展得烂熟了，要变革已经很难了，它也就很难去适应现实变革的需要，也就是说，以文言文为基础的古代文学面对新的时代已经失去了表达的能力。因此，"五四"文学革命就会采取一种完全对抗性的革命方式，它要以新的文学形态完全取代以文言文为基础的古代文学。今天，网络语言催生的网络文学虽然方兴未艾，但它并非与以现代汉语为基础的文学传统势不两立，二者不是对抗性的，重要的是，现代汉语文学并没有失去生命力，它有强大的能力去表现新的时代。这反映了两个时代的根本区别。前一个时代是一个一元的时代，新的必须取代旧的，才有生存的位置。今天这个时代是一个多元的时代，是一个多中心的时代，每一种文学都对应于一元，各自确定了各自的位置，并产生互动效应。可以预见的是，未来的文学格局应该是现代汉语文学与网络文学两峰对峙、相得益彰、相互影响、相互渗透。

由对抗性到互补性，这反映了两个时代的特征，其实也是一种思想的进步。对抗性能迅速确立新生力量的地位，但它也会带来长久的后遗症。我认为"五四"文学革命因其尖锐的对抗性对后来的现代汉语文学带来的最大后遗症，就是使现代汉语的典雅性的生成过程变得异常艰难。其实，在20世纪的关于白话文与文言文之争，站在文言文立场上的学者并不是没有看到白话文的生命活力，没有看到白话文与现实的密切关系，他们却要维护文言文在文学上的地位，一个主要原因是因为他们担心文学的典雅性因此而丧失。但是，在当时出于对启蒙和革命的需要，激进主义占了上风，所以对于坚持文言文写作的主张只是简单化地进行了一种保守的解读，完全掩盖了他们对文学传统延续性的思考。比如，最初与胡适进行论争的梅光迪是胡适在美国的同学，他反对胡适的白话诗，一个重要的理论依据就是诗歌语言不同于日常口语，诗歌语言是人们对语言锤炼的产物。他说："诗文截然两途，诗之文字与文之文字，自有诗文以来（无论中西）已分道而驰。"[①] 为什么诗歌的文字格外不同呢？他认为，"诗者，为人类最高最美之思想感情之所发宣，故其文字亦须最高最美，择而又择，选而又选，加以种种格律音调以限制之，而后始见奇才焉，故非白话所能为力者"[②]。因此，他并不是一般地反对白话文，而是认为应该看到白话文的长处和劣处，不能因为倡导白话文而否定了文言文的典雅性。他说："以白话之为物，如西文之 provincialism（方言），slang 其源多出于市井伧父之口，不合文字学之根源与法律，且其用途与意义取普及、含糊、无精微之区辨，故有教育者摈之于寻常谈话之外唯恐不及，岂敢用之于文章哉！文章之愈高者，其用字愈主有精细之区别，愈主广博。"[③] 他也不是一般地反对文学革命，相反，他也认为，语言文字确实有不适应时代发展的问题，需要进行文学革新。那么，他设想的文学革新是什么样的呢？他说："一曰摈去通用陈言腐语，如今之南社人作诗，开口燕子、流莺……等已毫无意义，徒成一种文字上之俗套而已，故不可不摈去之。二曰复用古字以增加字数，如上所言。三曰添入新名词，如科学、法政诸新名词，为旧文学中所无者。四曰选择白话中之有来源、有意义、有美术之价值者之一部分，以加入文学，然须慎之又慎耳。"[④] 今天再来看"五四"时期的白话文论争，就会发现反对方的一些意见还是很正确的。他们的担忧和预见都

---

① 罗岗、陈春艳编：《梅光迪文录》，辽宁教育出版社 2001 年版，第 159 页。
② 同上书，第 170 页。
③ 同上。
④ 同上书，第 171 页。

在后来的历史发展中成为事实。如梅光迪就认为胡适们所采取的是一种与欧美现代主义思潮相通的激进思想，这种激进思想将带来文化、道德伦理的失范和无序，所以他将胡适的行为说成是剽窃新潮的行为：“盖今西洋诗界，若足下之张革命旗者亦数见不鲜……”① 梅光迪预感到胡适的文学革命主张如果实现了，将对传统文化产生破坏性甚至颠覆性的后果。而后来的历史也确实如此，以现代汉语为基础的新文学确实对以文言文为基础的传统文学造成了破坏性甚至颠覆性的后果。我觉得，梅光迪的思想方法对于今天我们如何处理网络文学与传统的现代汉语文学之间的关系，有着重要的借鉴意义。梅光迪的思想方法说到底就是一种中庸的方法，一种改良的方法。梅光迪说：“凡世界上事，惟中庸则无弊。学术思想一尊之流弊，在狭隘而无发扬余地。学术思想自由极端之流弊，在如狂澜决堤而不可收拾。”② 梅光迪也就是从这一思想立场出发反对胡适的“白话入诗”主张和其他文学革命思想的，认为他们的主张和思想是极端的和偏激的，是唯求其新，缺乏应有的中庸与理性的态度，因此也不可能达到求真的目的。

梅光迪的观点在今天就是非常值得借鉴的，因为梅光迪的中庸和改良的观点适应了今天的互补性时代特征。它可以避免现代汉语文学在成长发展过程中的缺失和遗憾。现代汉语文学最大的缺失和遗憾就是强行将它与传统文学设置在一个对立和对抗的态势之中，使得传统文学的典雅性难以顺畅地转移到现代汉语文学之中，因此，现代汉语文学的经典化过程变得非常艰难和缓慢。

今天，现代汉语文学已经成为主流文学，成为文学的强势，它现在又面临着网络文学的挑战。网络文学虽然来势凶猛，但它不像 20 世纪的新文学那样气势汹汹，非取而代之不可。现代汉语文学虽然处

---

① 罗岗、陈春艳编：《梅光迪文录》，辽宁教育出版社 2001 年版，第 167 页。
② 同上书，第 166 页。

在主流地位，渐渐地也认可了这个新来的文学伙伴。我觉得这是一种比较好的趋势，主流文学也正是在这一大的背景下向网络文学不断地暗送秋波，不断地传递橄榄枝，网络文学当然没有必要拒绝，接受这边的橄榄枝也绝不是一种被招安的结果。因为事实上两种形态在本质上有所不同，是不可能被招安的。当然，对于具体的人和事来说，可能会发生形态上的转变，比如，有的网络作家最终可能转型成为纯粹的纸媒的传统作家。

二　网络文学的后现代性

网络文学与传统的现代汉语文学在本质上的不同是什么呢？我以为，本质上的不同就在于，现代汉语文学是建立在现代性基础上的文学形态，而网络文学是建立在后现代性基础上的文学形态。后现代性就是网络文学的最大特征。后现代性可以说是网络文学的立身之本，凭借这一点，网络文学就不必担心会被强大的传统文学吞没、收购或者说招安。后现代性是对现代性进行质疑和挑战的思想武器，从这一点来说，传统的现代汉语文学倒是要提防网络文学的侵蚀和同化。

刚才说到了网络文学独立成阵的两个重要条件：一是新的载体；二是新的语言。但是大家可能会发问，尽管网络上流行网络语言，但网络语言并没有成为网络文学的主体语言成分。幸亏还没有成为主体语言成分，不然，网络文学取代传统的现代汉语文学就是水到渠成的事情了。但是我想强调的是，网络语言的思维特征渗透进了网络文学之中，使得网络文学的后现代性具有一种不可逆转之势。也就是说，网络语言的思维特征就是后现代性的特征。网络是一个自由进出的世

界，也是一个争奇斗艳、花样翻新的世界。网络语言具有随意性、反规范化、简约性、多变性等特点，这一切又是建立在后现代文化的基础之上的，网络语言的思维特征就是后现代文化的思维特征。后现代对于当代文学来说，并不是一个陌生的东西。早在 20 世纪 80 年代的先锋文学以及 90 年代以后的文学世俗化潮流里，后现代往往成为创新的一个标志。但那时候基本上是处在学习、模仿的阶段，是形式上的后现代，他们的后现代多有一种做作、虚假、生硬的成分，有一种"为赋新词强说愁"的情绪。网络世界提供了一个完全彻底的后现代文化语境，网络文学则是在这种语境中的自然生长物，在思维方式上体现出不确定性、零乱性、非原则化、无我性、卑琐性、内在性、非中心等特征。其审美取向上因而也具备鲜明的后现代性，反讽、戏谑、幽默、反智、自我解构，不仅成为基本的审美形式，而且其本身就成为一种意义表达。

后现代性是针对现代性而言的，后现代主义是要纠正现代性带来的社会问题，对现代性采取批判和否定的态度。中国其实是一个现代化还没有完成的国家，所以有人认为后现代对于中国来说是一种超前的思想，是一种奢求。但是，应该看到中国今天的现代化已经不同于过去西方进行的现代化的历史背景了，在全球化时代，一切都无法再像过去那样按部就班进行了，中国正处在前现代、现代和后现代并存的时代。后现代对于中国来说，也是具有革命性的意义的，它可能会起到一种匡正现代化弊端的作用。但后现代的革命形态与我们熟悉的革命形态不一样，我们是在革命意识形态中成长起来的，对这一点可能感觉更明显。后现代的文化特征是颠倒文化的原有定义，反对传统标准文化的各种创作原则，扬弃传统的语言、意义系统、形式和道德原则。走向零散化、边缘化、平面化、无深度，通过各种炫目的符号、色彩和光的组合去建构使人唤不起原物的幻象和影像，满足感官的直接需要。从思维特征看，后现代不再顾忌逻辑思维和反思等严谨的和系统性的理性活动，只注意"当下"立即可以达到的，并直接得到验证而生效的感性活动，它要表达的是一种不确定性、模糊、偶然、不可捉摸、不可表达、不可设定及不可化约等精神状态和思想品位。

现在人们对网络文学还有很多非议，对这种新的文学形态还是表示了一种拒绝的态度。我以为关键还是对网络文学的后现代本质缺乏认识，当然，归根结底也是对后现代性缺乏认识，对后现代的颠覆性和破坏性难以接受，其实，后现代性也是具有建设性的，它是通过颠覆和破坏的方式达到革命和建设的目的的。

关于网络文学的后现代性，应该是一个大题目。它首先涉及对于后现代的理解，我不想把它变成特别学院化的无聊讨论，我就想举一个例子。去年，网友郭宝锋等人因在网上传播"严晓玲遭轮奸致死"的相关信息，郭宝锋就被福州马尾警方以"涉嫌诽谤罪"拘留，然后就有网友在网上发起声援运动，声援的方式就是按看守所地址，向被拘者郭宝锋邮寄明信片，明信片上统一写上"郭宝锋，你妈妈喊你回家吃饭"。据说看守所一下子收到了数百封明信片，当然郭宝锋都没有收到，但半个月以后，郭宝锋就以取保候审的方式离开了看守所。我以为这样的行为，这样的语言表达，就是后现代。

三　网络文学的功能提纯

文学包含多种功能，如娱乐功能、教化功能、抒情言志的功能、审美的功能等。传统的文学往往是多种功能汇集于一身，传统文学理

论更是强调要寓教于乐，就是说既要娱乐，也要通过娱乐达到教化的目的。但网络文学则是强调功能提纯，就是说，网络文学不是将多种功能汇集到一起，而是功能的目的性很单一，很明确，如追求娱乐性的就纯粹追求娱乐性，不会再去顾及教化目的了，如为了抒发情感，就会把抒情性强调到极致。我们还是可以把网络文学按照传统文学的分类方式分为小说、诗歌、散文三大块。散文的分类可能更为宽泛，它主要表现为博客和帖子的形式。从这样的分类来看网络文学的功能提纯，就是这样一种情况：小说的娱乐化、诗歌的率性化、散文的载道化。

功能提纯显然与网络的传播方式有关，功能越纯粹、功能性越突出，也才会吸引网民的眼球，才会留得住鼠标。所以对网络文学的功能要从整体上来把握，文学的多种功能是通过不同的渠道、不同的文学种类综合实现的，单独一个作品，或者一个种类的作品，可能只是满足人们对于文学一个方面的需求。

网络小说充满娱乐性，它真是把文学的娱乐功能发挥到了极致，读网络小说绝对没有精神负担，不会有一种思想的沉重感，通过阅读会获得一种极大的消遣，只要你是喜欢这部小说，你就会愉快地消遣一段阅读的时光。所以真正能在网络上站住脚的小说作家多半都是把娱乐功能强调到极致的作家，他们把握到了网络的本质，就是它的后现代性。网络文学与网络的文学往往区分不清，其实只要看它是不是功能单纯就大致上能分出一二来。比方说，一些大的网站经常进行一些网络小说征文、网络小说大奖赛之类的，参加者中有很多其实还是传统文学的写法，写的是传统的文学，不过是贴到网上而已，有的人因此还获了奖，但这类人肯定不会在网上立住脚。2004 年我参加了新浪网的原创文学大奖赛，这是他们举办的第二届大奖赛，这一届获金奖的是湖北的一位新手，网名千里烟，是一位中学语文老师，他一直进行文学创作，但始终没有成功，没有得到认可，这次参赛的作品是《豆豆的爱情》，这是典型的传统写法，写年轻人经历，现实感，叙述上日常化，有励志的主题，青春的主题。她或许可以在传统文坛打拼一番，但网络显然不会是她长久的平台。小说的娱乐性决定了网络小说基本上走的是类型小说的路子。在各个网站基本上也是按类型来划分的，如"玄幻""武侠""仙侠""盗墓""穿越""后宫"等。类型小说完全以愉悦读者为目的，特定的读者在相应的类型小说里怎样才能获得愉悦，他们期待读到什么，通过小说的类型化得到了实现。小说的娱乐化再向前发展一步，就变成了网络游戏，也就是说，读者不满足于在阅读中获得愉悦和快感，还要亲自参与其中，于是网络小说就被网络运营商开发成网络游戏。有一个网站有一篇"新手必读"的文章，告诉你要想写网络小说，就得注意一些什么的规律。其中就有：不能有政治，不能有思想，不必讲情节的合理性，不要太诗意的铺垫，说到底就是要在娱乐性上下功夫，其他的东西都是多余的。网络还有一个自己的说法，叫作 YY 小说，也叫作意淫小说。这个 YY，显然不仅是性的意思，按北大邵燕君的解释，是"一切放纵想象的白日梦"，是"讲究无限制地夸大个人实力，把一切不合理变成合理，把一切不实际变成实际，这就是它最大的魅力所在"①。网络小说在功能上的娱乐化，是网络小说遭到批评指责的最根本的原因，进而人们推广到整个网络文学，认为网络文学只是追求娱乐性和消遣性，因此只是一堆一次性消费的垃圾，是对人的思想精神没有多少教育和启迪的东西。这样的指责还是欠推敲的。首先，关于教育和启迪就可以讨论一番，阅读中的启迪其实是多方面的，读者在阅读中即使纯粹想获得一种消遣，也与在洗浴中心按摩房里获得一次消遣是不一样的，虽

---

① 邵燕君：《传统文学生产机制的危机和新型机制的生成》，《文艺争鸣》2009年第12期。

然都是纯粹的消遣，但阅读的消遣激发了精神的活动，而按摩完全是一种身体的消遣。因此，即使一部文学作品仅仅给我们提供了娱乐性的功能，也是可取的。比如榕树下网络原创文学奖最佳小说大奖的获奖作品《灰锡时代》，就是富有想象力的一部作品，小说讲述了一个发生在30世纪的故事：未来世界，地球环境遭到严重的破坏，城市环境污染严重，"从早到晚都是灰蒙蒙的，好像海底世界一样，每呼一口气，就会有一种劈波斩浪的感觉；灰尘很快分成左右两边，当中是一条清爽的以二氧化碳为主的人的气息……"人们不得不带着防毒面具才可以出门，而且因之也产生一些非常奇怪的社会制度，像犯了罪的人，"每进一次局子，都要在身上敲一个钢印，以便登录档案"。小说在构思和语言上都有独到之处，特别是作者非凡的想象力、戏谑幽默的语言风格，令网友们纷纷惊叹仿佛"文坛外高手"王小波的手笔。

问题还在于，网络文学既然是采取的功能提纯的方式，我们就不应该这样去指责网络文学，不能因为网络小说强调了娱乐性就看不到网络文学通过另外的途径去发挥文学的其他功能。比方说，我们能说网络文学缺少思想的锋芒吗？看看这几年的社会大事件，很多产生重大社会影响的言论正是通过网络发出的，没有网络，这些言论还出不来，而这些文章不就是类似于传统文学的散文、随笔、杂文吗？这就是我说的网络文学中的散文载道化，散文更强调思想的直接表达，更强调锋芒，强调批判性，强调针对性。网络文学针砭时弊，指点江山，一点也不比五四时期的《新青年》逊色。举个例子，网络上曾流行一首奥巴马版的歌曲《北京欢迎你》，这首歌本来是为奥运写的，一首唱赞歌的曲子被网络改编成一首表达不同政治见解的歌曲："（官）迎接下一桩生意，赶紧梳妆整齐。给多给少我都愿意，哪怕半个硬币。我家大门常打开，开放不留余地。炸我使馆撞我飞机，假装全都忘记。我的存款老婆儿子全在你手里，知道你家闹危机，借你两万亿……"另外，还有像改写的《中国话——全世界都在笑中国傻》，也是非常犀利的。谈到网络文学中的散文，我特别要提到韩寒。这位"80后"的领军人物，后来又成为一位网络作家。他在网络上的贡献就是博客，这就是典型的网络文学中的散文。有人曾夸韩寒是新世纪的鲁迅。虽然这种说法有些夸张，但还是抓住了韩寒的实质。也就是说，韩寒的博客类似于鲁迅的杂文写作，这是一种时效性特别强的文体，直接针对社会现实发言，最鲜明地干预现实，这还不是典型的"载道"吗？韩寒的思想言行是典型的后现代，具有破坏性，同时也具有建设性。在尖锐、一针见血、见解犀利、立论独辟蹊径等方面，韩寒的博客确实与鲁迅有相似之处。不同之处在思维方式，鲁迅是建立在理性主义基础上的思维方式，韩寒则是建立在后现代基础上的思维方式，所以更明显地具有反讽、正话反说、举重若轻、调侃等特点。再看看各种文学刊物和报纸上的散文，尽是一些做作的情感，虚伪的思想，如果说传统的现代汉语文学中还存在着一个鲁迅风的批判精神的话，那么，真的可以说，这种批判精神更多地保存在网络文学之中。

　　网络文学中的诗歌更是值得我们关注的了。网络诗歌显然与网络小说不一样，因为很简单，功能不一样，诗歌不像小说那样强调娱乐化的功能。诗歌是率性化的，它体现了文学的自我宣泄和自我表现的功能。既然是率性化的，因此各种各样的诗歌都存在，充分自由地表现诗人的性情，其中也不乏神圣的、崇高的，具有纯粹文学精神的诗歌。2008年汶川大地震，最感人的一首诗歌就来自网络诗歌。"孩子，快，抓紧妈妈的手，去天堂的路，太黑了，妈妈怕你，碰了头。"这首《孩子，快抓紧妈妈的手》在网上一出现，便广为传诵，虽然后来围绕汶川大地震写的诗歌不计其数，几乎是个人都来写诗，仿佛不写

首诗就不能证明自己是个爱国者似的，甚至还弄巧成拙，写出了"纵做鬼，也幸福"的献媚诗。但最终最为真诚也最为感人的还不得不说是这首网络诗歌。所以于坚、韩东这样的成名诗人也会说，当下中国诗歌的现场在网络，好诗在网络。汶川大地震后，网络上出现了不少感人的好诗，当时很多人还大惊小怪，意思是他们根本就没有想到，网络诗歌会这么好，言外之意，网络上就应该只有垃圾。这只能说明，他们根本不了解网络文学，他们对网络文学一直存在偏见。

在网络文学中，始终都是多元化的，既有垃圾，也有佳肴；既有谩骂，也有神圣；既有恶俗，也有崇高。可是在大多数人眼里，或者说在一种公共的舆论里，只看到网络文学中的前者，看不到网络文学的后者。当然这也与网络的特点有关。这涉及网络的自由精神的问题。

四　网络的自由

网络文学的自由度是人们最乐于谈论到的。的确如此，没有比在网络上再自由不过的了。与其说网络是一个文学创作的空间，不如说它首先是一个自由交往的空间。这个自由交往的空间撤除了社会的一切屏障，没有等级约束，没有道德禁忌，也没有各种条条框框的限制，人们以任何一种姿态与他人交流、对话，想怎么说就怎么说。因此，网络上的许多作品大部分属于"泛文学文本"，它们是较传统纸介媒体的文学更松散随意的作品。传统文学界限比较分明的小说、散文、诗歌、戏剧四大家族的文体界限被淡化，一种相互渗透、互为融合、你中有我、我中有你的"四不像"文体在网络的写作空间里大行其道，确如万花筒式变幻多端，此消彼长。另外，网络的虚拟性也使得网络写作获得了表达的充分自由。一些网络写手的言论都表明了网络写作虚拟性所带来的多种变化，邢育森说："说实在的，在没有上网之前，我生命中很多东西都被压抑在社会角色和日常生活之中。是网络，是在网络上的交流，让我感受了自己本身一些很纯粹的东西，解脱释放了出来成为我生命的主体。"① 宁财神说："以前我们哥儿个曾经探讨过这个问题，就是说咱们是为了什么而写，最后得出结论：为了满足自己的表现欲而写、为写而写、为了练打字而写、为了骗取美眉的欢心而写，当然，最可心儿的目的，是为了那些个在网上度过的美丽而绵长的夜晚而写，只是该换个名字，叫记录。"② 安妮宝贝也说："我觉得自己的文字是独特的，但现在的传统媒介不够自由和个性化，受正统的导向压制太多。就像一个网友对我说的，我的那些狂野抑郁的中文小说如果没有网络，他就无法看到。"③ 写作的虚拟性能够最大限度地让写作者把自己最真挚的情感与体验传达出来。

网络上的双向交流，唤起了被主流意识形态所遮蔽的那份民间的存在，使它得以自由流露。民间精神说到底是一种自由精神，而网络，起码在当下给予了人们一份相对自由地表达的承诺。网络文学的存在方式不同于传统的纸媒文学，网络文学的公共空间也与传统纸媒文学的公共空间截然不同。传统纸媒文学的公共空间是有警卫保守着大门的，符合条件的文学作品才会放行，而大量的文学作品是被"警卫"挡在了公共空间的门外。而网络文学的公共空间是一个没有围墙也没有警卫保守的空间，任何文学作品都可以自由地进入。所以在网络文学的公共空间里，作品的思想和艺术水平相互之间差距很大，读

---

① 吴过：《青春的欲望和苦闷——网路访邢育森》，转引自杨新敏《网络文学刍议》，《文学评论》2000 年第 5 期。

② 吴过：《藏身网络侃江湖——网路访宁财神》，《青年作家》2001 年第 10 期。

③ 吴过：《桀骜不驯的美丽——网路访安妮宝贝》，《星伴文苑》2000 年第 1 期。

者只能以沙里淘金的方式寻觅到质量上乘的作品。如果我们要求网络文学的公共空间里只能存在质量上乘的作品，那就只有像传统纸媒文学那样立上大门，安置警卫。但如此一来，网络文学的自由品质也就丧失了，网络文学也就蜕变成了传统纸媒文学，只不过是将载体从纸质改成了网络而已，最终，网络文学的创新性和革命性的意义也不复存在了。认识到网络文学的公共空间的特点，在讨论提高网络文学的质量时就会观照得更全面一些。从根本上说，要提高网络文学的质量，首先要让参与到网络文学写作中的广大网民提高自身的文学素养和思想素养，于是，提高网络文学质量的问题就转换成了提高全民族文化素养的问题。另一方面，网络文学既然是沙里淘金，提高网络文学的质量也意味着如何使沙堆里的金子含量更大一些，金子的成色更纯一些。这就需要为那些脱颖而出的网络文学高手创造更好的写作条件，也为那些高手能够脱颖而出创造有利的条件。

　　网络文学的确给我们带来一个自由度非常大的空间，但自由并不是网络文学所独有的。文学就其本性来说就应该是自由的，文学的诞生就缘于人类心灵的自由表现，自古以来的文学都莫不如此，从本质上说，自由是文学的生命之源。但自由作为文学的生命之源，主要是指心灵和精神的自由，而不是指文学外部空间所提供的自由度。伟大的作家为了让心灵和精神的自由得到充分的表达，就不得不与外部的不自由进行抗争。这种抗争对于文学来说又是非常重要的，因为正是在这种抗争中，作家心灵和精神的自由得到了锤炼和锻造，在这种锤炼和锻造的过程中自由之光芒照亮了文学。所以，伟大的文学作品往往是在内在自由与外在不自由的紧张关系中磨砺出来的。但我们似乎更看重文学的外部自由，甚至将自由等同于舒适和没有压力，以为在一个鸟语花香、无忧无虑的环境中就能写出伟大的作品，这实在是对自由精神的极大误解。文学的自由必须具备两个条件：其一，文学的自由不是别人给予的，更不是靠施舍得到的，它必须是通过争取和追求而获得的；其二，文学的自由凝聚着人类文明的精华，具有清晰的价值判断，因此它是一种负责任的自由。网络文学的自由在很大程度上恰恰缺乏这两个条件。对于大多数的网络写手来说，他们缺乏争取和追求的环节，他们的自由写作多半只是一种率性的、个人放纵的自由写作，而缺乏一种凝聚着人类文明精华的自由精神的烛照；因此他们的自由纯粹对自我有意义，而缺少一种对人类对文化的责任担当。更重要的是，网络的自由主要是一种外部的自由，许多写手在外部自由最大化的情景下，由于彻底消除了内心自由与外部不自由的紧张关系，心灵和精神的自由仿佛处在的真空状态，反而容易被忽略。事实上，我们看到的一些网络写作，是在服从于网络经济利益原则下的写作，这时候，你还能说这是一种自由的写作吗？在网络越来越成为一种强势的利益体的趋势下，心灵和精神的自由就会逐渐从网络上退位和缺席。因此，不要以为，网络有了一个相对于传统媒体自由大得多的空间，就一定会产生充满自由精神的文学作品。如果我们的内心始终处在不自由的状态之中，就相当于我们的内心没有被阳光照亮，一个缺乏内心自由的作家，即使你给他提供最自由的空间，他也不可能写出充满自由精神的作品的。所以，我对文学未来的期待是传统文学与网络文学的深度融合，互动互补，也许就能产生出伟大的作品，这个伟大的作品也许产生在传统媒体，也许产生在网络之中，但产生在哪里并不重要，重要的是它产生了。

网络文学：向左还是向右

　　十多年以前，网络文学开始风生水起，人们感到了网络文学咄咄逼人的来势，当时就有人惊呼，网络文学作为新的文学样式，将取代传统文学。那时候基本上是将网络文学作为传统文学的对立面来思考网络文学现象的，因此在讨论网络文学时，背后总有一个传统文学作为参照系。如果以传统文学为参照系，那么网络文学的发展将是朝着哪个方向走呢？有向左和向右的两条路线。向左，就是发展成一个与传统文学截然不同的、要和传统文学分庭抗礼的全新的文学样式。向右，则是与传统文学逐渐靠拢、会合，与传统文学成为你中有我、我中有你的两兄弟。人们在纷纷预测网络文学的未来。我也做过这样的事情，那时候我特别看重网络文学的新因素，并期待这些新因素导致一个全新的文学样式的诞生。我当时倾向于网络文学会向左发展成一个新的文学样式，甚至我认为网络文学呈现出一种文学革命的征兆。我曾把网络文学的兴起与 20 世纪初白话文运动所带来的文学革命对比来看。文学革命有两个重要的条件：一是新载体；二是新语言。20世纪初的中国就具备这两个条件，新载体是大量涌现的现代报刊，新语言则是现代报刊催生的白话文写作。于是就带来一场翻天覆地的文学革命，从此以文言文为基础的古代文学就基本上退出了文坛。我们现在所说的传统文学就是指这场文学革命所诞生的现代汉语文学。今天的网络文学之所以也具有革命性，因为同样也具备了新载体和新语言这两方面的条件，新载体就是网络，而新的语言就是在网络上流行的网络语言。所以我认为网络文学也像当年的白话文文学一样，具备了导致文学革命的可能性。在 21 世纪前后，网络文学明显向着左边的方向奔去，那时候，我就在疑惑，网络文学莫非真的要带来一场新的文学革命？那时候，像我这样的疑惑是普遍的，一些人甚至比我还要悲观，认为网络文学不仅要完全取代传统文学，而且在强大的网络文学的压迫下，传统文学终将死去。但十多年过去了，事实证明，网络文学并没有成为吃掉传统文学的恐龙。相反，它在向左的行进中逐渐放缓了脚步。现在，我有了新的疑惑，这就是从网络文学发展的趋势看，它到底是向左，还是向右，这是一个哈姆雷特式的问题。

从网络文学这些年的发展来看，我当年对于网络文学的新语言的判断有误。我把网络上流行的网络语言看成网络文学作为基础的新语言，是能够导致文学革命的条件之一。现在看来这种判断是不慎重的。网络语言尽管有别于现代汉语，但它还只是零碎的词语，不构成一个语言体系，不可能构成网络文学的基础。但网络文学还面对另外一个新语言系统，这个新语言系统就是网络的技术语言。网络的技术语言才是一个全新的语言体系，也才真正具备了革命性的因素。如果网络文学以这种新的语言体系作为基础，便有可能导致一场文学革命，并形成全新的文学样式。这一文学革命在中国的网络上并没有发生，但是在欧美的网络上发生了。欧美将这种新的文学样式称为数码文学或电子文学，这是建立在网络技术基础之上的超文本、超媒体文学。欧美的数码文学或电子文学可以说是网络文学彻底向左行进的结果。所以严格说，中国的网络文学从一开始就没有抓住网络最具革命性的因素，那么，它最初显现出的向左行进的姿态只是给人们的一种错觉。或者说，中国的网络文学最初是以一种对立的姿态表示它与传统文学划清界限，以这种姿态争取自己的话语权，它向左并不是彻底

的，它在向左行进的途中不断地回望，最终有一种文学的惯性将它逐渐往右拉，它逐渐偏离了左的方向，越来越向右靠拢。如今再看网络文学，与传统文学没有根本的区别，几乎就是两个亲兄弟。

这只是我的一种感觉，但这些年来我的这种感觉越来越强烈。比如我多次参加网络文学的评奖，也参与过有关政府部门的对网络文学的审阅，在这样的活动中我所接触到的网络文学作品基本上与传统文学没有区别。另外，网络文学"落地"的现象也越来越普遍。凡是在网络上红火的作品，几乎都"落地"在出版社出版了纸质图书。我们谈论网络文学时，似乎偏重于网络小说，它基本上是以类型小说的形态出现，而网络的类型小说基本上就是传统文学中的通俗小说。如果把视线扩展到诗歌、散文类，网络文学中的诗歌与散文更与传统文学没什么区别。首届网络文学节进行的评奖，就分了长篇小说、小说集、诗歌、散文等几种类型。

下面我想探讨的是，为什么中国的网络文学没有像欧美的网络文学那样抓住网络的革命性因素。这应该有多方面的原因。其一，作家身份的不同。能够对网络的技术感兴趣并具备网络技术知识的人才有可能娴熟掌握并运用网络技术语言。虽然我没有这方面的数据，但我猜想欧美的数码文学或电子文学的作家多半首先就是一个网络技术的高手。而中国的网络文学的作家多半是由文学爱好者发展而来的。其二，文学动机和诉求的不同。欧美数码文学追求一种技术美学。而中国的网络文学最初是由于网络这一新的媒体给人们的个性表达提供了一个前所未有的自由空间。也就是说，网络这一新媒体最吸引具有写作欲望的中国人的，并不是它将带来无穷变化的网络技术语言，而是可以逃避严密的审核制度、比较自由地表达个性思想的发表渠道。所以，中国的网络文学最初表现出的革命性是一种不彻底的革命性，它不过是因为空前的自由表达而将过去被严密审核制度筛选出去的一些内容呈现了出来，让人感到新异而已，与传统文学并没有实质上的不同。另外，网络的自由也是一把双刃剑，它让大量的精神病菌得以充分自由地繁殖，因此网络文学难以构建起自己的精英化方式。于是它不得不借助传统文学系统，来实现网络文学的精英化。在这一过程中，网络文学向左的姿态就大大打了折扣。从这个角度看，没有条件建构起自己的精英化方式，是中国的网络文学发展的最大瓶颈，它逐渐改变了向左的姿态，慢慢向右转身，朝着传统文学靠拢。

现在的形势是，传统文学不断向网络文学渗透。首先传统文学机制积极接纳网络文学，包括吸收网络文学作家为作协会员，主持各种网络文学的评奖和大赛，开办网络文学研究刊物，畅通网络文学"落地"出版的渠道，等等；特别是影视系统越来越热衷于到网络文学中寻找资源，更加抹平了传统文学与网络文学的差别。但是，我要问的是，网络文学是否就会一直向右，最终与传统文学走到一条道上来吗？

网络文学一直向右，对网络文学研究意味着什么？我以为最关键的问题有两点：其一，我们研究网络文学不能脱离传统文学来研究，应该关注到二者的交互作用；其二，我们不要以静态的、稳定的思路来研究网络文学，应该看到网络文学仍处在动态的、不确定的姿态之中，所以要关注网络文学的动态变化。无论如何，风格文学作为一种独立的存在体，必然有其内在的合理性。随着新媒体的迅猛发展，网络文学的内涵也在不断丰富。所以我们有理由相信，网络文学研究大有可为。

地域的社会性、都市化及其文学社区

　　《光明日报》从 2012 年起开辟了一个"聚焦作家群"的栏目，先后发表了十余篇文章，这些文章基本上都是从地域角度来界定作家群的，而且都是以大的行政区划作为作家群的界定标准的，事实上，十余篇文章就是将十余个省（区）的作家各自作为一个作家群体来讨论的。这种研究习惯似乎在 20 世纪 80 年代就形成了并还非常流行。如所谓"湘军""粤军""陕军"等概念的提出就是这种研究习惯的结果。看来，这种研究习惯至今仍被人们广泛使用。这种研究习惯实际上涉及地域与作家群的关系问题，看来讨论一下地域与作家群的关系，还是很有必要的。

　　地域文化从来都是构成文学特色的重要因素，特别是在古代文学中，地域文化的色彩是如此分明，它甚至成为人们归纳文学流派的主要砝码。中国现当代文学的一些流派也是由地域性决定的，如京派、海派、东北作家群、山药蛋派等。然而自从 20 世纪 90 年代以来，随着中国的现代化进程日益加速，当代文学的地域文化色彩越来越淡化，这应该是一个明显的趋势。地域文化带给文学的是一种异质化的东西，但它必须建立在地域之间的阻隔上，有了阻隔才有了地域的分界，才有了不同地域之间的差别。当代文学的地域文化色彩之所以越来越淡化，就因为在全球化背景下的现代化，正在打破地域之间的阻隔，逐渐缩小了地域之间的差别。如果我们不是在世界文学的范围内来探讨地域文化的话，那么，显而易见，地域文化的丰富性主要体现在乡土文学之中——即使是乡土文学，那些反映当下现实生活的乡土文学，其地域色彩也不如过去那么层次分明了。这还只是就某个乡土作家的个体写作而言的，既然作家个体的地域特征都越来越不明显，那么要以地域的自然文化特征来概括出一个作家群体来，就更加是一件勉强的事情。所以，我想，从今天的文学实际出发探讨地域与文学的关系时，有两点新的变化值得注意。

其一，地域文化的自然性让位于地域文化的社会性。

有一个细微的变化很能说明这个问题。这个细微的变化就是在文学研究中，关于地域文化的提法，逐渐被"区域文化"所取代。但是人们在使用区域取代地域时并没有自觉地从理论上区分二者的差别，也许更多的还是一种求新和跟风的原因，人们基本上还是在原来的理论框架内在使用"区域文化"这一概念的，在一些学者的论述中，甚至是将二者混用。《中国地域文化丛书》的编者札记就明确指出："地域文化，或称区域文化，是一门研究人类文化空间组合的地理人文学科。"在文学批评中，我们过去用得多的也是"地域文化"，但也有一些批评家或学者改用"区域文化"。我认为应该把这种改用理论上的阐述变为一种自觉的理论行为。我愿意将这种改用看成对地域文化的自然性让位于地域文化的社会性这一大的趋势所做出的理论回应。区域一词相对于地域一词来说更具有现代学术的意味。区域一词在地理学中是一个专用术语，也是数学中的一个特定概念。因此，我以为，地域和区域的细微差别就在于，地域更多带有自然的色彩，而区域更多带有人为的色彩；地域更多属于农业文化时代，区域更多属于现代化时代。今天我们会更关注区域性特征，需要研究在地域边界越来越模糊的状态下，区域性特征是如何发挥作用的。

区域性特征其实就是地域文化的社会性所留下的痕迹。对于中国

当代文学来说，因为其所具有组织性与合目的性的特点，所以社会性的影响是相当大的。这就要说到文学制度的问题了。相对于政治制度、经济制度等社会制度，文学制度更为隐性，更多地通过一种社会习惯和精神指令加以实现。不同的社会形态具有不同的文学制度，文学制度是一个社会使文学生产获得良性循环、文学能被广大社会成员接纳的基本保证。中国当代文学的文学制度有一个最大的特点，就在于执政者对文学有着明确的政治要求，其文学制度是为了最大化地保证其政治要求的实现，通过相应的文学制度，将文学纳入政治目标中，这使得当代文学从一开始就具有明显的组织性和合目的性。这样一种文学制度从根本上说是与文学的自由精神相冲突的，因此文学制度与文学创作之间的内在矛盾就十分尖锐，这导致了文学制度和文学创作双方的相互妥协和调整。从《光明日报》的"聚焦作家群"栏目中的文章中就可以看出，批评家们所总结的一个地区的作家群的特征，多半是由地域的社会性所造成的。如谭运长在讨论广东作家群的一文中专门提出了一个"广东打工文学作家群"的概念，这显然与广东作为改革开放的前沿，打工潮最为壮大有关。作者甚至认为，广东的作家创作"并未在充分开掘与应用地域文化资源上取得突出的成就"，当然，这并不能说是广东作家没有开掘与应用的能力，而是在广东这个全球化影响更为突出的地区，地域文化的色彩更加淡化。又如刘复生在讨论海南作家群体时，特别强调移民作家这一概念，这显然与海南当代史上发生的几次重要的移民潮有关，"尤其是 1988 年建省办特区所导致的'十万人才下海南'。这在很大程度上改变了作家的构成，甚至改变了海南读者的主流阅读预期"。陕西的文学曾经是地域色彩最为浓厚的，因此陕西的乡土文学叙述也具有强大的传统，这突出体现在 20 世纪 90 年代的"陕军"崛起及其对"陕军"的阐述。然而周燕芬在她对 21 世纪陕西作家群体观察的一文中则告诉人们，陕西的作家在长篇小说创作中具有"去地域性"的倾向。

其二，都市叙述逐渐取代乡村叙述，成为文学的主调。

中国是一个农业大国，在文学上引以为傲的则是乡土文学。但21世纪以来，情况悄悄发生了变化。当下的文学创作，不仅早已不是乡土文学的一统天下，而且都市文学的迅猛发展，大有取而代之的势头。中短篇小说代表着小说的文学性标杆，因此可以从中短篇小说的现状判断都市文学的走势，无论从作品数量看，还是从年轻作家的选择重点看，都市文学都已经排在了乡土文学的前面。翻开各种文学期刊，反映都市生活的中短篇小说占有大多数，这是从数量上看。从年轻作家的选择重点看，近些年涌现出的年轻作家，他们多半选择的是都市生活的题材。这一点特别突出表现在70年代出生的作家以及"80后"的身上，这与他们的生活经历和知识结构有关。

都市文学的兴盛是社会发展的必然趋势。我们过去主要是以乡土文学的方式来处理都市经验的。过去这么做有其历史的道理，因为我们的都市还处在乡村的包围之中，我们的都市人还只是进了城的乡下人。今天，这种状况完全得到了改变，全球化和现代化的双重合力，已经使我们的城市发生了根本性的变化。在这种背景下，我们需要自己真正独立的都市文学。但尽管都市文学越来越兴盛，却缺乏有思想力量的作品。其中一个重要原因是我们的都市文学还没有建立自己的传统。从思想资源上看，写都市文学的作家，特别是年轻作家，多半还是以西方现代主义文学作为参照的。当然，西方的都市化和现代化远远走在我们的前面，他们的思想资源值得我们借鉴，但真正要建立起自己的传统，还必须依赖自己的经验和精神遗产。而这种经验和精神遗产基本上都是属于社会性的因素，与自然性的地域文化关系不大。我们有一个很重要的口号：建设中国特色的社会主义。事实上，中国当代文学的都市文学就有赖于"中国特色"才能真正建立起自己

的传统。因此，我们更需要关注我们在都市化进程中那些具有"中国特色"的东西。"中国特色"是什么？是政治，也是经济，也是文化。不久前，我参加东北老工业基地与当代文学的研讨会，对于他们能够将老工业基地作为当代文学的重要资源而加以研究，非常赞赏。关注工业，也就是关注"中国特色"，中国作为现代化的后发国家，工业仍是我们城市生活的重要内容。我们不必为传播到世界各地的"中国制造"而羞惭，恰恰相反，"中国制造"正是"中国特色"的一种呈现方式，因此，工业经验和工人文化应该是建立我们自己的都市文学传统的重要因素。

综上所述，社会形态的地域性正在压过自然形态的地域性，钢筋水泥构筑的地域性正在取代田园山水构筑的地域性。我们如何主动介入地域社会性和地域都市化对文学的影响之中，应该是一个有意思的话题。在此，我愿意提出一个文学社区的概念。社区，作为一个现代社会学的概念，最初是指一种理想类型的社会。它首先是由滕尼斯在其《共同体与社会》（1887年）提出的，区别于一般的社会形式，他将任何基于协作关系的有机组织形式定义为社区，旨在强调人与人的亲密关系和共同的精神意识以及对社区的归属感和认同感。文学社区是指在一定的地域里，通过一些文学组织将该地区的作家凝聚在一起，相互之间形成良性互动的场域。

考虑到中国当代文学的组织性特点，因此不能忽视目前文学体制对文学事业的影响。作家协会是这个体制内的重要机构。虽然世界各国都有作家协会一类的团体，但中国的作家协会不同于其他国家的作家协会，它直接参与文学体制和文学运作的建构之中，是文学生产的重要环节。当然，中国的文学机制中不仅仅有作家协会，还有党的宣传部门，它对文学方向和文学政策的制定具有更大的作用。文学社区显然与文学体制的建设有很大关系。另外，对于文学社区来说，尤其需要考量的是如何处理文学的自由精神与文学体制的合目的性之间的关系。最近几年，河南的文学发展比较突出，他们也提出"中原作家群"的概念，不少文学新人从这里冒出。我发现，这些年来河南的作家协会做了不少有益的工作，从而使得这二者之间的关系就不是像有的地方那样，显得紧张和对立，他们能在和谐的氛围中解决二者的矛盾。我也曾在一篇文章中提到，湖北形成了一个互补的文学社区。我发现，湖北的作家不仅阵营整齐，而且风格多样，像一个绚丽多彩的百花园。孤立地看，湖北作家具有比较鲜明的个性，也不乏创新精神，但他们不把"新"推到极致，不以异端的方式引领时尚。这在于湖北的文坛具有一种融洽的、开放的氛围，因此就像水和乳汇到一起时会有一种亲和力一样，湖北作家相互之间形成了一种互补的关系，你中有我，我中有你，和而不同，融会贯通。但我在这里并不想强调体制的重要性，尤其对于以追求自由精神的作家来说，不能将自己的写作捆绑在体制上面。然而对于作家来说，如何为自己营造出一个良好的文学社区，对地域的社会性具有清醒的认识，规避这种社会性的负面影响，却是非常有必要的，或许这也是一种智慧的考量。

文学变动关系中的文学批评伦理

变动社会中的文学关系，自然会涉及文学批评。文学批评与文学创作以及文学生产的关系今天已经变得暧昧不清了，这至少说明了尽管我们基本上仍是一元化的政治体制，但文学早已冲决了一元化的约束，文学批评因此也不再能够像过去那样可以发号施令、指手画脚了。当然，我们仍能读到发号施令、指手画脚的批评文章，但那只能代表一种文风而已，实际上起不到发号施令和指手画脚的作用了。在一个非一元化的文学时代，文学的功能也被拆分，有的彻底娱乐化，有的追求精英化的审美。在这种状况下，文学批评的标准也难以形成统一，真理明显具有相对性。针对不同的文学类型，文学批评应该采取不同的评价系统。简单地说，我们不能用评价精英文学的标准去评价通俗文学，我们也不能用评价传统文学的标准去评价网络文学。伴随着批评主体的独立意识越来越强大，我们也应该宽容不同批评个性的彰显，既可以有犀利、尖刻的批评，也可以有谦逊的批评；既可以有破坏性的批评，也可以有建设性的批评。这真是一个批评的百家争鸣时代。在百家争鸣时代，批评无定法。但是，批评无定法并不意味着批评可以乱来和胡来。在这里，我提出一个文学批评的伦理问题。每一个专业的文学批评家，首先应该恪守一些基本的文学批评伦理。

所谓文艺批评的伦理是指什么呢？是指人们在批评活动中应该遵循的行为规范，这种行为规范是从文艺批评的基本原则出发而设定的，是为了彰显文艺批评的宗旨和目的。强调文艺批评的伦理，并不是要求批评家都成为道德圣人，也不是要求批评家所写的文章都是道德文章，而且为了让文艺批评能够成为真正的文学批评，是为了尽量真正减少非文学的因素伤害到批评的实质。从这个角度来说，我觉得提出文学批评的伦理问题，不过是要求一个专业文学批评家应该遵守伦理的底线。

文学批评应该有好说好，有坏说坏，但无论是说好的批评还是说坏的批评，都应该是一种真诚的批评，这样才会使批评具有信服力。真诚，是文学批评家必须恪守的批评伦理。

所谓真诚就是说对文学批评是抱有真诚的态度，是期待通过文学批评达到弘扬文艺精神目的，是要用文学批评的方式来传递真善美。因此，文学批评尽管它会不留情面地揭露文艺创作中的问题和缺陷，但这种揭露从根本上说是具有建设性的。

真诚同时也就意味着批评是有一说一，是言之有据的。因为真诚是和真实联系在一起的。真诚同时还意味着善意，也就是说即使是最尖锐的批评，最刺激的言语都是带有善意的。有人针对现在的文学批评一味地说好话，就积极倡导否定性的批评。这样的倡导是对的，有益于改变目前不良的批评生态。但是否定性的批评同样需要恪守文学批评的伦理。否定性的批评会很尖锐，甚至刺耳。但只要你的态度是真诚的，尖锐、刺耳的话也会说得在理。而且当你抱着真诚态度进行否定性批评的时候，你也会很慎重很严谨；你就会遵循一个最小伤害原则。最小伤害原则是从美国新闻工作者的伦理规则中借用过来的，美国的职业新闻工作者协会订立了一个伦理规则，其中就有这样的话："对那些可能受到新闻报道负面影响的人表示同情。"就是说，一个职业的新闻工作者一方面要在新闻报道中揭露社会的问题，但是他又要谨慎地注意到这种揭露不要伤害到无辜。所以他们就提出了一个

"最小伤害原则"的伦理规则。最小伤害原则强调的是一种同情心。所以我觉得真诚是跟同情心连在一起的，也就是说，一个真诚的文学批评家，自然是富有同情心的。

真诚，在文学批评伦理中，还特别意味着面对学术的真诚。也就是要求批评家在批评实践中，向内规范自身的言行，使自己恪守真诚。哈贝马斯对人类的言行进行了分类，分类的原则是根据行为的不同性质和目的。例如，第一类行为是目的性的，即人为了某个目标的实现而付诸此行为，此行为是达成该目标的手段。第二类言行是受规范调节的言行，这即是说，人之所以付诸此言行，乃因它是社会的道德规范或生活习惯所要求的。第三类言行是所谓"戏剧化"的行为，即此言行是为了表现人的自我而出现的。这就是哈贝马斯的行动理论。以哈贝马斯的行动理论来看文学批评，我以为基本上有两种行动：其一为策略性行动；其二为沟通性行动。按哈贝马斯的解释，策略性行动是私人性的、合理的，以追逐自己利益为行动之最终诉求；沟通性行动则是公共性的、理性的，将私人利益之考量完全摒弃在外。但在商业社会中，策略性行动是支配性的，也是无孔不入的。在文学批评中，就存在着大量的策略性行动的文学批评。诸如所谓的人情批评、红包批评、媒体批评，其实都可以归结到策略性行动的文学批评。当然，策略性行动在商业社会具有合理性，因为商业社会就是以追逐利益为最大原则的，文学既然也要作为文化产品进入商业流通渠道，当它以文化产品的身份出现时，它必然要遵循商业社会的规则，但这样的文学批评只能在商业流通环节中有效，比如出现在图书市场的宣传广告物上，出现在市场化运作的媒体上。但如果一个文学批评家在学术性批评中也采用这种策略性行动时，就是严重的丧失批评伦理的行为了。哈贝马斯认为，学术研究、科学研究这些追求精神价值和探寻真理的行为，必须以沟通性行动来行事，否则，你做的学术研究或科学研究只能是"伪学术""伪科学"。沟通性行动首先要做到的就是行动者的言行是真诚的。今天，我们的学术交流不畅通，文学批评中的对话关系很紧张，究其原因，主要还是缺乏足够的真诚性。

另外一个基本的文学批评伦理就是从文本出发。其实在我看来，将从文本出发纳入文艺批评的伦理规范之中，完全是一个常识的认定，无须再做什么解释。文本是文学批评的对象，没有对象的批评还是批评吗？但是我们所看到的文学批评中就存在着为数不少的违背这一常识的文学批评，批评者完全可以不从文本出发，就对文学作品和作家进行严厉的指责，甚至有的批评者还公开表示他就是没有阅读作品，但他仍然可以理直气壮地展开批评。我觉得这实在是有些匪夷所思。这些批评家如此理直气壮，难道就不怕别人质疑他有没有批评的资格吗？但并没有多少人来质疑，这就说明，我们并没有意识到从文本出发是一个批评的常识，更没有把它当成一种批评的伦理规范，所以人家可以理直气壮地说我就是没看你的作品，但是我就要批评你。忘记常识，践踏常识，是当代社会普遍存在的问题，这是由于我们的社会在发生了巨大变化之后，社会秩序的建设和文明规范的建设没有及时跟上而造成的。所以，在文学批评中有些人完全无视从文本出发的常识，放在大的社会背景下来看，也是不足为奇的。但我们不应该听之任之，不能让这种违背常识的行为最终成为一种正常的行为。为什么要把从文本出发作为文学批评的伦理规范之一，就是要通过文学批评的伦理规范，恢复常识的权威性和普遍性。不从文本出发，不认真研读文本，就没有批评的资格，我觉得这并不是一个多少高远的要求，完全是一个起码的底线。

不从文本出发的批评，有多种表现形态，我这里特别想点出一种与学院派批评有关的表现形态。学院派批评对当代文学批评的发展有

着重要的贡献，这是必须肯定的。学院派批评将理论的光芒引入文艺批评中，使得当代文艺批评的理论品位得到大幅度的提升。学院派批评也逐步形成了自己的格局，在批评实践中，产生了一大批精彩的批评文章。但学院派批评也有一个批评伦理的问题需要认真对待。学院派批评的伦理也许更为复杂，批评家既要遵循批评的伦理，也要遵循理论的伦理，而且要让两种伦理规范协调起来。一些成熟的学院派批评家在这方面做得比较好。但学院派批评的发展过程中也出现一种只重理论不重文本的趋势。有一些批评家基本上是从理论出发，而不考虑文本的具体存在，以理论肢解文本。以这样的方式写出来的文章，也许不违背理论研究的伦理，但显然违背文艺批评的伦理。学院派批评对于当代文艺批评的建设具有特别重要的意义，放眼世界，自现代主义思潮以来，理论批评化和批评理论化成为一种普遍的趋势，许多伟大的现代思想家，往往是通过批评方法来建构自己的思想体系的。我也期待中国的学院派批评能够通过批评建构起中国自己的文艺理论体系。也正因为抱有这种期待，我们对学院派批评的要求应该更严格些。何况，学院派批评在双重伦理的规范下，难免顾此失彼，特别是在理论性的强烈诉求中，很容易就遮掩了其轻视文本、肢解文本的问题。这一点特别是在文化研究成为学术新潮之后表现得尤为突出。所以我们不妨对学院派批评强调一下，不要忽略了从文本出发，要将其作为一种伦理规范来约束自己。因为忽略了从文本出发这一批评的伦理，不仅会对文艺批评自身造成伤害，而且批评家的理论建树也会因为这种伤害而付诸东流。

在文学批评公信力越来越下降的今天，强调文学批评伦理，要求批评家首先要做到真诚和从文本出发，就显得格外重要。

当然，在文学变动关系中强调建设文学批评伦理的重要性，首先在于我们的文学环境缺乏伦理的自觉性。所以当我们说要建立文学批评伦理时，首先是针对我们的文学环境来的，必须解决文学环境缺乏伦理意识的问题，文学伦理才得以推广。那么，我们怎么认识文学变动，也就决定了我们怎么来营造今天的文学环境。我以为，文学变动是顺应着对话和民主的思想文化潮流而变动，因此我们应该营造一个非权威和多中心的文学环境，在这样的文学环境里，文学批评不能像过去那样充当法官和裁判的角色，也不需要将文学批评当成匕首和刺刀使用。我以为，在这样的文学环境里，文学批评更应该是一种绅士活动。也只有当文学批评成为一种绅士活动时，文学批评伦理才会发挥作用。坚守文学批评的伦理，也就是保持了一个批评绅士的姿态。文学批评的伦理，只是一系列被社会公认的行为准则，只有当批评家们在批评实践中遵循这些行为准则时，文学批评的伦理才有效。而当批评家们遵循批评伦理开展文学批评时，不就是一种绅士的行为吗？这让我想起一个英语词组：fair play。这个英语词组本来是体育运动竞赛和其他竞技所用的术语。意思是公平竞赛，光明正大地比赛，不要用不正当的手段。当年英国人曾将其作为一种普遍的的精神加以推广，认为这是每一个绅士所应有的涵养和品质，并自称英国是一个"费厄泼赖"的国度。"费厄泼赖"是 fair play 的音译，这个音译词被我们牢牢记住，还是因为鲁迅先生的一篇文章，这篇文章的标题就是"论'费厄泼赖'应该缓行"。鲁迅先生所处年代是革命年代，是一个不公平的社会，上层社会的人欲借"费厄泼赖"来掩饰他们对社会的不公平的占有，是不可能有真正"费厄泼赖"的。我们的文学批评界，似乎多少年来都处在一个秩序混乱的状态之中，可以不负责任地胡乱批评，既可以肉麻地吹捧，也可以恶心地谩骂。纠正文学批评的乱象自然需要多方面的努力，但建立起大家共同遵守的文学批评伦理，无疑是很重要的一环。文学批评伦理就是要保证我们的文学批评是一场 fair play。

当代文学批评主体建构的
姿态和立场问题

当代文学批评一直遭到诟病甚至全面否定，这也促使人们反省文学批评的问题。我以为，文学批评的主体意识始终不被人们所重视，这是阻碍文学批评健康独立发展的重要原因之一。合格的文学批评家不仅应该拥有清醒、独立的主体意识，而且应该有一种进行主体建构的自觉性，只有通过主体建构的自觉行为，才能保证主体意识的稳定性和持久性。

综观中西文学史，可以发现，文学批评主体意识的成熟有赖于文学发展的水平，同时也有赖于文学批评家的精神准备。精神准备包括知识准备、理论准备、艺术准备及人格准备。俄罗斯著名文学批评家别林斯基说："批评才能是一种稀有的、因而受到崇高评价的才能；如果说，多多少少天生有一些美学感觉、能够感受美文学印象的人是寥寥可数的，你们，极度拥有这种美学感觉和这种美文学感受力的人，又该是多么少呢？"① 显然，在别林斯基看来，不是随便一个人就可以成为文学批评家的，文学批评家必须具备"稀有的"才能，这种"稀有的"才能包括"美文学印象的感受力""用思辨来检定事实""对艺术的热烈的爱，严格的多方面的研究，才智的客观性"及"不

---

① ［俄］别林斯基：《别林斯基选集》（第 1 卷），满涛译，上海译文出版社 1979 年版，第 324 页。

受外界诱引的本领"。别林斯赋予文学批评家这么多的条件，因此在他看来，文学批评家"担当的责任又是多么崇高"①。文学批评是一项涉及美学和科学的综合性很强的精神活动，无疑有必要对文学批评的主体提出较高的要求。尽管每一个人都可以对文学作品评头论足，但并不是每一个人都可以成为合格的文学批评家。合格的文学批评家应该拥有清醒、独立的主体意识，而主体意识的确立需要多方面的条件。当代文学批评是指在诞生于"五四"新文化运动的中国现代文学基础上而发展的文学批评形态，已有了近百年的历史，日益走向成熟和独立；现代思想理论日益拓宽和丰富，为文学批评提供了最充足的弹药，这一切说明，当代文学批评的主体建构具备了非常有利的外部条件。因此，当代文学批评仍然在主体性上出现迷失的现象，应该是文学批评主体建构的内部条件出了问题，文学批评主体建构的主观条件主要是姿态和立场这两个方面。本文想就这两大问题谈一点粗浅的看法。

一　话语交流：批评主体的姿态

文学批评最初的功能无疑是对文学作品的优劣做出恰当的判断，从词源学来考察，希腊文中的"kitēs"一词就是批评（criticism）的来源，该词在古希腊时代即为"判断者"的意思。人们在接受文学作品时会有所感触，做一番评判。文学批评家们对待文学作品也是这种态度，他们往往以法官或导师的身份出现，古希腊的亚里士多德就

---

① ［俄］别林斯基：《别林斯基选集》（第 1 卷），满涛译，上海译文出版社 1979 年版，第 324—325 页。

说："批评就是公允地下判断。"在相当长的时期内，法官与导师的姿态统领着文学批评的园地，大多数的文学理论教科书在解释文学批评时，也都强调文学批评是一种分析和判断的活动。众多的文学批评家认真履行着法官与导师的职责，但他们的工作不见得会让作家和诗人们买账，因为文学创作是一种非常复杂的精神活动，文学作品是一种充满玄机的精神产品，要对其做出准确的判断并非易事。并非人们不接受文学批评家以法官与导师的姿态出现，问题在于，在这种姿态下，文学批评家是否站在公正的立场，以什么为评判的标准，却是难以统一的。今天的世界，是一个多元化和多极化的世界，难以给文学制定一个绝对的评判标准，人们也不再相信有一个唯一正确的标准，可以定夺文学作品的生死了。更何况人们越来越发现文学充满奥秘，文学所蕴含的精神内涵难以用清晰明确的理性文字传达出来的，文学的精神价值是多方面的，而且其正价值与负价值相互交织在一起，不可能完全剥离开来。更重要的是，文学的精神价值并不是由作家一次性地完成的，文学文本只是一粒有价值的胚芽，在阅读和传播的过程中才能最终实现其价值。因此，对于文学批评来说，批评的标准不可或缺，但标准不应该成为批评家的护身法宝和尚方宝剑。我以为，批评的成功与否，往往不在于批评家的标准是否明确，而在于批评家以什么姿态进入批评，如果批评家以唯我独尊的姿态进入批评，认为只有自己才掌握了真理，那么就不可能顾及文学精神价值的复杂性，即使他的标准很好，他对文本的判断却可能与事实不符，甚至南辕北辙。如果批评家以商榷和探询的姿态进入批评，他的标准并没有发生改变，但很有可能通过商榷和探询一步步走近文本的内核，揭示出深藏其内的精神价值。从这个角度看，对于文学批评来说，批评家的姿态才是决定一切的。

在相当长的时期内，法官与导师的姿态统领着文学批评的园地，大多数的文学理论教科书在解释文学批评时，也都强调文学批评是一种分析和判断的活动。众多的文学批评家认真履行着法官与导师的职责，但他们的工作不见得会让作家们买账，因为文学创作是一个非常复杂的精神活动，文学作品是一种充满玄机的精神产品，要对其做出准确的判断并非易事。并非人们不接受文学批评家以法官与导师的姿态出现，问题在于，在这种姿态下，文学批评家是否站在公正的立场，以什么为评判的标准，却是难以统一的。公正的立场，评判的标准，这就涉及文学批评家其他方面的素养。当一名文学批评家的思想准备、知识准备以及道德准备难以让人们信服时，其批评就难以被人们接受。托尔斯泰就讥讽批评家是"聪明的傻瓜"。有的作家则声称他们根本不读文学批评。如果文学创作与文学批评长期处于这种对立的状态，文学批评的后果也是不堪设想的。文学批评中的法官和导师的姿态似乎就注定了作家与批评家之间只能处于对立的关系。法国文学批评家蒂博代为了解决创作与批评之间的对立关系，他干脆主张由作家自己来当批评家。他将文学批评分为自发的批评、职业的批评和大师的批评。所谓大师的批评，也就是指那些能够称得上"大师"级的作家所进行的文学批评，也就是作家自己来当批评家，蒂博代最为推崇大师的批评，他认为，大师们既然是作家，就会努力站在作者的立场上进行批评，他看待别人的作品时，就会有一种理解和同情之心。说他们的批评"是一种热情的、甘苦自知的、富于形象的、流露着天性的批评"。按蒂博代的方式来解决问题，职业的批评家都要失业，而作家从此兼起批评家的职责，大概也就无暇顾及创作了。蒂博代的办法并不高明。

问题的关键不在于批评者是作家的身份还是职业批评家的身份，而在于采取什么样的批评姿态。文学批评在最初的发展阶段基本上是以法官和导师的姿态出现的，这是与人们的认知思维的历史处境相适

应的，在人类文明的创立阶段，人类主要面临的任务是对未知世界进行认知和判断，文学作为一门人类自己创造的精神产品，同样需要进行认知和判断，因此文学批评首先承当起了认知和判断的功能，这就决定了文学批评家最初所采取的姿态是法官和导师的姿态。但是，随着文学观念的成熟，随着现代思想的深化，人们对文学的多义性和复杂性有了逐渐深入的把握，意识到不能停留于简单的认知和判断，否则会有损于文学的多义性和复杂性。文学批评家逐渐觉悟到，法官和导师的姿态不仅得不到作家们的广泛认同，而且也无助于文学批评的正常开展。因此许多文学批评家在批评的姿态上做出了调整，采取了一种对话和交流的批评姿态，通过文学文本与作者进行平等的对话和交流，从而达到审美的共振。

对话与交流的姿态是人类文明发展到现代以后的认知世界的趋势。德国哲学家马丁·布伯在 20 世纪初就认为，"你—我""我—他"是两种基本的人类关系，"你—我"关系是一种平等的交流和对话关系，每个人都需要通过"你"而成为"我"，因此人与人之间通过对话而获得相互性的尊重与追求。胡塞尔的交互主体性现象学也论证了个体所具有的通过自我、他人进而在更高层次上理解普遍性实体的可能性。巴赫金发现了对话的三个基本特征：开放性、未完成性和语言性。他认为，人类生活的本质是对话性的，而生活是无限的，不可能终结的，对话总处在不断运作的过程之中，产生了不同的意义，永远是多种声音的对话。哲学家们意识到，对话本身就是一种哲学探索的方式，哲学通过对话来打开一个新的视域，新的创造便寓含在这一过程之中。对话和交流吻合了多极化、多样化的文化形态，是哲学发展和创新的有效途径。

这种对话与交流的关系也同样表现在文学作品和文学批评领域。因此，从法官和导师的姿态到对话与交流的姿态，是文学批评家在姿态上的一种进步的表现。对话与交流的批评姿态改变了作家与批评家之间的关系状态。在法官与导师姿态阶段，批评家与作家之间也存在一定程度的交流，但这是一种单向度的交流，是批评者向批评对象施予式的交流，因为当批评家采取法官与导师的姿态时，就预设了一个真理掌握者的前提。而在一元解读现象破灭以后，那些以真理掌握者自居的批评家反而遭到了人们的抵制。对话并不是自说自话的众声喧哗，而是作者和读者之间以及读者与读者之间面对一个具有客体化内容的文本在一定的语言、文化共同体内进行的协商。因此，对话既包括对多元性与差异性的追求，也表达着对宽容与共通性的渴望，是一种交织着主动与被动、多元与一元、断裂与联系的复合过程。如果说批评的本体价值在于建构一个充满意义的世界，而这个世界的建构又是以作品意义的阐释为基础的，那么，阐释作品意义的途径对于批评价值的实现起到了举足轻重的作用。法国当代文学理论家和批评家托多罗夫非常准确地概括了当代批评所做出的调整，他说："批评是对话，是关系平等的作家与批评家两种声音的汇合。"①

当文学批评家采取对话与交流的姿态时，批评的功能也相应地做出了调整，批评不再侧重于是非判断，而是进行一种建设性的探询。蒂博代明确地否决了法官的姿态，他之所以对职业的批评颇多贬义，就在于他反对职业批评家以法官自居的传统，但他没有找到克服法官弊端的好办法，只好让作家来接替批评家的工作。德国文学批评家赫尔德的办法就高明些，他的办法就是强调交流和对话，他认为"批评家应当设身处地去体会作者的思想感情，怀着作者写作时的精神去阅读他的作品，这样做有困难，然而却是有道理的"。当他以这样一种交流和对话的姿态去进行文学批评时，自然就会立足于建设性，因此

---

① ［法］托多罗夫：《批评的批评》，王东亮、王晨阳译，生活·读书·新知三联书店1988年版，第185页。

他说："我喜欢我所读的大多数作品，我总是喜欢找出和注意值得赞扬而非值得指责的东西。"① 当然，建设性包含赞美和肯定的意思，对作者所做出的努力和创新给予赞美和肯定，但建设性并不意味着为了赞美而赞美，建设性强调的是对文学作品中积极价值的发现与完善。也就是说，批评家即使需要进行赞美，也是建立在积极价值基础之上的赞美，而绝不是溢美之词；另外，出于对积极价值的完善，批评家也会对批评对象进行批评，指出其不完善之处。从这里也可以看出，对话与交流的批评姿态虽然不再侧重于是非判断的批评功能，但并不是彻底放弃判断，而是通过建设性的方式来传达判断。中国现代的文学批评家李健吾就是力倡批评的建设性的，他对建设性的理解是："同时一个批评家，明白他的使命不是摧毁，不是和人作战，而是建设，而是和自己作战，犹如我们批评的祖师曹丕，将有良好的收获和永久的纪念。"李健吾将"摧毁"与"建设"对举，更加凸显了建设性批评的终极目的，也就是说，批评的目的不是要把批评对象当成敌人将其摧毁，而是要把批评对象当成有价值的东西，同时要与作者一起共同将这个有价值的东西建设好。这就决定了批评家的温和善良的批评态度，即不是从恶意出发，而是从善意出发；不是从否定和摧毁对象出发，而是从肯定和扶持对象出发；不仅从自我出发，而且从能够兼顾他我出发。在李健吾看来，以建设为宗旨的批评可能会用上赞美和恭维，但批评不是"一意用在恭维"，"一个批评者应当诚实于自己的恭维"。既"用不着谩骂"，也"用不着誉扬"，而必须做到"言必有物"。② 鲁迅是一位充满战斗精神的作家和批评家，即使如此，在鲁迅的批评观中，同样注重建设性。鲁迅说："批评家的职务不但是

---

① ［美］韦勒克：《近代文学批评史》（第 1 卷），杨岂深、杨自伍译，上海译文出版社 1987 年版，第 244 页。

② 李健吾：《李健吾文学评论选》，宁夏人民出版社 1983 年版，第 4 页。

剪除恶草，还得灌溉佳花，——佳花的苗。譬如菊花如果是佳花，则他的原种不过是黄色的细碎的野菊，俗名'满天星'的就是。但是，或者是文坛上真没有较好的作品之故罢，也许是一做了批评家，眼界便极高卓，所以我只见到对于青年作家的迎头痛击，冷笑，抹杀，却很少见诱掖奖劝的意思的批评。"① 鲁迅的比喻非常形象地说明了建设性的意义。如果说批评家面对的批评对象只是"满天星"的野菊花，但它毕竟是"佳花的苗"，那么，建设性的批评就是要指出它的潜在的价值，指出它能够培育成"菊花"来的潜在事实。建设性批评的背后透露出文学批评家的善意。尽管不能断然说凡是破坏性的批评都是出于文学批评家的一番恶意，但一个批评家如果怀着恶意的姿态去进行批评，他的批评肯定是不具备建设性的。因此，鲁迅尽管在批判中毫不留情，但他对恶意的批评家却是非常反感的。他说："恶意的批评家在嫩苗的地上驰马，那当然是十分快意的事；然而遭殃的是嫩苗——平常的苗和天才的苗。"鲁迅坚定地表示，对于这样的恶意批评家，"无论打着什么旗子的批评，都可以置之不理的"②。

建设性是对话的必然归宿。在文学批评中采用对话的姿态，就意味着批评者以平等的方式与批评对象进行交流，批评者并不把自己的看法当成不可更改的结论，而是以一种商榷探讨的方式，在交流和对话中，让双方的观点相互碰撞和渗透，通过双方的共同努力而建设出一个新的文学形象。这就是建设性的效果。相对来说，建设性的批评比破坏性的批评更加艰难，因为批评家要从批评对象中发现真正有价值的东西，哪怕这种价值还很微弱，隐藏在大量平庸的叙述之中，批评家也很珍惜这点微弱的价值。破坏性批评以求全责备的态度对待批评对象，往往以轻率的否定让作家煞费苦心的努力化为泡影。破坏性

---

① 鲁迅：《鲁迅全集》（第3卷），人民文学出版社2005年版，第162页。
② 鲁迅：《鲁迅全集》（第1卷），人民文学出版社2005年版，第176页。

的批评就像是鲁迅所形容的那样"在嫩苗的地上驰马",这对批评家来说是一件十分快意的事,但更容易给作家以及文学事业造成伤害。其实,无论是提出建设性的建议还是采取破坏性的否决,在文学批评实践中都是合理的,有时当文学处于僵化和停滞不前的状态中,破坏性批评反而能带来振聋发聩的作用。关键问题还在于批评家的姿态,也就是说,即使是进行破坏性的批评,批评家也不是怀着恶意的姿态,而是从善意出发。当批评家怀着善意的姿态去进行破坏性的批评时,他的目的是要通过破坏引起作家的惊醒,他就会谨慎地使用破坏性的武器,以免伤及无辜。鲁迅在批评实践中不乏破坏性的、战斗性的批评,但鲁迅并不反对破坏性批评,他所反对的是批评家在批评中采取类似于"迎头痛击,冷笑,抹杀"等各种恶意的姿态,对恶意姿态的批评,鲁迅坚定地表示"置之不理"。今天,文学在众声喧哗中只是比较微弱的一种话语,尤其需要文学批评以建设性的方式给以帮衬。当然,当下的文坛也流行着献媚的批评、溢美的批评、说大话的批评、表扬至上的批评,但这些批评都不能与建设性的批评画等号。前面所列的批评都不需要付出艰辛的努力,只要舍得丢掉面子、降低人格,就能办到。而建设性的批评是需要付出艰辛的努力的,是要真正研读文本、思考问题的。因此,只有建设性批评兴旺发达起来后,那些乌七八糟的批评才会偃旗息鼓。

二 价值谱系:批评主体的立场

文学批评无论是侧重于评判还是侧重于阐释,都要涉及价值判断,因为文学作为一种精神产品,是与精神价值的取舍有着密切的关系的。文学批评家应该在确立正确的世界观基础上选择自己的价值立场，他相信自己的价值立场是与人类精神文明的正价值相吻合的，在一个规范的价值体系中进行文学批评。人们期待批评家的文学批评是公正的，这就需要批评家在进行批评活动时对自己的价值立场保持清醒的认识，坚持崇高的文学操守，从而尽最大的努力摆脱政治权力、经济利益以及各种世俗利诱对文学批评的干扰。文学批评家对于社会、人生和文学的自我认识和理解决定了他的价值立场的选择，价值立场是文学批评家对社会、文学发展的自我认识和理解，是个人言说的依据。文学批评家在价值立场上的表现取决于他的独立品格。越是具有独立品格的批评家，越是具有鲜明、坚定的价值立场。

文学批评家的价值立场历来受到优秀文学批评家的重视，在注重文学批评的判断功能的时代固然如此，在强调对话和交流姿态的现代阶段同样如此，这是因为文学作为精神产品，要作用于人的心灵，必然体现为一种精神价值。英国的理论家阿诺德就指出，文学批评作为一种改良社会人生、思想文化道德的工具，文学批评家所要做的工作就是"只要知道世界上已被知道和想到的最好的东西，然后使这东西为大家所知道，从而创造出一个纯正和新鲜的思想的潮流"①。丹麦的文学批评家勃兰兑斯则更明确地认为文学批评对心灵具有指点方向的意义，他说："批评是人类心灵路程上的指路牌，批评沿路种植了树篱，点燃了火把，批评披荆斩棘，开辟新路。""批评移动了山岳，权威的偏见的、死气沉沉的传统的山岳。"② 文学批评家的价值立场决定了他在文学批评活动中的价值取向，他要对文学作品中的社会理想、道德观念、审美趣味等精神内涵进行价值判断，体现出文学批评的评

---

① ［英］阿诺德：《当代批评的功能》，转引自伍蠡甫编《西方文论选》（下卷），人民文学出版社 1964 年版，第 81 页。

② ［丹麦］勃兰兑斯：《十九世纪文学主流》（第 5 册），李宗杰译，人民文学出版社 1982 年版，第 382—383 页。

判功能。在文学史中，为了反对文学批评以审判官的姿态粗暴地否定文学作品，有的人主张取消文学批评的价值判断，如法国作家莫泊桑就要求批评家"应该是一个无倾向、无偏爱、无私见的分析者"。针对取消价值判断的观点，英国文学理论家和批评家瑞恰兹是"新批评"的开创者之一，尽管"新批评"强调的是形式主义的批评，但瑞恰兹并不因此就否定价值的重要性，而是始终把价值问题放在一个极为重要的位置上，他说："批评理论所必须依据的两大支柱便是价值的记述和交流的记述。"① 在他的专著《文学批评原理》中，他还专门设了"批评家注重的价值""价值作为终极真理""心理学价值理论"讨论价值的三章，并在这本书的附录里专收了一篇题为《论价值》的短文，瑞恰兹指出要取消价值判断的观点和做法是荒唐透顶的悖谬言行，他认为："价值理论并非是文不对题，脱离了人们想象中的深入文学艺术本质的探索。因为如果说一种有根有据的价值理论是批评的必要条件，那么同样确凿无疑，理解文学艺术中发生的一切乃是价值理论所需要的。"②

文学批评家选择什么样的价值立场，其价值立场是否明确和坚定，是与文学批评家的知识水平、性格信仰、人生阅历等有着直接的关系。价值立场的选择也折射出文学批评家对现实社会和文学发展态势的分析、把握和预见。在纷繁复杂的社会面前，要坚守一种明确的价值立场并不是一件很容易的事情。批评家不仅要对人类文明的正向价值有清醒明确的判断，而且要在世俗社会的各种利益诱惑和各种权威的威逼下能够做到不丧失自己的价值立场。在中外文学批评史中，不乏这样的例子，有些批评家具有卓越的才华，但或者因为经受不住

---

① ［英］瑞恰兹：《文学批评原理》，杨自伍译，百花洲文艺出版社1997年版，第16页。

② 同上书，第28—31页。

金钱等物质的利诱，或者因为屈从于政治威权的胁迫，不得不放弃的自己的理想追求，丧失自己的价值立场，说出与自己内心的价值判断相悖的话来。

世界文化的格局逐步从一元化走向多元化，这带来思想文化的自由与活跃，但也使得价值判断笼罩在相对主义的迷雾之下，在这样的文化语境中文学批评家如何坚守自己的价值立场也就显得更为艰难。任何一个时代的文学批评家都离不开时代的特殊语境，离不开时代精神的约束。每一个时代，每一种社会形态下，都会有相应的核心价值。一个优秀的文学批评家首先要抓住时代的核心价值，这样他就能够站在时代精神的高度去审视文学批评对象。另一方面，文学作品作为一种特殊的精神产品，具有多重价值指向，既包含道德价值，也包含知识和思想价值，更包含审美价值，完全以一个时代的核心价值来衡量文学作品，就难以充分、全面地彰显作品的内在价值。无论是道德价值，还是审美价值，应该还有另一个价值判断的尺度，这就是人类文明积淀的普世价值。普世价值是所有人类都认同的价值观念，体现了人类生存和文明存续的普遍需要，是人类文明进步中逐步积累的积极成果，它具有内在的合理性，更具有普遍的适用性。但是在认识普世价值时也要避免绝对主义的、本质主义的思维方式，因为普世价值也具有历史相对性，在不同的历史条件下，在不同的文化体系内，普世价值会有不同的呈现方式。一个时代的核心价值如果顺应了时代的发展，那么它就会与普世价值相契合；同样，普世价值在任何时代都会要顽强地表现自己，因此，核心价值与普世价值具有辩证的关系。文学批评家要在文化多元的时代坚定自己的批评信念，坚守自己的价值立场，就特别需要处理好核心价值与普世价值的辩证关系。当代中国的核心价值是建立在马克思主义的基础之上的。马克思主义并不与普世价值相冲突，马克思主义的创始者从一开始就重视从人类文

明的普世价值中汲取营养，并使之适应现实的变化。马克思主义可以说是人类普世价值在人类进入工业文明时代之后的呈现方式和发展。当然，在特定的时期，比方说在阶级斗争激烈的革命时代，资本主义将普世价值变为一种空洞、伪善的口号，马克思主义面对这一形势，必须反对那种超历史的、一成不变的、书本主义的普世价值观，提出无产阶级革命的核心价值观，从而唤醒工人阶级的阶级觉悟。在与资产阶级的斗争中，马克思主义承续了以往的文明成果，以历史唯物主义的立场重新勾画了人类普世价值的蓝图。过去人们在把握马克思主义的时候往往只看到了马克思主义的现实性，却忽视了马克思主义的普适性。事实上，马克思主义的现实性与普世性是融合在一起的。比方说，在《共产党宣言》中，马克思和恩格斯深刻揭示了人类社会发展的客观规律，强调要以阶级斗争的方式失推翻资本主义。这是马克思主义的现实性。同样在这部宣言中，马克思和恩格斯还提出了"自由人联合体"的概念，明确宣布，无产阶级只有解放全人类，才能最后解放自己。马克思主义的历史唯物观就在于，要认识到人类社会发展的历史就是人类探索和争取自由的历史，"自由人联合体"正是体现人类普世价值的人文理想。这正是马克思主义的普适性。马克思指出："整个历史无非是人类本性不断改变而已。"[①] 这句话深刻概括了人类普世价值与社会核心价值的辩证关系。直接服务于中国特色社会主义的核心价值体系，充分体现出对人类普世价值的认同和推广。以人为本，和谐社会，这些提法蕴含人类普世价值的丰富性。今天，处在一个全球化时代，文学批评家更应该通过彰显其核心价值体系中所蕴含的普世价值，以这样的价值立场去评价文艺作品，去倡导文艺创作的价值追求。

---

① 《马克思恩格斯全集》（第3卷），人民出版社1960年版，第85页。

文学批评家具有鲜明的价值立场，就会在文学批评中体现出一种崇高的精神担当。一个具有精神担当的文学批评家就不会沉湎于现实，徘徊于眼前，他的内心一定充满着理想主义精神，他的文学批评实践是为了捍卫文学的尊严和理想，为了张扬文学的价值。别林斯基就是这样一位文学批评家，他表示他的文学批评"不是为了求得酬报，而是为了真理和善良本身，背起沉重的十字架，受尽苦难，然后重见上帝，获得永生，这永生必须包含在你的我的融化中，在无边至福的感觉中"①。在他的批评生涯中，他始终不渝地褒扬优秀的作家和作品，阐发文学作品中的伟大意义，也毫不留情地批判那些亵渎文学的言行，他的坦率和直言也遭到一些人的侮辱和攻击，甚至公开散布诋毁他的谣言，但这一切都不会改变他的价值立场，相反，他更加坚定地说："我将死在杂志岗位上……我是文学家，我带着病痛的、同时是愉快而骄傲的信念这样说。俄国文学是我的生命和我的血。"② 中国文人具有深厚的精神担当的品格，这种品格突出体现为一种忧国忧民、济世救国的文人气质。中国历代著名的文学批评家大多具有这种文人气质，因而在他们的批评实践中凸显出为社稷为黎民的精神担当，他们也将这种精神担当作为批评文学作品的重要依据。因此，在中国文化传统中，"文以载道"是一条被广泛接受的基本标准。时代发生着巨大的变化，社会形态也在不断地更迭，但这一切并不影响"文以载道"的代代传承，其原因就在于人类社会的发展和进步的终极目标是人的精神获得最大限度的解放。而文学的终极意义就在于它是人类精神解放的有效工具。"文以载道"尽管在不同时代会有不同的解释，特别是对"道"的解释会带上时代认识的局限，但文学应该

---

　　①　〔俄〕别林斯基：《别林斯基选集》（第1卷），满涛译，上海译文出版社1979年版，第19—20页。

　　②　同上书，第422页。

承载"道"也就是承载精神价值的立场却是一脉相承的。文学批评家既以"文以载道"为宗旨去评价文学作品，同时也以"文以载道"的宗旨要求文学批评活动本身。在当代，"文以载道"之道更多地体现为一种人文关怀。人文关怀是对人类生存境遇的关注，对人的尊严和价值的肯定，对人的自由、解放的追求。人文关怀的价值取向体现了人类普世价值的内涵。

文学批评家具有鲜明的价值立场，就会在文学批评中贯穿一种严肃的政治情怀。文学与政治具有密不可分的关系，文学批评更是如此。文学批评不同于一般的学术研究，就在于它始终面对当下的现实发言，批评家不能像学者那样可以躲进金字塔内，藏在故纸堆里，以此来回避政治的干扰。批评家却需要有清醒的政治意识，有严肃的政治情怀。一个优秀的、具有广泛社会影响的文学批评家往往就是一个政治思想家，他通过自己的批评实践参与社会政治之中。许多政治思想家也关注文学批评，并通过文学批评来表达自己的政治见解。马克思和恩格斯就属于这样的政治思想家，他们不仅写了大量的文学批评，而且还将文学批评作为他们政治论文的论证材料，他们的这些文学批评都具有强烈的政治情怀。马克思明确指出："什么也阻碍不了我们把我们的批判和政治的批判结合起来，和这些人明确的政治立场结合起来，因而也就是把我们的批判和实际斗争结合起来，并把批判和实际斗争看作同一件事。"① 恩格斯就十分关注当时一批现实主义作家的创作变化，当狄更斯等作家将"穷人和受轻视的阶级"作为他们小说的表现对象时，恩格斯敏锐地指出"在小说性质方面发生了一个彻底的革命"，称他们"无疑是时代的旗帜"。②

一个文学批评家在批评实践中所体现出的政治情怀应该是严肃

---

① 《马克思恩格斯全集》（第 1 卷），人民出版社 1956 年版，第 417—418 页。
② 同上书，第 594 页。

的，就在于他的政治情怀体现出知识分子的独立品格，他的政治情怀不是附庸于政治权力的媚态和非我态，因此批评家的政治情怀不会始终与政治现实尤其是政治权力保持谐调一致的状态，二者之间的矛盾对立往往导致文学批评屈从于政治权力，逐渐丧失了知识分子的独立品格。为了保持知识分子的独立品格，有的文学批评家远离政治，淡薄政治情怀，却又造成了知识分子的自我放逐。事实证明，那种淡薄政治情怀的独立品格是以牺牲知识分子社会责任和精神担当为代价的，因此也是很脆弱的。一个文学批评家要保持政治情怀的严肃性，就必须坚守知识分子的独立品格。在多元化的时代，文学批评家更要关注社会多种政治诉求，力戒成为政治权力的附庸和政治利益的短视者。英国社会学家安东尼·吉登斯认为，当代世界政治取向的趋势是从解放政治向生活政治的转变。解放政治和生活政治是吉登斯的两个基本概念。吉登斯把解放政治定义为"力图将个体和群体从其生活机遇有不良影响的束缚中解放出来的一种观点"；生活政治则是指应对现代化发展中解决现代性所带来的问题的政治策略，"关注个体和集体水平上人类的自我实现"。① 解放政治和生活政治这两种政治模式在复杂的全球化时代，并不是谁取代谁的态势，而是相互依存，相互补充，形成纠缠在一起的难舍难分的关系。文学批评家应该在两种政治模式的辩证关系中确立自己的公正的价值立场。

文学批评家不仅要具有鲜明的价值立场，而且也要真正做到自己的价值立场是与人类文明发展的走向相一致的，是与真、善、美相吻合的；这既取决于文学批评家的学识和世界观，也取决于文学批评家的人格修炼。法国启蒙时期的伟大作家狄德罗是这样要求作家和批评

---

① 参见［英］安东尼·吉登斯《现代性与自我认同》，赵旭东译，生活·读书·新知三联书店 1998 年版；［英］安东尼·吉登斯《失控的世界——全球化如何重塑我们的生活》，周红云译，江西人民出版社 2001 年版。

家的："真理和美德是艺术的两个朋友。你想当作家吗？你想当批评家吗？那就请首先做一个有德行的人。如果一个人没有深刻的感情，别人对他还能有什么指望？而我们除了被自然中的两项最有力的东西——真理和美德深深地感动以外，还能被什么感动呢？"①在狄德罗看来，人格力量对于作家和批评家来说都是很重要的因素。这是非常中肯的见解。人们常说，作家是人类灵魂的工程师，也就是说，文学作品作为一种精神产品，直接作用于人类的灵魂，文学作品是通过它所蕴含的精神价值达到对人类灵魂的陶冶作用的。作家自身的人格修炼必然会影响他在自己作品中的精神建树。因此，狄德罗强调作家要有美德，即要有高尚的人格。不仅如此，他还要求批评家也同样要有美德。显然，狄德罗认识到，文学作品的精神价值是通过作家和批评家共同创造，特别是通过批评家的阐释才能完全实现的。从这个角度说，文学批评家是与作家一起共同完成文学作品的经典化过程。一部文学作品能否经受经典化的考验，最终成就为文学经典，是由多方面的原因决定的，其中作家和批评家的人格也是不容忽视的因素之一。当批评家意识到自己的批评实践是为人类文明创造和积累精神财富时，他应该会以一种出以公心的博大胸怀来对待自己的文学批评。在批评时就表现出强烈的社会责任感和艺术良知，既不屈从权势，也不被金钱利诱；不让批评文字沾染上江湖气和铜臭味；坚持好处说好，坏处说坏；把文学批评营造成一个神圣的精神殿堂。当然，纯粹从写作技巧上说，批评家的人格并不会对写作产生直接的影响。有的批评家因此就认为，批评完全是一种客观的理性的评判活动，与人格无关，强调批评家的人格修炼是一种过度道德化的要求。其实不然，文学批评作为一种精神活动，即使是以一种非常客观的姿态进行写作，

---

① 伍蠡甫、胡经之编：《西方文艺理论名著选编》（上卷），北京大学出版社 1995 年版，第 257 页。

批评家的人格仍然会在字里行间和价值取向中显现出来。人们从那些特别刻毒的或嘲弄的文字、特别轻蔑的或狂妄的态度、特别偏执的或武断的观点中，就可以看到一个批评家在人格上的欠缺；人们也会从那些充满热情的、善意的、严肃的或平等商榷的文学批评中感受到一个批评家高尚人格所闪耀的光芒。当代社会在市场经济良性秩序还没有完全建立起来的情景下迅猛地发展经济，带来物质欲望的极度扩张，社会的公信度因此受到严重的伤害，假烟、假酒、假药等充斥市场，乃至假学问、假专家也泛滥成灾。在这种状况下，文学批评的诚信也变得格外重要。文学批评的诚信度取决于文学批评家的人格力量，具备高尚人格的文学批评家就能够在批评实践中坚守独立思想、独立人格，坚守批评的文化品格，坚守自己对艺术价值的公正判断，从而使自己的文学批评获得公众的信任，并能够取得引导和提升公众审美能力的作用。这样的文学批评也就有了更长久的生命力。